好·奇

提供一种眼界

# 未完成的手稿

## LE MANUSCRIT INACHEVÉ

## FRANCK THILLIEZ

[法] 弗兰克·蒂利耶 著    萨姆斯 译

北京联合出版公司

福尔摩斯:"你看,威尔逊,我们看错了罗平。我们必须回到起点。"

威 尔 逊:"如果可能的话,甚至更早。"

—— 莫里斯·勒布朗《亚森·罗平智斗福尔摩斯》

# 序言

**就是前一个词：剑鱼。**

这是我父亲凯莱布·特拉斯克曼小说的开场。我是在阁楼深处的一个纸板箱里找到这份手稿的。他有一个令人讨厌的习惯，就是喜欢把所有东西堆放在一起。这捆A4纸已经在箱子里藏了一年，箱子被放在温暖的天窗下——去年夏天，法国北方的美丽日光常常从天窗倾泻而下。我父亲从未向任何人透露过这份手稿，当然，那是他独自一人在面朝大海的别墅里写的。在那十个月里，我的母亲正在医院里慢慢死去，最终被阿尔茨海默症吞噬。

这个故事，没有书名，没有结尾。不过据我估计，在近五百页的手稿中，应该只缺失了十页。这本身并不是什么大事，但对于一个文学流派来说，却是一场灾难，因为父亲已经成为这个流派的最杰出代表之一。父亲的悬疑惊悚小说让成千上万的读者为之战栗，我手里握着的可能是他最好的作品之一：扭曲、迷宫、极度痛苦、黑暗。书中的女作家琳妮和我父亲有着同样的写作风格，这深深地吸引了我，同时也提醒我，父亲的书是一面镜子，折射出了他最深切的恐惧和最糟糕的执念。我认为，只有当他把恐惧倾倒在纸上时，他才能与自己和平相处。而"恐怖"，在这部小说里，也有着"特拉斯克曼式"的信仰。

所以，你会说，那著名的结局呢？看在上帝的分儿上，那个一切都该被解决的结果呢？凯莱布·特拉斯克曼，一个擅长操控阴谋诡计和宏大结局的王者，为什么没有给出最终答案？他为什么没有完成他的第十七本书呢？

我本以为他应该是在母亲去世后停止了一切，并打算只留下手稿；也许他已经知道自己会在三个月后用一把枪打爆自己的头。又或者，他只是没能完成他的故事。是的，如果不是手稿中的某些元素一直在对抗以上种种猜测，一直在我耳边提醒我"父亲从一开始就知道不会完成它"，那我本来还能相信这些。就像"没有结局"本身就是情节的一部分，是"凯莱布·特拉斯克曼式"的谜题，是他死前的最后一击。

然而，你们当中最具"笛卡儿思维模式"的人会想：他为什么坚持写一本没有结局的书？为什么花近一年的时间建造一个明知道永远不会有屋顶的房子？同样，正如我现在所写的，这才是一个真正需要解决的谜题，也注定是一个更加隐秘的疑问。

当他的"御用编辑"埃弗利娜·勒孔特意识到这份手稿的存在时,她先是欣喜若狂,但当读完手稿,发现它只是一个毫无效果的魔术时,她陷入深深的绝望。如果没有凯莱布·特拉斯克曼的华丽结局,出版一部他死后的小说仍然不可想象,尽管我猜他的许多读者仍会对它十分着迷。

接下来是理论阶段,思想的对抗,只为试着解决我父亲留下的种种谜题。我们在巴黎办公室进行了长达几个星期的头脑风暴。每次开会,桌旁都围着十几个人,一遍遍地阅读手稿,仔细剖析每一页,以便理解我父亲为什么用回文,以及为什么在全篇散布他对数字的痴迷。

每次遇到极其困惑和怀疑的时刻,大家就像雕塑一样盯着对方。小说一开头就引起了冗长的讨论:就是前一个词:剑鱼。为什么这么说?它真正的含义是什么?相信我,现在出版社里没有一个人不知道剑鱼是一种小型淡水鱼,因尾鳍形状而被称为"持剑者"或"佩剑者"。这将对你有很大帮助,不是吗?

然后,有一天,认识他三十多年的埃弗利娜终于给出了终极答案。

是的,终极答案。

她终于找到了钥匙,察觉到了我父亲扭曲的大脑中不可调和的机制。如果仔细想想,这个结局其实显而易见,所有元素都已经展现在眼前,从第一个词到最后一个词。但在高超的驾驭技巧下,"显而易见"有时最难以察觉,这就是天才的凯莱布·特拉斯克曼。

剩下的，就是把这个结局写出来。大家把目光投向我。我没有我父亲的天赋，但作为一个当之无愧的继承人，我曾在几年前出版了两部朴实无华的侦探小说。所以你会发现，小说的结尾部分有一个注释，它标志着我拿起笔的那一刻。你还会注意到故事中有一些带下画线的词和其他重要元素，它们依然保持着原样。你手里拿着的这个故事，就是我去年夏天发现的手稿。

在书写结局的过程中，我们仍会不断面对疑问，或者不得不展开想象。很难知道我父亲到底想去哪里，以及他打算如何结束这个故事。面对原著无法填补的空白，我们不得不做出选择，做出可能不是作者的决定。为了衡量这项任务的复杂性，可以试想一下没有脸的蒙娜丽莎，你要被迫画出那张脸……无论如何，希望我的结局能满足你的期望，我已经尽了一切努力。

为了保证对凯莱布的尊重，以及尽量保留原著精神，你会发现这个结局非常必要。只要在阅读过程中保持专注，对于那些势必在中途遇到的种种疑问，答案就在书里。

啊，最后一件事。我想到了凯莱布最狂热的读者，他们可能会对这个序言本身持怀疑态度。我猜他们的理由是：这些话完全可以是凯莱布·特拉斯克曼自己写的，他有能力做出这样的事。序言是故事的一部分，这意味着凯莱布也可能通过掩饰自己的写作风格书写了结局。这是你的权利，我永远无法证明事实并非如此。但最后，没关系。小说是一场幻想游戏，一切都是真的，也是假的，只有阅读的那一刻，故事才真正开始。

　　你即将读到的这本书（你还没有开始吗？），书名是《未完成的手稿》。这是我的主意，整个出版社都同意了。别无选择。

让-吕克·特拉斯克曼

就是前一个词：剑鱼。

# 楔子

## 2014年1月

冬季。贪婪、吝啬、无情,让周日出来跑步的人望而却步,冰冷的翅膀足以扫走所有的新年决心。在萨拉看来,这反而是她加强训练的动力。省级中距离长跑锦标赛即将来临,她希望在那场比赛里大放异彩。

金发,蓝绿相间的羊毛帽子,双手埋进跑步手套,发光臂带环绕手臂,这个十七岁的女高中生冲下别墅的楼梯,把头探进书房。

"我出去啦,妈妈!"

没有人回应。她的母亲此时一定正沿着沙丘或海边散步,为她的下一部小说寻找灵感。至于她的父亲,文物建筑修复工程主管,晚上7点之前从不回家,最近更是几乎到晚上10点。他的父母越来越没有交集,几乎不看对方,吃饭时从不说话,只是面对面坐着,像两条金鱼。这就是萨拉不想结婚的原因,她无法和一个男人相处超过三个月,而他们两个却在同一个"水族馆"里生活了十九年……

灵感别墅位于法国北部滨海贝尔克最南端欧蒂湾沙丘的

后面。萨拉觉得这个名字很傻——灵感；但就是在这栋别墅的围墙内（十年前买来的廉价废墟，当时被称为"金沙玫瑰"），她的母亲琳妮，当时还是一名小学教师，写出了她的第一部畅销小说。经过俯瞰海岸的红白色灯塔，再走三百米，一条崎岖不平的柏油路直达别墅。从某种程度上说，这种盎格鲁-诺曼式住宅标志着人类文明的终结和自然统治的开始，唯一的访客只有几只海鸥，栖息在石板屋顶，被裹挟着沙子的大风吹拂着。萨拉讨厌沙子，这种脏东西会嵌入最小的缝隙，鞭打窗户，弄脏汽车。

她拍了一张自拍照，微笑的眼睛，像两汪蓝色的湖水。她把照片发给妈妈，并附带一句留言——*出去跑步*，然后把手机扔在客厅的桌子上，走出去，锁上身后的门。年轻的女运动员走过别墅旁的工具棚（那里停着一辆沙滩帆车），沿一条直穿沙丘的小路跑了下去。再往前，是一条柏油路，那里是连接欧蒂湾和滨海公园的纽带。

夏天时，这里会挤满散步的人，其中大多数是来欣赏定居在这里的野生海豹群的。但今天，2014年1月23日下午5点半，在街灯几乎无法穿透的暗淡中，这里只剩下华夫饼商贩的"幽灵"和难以捉摸的风筝的影子。

如果天气不冷，萨拉很讨厌休赛期，她会迫切地想要离开欧泊海岸。这座位于世界尽头的城市，一年当中有半年是在消耗生命，就像一块海洋墓地。餐馆和酒吧蜷缩在金属百叶窗后，人们在家里与世隔绝，在火炉边闷闷不乐地喝酒，紧紧抓着冬天的黑色连衣裙……一个真正的死亡之地。她的父母——主要是赚取丰厚版税的母亲——即将在巴黎市中心买下一套公寓。把位于沙丘中心一栋三百平方米的别墅换成一套五层大楼里的三居室公寓，同时还能欣赏到埃菲尔铁塔的美景，这倒非常适合萨拉。但最重要的是，母亲并不会卖掉灵感别墅，她只是为了在首都有个落脚点。她的母亲永远无法在法国北方以外的地方创作谋杀和绑架故事；她和她的别墅有一种特殊关系，就像老水手和船，深信是别墅给她带来了好运气。

作家该死的迷信。

半小时里，萨拉只遇到了几个被狗拖曳的身影。疲惫的海浪勉强拍打着堤坝。贝尔克像一头死鲸，沉入深渊。当一团霜雾把她的脸冻成了冰时，年轻的女孩决定回头：动力当然是有的，但不能太疯了。

她跑过海事医院——恐怖电影的完美场景——走过独眼巨人般的灯塔，房车公园里还有十几辆房车被困在船坞和沙墙之间。车里闪烁的灯光表明，尽管温度低得难以置信，但仍然有人坚定地选择搁浅在海岸。她想象着他们沉入睡衣，默默地盯着电视，或者围着一瓶红酒，没完没了地玩着纸牌游戏。

依靠街灯的蓝光，她回到欧蒂湾的沙滩。在潮湿的沙子里艰难地步行了约一百米后，在唯一的臂带光的指引下，透过浓雾，她看到了别墅的光——沙砾地狱中涌动的生命。尽管衣服层层叠叠，刺骨的西风依然刺痛了她的骨头。她已经开始渴望洗个热水澡，戴上耳机，听着法瑞尔·威廉姆斯的

《快乐》。彻底的快乐。

她取出钥匙，插进锁孔。门没有上锁。

"妈妈，我回来了！"

她没有注意到身后的影子，正高高地举起手臂。

头骨传来剧痛。

然后是彻底的黑暗。

六个月后，一绺头发——512根，不多也不少——以信件形式被寄到灵感别墅的信箱。警方确定头发是萨拉的，并将该案与一个至今仍逍遥法外的家伙联系了起来。此人迄今已实施四起绑架案。信封上的邮戳显示：信件来自八百公里外的德龙省瓦朗斯市。

琳妮·摩根和朱利安·摩根夫妇再也没有见过他们的女儿。

# 1

**四年后，2017年12月**

离开加油站后不久，康坦从仪表盘上抓起那部最新上市的手机。他试图解锁，但机器受到指纹识别的保护。他索性关机（以免被发现地理定位），把它扔到副驾驶座上，然后打开收音机。内克费的《该死的克隆人》取代了CD中的古典乐，将烦躁倾倒进扬声器。

我只看到克隆人，从学校开始。
你推开谁，来获得自己的位置？
这里每个人都在扮演角色，梦想着百万欧元。
我像一朵玫瑰，在荨麻中生存。

荨麻中的玫瑰。康坦想到了自己，一个与众不同的家伙，在城市的中心，满怀怨愤摆脱困境，目标是拿到机械学士学位，只为能修理汽车。他的梦想是即使不能像老板一样握住方向盘，也可以在法拉利、保时捷或奥迪R8的引擎盖下讨生活。但这座城市追上了他，吞噬了他，像荨麻一样将他消化掉，把他变成了渣滓一样的克隆人。他甚至连驾照都没有。痛苦像章鱼一样蔓延开来，一旦被触手缠住、被墨汁吞没，就注定无处可逃。

康坦擦擦额头上的汗水，拉下夹克拉链，盯着后视镜。路上没有人，只有弯道、夜晚和黑暗的山墙。尽管刚刚干了一件大事，但他感觉很好：平静、自由。他喜欢这种世界末日的感觉，远离混凝土、噪声和被邻居殴打的女人的尖叫。他很快就会摆脱眼前的花岗岩巨人，回到埃奇罗尔斯的破酒吧，赌上一整天，抽大麻，玩到天亮。这就是他悲惨人生的三部曲。

他看了一眼副驾驶座，贝雷塔手枪和那部手机下面压着几张钞票。虽然不多，但总有一天，他会有足够多的钱，像父亲一样自由潇洒、风流快活。他抚摸着挂在车内后视镜上的金链子末端的十字架，笑了笑。上帝在看着他。

急转弯处的蓝光引起了他的注意。在旋转灯的眩光里，一个穿橙色背心的男人正挥舞着荧光棒，一辆重型卡车停在停车场旁，马里努阿犬和它的主人正在仔细检查过往车辆。

法国海关。

康坦咒骂着。干完那件大事后，他故意避开高速公路，进入山区，就是为了减少这些麻烦。他稍稍松开油门。这些混蛋这么晚了在查尔特勒修道院干什么？海关警察一向难缠，他们可不满足于检查身份证，还会搜查整辆车，让警犬进入驾驶室和后备箱。有那么一瞬间，他想掉头回去，但鉴于路况、护栏和狭窄的山谷，他根本逃不掉的。这时，海关人员看到了他,示意他靠边停车。

呼吸,别紧张,思考……五个人,三辆车,包括两辆增强型标致308。年轻人占据出其不意的优势,并迅速做出决定;反正也别无选择。他假装减速、停车,当海关人员走到驾驶室一侧并要求打开车窗时,他一脚踩下右边的踏板。很快,他听到了男人的尖叫,并看到其中两个人冲向他们的车。

康坦开始为生命和自由狂奔。前方等待他的是约十公里的急转弯,直到进入格勒诺布尔市。无路可逃,只管去吧,但愿能在沥青地狱中幸存。他在警察局的案底已经装满一柜子,如果再次被捕,他会付出惨重代价。一无所有。

"一条美人鱼"正在山区的矿石沙漠中尖叫。康坦加速、降挡,就像一场电竞游戏。一样的飙升感,外加一张通往地狱的车票。他小心避开护栏,擦过悬崖,后轮胎拼命地尖叫,汽车画着"之"字,但还算稳当。康坦怒吼着与追击者保持约五十米的距离,就像纽博格林赛道上疯狂的赛车手。

三个急转弯之后,当死神在单程车票上打孔时,康坦最后想到了母亲。他没有系安全带,在撞上混凝土护栏的同时,身体直接穿过挡风玻璃,上半身落在引擎盖上,下半身被安全气囊抓住。汽车在一堆火花中继续急转弯了十米,最后停在峡谷的边缘。时速三十公里到零的瞬时降速并没有那么激烈,带着十字架的金链子甚至依然挂在后视镜上;但康坦最终被甩了出去,跌落出四十多米远,像一根被扔进虚空的火柴,颅骨先撞上岩石,突发性的猛烈撞击炸裂了他的内脏,心脏与主动脉分离, 侧肾脏爆裂。

他的人生，他的十八年，他的记忆，他的欢笑，他的泪水，在不到一秒钟里，被彻底粉碎在尚贝里和格勒诺布尔之间的一条无名山路上。这辆车得以幸存，除了破碎的窗户和左侧严重凹陷的车身。

标致308的司机马克·诺雷斯已经在海关工作了二十二年，他立刻打电话通知警察和消防部门。一个本该宁静的夜晚，却以噩梦告终。追捕之前，他还有机会在路障前看到逃犯的脸，那些无比年轻的身体特征，此刻只剩下一个小小的无头的身影。尽管手电筒可以照出很远，但他几乎什么都看不见。太可惜了。这个年轻人为什么要逃跑？他在害怕什么？这么晚了，他跑到这条偏僻的山路上干什么？

和队友们聊了五分钟之后，诺雷斯沿着护栏走向刚刚到达的其他同事。马里努阿犬和它的主人来了，这只动物突然表现得异常躁动，箭一般冲向完好无损的汽车后备箱，不断地狂吠，用爪子刮擦着车漆。其中一名海关官员手持武器，按下按钮，打开了后备箱。

他吃惊地往后退了一步。里面是一具女尸。

整张脸都被撕掉了。

# 2

月亮的白光,隐藏在夜晚的树后,仿佛一只伺机而动的爬行动物。第三排山脉的黑色锯齿让维克·阿尔特兰想到了皮埃尔·塞因图里埃的一幅画。这位刑警既不认识这位艺术家,也不认识他的作品,只是四年前扫过一眼他的名字和画作,在某个地方,可能是格勒诺布尔的一个画廊。维克的大脑一直在搜索信息,就像自动点唱机的机械臂,压在意识的上方,而他却控制不了任何东西。

从孩提时代起,维克就一直在积累不必要的记忆。五年前,他在法国电视二台的一个游戏节目中保持了十四周以上的不败记录,这使他成为警队及所在街区的明星。他因此赚到了价值 10000 欧元的书籍、词典和游戏盒,而这些东西他从未舍得扔过,比车库里的汽车还占地方。他可以回答诸如"1985 年 11 月 9 日在莫斯科举行的卡尔波夫 VS 卡斯帕罗夫国际象棋比赛中的步数"之类的怪问题,或者背出"联系"一词的词典定义。他声称他在四十岁生日的第二天,也就是被击败的那天,遇到了比自己更厉害的对手;但大多数朋友和同事都知道,这种媒体曝光让他感到厌倦,他宁愿回到警察的生活中。

大约十五个人正在悲剧现场忙碌着：消防员、海关官员、殡仪馆接运工、法医鉴定小组，以及格勒诺布尔警察局刑侦大队的两位同事——伊森·迪皮伊和若瑟兰·芒热马坦；他们一个个裹在夹克里，戴着帽子。维克叫着每个人的名字，跟大家打招呼，同时看到队友瓦迪姆·莫雷尔正在向司法鉴定中心的摄影师做着指示。

瓦迪姆从保温瓶里倒了一杯浓咖啡递给维克。他经常随身携带这种保温瓶，特别是在树梢和指尖都被冻僵的季节。两人拿着杯子，一齐向护栏走去。从远处看，这两个人几乎一模一样——同样的棕色头发，同样的中等身材，同样四十五岁左右，他们因此被称为"警界双V"[1]——只是瓦迪姆·莫雷尔的脸和他的绰号"马铃薯先生"尤其相符：厚嘴唇，招风耳，两只圆眼睛像是从纸上剪下来的两个洞，直接粘在了鼻子两侧。

"海关站距离这里约四公里，就在圣伊莱尔站前面，只是例行检查。司机开着灰色福特车强行冲破路障，最终落入峡谷。"

瓦迪姆递上身份证：康坦·罗斯，十八岁，住在埃奇罗尔斯。又一张脸。维克将它储存进大脑目录，把身份证还给瓦迪姆，透过护栏向下望着。在黑夜的中心，他依稀分辨出了鉴定人员蚂蚁般的身影。

"他们是怎么下去的？"

---

[1] 取自维克·阿尔特兰（Vic Altran）和瓦迪姆·莫雷尔（Vadim Morel）名字的首字母。——译者注（若无特别说明，本书脚注皆为译者注。）

"一条稍微远点的小路。"

两个人走近贴着窗膜的事故车,右前门敞开着。瓦迪姆指着座位上的一个密封袋。

"袋子里的东西散落在副驾驶座下面:几张钞票、一把贝雷塔手枪和一部屏幕破碎的手机。但重点是后备箱。"

事故车的后备箱里有一具女性尸体,半裹在一张绿色的防水布中。由于猛烈撞击,尸体被推入了后备箱底部,头部沉入一个透明塑料袋,脖子上缠着一根蓝色大橡皮筋,头向外,正对外面的卤素灯。整张脸的皮肤都被撕掉了——红通通的,像熔岩液——两个空洞的眼窝似乎正等着眼球;尸体后面堆放着清洁剂、漂白剂、水桶、拖把、铁锹和两袋生石灰。

维克掀开防水布:两只手不见了,切口干净整齐;前臂被塑料包裹至肘部,由透明胶带,而非头部的那种蓝色橡皮筋固定。

"有点恶心。你应该事先提醒我一下的。"

瓦迪姆·莫雷尔举起咖啡杯表示"别客气"。

"你看起来没什么精神。因为离婚吗?"

"纳塔丽竟然想留下妈妈 M[1]。不,你知道吗?它是我的狗,她已经从我这里偷走了一切,现在又想把它加到财产清单上。十五年的婚姻,就是这个结果!"

"你送上你的手,他们却想抓住你的胳膊。说到手,如果想找它们,就在那边的角落里。"

---

1 MammaM,原文如此。维克宠物狗的名字。

维克闪到一边,以免挡住人造光。他看到一个厚厚的塑料袋,被透明胶带封住,在右侧,靠近千斤顶的位置。是那种用来冷冻食物的袋子。

"打包处理吗?"

"一切都是原样,没有人碰过,包括手臂和头。打包得还不错,和普通烤肉没什么区别。这家伙很有远见,可能是不想弄脏他的车。"

"眼睛和脸呢?在哪里?"

"不知道。反正不在车里。"

维克拿起塑料袋,举到灯前:两只断手,掌心并拢,手指呈蜡黄色,桡骨和尺骨被切得很干净。瓦迪姆从一个小盒子里拿出一块口香糖,塞进嘴里。

"后脑勺被砸碎了。可能先是用类似手术刀的东西剥掉脸部皮肤,然后用勺子挖出眼球,就像电影里一样。汉尼拔·莱克特?可这个混蛋还不到二十岁。"

维克把袋子放回原处,专注地看着尸体。受害者似乎是一个年轻女子,金色短发,没有脸和眼睛,因而无从判断确切年龄,尸体表面凝固的血液仿佛冷却的岩浆。也许只有二十岁。鉴于铁锹和生石灰有利于加速有机物的降解,显然,康坦·罗斯计划把尸体埋在某个地方。

"没有身份信息吗?"

"没有。尸检至少要等到明天晚上。法医们已经为尚鲁斯公共交通事故忙活了两天。至于DNA检测,还是别抱什么期望。十年后吧,如果有点小运气。"

"哦，是的，尚鲁斯……"

瓦迪姆的手机响了。

"对不起，是普瓦里耶，我让他查一下车牌。至少这个很快。"

他走开去接电话。维克啜饮着咖啡，用厚厚的手套夹住杯子。手，就像脸和眼睛，是身份的标记。指纹，虹膜的颜色，鼻子的形状……显然，有人希望这个年轻女子永远不为人知。康坦是打算在某个地方扔掉手，然后在另一个地方扔掉尸体吗？他要去哪里？对于这片无边无际的落叶松和黑松林，如果没有目击者，他会选择哪里呢？

维克讨厌调查的初始阶段，太多的方向常常让他头疼。运气好的话，这个案子可能会在开始前就结束，毕竟主要嫌疑人——身份证上的那张脸——已经死了。而唯一的麻烦是：由于他永远无法再开口回答任何问题，他们必须自己找到答案。

维克仔细打量着四周：噼啪作响的闪光灯，挺立的松树，沥青路上的白色曲线；队长正和副检察官讨论着什么——显然也是大半夜被人从床上拉起来的。凄惨的画面正在他的大脑中被实时勾勒，就像一段极其精确的恐怖片，在此刻被瞬时偷走：接下来的一个小时里，地方法官将批准抬走尸体，事故车将被拖走，调查将在圣诞节的前一周正式开始。从理论上讲，维克的假期恰好从本周五开始。这是他第一次独自和他的狗一起度假，没有女儿，没有妻子。1月12日，他将被传唤至法庭，和纳塔丽争夺科拉莉的监护权。不得不说，他正以最"美好"的方式开启人生的后半场。

挂断电话后,瓦迪姆·莫雷尔跑向队长,然后回头示意维克跟上。

"距离这里约二十公里的加油站发生了抢劫案,就在尚贝里和格勒诺布尔之间的A41高速公路。时间是晚上10点前。我和队长一起来的,现在只能借用你的车。"

两个人冲进汽车。瓦迪姆从副驾驶座上抓起一堆文件和空可乐罐,扔到后座上。

"你的车就和你的脑袋一样乱糟糟的,还有股狗味儿,该死的。你什么时候能收拾一下车里?总算知道你为什么不想让我去你家了。没有你妻子,那里一定是切尔诺贝利。"

"别再提我的家、我的妻子和我的狗。说说吧,为什么抢劫跟我们有关?我们手上已经有了两具尸体。"

瓦迪姆费力地系好安全带,吐出口香糖,从手套箱上方的袋子里拿出一块薄荷糖,仔细看了看,塞进嘴里。

"一个不知道突然从哪里冒出来的家伙,抢走了加油站收银机里的几百欧元,威胁了一个正在加油的司机,然后开着抢来的车跑了。"

"让我猜一下,康坦·罗斯,灰色福特。"

"还有一具随车附赠的尸体,没错。"

# 3

凌晨1点左右,"警界双V"到达高速公路休息区,一辆来自图韦警察局刑侦大队的汽车早已经停在现场。空气里弥漫着阴郁,抢劫发生后,四个加油机全部关闭,停车场死气沉沉,便利店里亮着淡淡的霓虹灯。

经理是一个留着小胡子的大个子,看上去还算淡定,正在货架后面打电话。两名警察向图韦刑侦队队长帕特里克·卢梭走去,后者是第一个接到报警电话的人,真正的山地大汉,穿着蓝白色派克大衣,肩膀显得尤其宽阔。他向他们伸出手。

"半小时前,有人告诉我会有两个格勒诺布尔的刑警过来,但没有说太多,能解释一下吗?"

维克比这家伙矮了一头,瘦削的手被对方的手掌完全吞没。瓦迪姆开始观察现场,维克率先开口道:

"是海关先找到我们的,他们之前在追赶一辆福特车,汽车在D30公路四十七公里处撞上了护栏。那个司机,也就是你们所谓的抢劫犯,被整个甩了出去,最后掉进峡谷深处。"

帕特里克·卢梭抱着肩膀,仿佛一扇火葬场的大门,似乎认为地球上每少一次打击都是送给人类的礼物。后面,冰箱或冰柜的压缩机开始启动,维克被呜呜声分散了两秒钟注

意力,然后继续说道:

"这是车牌登记的检查结果,是它把我们带到了这里:灰色福特车的登记号为 JU-202-MO,一个假车牌,根据刚刚你们警队的报告,它在这个加油站被抢。我们在被抢汽车的后备箱中发现了一具不明身份的女性尸体,二十岁左右,从尸体残缺不全的情况看,受害者显然在事故发生前就已经死了。"

"好的,我明白了。这也解释了被抢车辆车主的奇怪行为,他当时二话没说就步行离开了。我们有现场视频。请跟我来。"

卢梭把两个人带向货架后面。维克忍不住顺路分析了一下巧克力棒的价格,比他家对面大超市的贵 16 欧分。他感觉自己的大脑正不由自主地陷入癫狂,还好及时恢复理智,把注意力集中到了电脑屏幕上。卢梭点击目录并显示了第一个序列。

"像素质量有点差,但应该能看清发生了什么。黑白图像的……现在不到 100 欧元就能买到彩色摄像机。每次调取监控时都是这样,你觉得呢?"

瓦迪姆默默地点点头。

"长话短说。首先是 2 号加油机摄像头,晚上 9 点 42 分,看,抢劫犯从这辆面包车的副驾驶座下来。我们后来在尚贝里收费站及时拦下了这辆面包车,司机显然与此事无关,他解释说是在格勒诺布尔高速公路出口处接上了这个年轻人。男孩声称想去尚贝里,可一上高速,他就让司机把自己放在这里,借口是途中收到了一条短信,有人会来这里接他。"

维克的眼睛捕捉着屏幕上每一个像素。康坦·罗斯戴着帽子，脸上围着围巾，从面包车上下来后，不声不响地躲进了角落。卢梭认为这很可能是一次偶发性抢劫事件：年轻人没有确切目标，只是选择在一个空旷安全的地方下手。卢梭用食指点着屏幕。

"你们看，他在等待最佳时机。面包车离开了。我切换到4号加油机摄像头，离便利店最远的一个。三分钟后，灰色福特车来到这个半自助加油机旁，靠边停车……"

维克同时审视着两个角度下的视频。康坦刚走进便利店，福特车的司机就下了车，头上戴着黑帽子。鉴于镜头角度、厚厚的冬衣和光线不足等情况，除了埋在羽绒服下的大块头之外，很难得出其他结论。无名车主关上车门，打开油箱，从容地抓住喷嘴，环顾四周，毫不惊慌，也从不抬头看摄像头。

瓦迪姆在两个屏幕间切换着。

"不是那会惊慌的人，哪怕后备箱里有一具被剥了皮的尸体。不过在这种时候，不是应该先去收银台付款吗？"

"晚上10点才开始在柜台结账。本来只要十分钟，我们就能在便利店入口处的摄像头里看到他，整张脸会被照得像圣诞树一样清楚。"

此刻的店内摄像头下，康坦正用枪指着经理，强迫后者打开收银机，不到三十秒，他就把一沓钞票塞进口袋，然后离开便利店，向福特车走去。福特车主看到康坦时已经太迟了：年轻人正用枪指着他并命令他后退。他一动不动，似乎想讨价还价。一颗子弹射向地面。车主只好后退了两步。康坦充满威胁地重新盖上油箱盖，冲进驾驶室，发动汽车。起初，无名车主只是呆站在那里，最后转过身，彻底消失在了摄像头的视野中。卢梭切断视频。

"据信，他是朝与高速公路相反的方向跑的。公路的右侧是一片绿化带，再往那边就是大自然。五百米外是一个高速公路出口，周围是大片的村庄和省道。鉴于他的行为以及使用假车牌的事实，我几乎立刻联系了当地警察。天很黑，他们不太可能找到他，但谁知道呢。"

"做得对。还有其他证人吗？"

"当时没有其他目击者。抢劫案发生后，经理吓坏了，没注意到任何事情。我已经调取了不同摄像头的视频，有价值的应该就是这些。"

"所以，没有脸。可以试着查查之前的监控视频，比较一下车型。这个人也许之前来过这里，用真车牌。"

三个人走出便利店，来到4号加油机旁。卢梭指着地上的喷嘴。

"也许能在喷嘴上找到DNA。"

"视频里他戴着手套。不过别担心DNA，他的福特车上应该有很多。"

维克沉入了夜色，凝视着远处高山上房子里射出的微光，就像数百个悬浮在太空中的银色碎片。嫌疑人已经消失在了无数的星星里。他从哪里来呢？后备箱里有一具残缺不全的尸体，他又要去哪里？维克想到了那个被砍掉双手的年轻女子。也许她的父母正在其中一座房子里等着她的消息，她的母亲正试图联系她，她的父亲正打电话给她的朋友。但他们再也见不到她了。

他发现自己竟然在不知不觉地数数：那些灯光。他该死的大脑里正响起一个咒骂的声音，他要不惜一切地知道伊泽尔省图韦公路出口的高速路服务区有多少盏灯被点亮了，仿佛那是至关重要的信息。他的脑海中漂浮着各种数字：1.35 欧元的巧克力棒（贵 16 欧分），4 号加油泵屏幕上的"57.33 升"，以及便利店的营业时间。他会记住所有这些数字，哪怕到死也不一定知道它们与什么有关。他看到瓦迪姆正和卢梭说话，也许是在向后者解释，他的同事很古怪，不爱说话，但他已经忍受了十多年。

维克叹了口气，给留在事故现场的鉴定人员打了个电话，让他们查看一下事故车的车架号码——印在车体前挡风玻璃右下方的凸纹——并在得到答案后挂断了电话。他走向那两个人，对他的同事说道：

"车架号已经被擦掉了。"

"相当谨慎的家伙。没有脸，假车牌，没有车架号，一辆灰色福特。这一带可不缺这种车，通过汽车追踪到他并不容易。"

维克把手插进口袋。

"他可能提前做好了所有防范工作。不过今晚，我们还是不请自来地闯入他小小的世界，这一定是他始料未及的。但愿我们能成为他最好的圣诞礼物。"

# 4

"你的书经常涉及替身、身份盗用、记忆和回忆等主题。《未完成的手稿》也不例外。这可能是你最原始、最暴力的小说,其中触碰的话题可能会冒犯敏感的灵魂,比如酷刑、绑架和强奸。你是想把一部震撼人心的小说交给你的读者吗?"

琳妮·摩根不安地在椅子上扭动着身子。采访开始还不到十五分钟,她就已经到了崩溃的边缘。在消失了四年之后,读者们再次因"埃纳尔·米拉雷"的最新小说而疯狂。这部小说于12月初上市,随即跻身畅销书排行榜前十名。从现在开始,为了宣传,她的采访必须持续到圣诞节。

"我没有预先计划任何东西,只是想什么就写什么。当然,它是暴力的,但你觉得我们生活的世界不是吗?"

琳妮陷入沉默。坐在邻桌的营销专员帕梅拉瞪了她一眼。《孪生》杂志堪比黄金,是发行量最大的女性月刊,读者一向口味刁钻,此次采访被安排在双页版,计划在圣诞假期发行。记者杰拉尔丁·斯科德尔噘着嘴唇,在笔记本上潦草地写着。琳妮可以忍受痛苦的采访游戏,但拒绝录音、广播和电视,并坚持要求在文章发表前进行严格审读,以确保她的男性化口吻。当然,更不能有照片,不能有人看到她的脸。如果只有少数人知道"埃纳尔·米拉雷"和"琳妮·摩根"是一体的,公众就不会发现让他们一夜不眠的作者身后其实隐藏着一个女人。这位小说家一向知道如何把自己的私生活锁在最痛苦的角落里。

"你如何总结你的这部小说呢?我是说故事情节。"

"你读过了吗?"

"所有我评论过的书我都会读,但我想听听你的看法。"

琳妮抿了一口霞多丽酒,以掩饰自己的紧张。她一直很难谈论自己的书。采访在巴黎第十区的一家匿名咖啡馆进行,远离时尚街区和传统的会面场所。她开始重复自己已经说过了几十遍的话。

"这是一个平凡女教师的故事,朱迪丝·摩德罗伊,与一位孤独的老作家发生了交集——一个有着混乱往事的男人,住在布列塔尼区布雷阿岛上的一栋大别墅里,已经很多年不出版任何作品。"

"雅尼斯·阿帕容。"

"阿帕容,是的。他让朱迪丝看了他的手稿,他甚至还没起书名,也没和任何人谈起过:一个关于作家卡亚克[1]·默比乌斯强奸并谋杀少女的肮脏故事;书的最后十页还没写完,最重要的是,卡亚克从没向警方透露过受害者的埋尸地点。朱迪丝觉得这部小说很棒,但她并不知阿帕容写的就是他自己的故事,书中的主角卡亚克就是他自己。"

---

[1] Kajak.

"一种浪漫化的自传。"

"也是一个强奸杀人犯的长篇忏悔,阿帕容多次犯罪,却从未被抓住,于是他决定在晚年通过一部小说坦白一切。当阿帕容宣布他会把手稿寄给前出版社并慢慢写完结尾时,朱迪丝决定囚禁他、折磨他,直至他完成小说。"

"就像斯蒂芬·金的《头号书迷》。你读过吗?"

"当然,我很清楚有些读者会在这之间建立联系,就像你一样。但我对故事的处理与它无关。这更像是一种致敬,而不是其他任何东西。"

"有些段落很难写……比如有一幕令人震撼的强奸,是阿帕容过去犯下的;你还详细描述了朱迪丝制作刑具的过程,那个用来压碎双脚的工具;你甚至列出了在街角商店购买毁尸材料的清单,解释了如何用漂白剂破坏DNA,提醒人们生石灰可以在不留任何痕迹或气味的情况下掩埋尸体,并揭示了某些刑侦技术。你不担心这会伤害真正的警察吗?不担心那些心存恶意的人会滥用你书中的杀人手法吗?"

"这是一个永远被讨论的话题……所以你认为我们,侦探小说作家,是导致社会暴力日益加重的帮凶吗?你认为那些有恶意的人,就像说的,是看了我的书才采取行动的吗?在他们看来,我的书是一本食谱?对于那些犯下谋杀罪或强奸罪的人来说,他们之所以会伤害别人,可能是出于冲动、仇恨、愤怒或童年的经历。如果非要存在什么联系的话,小说只是一个借口而已。但请回到我的故事,这才是重点,不是吗?"

"请继续。"

"阿帕容为了反抗女刽子手,坚持不写完结局。于是,朱迪丝用一把西格绍尔警枪射杀了他,子弹击中头部,然后用阿帕容书中描述的方法处理掉尸体:生石灰,在森林里挖一个洞,足有一米五深……"

琳妮微微一笑,继续说道:

"是的,我知道这与我刚刚说的坏人并不会从小说中获得灵感的事实相反,但这是小说中的小说,你看,它仍然是小说。"

"我明白。"

"总之,最后朱迪丝编造了一个结局,在书中揭示了受害者被埋葬的地点。"

"她自己写的结局,五百页手稿中的大约十页。"

"是的,尽她所能,她必须做出选择,做出可能不是作者的决定,但她做得很好。她还想到了一个颇具讽刺意味的书名——《未完成的手稿》,并把书稿寄给了出版社,出版社立即决定出版。"

"最美丽的出版骗局:出版一本自己没有写过的、从别人那里偷来的书……"

"没错,只是有一点对她很不利。当然,她因此声名鹊起,直到警察找上门。因为世界上只有一个人知道书中描述的谋杀真实存在,那就是凶手自己。于是她恍然大悟:阿帕容是一个真正的连环杀手,他写了自己的生活;而她抢了他的故事,也成了他的替代品。"

记者飞快地记录着，笔迹已经几乎难以辨认。

"陷阱在她身上完结。很棒的想法，最后的大反转，必须承认，这个结局非常成功。"

"谢谢。"

"我是真诚的。这也是你职业生涯中最美丽的戏中戏。你，小说家，讲述了作家阿帕容的故事，而他讲述的是另一个作家卡亚克·默比乌斯的故事。所有这些交织在一起的角色，显然都饱受折磨。这就像潜入人类心灵的迷宫，在某种程度上潜到了最深处。卡亚克·默比乌斯是铁板一块的野兽，是暴力本能的代表；而阿帕容则更加细致入微，是被恐惧和痴迷驱使的囚徒。有点像你，对吧？"

"我不知道，我……我只是觉得，如果没有它，我也没什么好写的。我需要我的角色受苦，就像……写作时的灵光一现。我的头上有一把刀。"

记者瞥了一眼帕梅拉，然后清清嗓子。

"这与你的过去有关吗？"

"我的童年很快乐、很正常。我们不应该总是在惊悚小说作家背后寻找饱受折磨的变态或精神病患者。"

"写作通常都有隐藏的动机，但我们可以先不谈它。小说的最后一幕发生在埃特勒塔的悬崖，一座人行天桥和被称为'空心针'的岩顶。继斯蒂芬·金之后，这是在向莫里斯·勒布朗致敬吗？"

"莫里斯·勒布朗、柯南·道尔、阿加莎·克里斯蒂……我是在向所有犯罪文学致敬，向所有找出罪犯的英雄致敬。

但请不要在你的文章中提到小说的结局。"

"当然。我们继续。如果你像我一样和警察打过交道，我是说，如果你对刑事案件有点兴趣，就不难发现，你小说中的凶手在作案手法上与安迪·让松有着相似之处。让松可不是虚拟人物。"

琳妮紧紧攥着杯子。

"也许吧，我也会受到新闻的启发。所以呢？"

杰拉尔丁·斯科德尔放下笔，摘下眼镜，揉揉眼睛。

"听着，我也不想拐弯抹角了。据可靠消息称，一个名叫萨拉·摩根的女孩正是这位'旅行者'的受害者之一，即使这位连环杀手始终没有透露埋尸的位置。另外，让松案的最终审判迟迟没有进行，这个案子相当敏感，我不会冒险在我的文章中提到它，除非你向我透露某个事实。我知道你想保持匿名，但请想象一下：埃纳尔·米拉雷其实是一个女人，她在自己的书里讲述了自己亲身经历的悲剧——四年前女儿失踪——以及随后发生的一切，直到两年前，安迪·让松被捕。"

她转向帕梅拉。

"我保证，它不再是双页版，而是六页版！有了这样的亮点，我们将引爆销量，这对大家都有好处，纸书销量的保障！"

当她把目光转回到琳妮身上时，琳妮已经站了起来，两只拳头抵在桌子上。

"那我的人生呢？你有想过吗？该死的！有关我的身份

和失踪案,你要是敢说出去半个字,我会对你提起诉讼,控告你诽谤和侵犯隐私,包括你的杂志!"

她穿上外套,拿起包,头也不回地走出咖啡馆。帕梅拉在人行道上追上她。

"对不起,琳妮。我不知道她会这么做。"

"你也参与了,对吧?"

"绝对没有。你觉得我会吗?你知道斯科德尔,她很专业。我会解决的,她肯定不会说出去,如果这是你想要的。但如果……"

琳妮叫了一辆出租车。

"当然!这就是我想要的!没有'但是''如果',帕梅拉,那是不可能的。我不会煞费苦心花十年时间隐藏自己的身份,最后让一个肮脏的故事毁灭了一切。这个话题是禁区,永远都是。"

"好的,那你还接受《解放报》的采访吗?下午6点20分?"

"不。"

"我们不能那样做。"

"是的,我们可以,我刚刚就做了。你必须确保没有任何信息被泄露出去,否则我会连带追究你的责任。"

小说家冲进车里,向司机报了地址,把头靠在座位上。真是一场噩梦!她早就料到会如此,迟早会有消息更灵通的记者提到这个话题:一位畅销小说家,专门写强奸、谋杀和绑架,而其本人竟然也生活在自己创作的悲剧里——这种文章怎么可能不大卖呢?

出租车把她送到了第十六区的威尔逊总统大道,距离东京宫和现代艺术博物馆仅一百米。走进六十平方米的公寓后,她机械地打开收音机,给自己倒了杯白葡萄酒。她知道,睡前还有两封邮件要处理。喝酒是她面对空虚夜晚的最佳方式。她讨厌招待会、鸡尾酒会和各种用于炫耀的聚会。闪闪发光和虚假的东西对她来说没有意义。即使是这套公寓,它的灯光对她来说也是陌生的。

虽然疲惫不堪,琳妮还是登录了 Facebook 账户:埃纳尔·米拉雷,八万名粉丝,其中大部分是女性。在众多从网上买来的头像照片中,她为"埃纳尔"选择了棕色的短发、灰色的眼睛、四十岁左右,克林特·伊斯特伍德般的身材。而琳妮的头发是金色的,长长的大波浪卷直到肩膀,鼻子精致上翘,蓝色的虹膜会随着光线的变化而变化。

关于身份盗用的问题,记者没有说错。但琳妮需要假扮埃纳尔,感受他的阳刚之气和自信。有时,琳妮会在白纸前经历一种莫名的痛苦。每当夜幕降临,总有一只蜷曲的手伸进她的喉咙,堵住她的气管,让她窒息,仿佛"埃纳尔·米拉雷"是她内心深处的囚徒,他正试图挣脱。

她在网络上闲逛了一会儿,周旋在各种虚拟朋友间,然后裹着羊毛披肩去露台喝了杯酒。萨拉一定会喜欢这里的——巴黎屋顶的夜色,埃菲尔铁塔闪烁的灯光,塞纳河银光闪闪的镜面。琳妮喜欢这座疯狂的城市,它会阻止她想太多,让她麻木,就像一滴倒在糖上的苦艾酒。

手机响了。她看了一眼屏幕,叹了口气:科林·贝尔切隆……她没有接听这位警察的电话,而是想起了自己的丈夫。她在巴黎,而他在那里,就像贻贝一样紧紧依附着北方海岸。几乎两个月没联系了,除了昨天他给她发了一条短信,告诉她他有了重大发现。她曾劝说他很多次,让他也一起来巴黎,但无济于事。好吧,他就是这样:从不轻易听从别人的摆布。

朱利安的妄想症是不是更严重了?他还在寻找女儿的尸体吗?琳妮害怕有一天他们将不得不正式分居并离婚。她已经在巴黎住了一年半,夫妻关系早已没有任何意义。又一个不得不面对的伤痛。但在内心深处,仍有一丝光照耀着她。那是一场二十年来从未熄灭的大火。

警察留下了一条语音信息,她尽力去听:

> 琳妮,我是科林。很抱歉这么晚打扰你,但你的丈夫被袭击了。他现在在贝尔克医院,目前还不知道更多情况。收到留言后,请立即给我回电话。

# 5

在隆冬季节开车接近法国北方的沿海城镇，有时会发生一种奇怪的现象：一眨眼，一大团雾撞在了挡风玻璃上，你会感觉自己仿佛被扔进一个后世界末日的宇宙，怪物爬进车窗，把你卷入浑浊冰冷的海水。就是在这样一个恐怖的黑夜，萨拉被拖走了，被沙丘堵住嘴，被拖进了最黑暗的褶皱。

琳妮不寒而栗，急忙锁上车门。她知道这很愚蠢，但这些突如其来的非理性恐惧从青春期开始就一直在腐烂她的生活。扭曲的脸围绕着她，几十只手伸向她，她夜里常常从噩梦中惊醒；直到三十岁，当她把第一页故事写在纸上时，"埃纳尔·米拉雷"终于出现了，从此，文字就像一个驱魔者。但她并不想和记者谈论这些焦虑。此刻，她仿佛看到安迪·让松开着房车从薄雾中出现，挡住去路，粗糙的大手按在她的车窗上。即使被关进了监狱，这个绰号"旅行者"的家伙仍然像影子一样跟着她，隐藏在每一次呼吸和最轻微的眨眼背后。他是她的食人魔。

凌晨1点左右，她赶到了距离贝尔克五公里的中心医院。科林正在接待大厅的长椅上等她。宽松的黑色夹克，永恒的格子衬衫，火红的刘海儿像逗号一样落在倔强坦率的眼睛上方。他是个无人问津的小警察,却从不掉以轻心。对他来说,无论是普通案件,还是令人兴奋的大案要案,他都一样认真对待;只不过大多数情况下,后者最终都会落入高等法院的手中。

一看到她,他就站了起来,想要拥抱她,但最后只是把她带到自动饮料机前,将 1 欧元塞进机器。他注意到了她棱角更加分明的五官和水肿的眼睑。两个月以来,她瘦了许多。

"还在等医生的消息,应该快了,并没有涉及致命的预后,不过……还是挺严重的。"

"到底发生了什么事?"

科林把加糖的咖啡递给她。

"昨天晚上 7 点左右,在灯塔附近的海湾和堤坝间的人行道上,一个徒步者发现了昏迷不醒的朱利安。他躺在地上,后来被救护车送到了这里。受伤部位是头骨和喉咙,可能有人试图勒死他,目前还没有更多信息。看上去不像抢劫:我们在他的口袋里找到了钱包、别墅钥匙和手机。事实上,我们甚至知道他的行踪,一个健身 APP 正在他的智能手机上运行。朱利安从一个小时前开始沿堤坝完成了五公里的步行,正准备回家。"

琳妮努力理解这些话的意思。朱利安从什么时候开始用这种 APP 了?他最讨厌那些管理生活和健康的应用软件,让人减肥,让人感觉更好,让人知道自己一天走了多少步。他甚至说过,总有一天人们会让手机替他们活着。

"为什么会有人这样对他?"

"不知道，朱利安不只有朋友，也有敌人。你的丈夫质疑一切：司法、调查、证人。你可能不知道，就在三周前，我们差点把他关进单人牢房。他喝得酩酊大醉，跑到警察局大喊所有人的名字。如果他不是现在这个样子，我早就把他关起来了。"

"他在找萨拉的尸体。"

"也许吧。但四年了，他整天像幽灵一样在贝尔克的大街上游荡。他的寻找已经被认为是骚扰，这不能成为他所有行为的借口。不管怎样，这是警察的工作。"

"除非让松透露萨拉的尸体在哪里，否则朱利安会继续摧毁他周围的一切，包括他自己。"

她的目光开始变得迷茫。

"过来……"

科林用一只手臂紧紧地揽住她。

他感觉自己像是抱住了一块水泥砖。琳妮猛地抽出身，把咖啡捧在身前。

"抱歉，科林，但是……"

"别担心。我明白。"

科林尴尬地看向医院的入口处，消防车和救护车的旋转灯正不停地闪烁着。他把目光重新转向琳妮。

"我查看了他手机的通话记录。你给他打过几次电话，昨天和前天？"

"他给我留了言，你听一下吧。"

透过听筒，朱利安的声音听上去低沉而单调。他说他要公布关于女儿萨拉的一个重大发现。

"从那以后,他再也没有找过我,也没回过我的电话。"

科林掏出多年来一直放在夹克内袋里的笔记本,在上面写下这些信息。笔记本上夹着一支廉价的钢笔,笔帽有被咬过的痕迹。他把笔帽夹在唇间。

"他父亲三天前给他打过电话,说即将从蒙彼利埃来度假。我已经听了你丈夫手机上的留言,作为参考,我们需要扣留他的手机以备调查。刚才等你来时,我给他父亲打了电话,告知了朱利安的遇袭。他明天就会赶到这里。"

琳妮点点头。六个月前,雅克·摩根的妻子死于药物自杀。琳妮一点也不了解她的婆婆,老人的眼底总是闪烁着一种可怕的悲伤;而琳妮,甚至连朱利安也不知道这悲伤源自哪里。酒精、抗抑郁药和抗焦虑药彻底毁掉了婆婆的生活。琳妮常常想,雅克是如何忍受这些痛苦的呢?

科林的话把她从思绪中拉了出来。

"说到秘密,还有一件事你要知道。大约两个月前,朱利安一大早打电话到警察局报案,说发生了入室盗窃。"

琳妮的咖啡杯悬停在了下巴处。

"入室盗窃?"

"他本不想张扬,还嘱咐我不要告诉你。他只是不想让你担心,知道你的书马上就要出版了,一门心思都在书上。我去别墅看了看,不过……"

他似乎有些尴尬。琳妮紧盯着他。

"……不过没什么发现。朱利安当时在楼上睡觉,没听到任何声音。他声称房子里有被翻找过的痕迹，文件也被移动过。那个人还进了浴室，偷走了肥皂和梳子。而且你书架上的几本小说也不见了。"

琳妮感觉就像在参加拳击比赛的最后一轮，挨了一拳又一拳。她把剩下的咖啡扔进垃圾桶。苦味哽在喉咙里。

"荒唐。肥皂？我的小说？他们为什么这么做？"

"重点是没有任何闯入的痕迹。朱利安发誓说把所有的门都锁上了。所以，如果有窃贼的话，他是带着钥匙进去的。"

"你觉得他有妄想症吗？"

"他前一天喝得烂醉如泥，琳妮，就像前两天和再之前两天一样。洗碗池里躺着许多酒瓶。我说过，他最近经常泡在酒吧。他说的这些事我们也无法核实。梳子？没什么大不了的。你的书在书店里多的是，谁会有兴趣偷呢？为什么非要冒险进入你家呢？不过，我还是受理了他的报案，但不得不说，应该不会有什么结果。"

琳妮打了个寒战。自从萨拉失踪后，朱利安就不再是他自己了。酒精，绝望，徒劳的搜索……女儿失踪几个月后，他曾多少次穿过数公里的沙丘？调查过多少平方公里的海床？在贝尔克，哪家的房子没被他敲过门？哪个居民没看到过印着女儿的脸的传单？可六个月后，他们收到了一个信封，里面装着萨拉的头发，他们怎么可能还继续住在那所房子里？一年半之后，他们终于得知女儿是安迪·让松的受害者之一，那个凶狠的"旅行者"，强奸、杀害并把女孩埋进森林，然后似乎这还不够，还要把她们的头发寄给她们的父母！

琳妮最终逃离了灵感别墅。那些在四面墙之间兜转的日子，那些在夜里不断重现、让她尖叫的童年噩梦，那些守在女儿空荡荡的房间里流逝的时光——她再也找不到半点灵感。她只想知道调查的进展，重现失踪的场景。她害怕那所房子，尤其想象着让松正潜伏在沙丘后面，埋在沙子下，随时准备潜进来，溜到她的床下。一种无形的存在让她窒息，就像莫泊桑的霍拉一样。

于是她离开了，但朱利安拒绝跟她去巴黎的公寓，他想等萨拉回来，并相信女儿总有一天会回来。他把自己锁进执念，不肯相信让松像对待其他女孩一样杀死并埋葬了萨拉，除非他亲眼看到尸体。他工作只是为了生存，喝醉了才能隐匿真相，其余时间就在互联网、论坛和大街上游荡，把萨拉的照片扔向社交网络、商店、加油站，希望最终能有人对他说"是的，我见过她""我知道她在哪里，她很好"。甚至就连母亲的自杀也丝毫摇不了他的疯狂。

至于琳妮，一旦独自一人在巴黎，灵感就又回来了：这一次，她讲述了一个变态作家的故事，一个被疯女人关起来的强奸杀人犯，被迫写完故事的结尾。甚至在写下第一行之前，她就已经有了书名：《未完成的手稿》。这本书如今已经成了年终畅销书之一。

科林的声音把她拉回了现实。

"你打算在贝尔克住一阵子吗？"

"是的，我带了行李回来。"

"那书的宣传呢？"

"书卖得很好。我还有更重要的事。"

琳妮从他的眼神中看出这对他来说是个好消息。让·格热斯科维亚克医生来了。他是琳妮的老朋友,几年前曾为她提供有关记忆障碍的资料,并解答了她的一些疑问,指导她完成了一部小说。他热情地和她握手。

"我们会为你丈夫做一系列检查。你刚刚长途开车回来,去看看他吧,只有五分钟。一切都会好起来的。"

"他的伤严重吗?"

"生理上没什么问题。没有骨折,喉咙的严重瘀伤导致的肿胀可能会破坏他的嗓音,让他几天内无法正常说话。不过,没有不可逆的预后。他的颅骨是我们最担心的问题,目前没有发现任何损伤或水肿,语言和运动反应也相当令人放心。我们会尽快推进其他检查,以确认没有脑后遗症。毕竟遇袭后,他一直陷入昏迷。"

科林拿出笔记本。

"他是从背后被袭击的吗?"

"我认为是的。在我看来,有人试图勒死他,并用某种凶器砸向他的颅顶。没有刺破头皮,冲击力分布长度为2~3厘米,所以凶器应该是一种类似棒球棒的钝性物体。"

医生说的每一个字都让琳妮感到震惊。她很自责,想象着丈夫独自一人、昏迷不醒地躺在地上,而她正在巴黎喝着30欧元一瓶的白葡萄酒。她为什么没在两天前听到留言后就立刻赶回来?为什么没有察觉到他声音里的紧迫和可能已经逼近的危险?关于他们的女儿,他到底想跟她说什么?

三个人在走廊上拐了个弯,停在222号病房前。琳妮握紧拳头,推门而入。朱利安穿着白色病号服躺在床上,面朝天花板,脸红红的,头上缠着绷带,一动不动。他慢慢地转向她,右眼皮因血管爆裂而浮肿,头发已经被剪短了。

琳妮的胃里像是燃烧着大火炉。此刻在她眼前的不是别人,而是她的丈夫,萨拉的父亲,那个几乎和她共度半生、为她遮风挡雨却又日复一日疏远她的男人,尤其是在女儿失踪后的那几周里,她干脆把自己锁进房间,锁进执念,整日不哭、不笑、不说话。

她发疯般地冲过去,用手背抚摸他的脸颊,手指止不住地颤抖。

"我来了,你还好吗?"

朱利安惊慌地打量着她,用琳妮几乎认不出的破碎的嗓音冲口说道:

"你是谁?"

# 6

维克已经在尸检台上见过127名受害者,其中72名男性、43名女性、11名儿童和1名新生儿。堆积如山的数字在他的脑海里来回碰撞:淹死、烧伤、割伤、金发、棕发、光头;他记得每位受害者的住址以及尸体被发现时的地点、日期、天气状况、体重和身高。最糟糕的是,他记得所有人的脸:被挖出的眼睛、断裂的鼻梁、裂开的脸颊,以及绿色、蓝色或灰色的肉。这并不会让他感到难过、生气或痴迷,他只是因此变成了一个装满犯罪信息的旧橱柜,干扰着他本来的记忆。

维克患有超忆症——一种能保留一切,或者更确切地说,不会忘记任何东西的病。非凡的记忆力一直是他的资产。在孩提时代,他就能比其他同龄孩子更快地阅读、写作、学习和计算。他大脑中的海绵起初是干的,之后很快开始膨胀。他的父母意识到了他难以置信的天赋,为他报名了国际象棋俱乐部和天文学、小提琴、钢琴学习班,以及一所仅对天才开放的学校。他们为他订阅了几十种科学、历史和地理期刊,并在圣诞节时送了他一本词典,甚至把他想象成著名的研究学者、诺贝尔物理学奖得主、钢琴神童……维克曾梦想踢足球,和朋友们一起跑步、玩捉迷藏,但他没有多余的时间。十二岁时，他将圆周率背到了小数点后第1400位，并赢得了人生中第一次记忆竞赛。当时，许多怀恨在心的成年人只会把他当成对手，而不是一个孩子。

从此，一切开始陷入混乱，尤其是青春期。他讨厌上课，不想再看到涂了油漆的象棋子，也不在乎自己早就知道2的平方根值超出了计算器的显示范围。他根本看不懂乐谱，却能演奏莫扎特、舒伯特和维瓦尔第的作品——只因为他能记住那些音符。学习的欲望正在枯竭，大脑的空间和氧气严重不足，维克已经拥有了比任何人直到生命尽头还要多的记忆。人们喜欢他——能拥有一个在一分钟内记住五十四张牌的朋友是一种骄傲——但人们更讨厌他，因为他不正常，让人无法平衡。他经历了加速度的初恋，深谙如何引诱、如何采取行动、如何惹怒对方；他擅长识破谎言——同一个问题的不同答案，哪怕相隔数月。如果说生命是人类个体记忆的总和，那么维克就拥有好几条生命。或者根本没有。

他在军队里度过了快乐的一年：体能训练、纪律、武器，所有人穿着同样的制服，和对他一无所知的战友平等相处。冬天泥泞的台阶，血淋淋的双脚，在拳台上打人和被打。这是一种启示：他不会成为天体物理学家，但一样可以为国家服务，哪怕是淹没在灰色的制服下。他在一个房间里被告知可以选择一份警察的工作，他当即欣然接受。百科全书式的记忆将有助于他调查案件、追踪罪犯。

三年后，他以中尉的身份毕业于夏纳警察学院，并选择回到他生长的地方——格勒诺布尔——做一名警察。第二年，他的父母就搬走了，甚至没来参加他的婚礼。他们已经放弃这个儿子，而他从母亲嘴里听到的最后一个词竟然是"可悲"。多年后，维克终于同意出现在一档关于记忆力的电视节目中，希望父母能够看到他，为他骄傲，并重新与他联系。然而，在他连续取得八十三场胜利并迎来四十岁的生日时，他仍然没有接到电话。于是，他故意输掉下一场比赛，回到了他的尸体旁。

在被发现了超过二十四小时之后，来自汽车后备箱的第128具尸体正等候着维克。此刻，它已经被人从冰柜里拉出来，躺在钢桌上，被刺眼的无影灯紧紧地咬着。

奥菲莉亚·埃尔是格勒诺布尔法医研究所的法医，凌晨1点左右，当"警界双V"出现在接待处时，她已经在尸体旁忙活了一阵子。尸检刚刚进行不到一个小时；尚鲁斯公共交通事故已被公之于众，并被列为最高优先级：一辆公共汽车起火后，火舌从一头蔓延到另一头，消化了所有的乘客，车上52名受害者须逐一接受尸检和DNA检测——优先于任何案件。

埃尔的脸上戴着口罩。

"我没等你们来就开始了。称重，剃毛，现在准备打开头骨。抱歉，这是我从早上8点开始的第七名客户，我现在只想睡觉。至于那具在岩石上爆裂的尸体，还要等上两三天，尚鲁斯的工作还没完。"

"那个没那么紧急，我们知道他发生了什么。只是抢错了车而已。"

康坦会在抽屉里保持"冷静"的。警察已经把他的全部财产——现金、贝雷塔手枪、车里的手机和他口袋里的另一部手机——用封条锁进了警察局的保险柜。就目前而言，他们的兴趣不在康坦，而是后备箱里的受害者和加油站的无名车主。

"那太好了。好的，我来解释一下。死者为女性，白人，体长170厘米，重约58公斤，短发，天生金色，初步判断年龄在二十岁左右，人类学家的数字可能会更精确。下身只穿一条内裤，上身是白色T恤，有污迹。尸身表面没有足以识别其身份的特殊标记，没有文身，没有打孔。耳环是最近刚被摘掉的，耳洞没有被塞住。颅骨后部严重骨裂，应该是被类似锤子的重物击穿，导致颅骨内严重出血。面部皮肤已被全部移除，这里可以看到切割的痕迹。应该是有人用一把手术刀，在她的脸上画了一个椭圆，穿过前额、太阳穴、下巴，像这样，把整个皮肤撕下来……至于眼睛，是用手指摘除的：剜出，利落地切下眼球。"

维克皱着鼻子凑过去。尸体的颅骨已被剃光头发并完全打开，顶骨被击中的部分已经断裂。维克很快在脏器秤上发现了脑浆。旁边，两只断手就像两只丑陋的白蜘蛛，仿佛随时会扑向他。他再次看向尸体。

"有过性行为吗？"

"我会在半小时内告诉你。这里有手铐的勒痕，位于前臂切割区，手上也有。我提取了几份毒检样本：头发，指甲，玻璃体，也许能让我们更多地了解受害者最近几周的饮食情况，以及体内是否存在麻醉剂或药物。但同样要等，最快一周有结果吧。实验室里已经挤满了尚鲁斯的样本。"

瓦迪姆一动不动，双手插在口袋里。维克知道，此刻这位队友比在外面感觉更冷。尸检让他厌恶，但谁又喜欢呢？这名受害者比他们各自的女儿大不了多少：科拉莉和海伦，都只有十六岁，她们任何一个人都有可能是这个死去的女孩。

维克迅速甩掉这种令人难以忍受的念头，并在队友脸上看到了同样的情绪。只有疯子才能做出这种事。法医让他们靠近那双断手，指着手腕断口边缘处的一条蓝色墨水线：

"这条线似乎是为了更精准地切割，在接近边缘毫米的位置下刀。（她指着右手背上一道长长的疤痕。）这是一个旧伤口，应该是几年前的。我会尽快把这些归于分析路径，它会告诉我们更多的。"

三个人回到尸体旁。法医开始在尸体上做"Y"形切口。维克深信只有变态才会像这样撕掉一个人的脸，然后肢解并虐待尸体。他再次想到那个戴帽子的男人，蜷缩在羽绒服里，静静地站在加油机旁。正是这样的其貌不扬使得这些猎食者难以被捕捉，就像安迪·让松，他们可以是邻居、朋友、爱人，过着完美的双重生活。白天是打工者，晚上是刽子手。

当法医将胸骨和肋骨两侧的大块肉分开时，一股仿佛混合了全世界所有腐物的气味直接扑向他们。从这一点上说，尸体和威士忌很像，都会因时间长度、老化程度和空气湿度的不同而释放出不同的气味……维克离开钢桌，把一切交给法医，看着埃尔弹奏她的"乐器"，将她想象成一位令人毛骨悚然的指挥师、死亡的探险家,从钢桌到长凳,让器官在她面前唱歌,让韧带像琴弓一般振动。埃尔的手在生殖器附近徘徊,然后称重、解剖,以证实那里是否有润滑剂的存在,比如避孕套。我们会残害,但也会采取预防措施。维克惊恐地想着。这是有组织的杀手特征,他们会设法控制自己的行为,哪怕是在兴奋和杀戮欲望飙升的时刻。

尸检结束后,奥菲莉亚·埃尔尽最大努力缝制了一个"空信封",一个粗俗的血肉娃娃,可能会被DNA识别,也可能被放进抽屉底部待上数年之久。维克凝视着两只残臂:为什么非要把双手砍掉,让其与身体分离呢?他在长凳和钢桌之间来回踱步,总觉得哪里不太对劲。

"你有尺子吗?"

法医递给他一条软丝带。

"误导,你知道是什么意思吗?"

埃尔扬了扬眉毛。

"一种魔术技巧,利用某个正在进行的动作将观众的注意力集中在某个特定的点上。它之所以有效,是因为人类不可能准确地处理所有外部刺激。我认为……"

维克量了量左前臂断口处的直径,然后是周长,接着又对断手手腕的断口做了同样的测量。最后,他惊恐地盯着法医。

"……没错,误导,我们都只盯着这具尸体,在逻辑上将它与断手建立了联系,却忽视了……这不是我们的错,而是……是大脑欺骗了我们。"

维克抓住两只断手。

"只要仔细观察就会发现,它们与前臂断口的尺寸不一样,二者相差了超过一厘米……"

说完他把断手对接到前臂断口处。埃尔猛地扯下口罩,突然明白了维克的意思。

"该死!这双手不是她的。"

# 7

左侧，一尊希腊神像正用珍珠般的眼睛盯着维克；后面是一个沾满人血的毛绒野猪半身像；右侧是个巨型卡车轮胎，橡胶中嵌着人骨碎片；周围堆放着破损的摩托车、扭曲的自行车，以及各种被贴上黄色编号的"艺术品"包裹。这里的每件物品都散发着死亡的气息，空气中弥漫着蜡、灰尘和冰冷金属的味道。

法医研究所的尸检工作结束后，维克回到了警队，决定独自在贴着法警封条的证物仓库里度过这个夜晚。这里存放着各种无法被装进信封、盒子或袋子的大件物证。每件物品，无论多么庞大，都必须在审判判决后继续保存至少六个月。这里是维克大脑的延伸：刑事案件的记忆。

起初，夜班警卫对他的来访一脸惊讶，但还是让他进来了。维克享受和瓦迪姆一起工作，但也需要自己走自己的路，尤其是在凌晨4点。维克常因独自行动受到批评，他的性格对于警察来说过于孤僻，但这种孤独对他来说却非常必要。一种独有的安静：没有人干扰他的耳朵，没有人扰乱他的记忆。况且，在这里闲逛也可以让他不必回旅馆的破房间睡觉。

巨大的霓虹灯下，他走向那辆两天前撞上护栏的事故车——导致年轻的康坦·罗斯死亡,并从后备箱深处释放了一个地狱。灰色福特车停靠在右侧墙边,距离入口约十米,鉴定小组已对其进行了彻底的搜查。

维克读过那份报告:鉴定人员成功地在司机脚下的毯子上找到一根头发,并在方向盘、座椅织物和车门内侧把手上发现了精液的痕迹。由此,鉴定人员在实验室里获得了无名车主的基因图谱。队长阿兰·曼扎托正努力争取尽快进行DNA比对。

后备箱干净得无可挑剔,只有极其轻微的白漆痕迹。鉴定人员还在潮湿的拖把和水桶上发现了血迹。维克记得后备箱里还堆放着清洁剂和漂白剂。嫌疑人很可能已经清理了一些东西,可能是犯罪现场,以确保不留下蛛丝马迹。生石灰和铁锹的存在表明他很可能计划将尸体埋在某个地方。一个一丝不苟的家伙。维克站在车前,弯下腰,两只手搭在后保险杠上。两个小时前在法医研究所的发现仍然让他头晕目眩。

在千斤顶附近发现的未知断手,表明很可能存在第二名受害者。这个无名女孩,只能通过残肢而存在,没有脸,没有身高,没有发色。而这两只横空出世的断手也彻底改变了游戏规则:凶手至少实施了两次谋杀并致残。她们是第一批受害者吗?还有其他人吗?鉴于犯罪的不寻常特征,这难道是一起令人毛骨悚然的连环杀人案?监狱之外是否还有另一个安迪·让松,强奸、杀害并埋葬受害者?

"旅行者"有追随者吗?

维克并没有感到兴奋,他的心里只有厌恶、痛苦和无助——即使最终找到罪犯,也无法将受害者带回亲人身边了。这些杀手所到之处只会留下纯酸腐蚀后的痕迹,当一个人被锁死,另一个人就会接手,甚至更糟。

他仔细观察车牌:肮脏、变形、陈旧;但铆钉是新的。他用手指抚过边缘,找到前后两面微小的铁颗粒。这是钻孔的结果,也是在不损坏车牌的情况下将之移除的唯一方法。这对维克来说一目了然——凶手是在交替使用真假车牌。保险杠塑料和铆钉周围的各种磨损迹象也证实了这一点。从车况看,加油站的无名车主严格遵守交通规则,驾驶一辆中档车,轮胎状况良好且定期维护。看来这个男人不想给执法部门带来任何麻烦。一个正常人。

维克绕过左侧凹陷的车身,坐上副驾驶座,关上车门,突然僵在了那里——眼前一个边缘线条突出、脸部扁平的青铜雕塑让他想起了贾科梅蒂的作品。它正盯着他,这让他很不安,也瞬间把他拉回了现实:独自待在仓库的波纹铁皮下,一再推迟回家的时间,只因没有妻子和女儿在家里等他。

他环视车厢。汽车是车主的代言人。如果维克的车可以见证他大脑和生活的混乱,那么这辆车则代表了一种无声的秩序感。鉴定人员没在车里发现任何指甲、烟头或嚼过的口香糖。空的烟灰缸,空的车门储物格。手套箱里只有酒精测试仪、汽车三角架和一件黄色背心。崭新的乘客座椅,头枕和靠背亦均无磨损。也没有糖纸或饼干包装纸,后座座椅下方的安全带从未被使用过。没有孩子。

鉴定人员还在方向盘上发现了类似洗手液的溶剂,而且和后备箱一样，门把手上也有轻微的白漆痕迹。另外，他们还在踏板附近捡到一张收费单，上面显示无名车主是在晚上9点25分进入尚贝里高速公路，二十分钟后才到达加油站。也就是说，他开车时小心翼翼，平均时速125公里[1]。

车内的后视镜上挂着一条金链子，维克用手机拍下链子上的十字架，思考着通过刑侦显微镜发现的座位上的精液痕迹。他想象着司机在耶稣面前自慰，在车里射精，也许是在幻想未来的受害者？或是晚上下班后找她们来施以折磨？这就解释了车窗贴膜的原因：在隐匿的空间里沉溺于这种恶心事。这种推论把维克带回了性侵犯罪的可能性，一个纯粹的性瘾者：绑架、强奸、杀戮；一个大自然的渣滓，就像世界上成千上万的渣滓一样。

维克读过许多犯罪学著作，也熟记保管于里昂警察局的让松档案，他了解这类人：有组织、有计划，因隐没在人群中而难以被抓捕。可一旦孤身一人，兴奋感飙升的他们就变成了可怕的杀人机器。"旅行者"这样行事了两年多，也只犯过一次错误，最终落入里昂同事的网中。

但这辆车的车主为什么非要砍掉双手、挖掉眼睛呢？他用那张脸做什么？恋物癖？一个收藏家？

维克转动点火钥匙，打开音响。播放器里有一张CD。动听的旋律立刻填满了车厢：莫扎特的协奏曲。他闭上眼睛，想象着钢琴家的右手配合着轻快的小提琴音。就像那个十字

---

[1] 在天气干燥的情况下，除非有较低限速标志，法国高速公路的最低限速均为130公里/时。

架，这种奇怪的精致感让他感到惊讶:《第22号钢琴协奏曲》，第三乐章，作曲家最不为人知的作品之一。

他是在和鉴赏家打交道吗？但扬声器和音响系统并不算上乘，不符合发烧友的要求。维克讨厌这样的细节，他的大脑可能整晚都会在这些问题上打转。

他调高音量，眼睛盯着贾科梅蒂的仿品，小提琴音正在车厢内壁上来回碰撞。凶手痴迷于古典乐吗？维克的脑海里突然闪过一个念头:凶手有没有可能先把尸体和双手放进后备箱，然后上路，最后才把光盘塞进播放器？

维克开始寻找CD盒，但没有找到。也许是在撞击过程中被甩出了车外，或者被凶手留在了家里。他把CD倒回到开头，开始计时，直到《第22号钢琴协奏曲》的快板响起；总共约四十二分钟。

四十二分钟……根据收费单显示，凶手从尚贝里收费站到加油站花了二十分钟。还有二十二分钟。如果维克的推论是正确的，如果康坦是在抢车后立刻切断了CD，那么无名车主就应该来自尚贝里附近，来自隐藏在山中的无数个村庄之一。一个本地人。

至此，维克认为这辆车已经泄露了所有的秘密。警方已经掌握了凶手的DNA和大致轮廓，包括他的车，以及他当天晚上的行程。如果这个男人足够聪明——维克对此毫不怀疑——他会料到这一切，只要他看报纸:媒体早就透露了康坦的交通事故和后备箱里的尸体。

这会把他变成一个被追捕的危险的猎食者。

维克向警卫道谢后离开了。他将前往一个商业区，距离格勒诺布尔市中心约十五分钟的车程。蓝色和红色的霓虹灯招牌投影在沥青上幻化成漫漫的水坑，就像从天而降的北极光碎片。街道和商店构成一幅枯燥的画面——那些想自杀的人不应该从天桥上跳下去，而应该直接来这里过夜。

他把车停在停车场，走进一家建于本世纪初的低端旅馆。经理是一个带有英国贵族气质的瘦高个男人，看到他后，叹了口气，把房间钥匙和一个信封放在前台上。

"您的妻子今晚来过，给您留下了这个。她看上去非常生气。"

维克的脸一红。所以纳塔丽知道了，知道他睡在这个破旧的旅馆：公共淋浴间，公共厕所，每晚22欧元，含早餐。她是什么时候知道的？怎么知道的？他盯着经理，眼中顿时充满了恐慌，催促对方继续说下去。

"她问到了您的狗。我说我不知道，那个……无论如何，别担心，它还在它的窝里，完美地藏在花园深处。还有……狗粮，我不得不买了一包，可不便宜，而且……"

维克双手抱头。

"是的，是的，我知道，我又忘了，我……"

他掏出一张20欧元的钞票，猛地砸在柜台上。

"谢谢你，罗穆亚尔德。"

他拿起钥匙和信封来到走廊上，打开信封，里面只有一张纸，上面写着：蠢货。

# 8

琳妮吓了一跳,感觉有只手正搭在自己的肩膀上。她从睡梦中醒来,努力睁开眼睛。科林正站在身边,脸色苍白而疲倦。右边的朱利安睡得很安稳。各种设备哔哔地叫着,房间里蒙上了一层蓝色的阴影,窗外悬挂着几颗被冻住的星星……所以,这场卑鄙的袭击不只是一场噩梦。她揉了揉后脖颈,露出痛苦的表情。

"几点了?"

"早上7点。"

警察在琳妮脚边捡起一张萨拉的照片,递给她。她昨晚拿着女儿的照片睡着了。光滑的相纸已经有些磨损,萨拉穿着运动服,微笑着,戴着蓝绿相间的帽子,大大的绒球压在眼睛上方,手指比成"V"。这是她失踪那晚的自拍照,也是最后一张她活着的照片,后来被朱利安印刷成了数千张传单。琳妮痛苦地把它收进钱包。

"走吧,"科林摇摇头说,"我送你回别墅。但愿那里一切正常,我必须保证你的安全。"

"不,我想和他在一起。"

"医生很快会来给他做新的检查,这可能需要几个小时。

他们不希望他在检查前受到干扰,这很重要。另外,你也需要休息。"

"不,我要留下来。我可以在护士台旁边等着。"

琳妮悲伤地盯着丈夫。

"他甚至认不出……他的女儿。他忘了一切。他怎么能忘记呢?那些……撕心裂肺的事?"

她温柔地吻了吻丈夫的额头。她很痛苦,也很生气。谁会以这样的方式袭击他?到底因为什么?

床头柜上放着两把钥匙,她拿起其中一把,默默地跟着科林走出病房。他竭力安慰她道:

"朱利安的头部受到重击,这种记忆丧失是很有可能发生的。至少他还知道自己是谁。不完全性失忆。"

"没错,但失忆可能会持续几个星期,即使扫描结果上没有可见迹象,甚至可能……他生命中的某些片段再也回不来了。那些记忆永远消失了。"

"你知道,医生总会采取预防措施的,别这么悲观。"

"我想告诉他萨拉的事,说不定能产生冲击。他现在像空壳一样可怕,他曾经那么努力地战斗,从不放弃。我该怎么办?怎么才能让他重新想起这些创伤?怎么向他解释让松对我们的女儿做了什么?这……无法解释。"

科林微微一笑。

"也许你现在不该回来。放松点,远离喧嚣对你有好处。给自己点时间,最重要的是让医生做好他们的工作,好吗?朱利安会好起来的,找回他的记忆,一切都会像以前一样。

他在这里,你在巴黎。一切恢复正常。"

他的声音里带着些许酸涩。朱利安做检查时,他一直陪在琳妮的身边。当医生结束检查来见他们时,他们没有得到更新的进展。现在最重要的是先分析检查结果,朱利安必须休息。医生离开后,科林挥了挥车钥匙。

"走吧,我在后面跟着你。小心开车,风吹得很猛,把雾都吹散了。"

当琳妮终于在车里安静下来时,她感觉自己仿佛陷入了一道虚无的深渊。她的丈夫被剥夺了记忆。她对"失忆"还是有一定了解的,六年前她写过一部小说,讲述了一个失忆的女主角遭到殴打和强奸。逆行性遗忘症是身体或心理遭受巨大冲击的结果,骑自行车、走路、背诵乘法表或说出法国总统的名字都是小菜一碟;但记住个人经历是不可能的。她和朱利安相识了二十年,他竟然不记得她了。她没有在他的眼睛里看到光,只有两块冰冷的煤炭。只要自己穿上工作服,他甚至会把她当成医务工作者。

一个陌生人。

这种想法让她无法忍受。丈夫的记忆到底有多糟糕?如果得知女儿的不幸会发生什么?他会歇斯底里,还是会像得知阿根廷驻法国大使来访一样无动于衷?

贝尔克灯塔的轮廓撞在了挡风玻璃上,通往别墅的崎岖小路正在车轮下滚滚向前。她的喉咙有些发紧。这座城市就像一个变异的有机体,一只来自幻想故事的危险野兽。琳妮此刻的感觉比单纯的恐惧还要糟糕。每当看到灯塔的光束扫过黑色的海岸，一种下意识的抓握力就会紧紧箍住她的五脏六腑，让公园里的房车数量翻上一倍，让她开始想象岩石上隐隐绰绰的阴影。这座城市就像一只寄生虫，在她的体内产卵、孵化、长大。她仿佛看到埃纳尔·米拉雷的黑手正从喉咙深处抬起，让她想吐。

蜿蜒的沙蛇在沥青和坑洼附近盘绕滑行，沙丘开始在周围收紧，仿佛要将她埋葬，让她窒息。这些沙子似乎永无尽头，仿佛从地狱熔炉里吐出的黏痰。琳妮看了一眼后视镜，确定科林还跟在后面。最近的邻居也远在三百多米之外，哪怕你尖叫着死去，也不会有人听到。

路的尽头是灵感别墅前的一条死胡同。朱利安没有把他的四驱车放进车库，对于一个秩序狂人来说，这很不寻常。

她把车停在四驱车的后面，裹着外套下了车。科林也做了同样的事，帮她提着行李箱，在狂风中猫着腰。雪崩般的贝壳和岩石碎片以及几个世纪来被侵蚀消化的一切，正猛烈地鞭挞着百叶窗的板条，发出哗啦啦的响声。混合着盐分和藻类的湿气从海面上喷涌而出，脱轨的海浪冲击着欧蒂湾的水流。声音、气味……琳妮已经感觉到噩梦般的记忆在暗流汹涌。她迅速走上柚木台阶，把钥匙塞进锁孔。锁芯在反抗。

"该死，他好像换了锁。"

"可能是因为入室盗窃。"

"我试试医院床头柜上的钥匙。"

说着她从口袋里掏出钥匙，在冻僵的双手间哈了口气，然后插入锁孔：成功了。当门被打开时，五声"哔哔"骤然响起，警报声撕裂了她的耳膜。琳妮捂住耳朵，发现门边的墙上镶着一块白色的控制板，上面排满按钮，屏幕显示要输入密码。她尝试了四五种组合，都没有成功，最后只好回到外面：刺耳的噪声让人实在无法在里面久留。

两人躲进科林的车。科林刚刚挂断手机。

"我刚刚打了报警箱上的电话。监控公司的人十分钟后就到。"

说完他启动车子，打开暖风。

"对了，我们后来联系了你丈夫手机的服务供应商，对他过去三十天的通话记录进行了分析。简单讲，上周五有个奇怪的电话。朱利安曾打电话给兰斯的一位精神科医生，之后又刻意删除了通话记录，这就是我们一开始没有查到什么的原因。"

"兰斯的精神科医生？"

"是的。我联系过了，医生名叫约翰·巴托洛梅乌斯。但他说朱利安只是预约了今天早上的见面，其他的他什么都不知道，但朱利安已经无法出现了，理由很充分……"

"朱利安？精神科医生？即便如此，他为什么非要去那么远的地方看病呢？"

"当然，考虑到距离问题，我怀疑你丈夫可能并不是需要心理治疗。巴托洛梅乌斯同时也是法庭认可的精神病学专家，必要时会在法国各地出庭。我随意问起他是否参与过让松的案子，但他没有。不过，他那边可能有可以挖掘的线索，我会继续调查的。"

警报还在尖叫。琳妮怀疑它是否真的有用：根本没人能听到，十分钟里该发生的早就发生了。不过监控公司的人还是来了。科林出示了警察证，琳妮声称自己是这所房子的主人，并提供了身份证件，同时解释她的丈夫目前不在家，但没有提供更多细节。技术人员似乎也并不在意，不到一分钟就解除了警报。琳妮和科林这才松了口气。她甩了甩衣服上的沙子。

"警报器是什么时候装的？"

"大约两个月前，入室盗窃案之后。这可是高端产品，所有出口都配备了传感器，不可能在不触发系统的情况下进入房子。我可以告诉您启用或停用警报器的新激活码：2882。"

琳妮在手机上记下数字。

"为什么是新的？每次干预后都要更改激活码吗？"

"不，这是摩根先生的要求，在昨天的事件之后。"

"昨天？"

"昨天警报器响过……大概凌晨1点，我在一分钟之内拨通了摩根先生的手机。他回答说他进来时警报就已经在响了。我按照程序询问了他名字和密码，但他说不记得激活码和密码了。他看起来……有点兴奋。"

"喝过酒？"

"是的，而且不止一点点。后来我在房子里巡视了一圈，一切正常。"

科林掏出笔记本，皱着眉头。琳妮揉揉肩膀。房子里温度很高，但她依然暖和不起来，奇怪的事件接踵而至，比惊悚小说的节奏还快。

"然后呢？没有什么故障吗？"

"没有。摩根先生一定是从酒吧回来的。出口处完好无损，我检查了所有装置，没什么问题。后来，摩根先生要求我用他提供的新数字2882更改激活码，而且费了好大劲才签好字，然后我就离开了。请问，需要我再去检查一下房子吗？"

"不用了。"

在干预文件上签好字后，技术人员向琳妮解释了警报器的工作原理。当他回到车上时，琳妮冲出来问道：

"顺便问一下，摩根先生忘记的那个密码是什么？"

"SarahPoussin[1]，还是以前那个，就是出现问题时要求你们提供的那个。"

技术人员走了。琳妮眯起眼睛，环顾四周。阳光下的沙子闪闪发亮，就像巨人吹来的一把金粉。她转身回到屋里，反锁上大门。

科林正在一楼仔细巡视。

"一切都井井有条。如果你想明天就重启这里的生活，最好先把车开回车库。那些沙子太讨厌了！所以说就算有钱，我也永远不会买你的房子。"

"灵感别墅不对外出售。好吧，我去看看冰箱，应该有比萨饼，怎么样？"

"完美。"

---

[1] 傻瓜萨拉。

与巴黎的公寓相比，这里的确太大了。空荡荡的。朱利安的痕迹微妙地散布在周围——遗弃在扶手椅上的旧夹克，扔在地毯上的鞋子，堆在桌子上的弗拉明戈舞者萨拉·巴拉斯[1]的DVD——但远没有预想中的混乱。琳妮此刻才意识到这座曾经给予她一切又夺走了一切的房子，对她来说已经如此陌生了。

她用微波炉加热了两块比萨饼，回到科林身边。他一直在研究警报器的说明书，最后走到大门旁按下按钮。她把盘子递给他。

"别管了，我以后会处理的。"

"我必须确保你的安全。"

"别担心……锁已经换了，加上这个地狱般的警报器，聋子听了都会泄气的。"

他们默默地吃着，这种感觉不错。琳妮终于回家了，回到了这座她再也无法爱上的大别墅。

"谢谢你，科林，为我做的一切。"

"别客气，你也知道，我一下班就会无聊。"

"哦，因为……"

"没问题的，我30号之后才去父母家过新年。我已经想好怎么打发这个假期了。我不会坐视不管的。"

琳妮露出一个微笑。自从萨拉失踪后，科林就进入了他们的生活，只有瞎子才看不出来科林对她的迷恋。琳妮和他

---

[1] Sara Baras.

上过床，只是一晚的绝望。后来当她宣布要去巴黎并不再回到这座房子时，她从他眼中看到了悲伤。在巴黎，她永远失踪；在贝尔克，她只在乎朱利安。但她始终都在，至少可以接近，即使是在梦中。

琳妮想尽快结束蔓延在他们之间的轻微不适。她朝书架——客厅尽头石墙上刻出的一组壁龛走去。左侧是可以俯瞰海湾的落地窗，在晴朗的日子里，当阳光照到书架上时，从那里可以看到波光粼粼的灰色海面。琳妮按下一个按钮，关闭所有的百叶窗，开始检查书架上的书。

"每本小说我都会保留四本样书，现在只剩下了三本。我觉得朱利安是对的，有人进来过。"

科林拿起书架旁的相框，照片上的朱利安穿着渔夫装：黄色雨披、橡胶靴，他在捡拾贻贝。

"可能是朱利安收起来了？想再读一下你的书？"

"不止盗窃，科林，奇怪的事情一件接着一件。朱利安到处用 SarahPoussin 做密码，他的电脑、网络账户……即使喝醉，他也不可能忘记，那是他给我们女儿取的绰号！为什么他连激活码也不记得？"

"酒精会耍花招的。我觉得你并没有意识到朱利安沉沦的程度。"

他把相框放回原处，看了看手表。

"已经下午 3 点了……我得走了。从昨天中午开始我就没回过家，我的猫肯定早就没东西吃了。一旦饿肚子，它的杀伤力是非常惊人的。这一定是出于某种嫉妒，我得带它去看看兽医。"

说着他从家具上拿起朱利安的车钥匙。

"我们先把车开回车库吧。"

琳妮来到走廊尽头,从楼梯下到地下室,打开车库门。科林已经发动了四驱车,并把它停在一辆自行车旁。琳妮也把车开进了车库。当两辆车都被安顿好之后,琳妮关上车库的门,走上楼梯,转过身时发现科林并没有跟上来。

"科林?"

没有回应。她下了一级台阶。

"科林?"

"我在这里……我……你过来一下。我发现了一些东西。"他的语气很严肃。琳妮感觉压力正在升级。他又要说什么?又有什么奇怪的事吗?她走下楼梯,看到了科林略显稀疏的乱蓬蓬的头发正从朱利安汽车敞开的后备箱中探出来。科林正用手机拍照,阴沉着脸。

"我只是想确认下后备箱,以防万一。"

琳妮慢慢走过去,然后用手捂着嘴巴。眼前出现了一串粗糙的字母,就刻在后备箱深处的金属板上,周围布满指甲的划痕。有人曾不惜一切地想在那里写下什么。

血淋淋的字母组成了几个字,像棍棒一样落在琳妮的心脏上:

她还活着

# 9

琳妮坐在沙发上,仍然震惊于刚刚的发现,手里的花草茶已经变成了威士忌。她的心头萦绕着一个不可思议的画面:萨拉被锁在朱利安汽车的后备箱里,刮擦着金属板,试图用血淋淋的手指留下信息。她本以为萨拉失踪了四年,已经死了,像其他受害者一样被安迪·让松杀死了!

"这不可能,科林。你也看到了,我丈夫为了寻找女儿已经毁了他自己。对于他来说,岁月已不复存在,只要能找到女儿。不到三个月前,他还在里昂警察局门口徘徊,试图挖掘让松档案的线索。那些字是用血写的,还有那些划痕……有人被锁在他汽车的后备箱里,所以一定是最近的事,因为如果我在的话,我肯定会发现的。一个女的,割破了手指,没有写'帮帮我''救救我',而是'她还活着'。"

科林沉默着,像一尊雕像,身体前倾,陷入沉思。整座房子沉浸在铅一般的寂静中。最终,他打破沉默:

"我们可以做得巧妙些,你丈夫的袭击案已经启动了司法程序,这给了我们很多可能性。我可以以调查名义申请对后备箱里的血字进行 DNA 检测,去医院调取朱利安的血液样本,这样就可以省去抽血环节,然后将他的 DNA 和后备箱里的 DNA 做比对。"

琳妮摇了摇头。科林不带任何感情色彩的程序用语让她感到很意外。

"为什么呢？只要把后备箱里的 DNA 和档案里萨拉的 DNA 做比对就行了。"

"我不想让这案子从我身边溜走。在基因库里查询萨拉的资料会引起里昂警察的注意，把他们带到这里，我可不想那样。只要能按原样处理，也就是入室盗窃，我们就能掌握主动权。这辆车和你丈夫有关，我有理由向法官提出这样的要求。"

琳妮滚动着压在手掌间的酒杯。原来科林是在担心案子被人抢走。她盯着壁炉里的一堆灰烬。

"如果你认为……那些血是萨拉的，或者是她留下了信息，那么……四年了，你仍然认为案子与朱利安有关吗？所有人都知道是安迪·让松干的！科林，你明白吗？"

"在你丈夫汽车的后备箱里发现了血迹，我必须考虑所有可能性。"他沉入扶手椅，一只手抵在下巴上，仿佛一位老思想家。

"听着……这些年来我一直有时间充分地思考，反正冬天在贝尔克也无事可做。我不停地提出问题，反复琢磨调查中的关键线索。可当你像我一样只是一名小警察时，你会发现一切都很难推进下去，因为无法接触到案件的奥秘，即使处于案件的核心，也几乎只是一个局外人。当你要求阅读案卷或阐述自己的推论时，你会发现最好的选择就是守在失落的小城处理酒鬼间的小冲突。那些来自里昂警察局的家伙可不是地球上最善良的人。"

他拿出笔记本,在眼前晃了晃。

"所以,你必须足智多谋,在角落里默默做事,用迂回的手段获得信息。四年来,一直都是这个笔记本,专门献给……你的家人。一切都在这里,我的推论,案件时间表。对于已经掌握的每一个关键信息,你无法想象我重读了多少遍,思考了多少遍。你想知道我此刻的看法吗?关于让松和你女儿的失踪,这里面的各种奇怪之处?"

科林的话让琳妮不寒而栗。他从未违背过任何原则,他能做到吗?他自己也说过,他只是个无名小卒。

"说说看吧。"

"你准备好再听一遍了吗?从头开始,从萨拉失踪的那晚开始,我们已经掌握的一切?以及……那些肮脏的细节。这可不容易,我不想让你……"

"已经四年了,科林,我和朱利安一直在面对恐怖。我准备好了,我知道让松对我女儿做了什么,对其他受害者做了什么,我正努力学着与他和平相处。我知道他是什么样的怪物,所以,开始吧。"

# 10

他们的谈话和科林笔记本上潦草的几页纸,让琳妮回到了痛苦的记忆。2014年1月23日晚上,对她来说仿佛就在昨天。她当时正在荒凉的海滩上散步,寻找一本还没有影子的书,海浪拍打着海岸,螃蟹在潮湿的沙滩上笔直地逃进岩石的缝隙,浓雾弥漫在海面上。将近下午5点半,她收到了萨拉的信息和自拍照,当时她刚走到海湾南部的碉堡,距离别墅约一公里。晚上7点45分,她试着用手机联系朱利安,因为女儿已经离开了两个多小时,她很担心,并多次给他留言。直到晚上8点半左右,朱利安才回电话,声称自己一直在四十公里外的布洛涅圣母大教堂的地下室埋头工作。

"很快,我们发现朱利安在撒谎。你女儿失踪时他并没有在工作,而是和他的上司、文物建筑工程师娜塔莎·当布里纳在一起。他花了很长时间才承认真相,差点因为一次偷情进了监狱。"

琳妮喝了一口酒。她记得那次难以忍受的指控,记得朱利安不得不在她和警察面前承认自己出轨时的可怜相。耻辱压垮了他,紧接着他就下了地狱。但她当时并没有在意,而是全神贯注地寻找一本书的灵感,也就是四年后的《未完成的手稿》。虽然感到愤怒和失望,但她还是选择支持丈夫并留在他身边。但女儿的失踪始终是致命一击,他们的夫妻关系还是破裂了。

"你丈夫的不在场证明有三点:第一,当布里纳的证词;第二,我们在昂布勒特斯堡的塔楼里发现了他们的幽会场所;第三,他的手机定位确实显示了距离这里近六十公里的昂布勒特斯堡的 GPS 位置,也就是你打电话说找不到萨拉的时候。"

谁都看得出来科林讨厌朱利安,尽管他一再克制自己的情绪。

"你丈夫的行踪被警察视为不予考虑。因为他必须像你书中的角色一样扭曲,才干得出绑架自己女儿的事,然后故意把自己的手机留在昂布勒特斯堡,以假装在那里,并引诱他的情妇撒谎,从而使她成为同谋。"

"朱利安爱萨拉,他不会伤害她的。他是我的丈夫,这不可能。"

"伤害一个人可以有很多理由,即使是喜欢和爱。但无论如何,我们没有发现任何漏洞或者任何与他们那晚的幽会相悖的证据。从那时起,调查开始变得风雨飘摇。没有目击者,没有嫌疑人,没有动机,六个月里没有任何线索,直到你在 2014 年 7 月 20 日收到从德龙省寄来的一缕头发。这一信息立即被上传至警方档案库,最后辗转到了里昂警察局:他们当时已对三起同类失踪案进行了为期一年半的调查。第一起是 2013 年 1 月,在索恩河畔自由城附近;第二起是同年 7 月,在阿卡雄;第三起是同年 11 月,在加普。唯一的共同点就是一缕头发,在绑架发生的几个月后寄到受害者的家中……"

琳妮失神地盯着眼前的茶几,她永远也忘不了自己打开信封看到那缕长长的金发时的悲痛欲绝。筋疲力尽的朱利安当场昏倒在地,不得不被送往医院。

"这时我们还不知道安迪·让松……"

"是的。美丽的年轻女孩消失得无影无踪。据推测,罪犯居然可以成功进入受害者的家,但从未发生过盗窃。四次绑架地点彼此相距很远,信件被寄往不同的城市,但邮戳总是注明同一个地址:德龙省。绑匪可能就住在那里。最重要的是,那缕头发可以明确地将四起失踪案联系在一起……"

科林把食指压在一页纸中间的一个数字上。

"512。据说是一位警察最先萌生了数头发的想法,最后发现每次都是 512 根,不多也不少。每次都是 512,说明绑匪非常仔细。警察试着勾勒罪犯的轮廓,最终锁定为'流窜作案':杀手四处游荡,在德龙省有立足点,然后随机选择某个地方,找机会下手。于是他有了'旅行者'的绰号。接下来,所有线索都指向距离这里五百米的房车公园……并形成一个假设:在萨拉失踪当晚,绑匪很可能把他的房车埋伏在贝尔克房车公园的几辆房车之中?"

他不停地翻着笔记本。当然,他对这个案子了如指掌,但文字记录有助于他找到某些特定的时间、地点和环境。

"让我们回到房车。2014 年和 2015 年,继萨拉之后,又有五个女孩相继失踪。她们分别住在圣马洛、土伦、特拉普、瓦讷和克里尔，这使失踪人数上升到了九个，包括你的女儿。九个彼此没有交集的年轻女性，却又相互关联，从此杳无音信。2015 年底，转折点出现了。又一起绑架案发生。二十二岁的洛尔·布尔东在马赛失踪。被绑架两天后，她设法逃离了绑匪囚禁她的房车，当时房车因爆胎停在一条乡间小路上。女孩一路狂奔，被一辆过路的汽车救下，司机本能地记下了房车的车牌号码。几个小时后，警察在收费站抓捕了房车的司机。"

"安迪·让松，四十五岁。"

"是的，一个失业的建筑工地工头，痴迷于谜题、逻辑、数字 2 及其倍数和国际象棋比赛中的各种步法，所有这些使得他在里昂家中的墙壁被涂得面目全非，数百个画着各种数字的金属、木头和挂锁结构挤满他的房间。一个真正的怪胎。此案最初由宪兵总队处理，但里昂警察局很快得知消息，并说服前者移交绑匪，也就是那个困扰了他们三年多的隐形人……安迪·让松。"

琳妮曾在重建索恩河畔自由城绑架案时遇到过安迪·让松，那只是一次短暂的对视。一道警察人墙将他们与凶手隔开，并最终将他们拉到一边，因为失控的朱利安想扑向让松。凶手冷漠地看着他们，满脸灰白色胡子，呆滞的眼神里看不到一丝感情。

科林端着两杯水回来了，一口气喝光自己那杯后，继续说道：

"……问题是,让松并没有交代全部真相,而是一点点稀释了信息。他并不否认九起绑架案,但在被拘留的头几周,他没有透露尸体的下落。不过就算没有尸体,凶手无疑就是他。在他家抽屉里发现的信封,与受害者亲属收到装着头发的信封完全相同。他在房车里设置了隐藏隔间,里面堆满手铐、胶带、镇静剂和各种药物,床下还设置了巧妙的储藏隔间,刚好装下一个人,专门用于囚禁受害者。"

琳妮转向紧闭的百叶窗,听着沙子撞击板条的声音,想象着外面的黑暗和潜伏在那里的阴影。

"……在监狱的铁栏下,他终于开口了。三个月的监禁后,他透露了三具尸体的位置,分别位于阿尔卑斯山森林深处的不同地点。这个混蛋把警察带到现场,准确地说出了埋葬地点的GPS坐标,由于……"

他犹豫了一下。琳妮示意他可以继续。

"我说过,科林,我没有问题。"

"好吧,由于土壤水分和生石灰导致的分解,尸体已无法辨认,但DNA可以说话,并证明它们分别是第一、第三和第七个被绑架的女孩。让松承认了强奸和残害,并兴奋地交代了所有细节。他的作案手法通常是将受害者囚禁在房车里几天,强迫与她们发生性行为,然后杀死她们,大多数是在她们睡觉时勒死或击中头部,然后把她们扔进大自然,掩埋在地下,最后撒上他在园艺商店购买的生石灰,掩盖一切。一个喜欢炫耀和玩弄警察的垃圾。"

琳妮深吸一口气。自从让松被捕后,她就迫切地想要知道一切，想知道女儿遭受的折磨，然后像朱利安和其他父母一样扑向野兽。警察并没有向他们隐瞒真相。

"即使在监狱里，他也记得那些数字，那些GPS坐标。"

"是的，而且到目前为止，他已经交代了八具尸体的位置，最后一次可以追溯到一年多以前。但他始终还有一个受害者要交代，那就是萨拉……"

琳妮垂下迷蒙的眼睛。她宁愿像其他父母一样知道一切，然后被永远定格。她需要真相，否则她和朱利安只能面对无尽的痛苦，直到这个混蛋决定开口。

"……他给出的尸体并不是按顺序排列的。他打乱了轨迹，把我们耍得团团转。他喜欢把所有注意力都集中在自己身上，所以他想继续保守秘密，成就他的另一个游戏，一种在监狱里消遣并重温幻想的方式。每次交代，对他来说都是一次出去呼吸新鲜空气的机会。一想到这个连环杀手竟然还会收到女粉丝们充满爱意的来信……我就感到恶心。"

科林露出厌恶的表情。

"在他家里，我们没有发现任何女孩的踪迹，他从未带她们去过那里。他很小心，经常清理自己的车。鉴定人员没有得到太多东西。他是一个真正的垃圾，当我们把失踪者的照片放在他鼻子底下时，他知道如何无动于衷，把疑问抛回给我们。他已经被关押了快两年，但鉴于案件的复杂性，对他的审判暂时不会进行。可是他为什么偏偏不透露萨拉在哪里呢？她是第一批失踪的女孩，为什么其他人都死了，只有她迟迟没有消息？"

他单手合上笔记本，沉静地盯着琳妮。她旋转着杯底，想到了朱利安汽车后备箱里的划痕，以及朱利安的电话留言：我必须和你谈谈萨拉。我发现了非常重要的东西。

"也许我不应该和你说这些，但鉴于后备箱里的发现……你知道，只有一个现实因素能将萨拉和让松联系在一起，那就是512根头发。这是一个不容质疑的纽带。但单凭这个就足以让连环杀手伏法吗？任何知道头发和失踪经过的人都可以给你寄邮件，它可以包括很多人：警察、法官、受害者家属……"

"你是说，是他们当中的某个人做了这种事，然后嫁祸给了让松？"

"为什么忽略这种可能呢？一个与让松毫无关系的人，抓住了萨拉，剪下一缕头发，然后寄给你。所以，这里一定有什么细节在某个环节被泄露了出去，那个人知道内幕。这就能解释为什么让松一直没有透露尸体的位置，因为他根本就不知道。你的书里有很多这种扭曲的故事，你比任何人都清楚，有些人在犯罪方面的想象力是无限的。"

琳妮瞥了一眼书架。

"所以，你把朱利安也列进了嫌疑人名单……总是怀疑他……不，这不可能，他不可能在收到头发之前就知道头发的事。他也没去过瓦朗斯，更不会从那里寄什么该死的信。让松知道这里，他来过这儿，来过贝尔克。他对萨拉的描述就像其他受害者一样清晰，他提到了海湾、沙丘、别墅。这你怎么解释？"

"我并不是说朱利安有罪,这一点你要清楚。我只能说让松可能对这里并不陌生。你知道警察如何审讯犯人吗?我们会把他们逼到极限,让他们认罪,把照片放在他们眼前,对他们说'来吧,说吧!是你吧?是你把她带走了?是你躲在沙子里给了她惊喜吗?看着这些照片,然后开口',我们会遇到各种类型的罪犯,让松就是那种有能力准确存储这些数据的人,然后使用并重复利用它们,从而让他的名单上再增加一名受害者。"

"好吧,就算不是,就算让松没有绑架萨拉……那怎么解释那些证人?他们说在萨拉失踪当晚的确在房车公园里看到过让松的车,是你自己找到他们的,2014年1月23日晚上,停在房车公园。他们可以拿自己的名誉起誓。"

"两年后,琳妮,那是两年后了,他们只是指认了一张房车的照片。"

他重新打开笔记本,指着一张粘在上面的照片——"传盛欢迎系列"55号房车。

"这就是他们看到的。我每周至少经过那个公园三次,你知道我见过多少辆这种型号的车吗?这是最常见的一种。我们的目击者只是看到了这辆车,而不是车上的人。是的,据他们说,一辆与让松同款的房车在半夜时开走了,是的,这看起来很奇怪,但离开公园需要一个规定的时间吗?也许车主第二天有工作,或者遇到了紧急情况,或者只是为了赶路,他可能更喜欢在晚上开车?"

科林的语气有些激动,身体因兴奋而微微发抖,仿佛后备箱里的血字和这些曲折古怪的线索足以让他摆脱贝尔克冬眠的魔爪。

"一旦确信某件事,那些通常不会注意到的巧合就会变成线索,就像某些传递关键要素的信息,虽然只是巧合……你明白我的意思吗?"

"是的,我明白,但这是你的想法,不是我的。"

琳妮有些受不了了。她几乎无法从沙发上站起来:有多久没一觉睡到天亮了?

两个人又聊了五分钟,最后一起来到门口,科林把朱利安的车钥匙还给她。

"我已经关好车门和后备箱,明天中午我会回来提取血样和DNA。在那之前,请不要碰那辆车。"

他低下头,然后又抬起头。

"你能回来真好。"

科林终于走了,琳妮提着行李箱上楼,她想尽快躺下来。萨拉房间的门半敞着。她向里面探了探头,喉咙有些发紧。什么都没有变。四年后,同样的运动海报,同样放在床尾的衣服,同样的慢性疼痛:一座房子里的开放性伤口,一直在不停地流血。难怪朱利安会漂泊不定。

她走进卧室,放下行李箱,连衣服都没脱,就伸开双臂倒在床上。真是一场噩梦!她独自待在这栋与世隔绝的大别墅里,感觉就像自己书中的某个角色一样在暴风雨中摇摆不定。迷失,迷茫,动摇。她想象着一个小说家正在操纵自己,把自己逼疯。她仿佛看到自己在写自己的故事,就像阿帕容在写《未完成的手稿》,将世界所有的黑暗投入其中。黑色,永远的黑色,她十几岁时最喜欢的衣服颜色,多年来让她尖叫着度过无数夜晚的黑色。

她猛地坐起来,感觉冷冷的。一只无形的冰冷的手触碰着她。她真切地感受到了。

它就在你的脑海里……

她抱紧双臂取暖,冲进浴室快速洗了个澡。她不确定这里少了什么,也不知道是否有人动过他们的私人物品。或许之后会想起细节的。但她依然感觉很痛苦:朱利安已经把她的面霜、香皂和洗发水放进了橱柜深处。他已经抹去了她的存在。

对于失忆之前的朱利安,她还存在吗?从现在开始,新的朱利安又会如何呢?那个没有记忆的人?在这场不幸中,两个人还有可能重建未来吗?他们还有第二次机会吗?

周三晚上8点,琳妮躺在空荡荡的双人床上,仿佛依偎在朱利安的身边,蜷起双腿,像个胎儿,努力让自己安下心来。她盯着微微敞开的卧室门,外面是黑暗的走廊。她急忙起身锁上门,重新躲回到被子里。

枕头上有麝香味。那是丈夫的气味,是让她平静下来的记忆。在调暗灯光前——擅长写恐怖故事的她今晚可不想睡在黑暗里——她取下手表,拉开床头柜的抽屉,心脏猛地一跳:一把武器?

她一眼就认出了它,因为她在创作过程中和它打过交道:配9毫米帕拉贝鲁姆子弹的西格绍尔手枪。

一把警枪。在她的书里，朱迪丝就是用这样一把枪射杀了阿帕容。

她一把抓住枪托。是真枪！她在训练中心使用过这种武器。序列号没有被擦除，所以不是在水货市场上流通或几张钞票就能买到的玩具。这种死亡工具怎么会出现在这里？朱利安是从哪里弄来的？为什么和《未完成的手稿》中的枪一模一样？

她滑下弹夹。

几乎座无虚席。几乎。

就像书里一样，只有一颗子弹不见了。

# 11

星期四,中午。维克正手足无措地站在学校对面的人行道上,感觉周围的年轻人都在盯着自己。他故意走来走去,假装在打电话,一遍遍地听留言信息,以保持忙碌的样子,眼睛却一直关注着从面前经过的学生。从9月初开始,他就生活在地狱,也一直没来接过女儿,这让他感到很沮丧。

当他在一群女孩中看到科拉莉时,他把手机放进口袋,向她挥手。正忙着和朋友说话的科拉莉并没有看到他。

"科拉莉!"

少女连忙转过身,看了他一眼,神色黯淡得就像她的黑色眼妆。她把背包挎在肩上,加快脚步往前走去。维克跑过去一把抓住她的胳膊。

"我们需要谈谈。"

"谈什么?我没什么可说的。"

"我有话说。"

她知道他不会放弃,于是只好冒着和这个从未露过面的父亲一起丢脸的风险——穿着略显老土的夹克,头发乱蓬蓬的——在众目睽睽之下把他带到旁边的绿地广场,在光秃秃的大树和空荡荡的长椅旁站住。看着女儿在众人中亭亭玉立,维克发现她已经不再是那个他看着长大的小女孩了。他挥了挥车钥匙。

"你什么时候上课?我带你去吃点东西。"

"没时间。即使有时间,我也不会去。"

"你知道你在说什么吗?"

她抱紧双臂,在厚重的大衣下挺起胸膛,仿佛要在父亲和自己之间筑起一道更加清晰的屏障。

"你睡在破旅馆里,却说自己住公寓,这已经够逊了,爸爸。"

"我也不想这样……好吧,有一个睡在旅馆里的父亲并不怎么有趣,但这不是我的本意。"

"谢谢你的关心。可你知道吗?最糟糕的是你竟然忘了我一年一次的舞会。我甚至不要求你参加,我知道这超出了你的能力,我只是想让你用你的车带我过去。当我最需要关心的时候,你却不在!"

"我……我知道,我……手上有个案子,还有和你妈妈的事,还有……很多事……还有……你为什么不直接给我打电话?我会立刻出现的,我……"

"妈妈不想让我给你打电话。没关系,我们的生活并没有受到影响,不用担心。"

"亲爱的,你的舞会,其实我上周末一直想着这件事,我向你保证,我甚至把它写了下来,贴在了房间门上。"

"房间门?鬼才知道。你不能把它保存在手机里吗?"

"手机里垃圾太多了,而且……最重要的是,我不习惯看手机，你知道手机是怎么运行的，这种需要替换内存的机器并不适合我。听着，我想和你一起去的，我保证，但我昨晚回去得太晚了……我是说回旅馆。现在对你妈妈和我来说，很复杂，而你被夹在我们两个中间……"

维克盯着长椅上的绿色板条。十二根，彼此平行相距五厘米，也许是六厘米。右边的长椅呢？后面的呢？他重新集中精神，看着女儿的眼睛。

"希望你别把这件事告诉法官。"

"妈妈正打算这么做呢。她还在笔记本上用红笔圈出了日期，她不会忘记的。是的。"

维克的手机在最糟糕的时刻响了。是瓦迪姆。他想挂断，手却被手套缠住，手机从他手中滑落，掉在了地上。科拉莉长长地叹了口气——就像所有的青春期少女一样。

"你连自己都照顾不好，爸爸，给自己租个简单的公寓并不复杂。总有一天，你会忘记喂你的狗，然后发现它被饿死了，这就是它不能和你在一起的原因。你有十头大象的记忆，但还是会忘记呼吸。妈妈累了，爸爸，她再也受不了了。"

维克弯下腰捡起手机。当他直起身时，科拉莉已经走了。他追了几步，但她加快了速度。

"平安夜你会和我一起过吗？中餐馆怎么样？旅馆附近就有一家……"

科拉莉转过身，摇摇头，张了张嘴巴，似乎想说"好的"，但嘴唇一直在抗拒。最后她匆匆离开了，把头缩在帽子下面。维克没有动，雪花飘了下来，那些聚集在周围的父母们在各自的车里目睹了一位父亲的惨相。

他盯着破碎的手机屏幕。

"该死！"

谢天谢地，机器还在工作，触摸屏还有反应。维克听了瓦迪姆的留言。当他回到车上时，他已经记住了所有长椅的板条数。未来，每当他路过这所高中，他都会想起这个数字，想起他和女儿在广场上说的每一个字，想起中午 12 点 22 分开始飘落的雪花，以及他在平庸的日子里忘记的那场舞会。

# 12

半小时后,"警界双 V"在距离奥什公园不远的人体病理解剖学和细胞学实验室前重组。朱利安·费里尼奥是由代理检察长任命的病理学家,他迫切地想要见到他们两个。此刻,他正站在两只断手前,十根远节指骨的末端已经被手术刀削掉了。

"目前还不知道这双手属于谁吗?"

"是的,DNA 比对结果要两三天后才出来。尚鲁斯事件让实验室的工作非常饱和。我们也很痛苦,这种优先等级划分搞得就像这起双重谋杀案无关紧要似的。目前,我们还没有足够的标准搜索失踪档案。至于暴力犯罪档案库,近年来也没有类似的犯罪记录,所以这两名受害者目前仍然无名。"

费里尼奥穿着领口紧贴的白大褂,乳胶手套像蜡一样粘在手指上,仿佛他的第二层皮肤。

"我这里有几件事要告诉你们。"

他抓起一把钢锯,放在维克的手上。

"首先,你们的两位受害者—— 一位是断手的主人,另一位是失去双手的人——她们的手是被同一类型的锯子锯掉的,交错型锯齿。我们可以看到其留在骨骼表面的脊状痕迹。

另外，我还发现了蓝色防锈涂层的微痕，并确认了锯子上的金属颗粒。如果需要的话，我随时把报告发给你们。"

维克仔细观察着那把锯子，一种在任何一家五金店都能买到的普通工具。杀手是以手工方式工作的。医生抓住一只断手。

"一个好消息、一个坏消息。从哪个开始？"

瓦迪姆抢答道：

"好消息。"

"好的。这个消息可能对你们很有帮助。"

说着他把断手暴露在铰接臂放大镜的镜头下。

"看这里……背部有一个难看的疤痕，面积较大，应该是旧伤，并且做过修复手术，这没什么。不过……（他把手翻过来）看到手掌上的伤口了吗？这是最近留下的。"

维克皱起眉头。那些疤痕呈簇状排列，分布均匀。

"看上去像是故意制造并形成的图案。"

费里尼奥点点头。

"没错。另一只手也一样，图案相同。这肯定不是巧合，这双手的主人在自己身上制造这些伤口，似乎是有意为之的。"

"或者是凶手干的。"

费里尼奥坦率地笑了笑：

"看来我不会成为一名优秀的警察。但这还不是全部，请过来一下。"

他把两人带到显微镜旁。镜头下，一块皮肤碎片被压在两块玻璃片之间。病理学家打开电脑，屏幕上立刻显示出乳突纹痕迹。

"我逐层分析、放大并数字化了十根远节指骨的皮纹图像,类似于用几微米的锉刀一层层地剥掉这些手指的皮肤。比如,这是右手拇指指骨皮纹的不同切片,指纹脊完全正常,从一层到另一层,彼此是相同的。"

他按下键盘上的一个键。

"现在是食指。"

维克打了个寒战。在某些切片上,指纹脊不见了,就像被橡皮擦擦掉了一样。

"虽然肉眼几乎不可见,但构成表皮表面的细胞层显然并不等高,我检查了所有手指:只有左右食指的远节指骨皮纹显示出了这些特征。"

"也就是说,受害者双手食指的指尖因为某种摩擦而受损了。但摩擦什么呢?木头?砂纸?"

"应该是更大程度的伤害,这些表皮受到的是更深且更不规则的攻击。这个部位很微妙,非常柔软,可能与需要这两根手指的职业有关?比如缝纫、接触针织物,诸如此类吧。希望这个结果对你们有帮助。"

瓦迪姆挥挥手,像是在说"马马虎虎"。

"有总比没有好,但这并不是我说的好消息,请不要搞错了。"

费里尼奥用力地扯下手套。

"请到这边来。我已经收到了两名受害者的毒物检测报告。颅骨碎裂的那个,除了缺铁和矿物盐之类的元素外,血液中没有什么特别表现，符合长期囚禁的特征，你们稍后会看到详细报告。不过……对于这双手的主人来说，就完全是另一回事了。数据分析显示，其体内含有大量的卡维地洛。"

维克歪着头。

"一种用于降低血压和心率的β受体阻滞剂。"

"没错。需要注意的是，这种药物会引起四肢血液循环障碍，接受治疗的患者经常手脚冰凉。另外，受害者体内还含有微量的丁咯地尔，一种血管扩张剂，同样用于降低血压。"

"受害者可能正在接受治疗？"

"但并不是正常剂量，指甲角蛋白分析并没有显示出这些药物在其体内的长久痕迹。但还不止这些，我们还检测到了剂量相当高的吗啡。这可不是开玩笑的，这种三级镇痛药专用于治疗剧烈且难以忍受的疼痛。"

"比如截肢后……"

"是的。但如果在断手中检测到它的话，说明你们的受害者在截肢前体内就已经含有吗啡了。"

瓦迪姆似乎不太明白。

"你是说，凶手在砍掉她的双手时，她还活着？"

"是的。我甚至认为你们的嫌疑人在竭尽全力减轻疼痛和流血。换句话说，在我对你们说这些话的时候，这双手的主人还活着，这也不是不可能的。"

# 13

瓦迪姆坐在奥什公园的长椅上,在一排枯萎的白杨树下玩着雪花。距离山脉穿上"白大褂"已经好几个星期了,它们要到4月才会被脱下来。寒冷。群山。瓦迪姆从烟盒里抽出一支香烟,塞进厚厚的嘴唇。

"只要一下决心戒烟,就会有脏东西冒出来让你重蹈覆辙。我以为这个假期会很祥和,可以腾出时间好好享受生活。真是见鬼!"

维克沉默地站在他面前,双手深深地插进口袋,一层薄薄的白色覆盖了他的头发和肩膀。平日生机勃勃的公园此刻空空荡荡,只有一个家伙在远处遛狗。在维克看来,公园里永远都有人遛狗,无论什么时候、什么天气。

"你也听到费里尼奥的话了,维克,如果在截肢时控制出血量,经过正确的药物治疗,并定期换药,她可能会活下来……但如果没有适当的护理,她最终会死于感染,或者遭受巨大的痛苦。那双手,是什么时候发现的?"

"星期一,晚上10点……还差九分钟。"

"我不在乎几分钟,该死的!重要的是已经过去三天了。三天……"

他吸了一口烟。

"我们到底是在和谁打交道,维克?一个扭曲的混蛋?我的意思是,两年前同事们被安迪·让松困住,那个垃圾即使进了监狱也没少让我们吃苦头。而现在,我们又在追捕一个剥皮者,一个和他差不多的疯子……"

安迪·让松……"旅行者"……维克一直密切关注着他的案子,并与凶手有着某种奇怪的联系。大约一年半前,在前往里昂参加为期四天的反恐主题培训时,同事们刚好正忙于让松案,维克有机会看到了"旅行者"九位受害者的头发照片。在培训的最后一天早上,他提出查看档案,并要求计算每个信封里的头发数量。为什么?他自己也不知道。"只是想数数吧。"他回答道。同事们当时都没有在意,只是让他先回家。

两天后,有人前来道贺:头发全部被数过了,都是512根。里昂的同事随后质问让松为什么是512?凶手没有回答,但却突然要求见见那个破译了他所谓"通往他世界大门"的警察。

从此,维克可以自由查阅让松档案以及各种记录和报告——尸检、法医鉴定、精神病学评估——以便尽可能摸透凶手的个性。安迪·让松虽然聪明,但童年生活极其复杂,遭受父亲虐待,并因肥胖在学校里受尽欺负;后来在一所据说极为严苛的寄宿学校生活了几年,在极其封闭的环境中长大,成年后也从未找到一份稳定的工作。

约谈在里昂刑侦大队的审讯室进行,警方希望让松能向维克敞开心扉,并指明最后一具尸体的位置。然而没用。除了已经知道的信息,让松没有透露任何新线索。约谈结束时,让松特意要了一张纸和一支铅笔,写下了"卡斯帕罗夫VS托帕洛夫,1999年",然后在离开审讯室时丢给维克一个词:误导。一种转移注意力的艺术。

和同事们一样,维克也在"卡斯帕罗夫VS托帕洛夫"的谜题上想破了头。这是最引人注目的国际象棋大赛之一,著名的俄罗斯冠军加里·卡斯帕罗夫以44步获胜,他也因此被称为"不朽者"。迄今为止,还没有人能理解让松谜题的含义,但解决这个谜题就能让让松透露最后一具尸体的位置吗?萨拉·摩根的尸体?

维克摇摇头。瓦迪姆继续说道:

"……在这么短的时间里发生了这么多事,这个世界需要这样吗?一种加速的暴力?"

维克想起了妻子在旅馆留下的侮辱,想起他的离婚,想起他与科拉莉在学校门前的争吵,想起那些通过媒体和社交网络互相残杀的政客、主持人、记者,以及四十五岁的他将独自度过圣诞节的事实——在破旧的旅馆房间里,把鼻子埋进一堆犯罪档案中,更谈不上吃什么火鸡。

"是这个世界走得太快了。暴力只是适应它,保持同步。"

"他为什么让她活着?为什么要砸碎另一个女孩的头?据费里尼奥说,他还砍断了那个女孩的手,但她已经死了。我无法理解他的逻辑。"

"但一定有一个逻辑,我们的罪犯一直在遵循某个轨迹。

在加油站,他甚至毫不惊慌,哪怕他的车里有死人。我们只需进入他的大脑……"

"进入他的大脑……好吧……要是成功了,记得把尸体的位置告诉我。"

维克来回踱着步,眼睛盯着自己张开的双手。他想起了受害者手掌上的微伤,看起来井然有序。自愿的标记,既不是数字,也不是字母,是一个图案。一个密码?

"我们必须专注于已经掌握的信息,那两只手……你觉得是什么东西能如此微妙地改变左右食指指尖表面的乳突纹痕迹呢?"

"不知道,也许像所有人一样,她在键盘上打字。"

"只用食指吗?"

"点击雷达屏幕?或者把手指塞进一罐橡皮泥?该死的,维克,我们怎么会知道?那些痕迹对我们来说有什么用?我们不是应该去帮忙弄清那辆该死的福特车来自哪里吗?"

"米莫莱特和迪皮伊正紧锣密鼓地梳理加油站过去两个月来的监控记录。到目前为止,福特车源源不断。"

"然后呢?我们还可以去加油站后面的村庄挨家挨户地敲门。行动起来,好吗?而不是从一个实验室到另一个实验室地到处觅食。"

"我正在行动……正在思考……"

"我宁愿在战场上思考,去踢那个混蛋的屁股。我可不像你,拥有海绵一样的大脑。我需要伸展我的双腿,看!"

维克不停地捻着手指。

"她在摩擦某样东西，而且不会粘住皮肤。费里尼奥说到了针织物，那是……一种重复耗损皮纹表面的动作。两根手指……只有指尖。"

维克的大脑里浮现出各种职业，就像被快速翻阅的百科全书。瓦迪姆站了起来，掐灭没吸多久的香烟，抖抖外套，朝公园门口走去。

"这个问题以后再说吧，好吗？"

他转过身，发现维克一直呆站在原地，一动不动，盯着那个正冲他们走来的遛狗的男人。瓦迪姆太了解这位搭档了，他头骨下面的齿轮正在转动，神经元可能正吐出一个只有他的大脑才能萌生的解决方案。作为一名警察，维克是一场灾难——整日应对文书工作，还是个真正的神枪手——但他知道如何与犯人交流，从中迸发出难以理解的火花，大大推动案件的进展，避免让调查走进迷宫，就像那次数头发时一样。

瓦迪姆大踏步地回到搭档身边。"好吧！又怎么了？"

维克示意他等一下，然后把自己的手机屏幕转向他。

"这些旧伤口，可以组成一个盲文图案，是一个词——可怜。"

"盲文？你在开玩笑吗？"

"盲文就是用两只手的食指指尖阅读的。正是这种反复摩擦浮雕凸点的动作，逐渐抹去了皮纹。"

两个警察面面相觑。

"她是盲人。"

# 14

"我想我明白了。"

维克冲到瓦迪姆的电脑前。这两个人已经在格勒诺布尔警察局刑侦大队的同一间办公室里工作了十多年,与尚贝里、阿讷西、瓦朗斯和圣埃蒂安的警察一样,接受里昂警察局的跨区域领导。这个空间并不迷人——四面惨白的墙壁上挂满海报和照片——夏天太热,冬天太冷,但这是他们的巢穴,让他们感觉很安全。瓦迪姆转过电脑屏幕。

"十八岁的阿波琳·里纳在一个半月前失踪。这是近十年来唯一一起令人担忧的盲人女性失踪案,很可能就是她。"

瓦迪姆靠在座位上,对自己的发现感到震惊。数据显示,这名年轻女子是在距离格勒诺布尔一百多公里的圣热尔韦莱班的家中失踪的。

"负责这起失踪案的是阿讷西的同事。"

维克站在窗前,盯着窗外的雪花。他们的受害者不再是一双手,她现在有了名字,有了脸,有了笑容。阿波琳留着一头长长的卷发,嘴唇略微松弛,是个五官精致的漂亮女孩。维克看了看表:下午三点多。

"好吧,我现在就去阿讷西。你给那边打个电话,向他们解释一下,说我马上就到。也和队长汇报一下,尽量让他们达成官方一致,双方尽快交换案卷。一个年轻女孩的生命正危在旦夕。"

瓦迪姆刚想点头,维克已经揣着几张照片消失了。通常来讲,维克喜欢调查节奏加快的日子,线头一旦被打开,时间会像流星一样飞逝。但这次不同。他正远离科拉莉,接近一个恶魔,这个恶魔至少囚禁、折磨并致残了两个女孩:失明的阿波琳,以及一具脸部被毁并被偷走眼睛的尸体。似乎都与视觉有关。是凶手的痴迷吗?因为害怕被审视和评判,才剥夺了受害者的眼睛并毁掉了她的脸?

维克想起两只断手上的盲文字母。可怜。阿波琳在用自己的方式呼救。但没有人回答她。她独自一人被扔进生命的黑暗中,被剥夺了双手,也许正等待有人来救她。

艾克斯莱班,阿讷西,全速前进。一个半小时之后,维克出现在了阿讷西湖畔。湖水灰蒙蒙的,让人昏昏欲睡,山峰消失在低矮的云层中,在潮湿的空气里不断地膨胀。整座城市像病人一样萎靡不振。一座山城,在冬天,就成了一座山。

迎接他的是菲利普·布格罗尼耶上尉,阿波琳案的队长。他把维克带进办公室,屋子里贴满了女孩的照片、素描像、名字和用箭头连接的地点。他给维克端来一杯咖啡。办公室里很暗,乱得像个地窖。当维克向他展示福特汽车后备箱和尸检照片时,上尉震惊地瘫坐在座椅上……

"我们处理这类失踪案时通常会预想最坏的结果。但对于这个，没有尸体的手，没有手的尸体，两名受害者，你说……阿波琳可能还活着，虽然被砍断了双手？这……太不可思议了。"

瓦迪姆已经在电话里向他解释了经过：福特车被抢，后备箱里的尸体，截肢，因阅读盲文而受损的食指……当然，还要等待DNA结果，但这双手很可能就是阿波琳的。

布格罗尼耶把右手压在一个厚厚的档案袋上。

"阿波琳患有色素性视网膜病变，一种破坏视网膜细胞的退行性疾病。她十二岁时失明，从此陷入完全的黑暗。"

维克盯着一张照片。照片上的阿波琳穿着一件碎花连衣裙。

"她是怎么失踪的？"

"案件发生在今年11月2日的傍晚，在她父母家。他们住在圣热尔韦高地，一座美丽的小木屋。那里很僻静。她父母当时不在家，只剩下阿波琳和导盲犬瓦尔坎。但当他们晚上回到家时，瓦尔坎正站在屋前狂吠，阿波琳已经不见了。据推测，绑匪是在她散步时绑架了她。她平时很喜欢带着狗在周围的树林里散步。"

"有什么线索吗？"

"调查很复杂。没有痕迹，没有证人。在圣热尔韦或周边地区也从未发生过类似案件。那只狗更是连只苍蝇都不会伤害，所以很难判断绑匪是否认识受害者。"

布格罗尼耶起身走近占据一整面墙的区域地图。

"案件发生时正值诸圣节假期。阿波琳平时在位于蒙塔尼奥勒的塞诺内斯[1]青年盲人研究所学习,距离尚贝里几公里,那里的寄宿学校可容纳一百名14~20岁的年轻人学习生活。"

他指着一张学校照片:高高的石墙,巨大的花岗岩拱门。来自另一个世纪的建筑,仿佛一座陡峭的山峰。维克可以想象这座"修道院"里的场景:女孩们拿着短号,陈旧的走廊上回荡着赞美诗的歌声。

"视障学生通常全年住校,假期除外,其中有些人还会在尚贝里的国立学校接受教育。尽管他们身有残疾,但都尽可能地像正常人一样生活。"

维克指着照片中左侧的建筑。

"这是小教堂吗?"

"是的,塞诺内斯是一所古老的天主教学校,继承了宗教传统。这些盲人学生中有不少人常去教堂祈祷或冥想。当周围的一切都陷入黑暗时,他们总要紧紧抓住某样东西。"

维克想起挂在福特车后视镜上的金链子,那个闪闪发光的十字架。难道凶手与这所学校有关?一个员工?

"调查过学校的工作人员吗?"

"调查总要一步步推进,很难在几分钟内讲完所有经过,案卷里都有详细记录。年轻人经常参加活动,每天都会遇到很多人:老师、医生、培训师、普通员工、父母。目前尚不清楚绑匪是否认识阿波琳,也许只是一次偶发性事件?无论如何不能排除这种可能性。当然,我们询问了阿波琳学校里

---

[1] Senones.

的朋友，包括男性和女性。没有可疑，她没有秘密，也没有男朋友，与学校的管理团队保持着正常关系。绑匪可能只是路过她在圣热尔韦家的陌生人，一个猎食者，偶然看到这个脆弱的年轻女子在散步，于是绑架了她。盲人很容易被盯上。"

"我倒不这么认为。有证据表明，嫌疑人就住在尚贝里附近。"

"什么证据？"

"半直觉。"

"半直觉？那是什么意思？你是说……半直觉吗？"

"我有一种直觉，嫌疑人曾在学校甚至研究所里遇到过阿波琳。他知道她住在哪里，并且非常了解她，甚至可以看到她的档案。也许他是故意等到假期，以免与尚贝里或蒙塔尼奥勒产生过于明显的联系，然后将警察的注意力和调查方向吸引到其他地方。"

"只有半直觉吗？你还有其他证据吗？"

"当然，你也可以通过阅读我们的案卷形成自己的观点。我想我们的队长已经同意尽快交换案卷了吧？"

"鉴于情况的紧迫性，这确实符合双方的利益。"

维克突然冒出一个念头。外面，夜幕已经降临，大雪纷飞。

"要想不被困在这里，我最好尽快上路了。"

布格罗尼耶又看了一眼后备箱的照片，然后递还给维克。

"你觉得阿波琳和另一个受害者有关吗？"

"现在下结论还为时过早。"

两个人握了握手。就在维克想要离开的时候——

"维克中尉？"

布格罗尼耶把维克的围巾递给他。维克微笑着接过去。

"今年已经至少五次了。除了记忆，我总是丢三落四的（他揉了揉太阳穴）。"

"没错，而且不会随着年龄的增长而好转。顺便问一句，自从你到这儿之后，一直有件事困扰着我：你从来没上过电视吗？游戏节目之类的？"

"你一定认错人了。"

回到高速公路之后，维克驾车朝格勒诺布尔方向驶去。半小时后，他绕过D1006省道，打开手机扬声器，拨通了瓦迪姆的电话。

"所以，你认为凶手是那所学校的工作人员？阿讷西的同事们肯定都已经盘问过了。"

"这所学校提供宗教教育，福特车的后视镜上挂着一条带十字架的金链子。我已经在去学校的路上了。无论如何，我只是问问校长是否认识一辆灰色福特车，不会有什么风险的。只是礼节性的拜访。"

"礼节性的拜访？别废话了，维克，好吗？我们不能和阿讷西的同事发生冲突，况且还没有正式文件允许我们这样随心所欲。"

"什么随心所欲？正式文件？想想阿波琳，瓦迪姆。想想阿波琳！"

维克生气地挂断电话。真是受够了，又是程序！一个混蛋砍掉了一个女孩的手，命悬一线的她还等得了什么该死的文件？公共照明越来越少，直到最后变成永恒之夜的生命裂缝。道路开始变得曲折，而且越来越窄，仿佛沉入一个被黑暗统治的混乱宇宙。尽管漆黑一片，柏油路面已经被雪铺上了一层薄薄的发光层。

很快，"蒙塔尼奥勒"的路牌就会在车头灯下显形，然后就是查尔特勒山脚下塞诺内斯研究所的食人魔的剪影。夜色中，那栋两层楼的建筑表面散布着三四个发光的窗口，并不多，但维克知道，自己即将抵达的是一个不再有光的世界。

# 15

星期四下午,当琳妮赶到医院时,朱利安正在看书。科林此时正和他的司法鉴定小组在朱利安汽车的后备箱周围忙碌着,她却宁愿在一个地狱般的夜晚之后离开那所房子,更不想思考床头柜的抽屉里为何会出现一把西格绍尔手枪。她没有对科林提起这件事,还是等冷静下来再说吧。

她拉过一把椅子,坐在床边。

"感觉怎么样?"

朱利安举起她的书:《未完成的手稿》。

"医生今天早上带给我的,检查结束时,我已经差不多看完了。他还会陆续把你的其他书带过来。通过小说发现自己的妻子是一个什么样的人,这很有趣,尤其作者还是一个男人的名字。这么说,我们不该透露那个人就是你吗?"

"肯定有人知道的。我想……是的,你也知道。"

"我必须努力摆脱那个挟持作家的女主角,朱迪丝·摩德罗伊,不然我会觉得她就在我眼前。你写出这么……复杂……可怕的东西,告诉我,那个女人不是你吧?"

"当然不是。她只来自我的想象。"

朱利安放下小说,转动着手上的婚戒。琳妮能听懂他的话，尽管声音来自他肿胀的喉咙。

"我们结婚多久了？我怎么还没有逃跑？一直和一个神圣的精神病住在一起！"

琳妮努力挤出一丝笑容。

"我的创作生涯只有十年。《未完成的手稿》是我的第五本书。当我成为一位知名作家时，我们已经认识了十年。我在敦刻尔克长大，和我的父母一样曾在贝尔克教书。你可能不会经常见到他们，因为他们退休后搬到了泰国。不是他们抛弃了我们，而是……他们想过自己的生活……"

她的眼神有些茫然。

"我们认识的时候，你已经在做修复建筑的工作……在我们学校的一个建筑工地，就这样开始了。我们两个。"

朱利安直起身子，在她对面坐好。

"首先，我和一个名人生活在一起。其次，我想看书。你说五本？我打算一口气吞掉它们。埃纳尔·米拉雷夫人。'米拉雷'是指'镜子'[1]，对吗？"

听到他说出自己的笔名，琳妮有一种莫名其妙的不适感。是因为他的发音方式吗？还是因为他说得过于认真，像是正在发掘她的秘密？就像一部他期待了几个月终于出版的新小说，急于吞下每一个字？琳妮极力掩饰自己的困惑。

"可以这么说吧。"

"它们从哪里来？我的意思是……取一个男人的笔名？

---

[1] 法语中"米拉雷"（Mirraure）与"镜子"（miroir）谐音。这里的"Mirraure"有两个 'r'（本应为 'Miraurc'），原文如此、凯莱布·特拉斯克曼手稿页空白处的注释表明，这是有意为之。

写那些阴险的东西？"

琳妮一直无法回答这个问题，也无法理解自己创作的奥秘。她曾经是一名教师，就像她的父母一样；童年时没有烧过苍蝇翅膀，青春期时也不痴迷于恐怖电影。当然，她读过许多侦探小说，但这并不能解释她笔下的黑暗。她试图转移话题：

"我和医生谈过了，他们现在很放心。你的学习记忆和动作记忆都完好无损，也没有发现任何脑损伤……听说你今天早上已经有进步了？"

"没错，言语治疗师在我眼前放了几种水果，一个个地让我辨认，其中有一根香蕉，虽然只持续了几分之一秒，但我看到自己穿着蓝色短裤，站在香蕉种植园里，你就在我身边。这是真的吗？"

琳妮徒劳地搜寻着记忆深处，什么都没有。她只好假装记得。

"最古老的记忆往往是最强大的，它们可能会最先回到你的大脑。"

"但愿如此。给我讲讲吧。我们住在哪里？我是谁？你的工作？还有我的？我们还去过其他地方旅行吗？我们有孩子吗？告诉我，我们的孩子长大了吗？你昨天给我看的照片是我们的女儿吗？她在哪儿？"

琳妮情不自禁地靠在丈夫身上，把脸埋进他的肩膀。当他拉开她时，她哭了。朱利安用手指擦去一滴泪水，抚摸着她的脸颊。很温柔。他已经很久没这样了。

"怎么了?"

"对不起,我只是觉得很有趣……你的失忆和这种感觉……你对我们一无所知,你的小动作,还有眼神,就像暂停了一切,回到了过去,重新开始我们的故事。"

他挥了挥小说。

"就像你的书,《未完成的手稿》,故事从头开始,永不结束。"

他微笑着。

"医生说大多数失忆症患者都会感到恐慌和害怕,但我不会。因为你一直在。"

"现在回答你的问题。是的,我们有一个女儿,她……"

医生说最好不要在心理上刺激朱利安。他头骨下的"建筑"还很脆弱,无论是记忆还是精神状态。必须慢慢来。她从钱包里拿出照片。

"她叫萨拉,在比利时的圣吕克上学,喜欢摄影。你会见到她的!我……我没告诉她你被袭击了,因为她……她这几天有模拟考试,而且……我不想让她难过。"

朱利安抚摸着光面纸。琳妮被自己的谎言折磨得濒临崩溃,真想一股脑地告诉他全部真相。对孩子的死亡撒谎,还有什么比这更糟糕的吗?她的丈夫盯着她。

"她长得很像你。"

"像我们两个。"

"我可以留着它吗?也许对我有帮助。"

"我再给你一张吧。这个我一直随身带着。"

朱利安点点头，把照片还给她。这一次，他一脸严肃地看着她。

"我到底怎么了？这次袭击……有什么原因吗？周围有不好的事发生吗？有一个警察，上午来过，他……"

"……是科林·贝尔切隆。"

"是的，科林·贝尔切隆。他告诉我袭击者没有从我身上拿走任何东西，是在我散步时发生的。可是……我也不知道，他看起来很可疑，总像在……责备我，也不喜欢我。我跟他也不是很熟。"

"在这座小城……科林是一名尽职尽责的警察，他只是在完成他的工作。到目前为止，还没有人知道你发生了什么。"

朱利安的目光越过琳妮的肩膀。门口出现了一个男人，身高一米九的雅克·摩根，正走过来拥抱他的儿子。

"他们对你做了什么？那些混蛋……"但他很快就意识到了朱利安灾难般的记忆，并和琳妮来到走廊上。他光秃秃的头顶上散落着褐色的斑点，在霓虹灯下闪闪发光。年龄压垮了他的骨架，但六十二岁的雅克·摩根仍然充满了活力和韧劲。朱利安继承了他淡褐色的大眼睛，心形的下唇——同样的基因，同样的制造缺陷。琳妮向他解释了经过，并重复了医生的嘱托，以及关于萨拉的谎言。雅克没有拐弯抹角，坦率地微低着头，像一只公羊：

"在这一点上撒谎是很可怕的……"

"现在只能这样了，也是为了他好。我们必须站在同一条战线上，你和我。要尽量避免说到萨拉，还有我和他的分居。对他来说，我们都住在别墅，萨拉在圣吕克上学，好吗？我们必须循序渐进，否则……我也不想撒谎。"

"那他母亲的自杀呢？"

"不知道，也许应该告诉他。但还是和医生商量一下吧。"

"好的。"

"最近也没怎么问候你，很抱歉。你还好吗，雅克？"

"一切都过去了。珍妮的死留下了一个空白，这是肯定的。但比起她曾经的样子，我更喜欢现在的空虚。"

雅克收起下巴，双手插进外套口袋。琳妮没有追问下去。珍妮·摩根的故事，以及四十多年来把这对夫妻紧紧绑在一起的纽带，无疑始终是一个谜。他们一齐向病房走去。

"如果不介意的话，你可以住在别墅。"

"没关系，我也不想打扰你们。我会偶尔过来，平时多半住在渔夫之家的公寓，就在堤坝的那一头。我可是带着工作来的，需要结清所有客户的年终资产负债表。朱利安平安夜那天能出院吗？我回去之前可不可以去别墅和你们一起过节？"

琳妮重重地点点头。距离圣诞节还有四天。雅克走进病房，琳妮的手机突然响了。

"科林？你可以等我一下吗？我在医院……"

"我正和鉴定小组筛查朱利安的车。你必须过来一下，我发现了一件事。"

"什么事？"

"你最好自己来看看。我在地下车库等你。尽快。"

科林挂断了电话。当琳妮重新把丈夫抱在怀里时,胃里像是结着一个肿块。她很害怕,害怕后备箱里该死的血液会揭露什么真相。她想起那把少了一颗子弹的枪。如果朱利安真的越界了怎么办?万一他出于报复、愤怒、仇恨做出了让人无法理解的举动呢?

她告别雅克,再次上路,痛苦几乎让她窒息。帕梅拉打来电话问她去了哪里。琳妮解释说她的丈夫遭到了袭击,失去了记忆,她不得不无限期留在他身边;而那部她花了四年写的小说,那部从她的大脑和黑暗中撕扯出来的作品,此刻已经不那么重要了。

"我明白,琳妮,慢慢来,这本书正在上架,随着圣诞节的临近,销量出现了爆炸式的增长。但既然给你打了这个电话,确切地说,是因为这本书遇到了一个大麻烦。弗朗索瓦让我必须联系到你。有些东西……该死,真是一团糟。"

# 16

"解释一下吧。"

"一个不知从哪里冒出来的家伙投诉抄袭。"帕梅拉回答道。

琳妮把车停在一边。

"抄袭?你在开玩笑吗?"

"米歇尔·伊斯特伍德,你有印象吗?《血之轮》?"

"完全没有。"

长时间的沉默。这不是一个好兆头。

"这个人并不出名,但他在二十多年前以笔名写了两部侦探小说,其中包括《血之轮》,1991年出版……一本二百五十页的小书。"

1991年。她的青春期。琳妮当时读过许多侦探小说,对于阅读,她有着一头大象的记忆。书名和作者名都没有唤起她的任何共鸣。

"……我看了看销售数字,应该不超过一千册。但不管卖出多少,我刚刚读了一下,的确与《未完成的手稿》有着许多令人不安的相似之处。"

琳妮真想不顾一切地挂断电话。除了应付那些想从她身上赚钱的人之外,她还有许多麻烦要处理。

"哪里相似?"

"它的主角也是一位老作家,在一次海上旅行中失踪,但其实是被关进了一个强迫他写作的疯女人的房子里。故事走到结尾时,她杀了他,并以他的名义出版了一本书,名为《故事的结局》。"

"所以呢?他没有抄袭吗?他就没有受到斯蒂芬·金的《头号书迷》的启发?如果这样的话,我们是不是有必要攻击所有编造不可能的爱情故事的作家?指责他们抄袭了《罗密欧与朱丽叶》?我不明白这有什么问题。所以,《故事的结局》和《未完成的手稿》,你是想说这两个书名有什么关系吗?"

"是的,最后,你把《故事的结局》贴到《未完成的手稿》的结尾,你就有了一本完整的书。"

"哈哈哈……"

"我没有开玩笑。我是说,这两本书的确存在某种联系。但最重要的是,米歇尔·伊斯特伍德及其出版商正急于向我们展示其他细节,或许没什么大不了的,但……他书里的作家叫奥波洪,不住在布雷阿岛,但一样是布列塔尼区,只是变成了格兰德岛。而你的阿帕容曾经是连环杀手、恋童癖。我知道,这里不太一样,我……"

"你应该说它们之间毫无关系!"

"你明白我的意思,无论如何,那些糟糕的挖掘者还在继续筛选和对比这两个文本。他们会在需要的地方找到共同点,即使在非常不同的元素上。"

"阿帕容、奥波洪、布列塔尼……这些都是巧合，仅此而已。这不会让我有罪。我从不窃取任何人的想法。"

"当然，我知道，琳妮。但你女儿去世后，你一直过得很艰难，你不可能写作，而且……"

"就算我想窃取他的想法，你不认为我会做得更高明吗？想想看……我的作家，我会叫他马丁或布朗热，我会让他住在南方而不是布列塔尼。"

"总之我们必须做出解释，毕竟我们没有事先知会。证明抄袭通常很复杂，他们很可能不会成功，但这件事恐怕要拖上几个月了。我先把他的书寄给你，书店里早就不卖了。尽快读一下，两个小时就能搞定。"

她挂断了电话。琳妮简直无法相信，这个故事明明是她独自一人在别墅里用几个月的不眠之夜从大脑里撕扯出来的，"阿帕容"赫然出现在她的脑海，她甚至不知道这个名字是否真的存在，想都没想就把它写在了纸上。

巧合，仅此而已。

琳妮再次上路，尽管她强烈地渴望回到巴黎，吞下一片阿普唑仑，然后睡觉，睡觉，醒来，祈求一切都会好起来……半小时后，她赶到了科林身边，后者正在地下车库前等她，面色凝重。科林，这个生活中只担心他的猫的警察；在那一刻，她竟然羡慕起他的简单生活。

现场，鉴定小组已经打包好卤素灯和各种设备，离开了。

"怎么这么久？"

"遇到了点小麻烦……出版社那边。"

科林把她拉进车库，关上身后的门。

"事情可能变得更复杂了。"

琳妮盯着他，抿住嘴唇，差点发出尖叫。科林打开汽车后备箱：用来遮挡备胎仓的毯子已经被对折了起来。他从夹克口袋里掏出一个密封袋。

"就在这块毯子下面，我们找到了它，被藏得很深。你看一下，这是萨拉失踪那晚戴的吗？"

琳妮屏住呼吸，用颤抖的双手抓住塑料袋。里面是一顶蓝绿相间的羊毛帽子，上面有一个绒球。

是萨拉的。

# 17

夜已经深了，外面刮起了强风，裹挟着沙子吹打在落地窗上。史上最严重的大潮汐在前一天就已经开始了，每逢这种时候，贝尔克的天气会持续剧烈地变化，大风肆虐，世界笼罩着一层黑色的面纱。整个欧泊海岸、堤坝和海边小路会被几米高的海浪淹没，在涨潮最猛烈的时候，欧蒂湾甚至可能从景观中消失。海浪开始舔舐沙丘的脚，距离灵感别墅只有约十米远。

琳妮坐在沙发上，翻阅着相册，寻找着朱利安所说的香蕉种植园。如果一根香蕉就能让他回忆起过去，那么羊毛帽子的视觉和触感能唤醒他对萨拉的记忆吗？也许她的丈夫可以解释为什么他的车里会有女儿被绑架时戴的帽子？

根据科林的说法，那只是一顶带绒球的双色帽子，在很多商店里都能找到；但琳妮从未在市面上见过它：因为它是独一无二的，那是萨拉的祖母亲手织的。当然，帽子已经被警察拿走分析了，希望能从汗液、皮屑甚至头发中提取到DNA。

琳妮翻阅着相册，搜寻着埋在大脑深处的记忆。她无法接受自己认识了二十年的男人会伤害任何人，还是一个被锁在后备箱里的女孩,无论她是谁。况且这顶帽子的存在也说明不了什么问题,如果它是萨拉的,为什么四年后才出现在丈夫汽车的后备箱里呢?

她还活着。琳妮不愿接受这个假设。她的女儿不可能还活着。让松绑架了她,杀了她,把她埋在了野外,他迟早会交代尸体的位置的。她的丈夫不可能参与其中。

科林向她保证第二天就会拿到分析结果。如果发生了不可能的事,也就是说,如果这顶帽子的确是她女儿的,警察就会开始搜查这所房子,寻找线索,因为他们无法当面质问朱利安。

还剩下最后一晚,她必须活在最可怕的怀疑中。

她终于找到了能证明朱利安没有说错的照片:他穿着一条蓝色短裤,站在一个香蕉种植园内,她就站在他旁边。他英俊、黝黑,正对着镜头微笑。记忆从她头下敞开的天窗涌入:加那利群岛。他们的第一次旅行,他们的爱情,他们的人生计划。

如果她忘了那次度假,是不是也可能会忘了一整部小说?她听说过米歇尔·伊斯特伍德吗?她怎么可能忘记一次完整的阅读?她是从零开始创作《未完成的手稿》的,她记得那些想法如何涌现,以及脑海中闪过的火花。这是她的劳动成果,毫无疑问。

尽管如此,她还是在互联网上输入了"剽窃""思想盗窃""遗忘"等字眼。经过半小时徒劳的挖掘,她几乎就要放弃了,直到发现一篇关于她从未听说过的主题的文章:潜隐记忆障碍。一种更加心理化的过程，人们会在这个过程中不知不觉地挪用他人的想法。

琳妮简直不敢相信自己的眼睛。在电影或文学等艺术领域，这种现象竟然等同于无意识的剽窃：丢失的记忆以一种创造力的形式在意识中重新浮现，最终使人们确信生命中某一天读到的、看到的、遇到的想法全部来自自己。

丢失的记忆。她会不会也是一个剽窃别人作品的精神吸血鬼？难道她真的忘了那部小说？更糟糕的是，难道她真的偷了它的片段并创作了自己的故事？难道她也像朱利安一样失去了一段记忆？不可能……

她尽量把注意力拉回到相册上，翻页。那些照片仿佛一块块记忆的碎片，几乎可以重建一对夫妻的生活，起起落落，悲喜交加。她和朱利安在一起很开心，她爱他，他一直都在，尽管困难重重。时间钝化了激情，也让位于其他同样强烈的情感：信任、温柔、无忧无虑的快乐。这些照片就是最好的见证。

她仍然爱他，尽管不幸的裂缝把他们分开了。

不知道丈夫回家后的最初几天会是什么样子。没有萨拉，她能和他重建一切吗？与他开始新的生活？让过去的岁月成为一部未完成的手稿，两个人共同开启另一段岁月？

她拿起一本最近的相册——他们和女儿的。她擦擦眼角的泪水。她想念萨拉……失去了孩子，谁都无法继续生机盎然地生活吧？谁能承受没有孩子的世界呢？充其量只是努力活着而已，就像她；而最坏的则是像朱利安一样完全沉没。

当她发现手上的相册有许多空白页时,她不禁打了个寒战。她和朱利安的照片都还在,但萨拉的所有照片都不见了。她翻遍了抽屉——找不到。她突然想起朱利安说的两个月前的奇怪的盗窃案,难道它们和小说以及日用品一起被偷走了?

她来到丈夫的书房,决定弄清楚他到底在隐藏什么。在过去的几周里,他一个人在这所房子里做了什么?难道他真的变成了疯子和偏执狂,在怀疑整个世界?她打开他的笔记本电脑,想查查他的电子邮件和网页浏览记录。但她再也不能访问任何东西了,数据全部被删除了。

她默默地带着电脑出门,去市中心找到了马克西姆·佩尔,一个值得信赖的前同事和朋友,真正的电脑专家。他们简单地喝了一杯,马克西姆很高兴再次见到她。琳妮向他解释了朱利安的遇袭,并问他是否愿意帮忙分析一下电脑。马克西姆答应他一回家就立刻开始工作。

琳妮回到了家,继续搜索,尤其是书房的柜子。朱利安曾把自己的调查结果和线索都记在了纸上,并连同所有调查文件放进了一个大活页夹。但柜子是空的。文件夹呢?他用它做了什么?她记得他们从未使用过壁炉,但现在里面有一堆灰烬。是他烧掉了它们?他为什么想要抹去一切?她踮起脚尖,用手抚过柜子顶部,手指落在一捆被遗忘的A4纸上。

那是一部小说的复印本,她立刻认出了是《未完成的手稿》。在交稿前一个月,她曾给丈夫寄出这份复印稿,想征求一下他的意见,就像以前那样。但他始终没有给她回电话。目前看来,他肯定读过了,因为他特意圈出了其中几个段落,包括最可怕的酷刑，以及如何用木头和金属制造压碎双脚的刑具。

她真想立即回医院打他一顿，直到他开口说话。这个想法让她自己也感到害怕。

必须弄清房子里隐藏的秘密。她穿上外套，拿着手电筒，走出门，冲向距离别墅约十米的工具棚，一座小木屋，那里停放着一辆沙滩帆车。朱利安平时会把所有工具都放在那里，不时地修修补补。如果他真的从小说中获得了某种灵感，那他也只能在那里制造出真正的实物。

西墙根堆积的沙子让小木屋看上去更像一个倾斜的掩体。门上挂着一把崭新的大挂锁，锁着的。她犹豫了一下，深吸一口气，用手电筒砸碎唯一的玻璃窗，清理干净玻璃碎片后，爬了进去。

沙滩帆车正躺在角落里，帆已经被卷起，上面盖着车罩。悬挂的风筝微微旋转着，在挂着鱼竿的墙壁上投下阴沉的影子。一团锯末在周围盘旋，害得她打了个喷嚏。工作台上堆放着圆锯、钉子和螺丝。琳妮俯身看着，一把锤子下面压着一张脚骨刑具平面图，但对应的实物不见了。只剩下木头碎片和刨花。

所以，他还是做了。朱利安果然制作了书中的刑具，并把它带到了某个地方。

*她还活着。*

琳妮拼命忍住想要逃跑的冲动，努力调整呼吸，手电筒照亮了挂在工作台左侧的黄色连帽雨披、防水渔夫裤和吊带；

地上，一双沾满泥浆的橡胶靴被困在结冰的水坑里。毫无疑问，朱利安不久前穿过这套渔夫装，而且不是去收集贻贝的。她站在雨披前，用手电筒扫过每一平方厘米，仔细摸索着裤袋。当她的手指碰到一把古老的钥匙时，她的胸口收紧了。

她盯着光束下的它。四年前，她曾在朱利安接受警察讯问时见过这把钥匙。她几乎可以肯定，这是六十公里外的昂布勒特斯堡的钥匙。

他用它做什么？老情人娜塔莎·当布里纳多年前就已经离开了这座城市。而且最近碉堡也已经关闭，并且禁止任何人进入，原因是建筑过于古老和危险。她知道朱利安已经制定了重建方案，计划启动城墙防水和裂缝加固工程；但工程要到春天才开始。他为什么要把钥匙放在渔夫装的口袋里？遇袭之前，他为什么要去那里呢？

十分钟后，她驾车朝着昂布勒特斯堡的方向驶去，脑子里不断闪现着锯末、钉子、左轮手枪、血迹和四驱车后备箱里的帽子。这把钥匙打开的不仅仅是一座废弃碉堡的大门。

她正在推开地狱之门。

# 18

当维克被一位教师带进校长办公室时,塞诺内斯学校的校长正准备出门。弗洛朗·勒维埃尔先生可完全不是维克想象中的"大山深处的老熊",他看起来三十多岁,乌黑的头发向后梳着,打扮休闲,衬衫袖子卷到肘部,外搭一件V领背心,手里拿着刚刚从衣帽架上取下的羽绒服。

"刑警?我怎么没见过你?"

维克出示了警察证。

"我来自格勒诺布尔,目前还不能告知全部细节,但我们正在处理一起案件,很可能与阿波琳的失踪有关。"

警察从口袋里掏出几张照片,递给校长。

"这其中最著名的联系就是:我们认为这就是绑架你学生的车。一辆灰色的福特蒙迪欧,假车牌,目前正作为证物被停在警察局的证物仓库里。"

勒维埃尔仔细看着照片。

"在格勒诺布尔和尚贝里之间的图韦公路出口,一个加油站的监控摄像头拍下了这个人的照片。虽然看不太清楚,但可能对你有帮助。外表普通,戴着帽子……"

校长摇摇头。

"白天学校里可能停着三十多辆车,但……我想,如果有这辆车的话,我会注意到的。但我没有见过。至于这个人影……太模糊了,据我所知,这里没有人戴帽子,至少工作时间没有。"

他把照片还给警察。

"你在阿讷西的同事已经调查过了,每星期都有人来问各种问题。要知道,我的员工因此受到了广泛质疑,但他们很正直。他们是充满激情和具备专业技能的教师,热爱自己的工作,喜欢年轻人。警察的盘问和这起失踪案也给这里的盲人学生带来了压力,这可能会破坏他们对教育工作者的信任。太可怕了,阿波琳是一个很受欢迎的女孩,我们真心希望你们能找到她,但学校没有什么可自责的。"

维克把照片装进口袋,对自己的直觉没有应验感到失望。

"上周一以来,你们的员工有没有什么特别之处?比如其中某个人出于某种原因没有来上班?"

"没有,没有缺勤报告。有件事必须提醒你一下,我们明天晚上就正式休假了,年轻人会回家过圣诞节,学校也会关闭,所以这几天你们就不要来这里了。但你可以打电话给我,我会随时与你保持联系。"

他递给维克一张名片。

"如果能以任何方式帮到阿波琳……"

他穿上了羽绒服。

"对不起,我真的要走了。我要去尚贝里开个会,因为正在下雪……"

"我想去看看阿波琳的房间。"

校长一边请维克出去,一边锁上办公室的门。

"你的同事已经看过了。你想去那里找什么?他们已经里里外外地搜查过了。"

"不会太久的。我只是想去看看她平时住的地方。"

"那就两分钟。"

两个人穿过学校的走廊。维克本以为这里只有冰冷的墙壁、缺少灵魂的房间和宗教十字架,但活动室里色彩缤纷,装饰现代且明亮,巨大的圣诞树把盲文转录室和手工作坊塞得满满的。再往前,传来了打击乐的声音,男孩们围成一圈,打着架子鼓,中间的女孩正在跳舞,指导教练在旁边拍手打着节奏。这所蜷缩在巨大雪衣下的学校,与世隔绝,却充满了生机。

阿波琳的房间并没有什么特别:舒适、温暖,是任何一个十八岁女孩的私密空间,iPod、耳机、香水……校长停在门口,"只要仔细观察就能发现,这里的主人有视力障碍。"

维克这才发现墙上没有照片或海报,辨认出了家具的圆角、房间入口和床脚处的触感条,以及不同形状把手的抽屉柜。所有这些涌动在周围的细节,他刚刚进来时竟然完全没有注意到。

"我们没有碰过任何东西,希望她能回来。"

维克抓起躺在床中央的毛绒玩具狗,转过身,注意到了俯瞰小教堂窗户上方的十字架。

"阿波琳是信徒?"

"是的。她经常泡在图书馆里,因为那里有占满整个书架的盲文版《圣经》。她还会去小教堂祈祷,每周一两次。但这些你的同事们都已经问过了,甚至还质问了贝特朗,我们的门卫,他常年住在这里,负责看守和维护学校设施,可什么都没有发现。如果你想知道的话,贝特朗的车是一辆破旧的雪铁龙,就停在小教堂的旁边。"

"灰褐色,车牌号 2022TA69……左后尾灯坏了……(维克揉着太阳穴)嗯……如果我没记错的话。"

"啊……真是不可思议。"

"是的,不可思议。但绝大多数情况下,除了让我的记忆阁楼更加混乱,这没有任何意义。我记得所有东西,但多年后不一定知道那些数字或名字对应了什么。换句话说,我的记忆是一个真正的垃圾桶。"

警察走到一个上锁的柜子前,门上安装了盲文键盘。校长走过来按下按键。

"密码是 2962。即使在完全黑暗的世界里,学生们也应该知道他们最私密的东西会受到保护。"

维克打开柜门。不同形状的格层,适用于不同类型的物品。他打开一个装满秘密的盒子:花哨的首饰,圣母的大奖章——没有链子。

"你知道链子去哪儿了吗?"

"阿波琳说弄丢了,后来一直没找到。"

维克拿出手机,找出福特车后视镜上的金链子照片。

"是这个吗?"

勒维埃尔看着照片，一脸严肃。

"我只能说……是一条细细的金链子。但就算是她的，它怎么会在那里？挂在后视镜上？"

"她什么时候弄丢的？"

"应该是……去年6月，暑假之前。"

维克拿起一摞有声读物——儒勒·凡尔纳、大仲马、凯莱布·特拉斯克曼——他看了看最上面一层架子上的CD，抓起第一盒，转向勒维埃尔。

"她喜欢古典乐？"

"是的，非常喜欢。只要听着旋律，她就能用钢琴弹奏出来。莫扎特是她最喜欢的作曲家。她……她是一个聪明的女孩。太可怕了。一个人消失之后，真不知道该谈论她的现在，还是她的过去。"

"现在吧。"

维克匆匆扫了一眼其他CD盒，抽出莫扎特的《第21号和第22号钢琴协奏曲》，然后打开。

空的。

他转向勒维埃尔。

"那个人来过这里，来过这个房间，并且打开过这个柜子，偷走了光盘，最后把CD盒和其他东西放回了原处。"

校长紧张地用手掩住嘴巴。"不……这不可能。"

"这张光盘后来被发现插在那辆灰色福特车的CD播放器里。"

勒维埃尔有些不知所措。维克等了一会儿才继续说道：

"阿波琳是一个漂亮、聪明、有教养的女孩。那个人出现在这里，在你的眼皮底下，走进她的房间。所以她必然认识他，才会让他靠近，要么就是他在她不在的时候进入这里，我想这很容易。他幻想着她，知道她很柔弱；他有她的密码，说不定他看到过她输入密码？他先偷了她的东西，她喜欢的东西。他每天听她听的音乐，在自己的车里，很可能一边自慰，一边想着她——我们在他车里发现了精液的痕迹。"

"这太可怕了。"

"几周之后，当冲动达到顶峰，简单的幻想和物品已经不再足够。他必须拥有阿波琳。于是他决定采取行动，但并不急于求成，他在观察、思考。他是不会在这里行动的，这里是核心，风险太大了，嫌疑人的名单会被明显缩减。不，他在等待诸圣节假期，等着她回到在圣热尔韦的父母家。他极有耐心并相当谨慎。终于，在几个月的跟踪后，他选择在那里发动袭击，淹死了鱼。"

维克把 CD 盒放在校长手里。

"我要找的那个人可以经常出入这个房间。你说金链子是去年 6 月丢失的。如果你从没看到过一辆灰色的福特蒙迪欧，那么，也许他当时开的是公司的车？或者只是偶尔来拜访？治疗师？专科医生？钢琴老师？请仔细想想，勒维埃尔先生，告诉我可能是谁。"

"我不知道，我……"

他沉默着，若有所思，把拳头压在嘴唇上。

"……哦，是的，有一家小型装修保洁公司，搞过一个月左右的装修,从5月中旬到6月中旬。"

"继续。"

"去年冬天,我们发现学校的房子有渗漏,所以更换了一部分屋顶,另外还有几间宿舍需要涂抹灰泥和重新粉刷,阿波琳的宿舍是其中之一。我……我甚至没想到要把这件事告诉给阿讷西的警察,那是暑假之前……"

"那家公司的名字?"

勒维埃尔示意他跟自己来,两个人轻快地穿过走廊。

"是德朗布雷装饰公司,他们来了两个人,一个瘦瘦的小个子男人,另外一个是四十多岁的中年男人,块头更大,可能更符合你照片里的人影,然后……"

"然后什么?"

"如果我没记错的话,他确实戴了一顶帽子。他主要负责阿波琳的房间。我记得他话不多,很孤僻,但活儿干得又快又好。我还跟他说,我家可能也有装修的活儿给他做,所以他给我留了他的联系方式。"

一进办公室,校长就把手伸进抽屉,拿出一张纸,递给维克。上面是一个名字和一个手机号码。现在,剥皮者终于有了一个身份:费利克斯·德尔皮埃尔。

警察向校长道了谢,小跑着离开学校。他躲进汽车的驾驶室,打开雨刷器,清除了挡风玻璃上的积雪,然后拨通了瓦迪姆的电话。

"是维克,我想我们该行动了。"

# 19

四十二岁的费利克斯·德尔皮埃尔住在老艾隆的高处，博日山区的内陆，距离尚贝里约十五公里。

维克已经在车里等了四个小时，汽车停在 D206 省道沿线的一个停车场。他不停地熄灭和启动引擎，好让车身热起来，融化挡风玻璃上的积雪。距离平安夜还有三天，他独自等在一条昏暗山路的边缘，感觉自己孤独得像一座石碑。他想到了妻子，她也在受苦；还有科拉莉，注定要用脆弱的肩膀扛起他们离婚的重担。

他只希望她不会在学校里学坏，不会在高中这片广阔的自由空间里犯错。女儿的生活对他来说太复杂了。他在车窗玻璃上写下"可悲"两个字。可悲的维克……是女儿在学校门前对他的可怜一瞥吗？她真的觉得他很可悲吗？可悲？他痛苦地对着玻璃吹了口气，字消失了。

后视镜里突然出现四对大灯，断断续续地刺破夜色，转过一个又一个弯道。四辆配备了雪地轮胎的汽车，包括一辆救护车，正慢慢地减速靠近。瓦迪姆从其中一辆车上跳下来，全副武装地钻进维克旁边的副驾驶座：黑帽子，拉链拉到下巴处的派克大衣，带衬里的手套。车队会师完毕后，五辆汽车在溜冰场般的赛道上再次出发。

"怎么这么久?"

瓦迪姆用牙齿咬下手套,把一张照片贴在方向盘上。

"这就是我们的剥皮者。美丽的标本,如你所见……"

费利克斯·德尔皮埃尔额头高耸,一小撮黑发像棕榈叶子般盖在头顶,眼睛被一条细细的鼻梁隔开,构成两个完美的圆圈,上面挂着两条浓密的眉毛。维克终于理解了校长所说的"孤僻",德尔皮埃尔看上去就像出生在地下室的人。

"办公室刚刚传来消息,我们现在有了费利克斯·德尔皮埃尔的档案。他有前科,一件七年前的案子,但不是我们负责处理的。"

"谁负责?"

"克拉维克小队。好吧,我长话短说。德尔皮埃尔在一个偏僻的家庭农场长大,就像我们现在要去的地方。从十八岁起,他就在格勒诺布尔或尚贝里的太平间或殡仪馆工作,从不和人说话,冷得像个冰柜。但他并不卑鄙,以严谨和热情的态度对待工作,从不出问题或拖延。他最终进入格勒诺布尔医学院的解剖实验室,并在那里受到了"重用":负责解剖前的所有准备工作。基本上,他负责切割尸体,以便学生们做手术练习。你了解那种地方吗?"

"就像肉店,用斧头或锯子。"

"差不多,没错。一天晚上,有人发现德尔皮埃尔正将一具尸体装进他的汽车后备箱,以供他……个人使用。"

"个人使用?"

"恋尸癖，恋物癖，彻头彻尾。这家伙就是个疯子，他偷四肢、躯干，甚至脑袋，而且已经偷了好几个月都没人注意到。显然，这种事情也不好控制。克拉维克小队闯进他家时，还以为走进了《德州电锯杀人狂》的拍摄现场。当时正值盛夏，他们在一个棚屋后面的垃圾袋里发现了腐烂的遗骸，苍蝇多得只要张嘴就能吞下去一只。德尔皮埃尔在博讷维尔度过了充实的一年，然后离开，继续漂泊，后来接受了建筑方面的培训。在过去三年里，他一直在德朗布雷装饰公司工作，隐藏在山区，远离警察的雷达。我们在地图上查过了，他最近一直住在距离老艾隆两公里的一个农场。"

瓦迪姆从口袋里掏出西格绍尔手枪，检查弹夹。

"自从我们找到他的车，德尔皮埃尔就知道自己被困住了。警察的到来只是时间问题。他一定正在期待我们的拜访。"

维克没有说话，眼睛盯着前面的挡风玻璃，紧跟着干预大队[1]车队的尾灯。他把雨刷器开到最大，思考着人性的怪异和遗传学的奥秘，就像他必须处理自己的记忆异常，也有些人不得不面对自己更黑暗的内心。对于德尔皮埃尔和让松这样的人来说，由于大脑出了问题，绑架一个可怜的女孩或强奸一个死人就像玩西洋双陆棋般自然。

周围的房屋越来越稀少，群山像尖牙一样拔地而起。三公里之后，再也没有活着的生灵。维克盯着车头灯前飘落下来挡住了植被轮廓的雪花，心想着在这片岩石沙漠中，有谁

---

[1] 法国国家警察干预队（GIPN），特种警察部队之一。

能听到受害者的尖叫呢？如果福特车没有被抢，德尔皮埃尔还会继续逍遥法外多久呢？

车队一直沿着两旁长满白松林的狭窄小路行驶，最后停在一条堆满积雪的坡道上。队长阿兰·曼扎托用手电筒敲敲维克的车窗。

"熄灭车头灯，步行前进，目标三百米外。干预大队在前面，我们在后面。从现在开始，我们要形成包围圈，'警界双V'，明白吗？请保持良好状态，维克，记得千万别冲自己的脚开枪。"

曼扎托一向如此，自以为很幽默，维克早就已经习惯了。另外两名成员若瑟兰·芒热马坦和伊森·迪皮伊也下了车。一排全副武装的黑色剪影像乌鸦翅膀一样徐徐展开。走在维克前面的是一个穿夹克的人，衣服上写着"谈判代表"。寂静笼罩着四周，空气中只有厚鞋底踩在结痂的积雪上发出的吱嘎声，以及男人们紧张的喘息声。所有人的肺似乎都被冻住了。

任务无疑是危险的：消灭德尔皮埃尔，拯救幸存者（如果有的话）。

# 20

男人们继续前进。两分钟后，远处一座石头农舍的二层出现一个方形光点。一把大钳子搞定了门上的锁链。内院里，一辆印着"德朗布雷装饰公司"的面包车停在建筑物旁。即使没有福特车，德尔皮埃尔依然可以四处移动。这里似乎丝毫没有逃跑或躲藏的痕迹。

维克有种不祥的预感：一切都太简单了。他们的嫌疑人像是为他们铺开了一张红毯，让他们在进入他家之前先把脚蹭干净。

当左侧谷仓的大门被照亮时，众人僵住了。一排突击步枪正对准一个被钉在木头十字架上的影子。维克几秒钟后才辨认出来：那是一只动物，一头小猪，似乎穿着一条碎花裙子——一个被钉死的"肉稻草人"，肢体残缺不全，被一层薄薄的雪覆盖。维克眯起眼睛，他曾在阿讷西警队办公室的照片上见过这条裙子。他转向瓦迪姆。

"是阿波琳的。"

"可恶。"瓦迪姆厌恶地转过头。

"这是他欢迎我们的方式。"

警察以最快速度封锁了农场出口，干预大队队长用标准的手臂动作示意发起攻击。经过三次猛烈的进攻，农舍的正门倒塌了。

两道光点突然划过楼上的窗户。然后是两声枪响。队员们随即仿佛一辆势不可挡的重型卡车，冲上楼梯，嵌在拉美西斯盾牌的后面。走廊上所有紧闭的房门中，只有一扇透出一丝光，射到地板上。

剥皮者就在那里。维克站在楼梯上，紧贴在一名队员的背后，痛苦地等待即将到来的时刻。一切都有可能发生变化。走廊上——楼梯间和墙壁上到处都是毛绒动物半身像：雄鹿、野猪，甚至狼，眼窝空空，落满灰尘。动物们个个表情狰狞，咧着扭曲的嘴巴，露出破碎的牙齿。德尔皮埃尔是一个猎人，一个杀手，一个追踪者。维克想象着他正站在那扇门后，手持猎枪。不过刚才那两声枪响……难道他已经射杀了阿波琳？

突然，一颗子弹撕开那扇门，撞到对面的墙上。

"该死的！混蛋！"

谈判者还来不及开口跟那个疯子讲道理，第二枪响起，紧接着，一团重物砸在地板上。一片寂静……大家屏住呼吸，又等了二十秒，最后决定闯进去。

一幅恐怖画。地板上的猎枪，喷溅到天花板上的血液和大脑碎片。床上躺着另一具尸体，不是阿波琳，而是一位老妇人，脸色惨白，蓬乱的白发，身上皮肤皱巴巴的，呈现出珍珠白和冰冷的蓝色。床单上开着两朵红花，在心脏的位置。

不到一分钟，干预大队就旋风般地腾空了这个空间，开始搜查其他房间。维克和瓦迪姆站在房间的一角。屋里散发着尿臊味和血腥味。德尔皮埃尔似乎是在自杀前射杀了自己生病的母亲。床头柜上摆放着圣母马利亚像、一本《圣经》和几十盒药,包括几剂吗啡。

维克大步走出房间。原来那只怪物一直和生病的母亲住在这个阴森森的洞里,并在自杀前清理了一切。

那么,阿波琳在哪里?

# 21

经过滨海布洛涅之后，琳妮感觉自己仿佛正驶向世界尽头的荒野。刚刚被车头灯照亮的薄薄的沥青带，沉入了位于乡村和悬崖之间的海角地区自然公园。这是一个由潮湿的棕色泥土、陡峭的白垩岩、被海浪翻腾的圆形鹅卵石、废弃的小型海滨度假胜地和挂在危险却永恒的锯齿状海岸线上的篝火所构成的世界。

如果说夏天的昂布勒特斯神采奕奕，那么冬天的这座小镇就只是懒懒地躺着，承受着海浪和盐的侵袭，被潮汐鞭打得鲜血淋漓。海滨的房子大多空着，像是为了取暖般彼此挤在一起，共同抵抗恶劣的天气——强风、暴雨和永不停息的蒙蒙细雨。平时照亮海岸的五颜六色的小船，此刻在上锁的车库深处积满了灰尘。一切都已干涸、冻结，除了永恒的潮起潮落。石头滚动的催眠曲、沙子沙沙作响的旋律以及海鸥阴沉的尖叫声，总是从某个不知名的地方传到这里。

琳妮把车停在小镇最北端的街道上。斯莱克河水正在海湾中枯竭，在海水退潮时已难以抵达大海。这是一片孤立的自然之地，完全沉浸在黑暗里，在浅浮雕般天然地势的保护下避开了所有好奇者的视线。

琳妮熄灭手电筒，继续步行经过一个拖船停泊场，依稀分辨出了碉堡的轮廓：面向大海的马蹄形城墙，一座三百多年前由沃邦[1]亲自设计的军事建筑。入口前有一条小路，路两侧的岩石上覆盖着软体动物的壳，涨潮时会被完全浸没在水下，让整座建筑陷入绝对的孤立。各种标识标明这里未经授权不得进入以及修复工程即将开始。毫无疑问，这里是朱利安的工地。

琳妮并不理会这些。她跨过悬在两道岩石屏障之间的铁链，小心翼翼地向碉堡走去。岩石外侧传来一股混合着泥土、藻类和盐分的气味。她不知道涨潮的具体时间，但能辨认出远处的大海正与地平线"调情"：她还有时间。在被汹涌的水流完全包围前的六个小时里，她还不至于被困住。

她爬上一段台阶，把钥匙插进一扇巨大木门的锁孔。咔嗒……痛苦开始升级，她的眼前晃动着黄色的连帽雨披、沾满泥的靴子、小说中被圈出的段落以及加百列制造刑具的痕迹。

一到门楼，她就打开手电筒，匆匆扫了一眼不同的隔间，然后穿过内院，上楼。她决定先探索塔楼：朱利安和当布里纳曾在那里的炮台上幽会，他的情人应该早就分析过碉堡的结构。那里应该是最安全的。

空无一人。只有一门生锈的大炮被推进角落，地上放着一个收集漏水的水桶，里面已经蓄了四分之三的水。快被冻

---

[1] 法国路易十四时期著名的军事工程师。

僵的琳妮只好回到楼下,继续探索,不得不时而低下头穿过一个个拱顶。被湿气侵蚀的石灰从石头表面渗出来,让台阶变得滑溜溜的。

突然传来一声巨响,让站在台阶中间的琳妮几乎瘫痪。她举起手电筒,对准前方,屏住呼吸。是梦吗?声音再次响起——更响亮、更清晰。那是钢铁刮擦石头的声音,从下面传来的。

她不是一个人。

"谁?"

又一声。是风?不可能。她鼓起勇气,高举手电筒,向碉堡深处潜去。她依稀记得这段台阶下的尽头是一间石屋,没有窗户,过去曾用来储备军用食物。过道右边的石壁上钉着一张照片,她在照片前停下来:是萨拉,十三岁。然后是另一张,再往下……还有一张。到处都是萨拉。相册中丢失的照片全部在这里,几十张,被钉在石头墙上。

疯狂的巢穴。

一脚接着一脚,恐惧被牢牢地钉在身上,琳妮越陷越深。光束渐渐穿透食物储藏室的黑暗。她挥舞着手电筒,扫过对面的墙壁,当光圈停在一个戴着手铐的手腕和一张肿胀到不再是人类的脸时,她的心脏几乎骤停。

# 22

每当遇到罪犯还未认罪伏法就擅自结束自己的生命时,维克都会有股洗手不干的冲动。这种失败感——今天只是其中一次且绝非无关紧要——会像刀一般割开他的胸口。

他搜查棚屋,移开稻草,照亮黑暗的角落,竭尽全力地寻找。阿波琳几乎不可能活着了吗?会不会被锁在了某个地方?三个男人正努力把那头猪从木十字架上解下来——刽子手使用了气动钉枪,就被扔在穿着阿波琳碎花裙的动物脚下。就连警察也难以想象这种恐怖的场景。

鉴定小组刚刚抵达,此刻正分散在农舍各处,忙着带走弹壳和枪支,采集血样,为尸体和物品拍照。群山的黑色大手在恐怖的农场上空收紧,闪光灯噼啪作响。维克看着同事们以难以置信的耐心脱掉了动物身上的裙子——那一幕既荒谬又可怕——他一言不发地走回屋里,步履有些踉跄。妻子过去常常责备他沉默寡言、不善言辞,但面对此情此景,他该如何回答"今天过得怎么样"这样的问题呢?

警队的程序官[1]——若瑟兰·芒热马坦,一个脸红得像

---

[1] 法国警察局中负责以书面形式转录所有调查阶段的官员。

米莫莱特奶酪的家伙——把各种线索塞进密封袋,队长曼扎托正在打电话,瓦迪姆正和迪皮伊一起搜查农舍。屋子里静悄悄的,当客厅桌子中央的手机发出青蛙的"呱呱"叫时,维克吓了一跳。屏幕上显示短信来自帕斯卡尔·德朗布雷:晚上好,福奈尔夫人的装修工程将于上午8点30分开工。明天见。

普通人的生活,维克心想。一个普通人——每天走进别人家,对他们微笑,装饰他们的房子,粉刷他们的房间——手上却沾满了鲜血。有多少人像他一样整日藏在面具背后活着?瓦迪姆走了过来,看了看短信,发出神经质般的大笑,脸扭曲成一个奇怪的鬼脸。

"他明天不会去了,伙计,你勇敢的小员工,那个强奸死人的混蛋已经拿着他的通行证下地狱了。去死吧!"

瓦迪姆没有面对维克突然看向他的风暴般的目光,而是回到走廊上,仿佛一个丧失理智的图雷特综合征患者:面如蜡色,像个木偶;但依然是一个充满血性的男人。

维克戴上手套,快速地检查着德尔皮埃尔的手机,之后还要交给程序官锁进密封袋。通讯录里有几个联系人,被标记为"客户"或"同事",显然都与工作有关。没什么特别奇怪之处,除了最后一条短信,是德尔皮埃尔昨晚发给一个以"06"开头的未知号码:献给即将擅自闯入我家的你!只要下沉到合适的位置,请转动幸福之轮,并赢得惊喜!

维克没看懂这句话的意思,但总感觉像是专门写给自己的——警察。他把手机递给芒热马坦,后者用密封袋装好。

这部机器将在日后接受法医鉴定专家的"解剖"。

维克找到瓦迪姆,两个人一起上楼,走进正在搜证的房间。尸体已经被抬走,但仍能从溅在床单和墙壁上的血迹中看到暴力的程度,其中有的甚至突破重力,向上喷射到了天花板。维克看看床边桌上的餐盘—— 一碗汤和几片面包——旁边是几盒药。在看清楚药物成分和医疗设备的名称后,维克确定了一件事。

"她患了癌症,晚期……"

瓦迪姆咬紧牙关。

"德尔皮埃尔正在照顾生病的母亲,给她做好吃的饭菜,为她洗漱,每周见几次医生或护士,彬彬有礼,乐于助人,可是……"

他来到走廊上,站在一扇可以仰望星夜的窗前。山峰被笼罩了一层柔和的琥珀色的光,轮廓依稀可辨。

"这个混蛋爱他的母亲。他瞄准的是她的心脏,不是头。心脏,维克。他不是一个挨打或殉道的孩子,他一直在照顾生病的母亲。是的,他是……一头野兽……最糟糕的是,我们可能永远不会得到答案了。我们该如何面对阿波琳的父母呢?就说没有找到她?"

维克知道:瓦迪姆讨厌他的工作,尤其是在这种时候。

"或许……德尔皮埃尔只是这个世界的过客,做了他想做的事,然后消失。就像一堆炉渣,或一种制作不良的物体,被扔进垃圾桶前与其他物体混在了一起。我们只能继续面对像他一样存在着的渣滓,如果能抓住他们,当然最好不过,否则……"

维克走到他身边,双手插进口袋。

"你知道吗?距离圣诞节还有三天,我还不知道送给科拉莉什么礼物。"

"该死的,维克,我在和你谈……一件严肃的事,你却告诉我你没给你的女儿买礼物。为什么和我说这个?"

"因为我刚好想起来了,因为我该死的记忆会没有规则地随时发牌。我每天都告诉自己,必须在商店门前停下来,任何一家商店,进去给她买点什么。我甚至不知道买什么。可我每天都会忘记——除了在这里,此时此刻,半夜十二点,站在一堆内脏和血液中间。"

遗憾的阴影像面纱一般遮住他巨大的黑色虹膜。

"我算什么父亲,竟然会忘记这个?她是我的女儿。"

"我和玛蒂娜也一样。还是现金吧,现金最好,她不会拒绝的,要知道,在她们这个年纪,钱是个好东西。其实以后也一样。好吧……回到德尔皮埃尔。这里已经搜查得差不多了。我刚刚看到有个地窖,干预大队的人去过了,搜查得很快。我们去看看吧?"

"当然,好的……"

他们默默地回到一楼。所有人带着各种材料和样品还在上上下下地忙碌着。外面甚至停了一辆《道芬自由报》的商务车,车旁站着一名在寒风中等待的记者。德尔皮埃尔的房子可能从未如此热闹过。

两名警察走下台阶,弯腰经过一道拱门,穿过一条短隧道，来到一个四四方方的大房间。房间里亮着两个灯泡，空气中弥漫着熏肉和盐的味道。几十只鹿角被绳子捆在一起吊在天花板上，还有几根被白茶巾包裹的火腿，尖端几乎碰到了地面。维克举起其中一根火腿，屏住呼吸，仔细确认着那是一块真正的猪肉。瓦迪姆再次爆发出神经质般的大笑，笑声像是从他的内脏深处传出来的。

他们穿过"火腿森林"，"幽灵们"像拳击袋般轻轻地摇晃着。再往前是一堆食物、叠放的椅子、一堆毛绒动物的半身像和头颅，还有玻璃眼睛、画笔和一捆捆稻草。地面上散落着五金件和车牌，应该是福特车的真车牌。后墙上靠着一个旧橱柜，墙壁上挂着电动螺丝刀和一辆锈迹斑斑的老式儿童自行车，车把手上系着一根带子，车座背面刻着"费利克斯·德尔皮埃尔"。维克转了几下车轮，困惑地盯着它。瓦迪姆的声音正在远处回荡，像是来自一个坟墓。

"……一个疯子？我们上去吧。"

维克紧紧地盯着自行车，一只手抵在下巴上。

"德尔皮埃尔的手机里有一条短信，是昨晚从他的手机发给一个未知号码的：献给即将擅自闯入我家的你！只要下沉到适合的位置，请转动幸福之轮，并赢得惊喜！这部手机被放在客厅桌子中央一个显眼的位置，没有设置访问密码，像是摆在那里特意引人注意的。"

瓦迪姆走过来，从各个角度打量着自行车，然后把它从墙上解下来。维克来回踱着步，手里拿着自己的手机。

"地窖、自行车、车轮……似乎有重合，但还不能确定。

会是什么惊喜呢?"

"试着拨一下那个号码?"

"要想弄清真相,也许只能这么做了。"

"是的,也许。但也许是个陷阱,我们不能冒险,还是等手机的分析结果吧,找出'06'背后的人。"

两个人都陷入了沉思。为什么要发短信呢?如果德尔皮埃尔想和警察直接对话,为什么不把信息留在自己的手机上?或者为什么不直接用纸笔写下来?谁在手机那头呢?

维克突然僵在旧橱柜前。他蹲了下去:脚轮深深地嵌入柜脚,几乎不可见。他把柜子推到一边,后面露出一块一平方米见方的胶合板,被螺丝拧在墙壁上。瓦迪姆二话不说,抓起电动螺丝刀,跪了下去。地窖里回荡起刺耳的噪声。

两个人同时感觉到一股气流拂过脸颊。

眼前出现了一个比胶合板更小的开口。

# 23

不可能。

这一定是一场噩梦。琳妮知道,她很快就会在巴黎舒适的公寓中醒来,戴上围巾去耶拿大道喝咖啡、看报纸、观察行人。她已经在尝试创作下一个故事,一部新的惊悚小说,足以让所有读者窒息。

而这个新故事无须想象:她此刻就生活在其中。一把在朱利安裤袋里找到的碉堡钥匙,将她带到了一个被铁链锁住、满脸是血的男人面前。他一动不动,下巴压着胸口,手臂悬在头顶,戴着手铐,就和书里的阿帕容一样。左侧,手电筒的光照亮了散落在地上的垃圾袋、水桶、瓶装水、罐头——和《未完成的手稿》里的情形如出一辙。朱利安读过这本书,其中一个讲述"某人"的段落就包含了与这里极其相似的场景。

琳妮屏住呼吸,她不得不接受一个显而易见的事实:这个"某人"就是朱利安。但她内心深处却拒绝相信,她想象中的"某人"与丈夫完全不同。即使坠入洞底,绝望地奄奄一息,朱利安也不可能犯罪。

没有理由站在原地袖手旁观。她冲向那个不幸的男人,一股尿臊味扑面而来。男人光着脚,左脚是右脚的两倍大,皮肤微微泛蓝,指甲呈黑色,脚趾肿得像热气球。毫无疑问,是骨折。

她用两根颤抖的手指抵住对方的喉咙。突然,一动不动的双唇间涌出一团唾液。

他还活着。

琳妮瑟缩着收回手。陌生人的嘴唇开始嚅动,喉咙里发出难以理解的低语声。一个信号,一秒接一秒地传来,男人在不断重复着一个字。

"水。"

琳妮立刻放下手电筒,冲向一瓶未开封的水,然后打开用电线吊在天花板上的手提灯,跪在男人面前,轻轻地用瓶口涂抹他干裂的嘴唇。一团蓝色的肿块让他无法睁开右眼,他的额头上粘着一缕黑发,高耸的颧骨,伐木工人般的手腕,强壮宽阔的肩膀,年纪在四十岁到四十五岁之间。琳妮被一股强烈的恶臭熏得想吐,但无论如何努力回忆,她都不认识这个男人。

"给你……慢一点。"

男人清空了瓶子的三分之一,喉咙深处传来一阵咳嗽——仿佛夏天的雷阵雨——头像一块巨石落在胸前。琳妮知道,手臂被吊起这样的高度,酸痛的脖颈肌肉一定让他受尽了折磨。她想象中的阿帕容就是这样被吊起来的。

她从口袋里掏出一包纸巾,润湿了其中几张,轻轻地擦拭他的脸颊、眉骨和鼻子。额头上伤口流出的血染红了他的整张脸。她大致清理了一下现场,意外地在墙壁上发现一个弹孔:一定有人在这附近开过枪,可能就是用抽屉里的那把武器。鲜血顺着男人的右耳流了下来。

她把外套盖在他身上,好让他暖和一些,然后站起身,观察着四周。角落里有刑具——带螺丝的木屐,和小说里的一样。只要拧紧螺丝,木屐就会变小。她无法想象这个男人所经历的地狱。伤害某人的脚,就等同于阻止逃跑。这是让一个人臣服的最好方式。

她抓起手机,必须给科林打电话。但她始终无法按下拨出键。通知警察,就意味着把矛头直指朱利安。他失忆了,无法为自己辩护。这样做太冒险了,他,萨拉的父亲,她的丈夫,身陷囹圄……他会因此死去的。

但也不能让这个男人死。

没有网络。她转身上楼,男人开口了:

"帮帮我。"

琳妮回到囚犯身边。他抬起下巴,睁开左眼。

"别丢下我……"

"我会回来的,我只是想找个有网络的地方,打电话求救。"

他无力地晃晃链子。

"手铐的钥匙……在石头下面,在那边的……角落。"

手铐被一根铁链和挂锁固定在墙上。

"好的好的。"

琳妮冲进角落,掀开水袋和罐头后面的垫子。果然有一把钥匙，下面压着一张萨拉的照片：女孩和父亲在欧蒂湾的合影，背景是海豹群。朱利安一直把这张照片放在钱包里，两个人看上去开心极了。琳妮拿起照片，上面有一行用蓝色墨水写的字：无论他说什么，都是在撒谎。就在下面：给我力量，让我永不忘记他所做的一切。是她丈夫的笔迹。

琳妮双腿一软，不得不蹲了下来，仿佛不断地被巨浪掀翻、吞没，挣扎着无法浮出水面。她抬头看向那个陌生人，后者正盯着她。一个突如其来的念头瞬间冻结了她的血液。

万一这家伙和萨拉的失踪有关呢？如果是她的丈夫发现了真相，才导致他绑架并折磨他呢？这就是他在遇袭前两天给她留言的原因吗？我必须和你谈谈萨拉。我发现了非常重要的东西。

她震惊地站起身，手里握着那把钥匙：那块能释放一个人、也能囚禁一个人的金属。陌生人盯着她，那张白的、蓝的、灰的、破碎的、割裂的脸，她几乎从他眼睛的闪光中看到了重生的希望。

"谢谢……谢谢……"

琳妮俯下身。

"你为什么在这里？"

男人沉默了，讶异于这个突如其来的问题，也讶异于她平静的口气。他眼睁睁看着她把钥匙扔在他眼前的地上——那把他只能用目光垂涎的钥匙。他舔舔嘴唇，想要湿润它们。当他试图移动双腿时，身子不禁瑟缩了一下。

"所以你和他是一伙的……你和那个疯子……"

"告诉我你为什么在这里?"

男人在绵长的沉默中试探着她。碉堡的墙壁很厚,这里既听不到海浪声,也听不到风声。一个真正的坟墓。男人鼓足力量,挥舞着被钢手镯擦伤的手腕,尖叫道:

"我……我不知道!我什么都不知道!就这么发生了,当我醒来时……就在这个洞里!"

"他绑架并折磨你一定是有原因的。"

"他彻底疯了,这就是原因,他认为……我和他女儿的失踪有关。可我甚至不知道她是谁。听着,我什么都不知道,我受够了,他……把我困在这里多久了?多少天?多少夜?他……一直没有回来过,我以为……我不知道……我……求求你,打开那把锁……"

他开始痛哭。面对眼前这个被摧毁得支离破碎的男人,琳妮感到很难过。她真想把他从锁链中解脱出来。但如果朱利安是对的呢?如果这个人能告诉她萨拉在哪里呢?或者她的尸体?他们对她做了什么?

琳妮掏出手机,找到女儿失踪当晚的自拍照,举到男人眼前。

"仔细看看这张照片。你认识她吗?"

他把左眼睁得大大的,右眼皮几乎没动,只露出一部分黑色的虹膜。脸痛苦地扭曲着。

"该死,她是你女儿?那么……你是他妻子?小说家……他对我说过……米拉雷……所以,你……你一直不知道我在这里吗?你难道不知道……你的丈夫绑架了一个无辜的人吗?"

琳妮努力不让自己动摇。她再次把屏幕举到浮肿的脸前。

"你就是被锁在汽车后备箱里的那个人吧?他绑架了你,于是你在金属板上写下了'她还活着'。为什么?"

"你……和他一样疯了。"

"还有……你拿了我女儿的帽子,不是朱利安拿的。这就是他绑架你的原因,对吧?你拿那顶帽子做什么?她在哪里?萨拉在哪里?"

男人晃了晃被吊起的双臂。

"我不知道……你丈夫发生了什么事……也不知道……你为什么会……代替他,但你显然不知道……一切……所以你……"

他说的每一个字都让他疼得撕心裂肺。

"……你可以马上打电话给……警察……向他们解释……我会告诉他们一切……所有的一切……我会说实话的,这是我第一次见到你……那……你什么都不知道,而且我……"

琳妮不想再听了。多米诺骨牌一个接一个地倒下。

"这也解释了他那天晚上的遇袭。也许有人知道我丈夫绑架了你,那个人正在找你。他是谁?你的同伙吗?我丈夫不肯放手,所以你们打了他一顿,把他留在沙滩上等死?"

男人吸吸鼻子,用鼻子蹭了蹭肩膀。

"我不明白……你在说什么……钥匙,快帮我打开,现在……"

琳妮把手伸进男人的裤子口袋,然后搜查他敞开的、血迹斑斑的衬衫，最后她直起身，在一堆食物中翻找着。什么都没有，连一张纸都没有。她迈着坚定的步伐回到他面前。

"告诉我你是谁。"

"你不能这么做……你……你会成为他的同谋。报警或者……放了我，但……不要这样丢下我。"

"你为什么拒绝透露你的名字？为什么不告诉我你拿我女儿的帽子做了什么？"

琳妮尖叫着。男人把头歪在肩膀上，皱起眉头。

"我叫格雷戈里·焦尔达诺。我是一名警察。"

# 24

琳妮就像挨了一记耳光。她尽力站在原地,但身体随时都有可能倒塌。

"警察……"

"是的,警察。你可以去求助,这会给你带来最好的结果,至少……对我来说。如果你……一意孤行,你会让自己成为同谋,而我,我……我死在这里,也不会……让你女儿的案子有任何改变。"

男人咬着牙,浑身发抖,断断续续地说着。

"那你为什么在这里?你是哪里的警察?我丈夫是怎么找到你的?"

他抿着嘴唇,不再说话,目光有些迷离。琳妮试图问他更多的问题,但他已经不再回答,陷入了半昏迷。她回到那块垫子旁,把照片拿在手里。无论他说什么,都是在撒谎。她有些怨恨朱利安,也怨恨自己当初没及时给他回电话。她无法做出决定,每一个选择似乎都比前一个更糟糕。

把丈夫送进监狱。

囚禁一个无辜的人。

释放一个罪犯。

参与绑架、虐待、囚禁。

她深吸一口气,转身看向囚犯。

"我需要验证你有没有撒谎。在我做出任何决定之前,必须先确定你的身份,你同意吗?"

她用手机给他拍了张照片。闪光灯几乎让他失明。他扭过头。

"我需要想想。我会回来的。如果你说的是实话,我会报警。我向你保证。"

她把外套盖在男人的肩膀和胸前,脱下毛衣,小心翼翼地裹住他受伤的左脚。她又取来两瓶水和几盒罐头,松开他的一只手。男人的左侧身子瞬间塌陷。她打开罐头盒,把食物放在他旁边。

"在我回来之前,吃点东西,我……"

她又去拿来一个铁桶。

"这个应该足够了,一只手就能应付。我尽快回来。"

"别丢下我!我有钱,如果你需要的话!"

她捂住耳朵,回到挂满女儿照片的过道,差点吐出来。她气喘吁吁地跑进内院,扶住城墙,面朝大海发出长长的怒吼。大海咆哮着奔向碉堡,被胆怯的月光轻轻地镀了一层银。外面的宁静与碉堡内的地狱形成了鲜明的对比。

琳妮快要冻僵了。在匆匆离开碉堡前,她并没有忘记锁上沉重的大门。她的丈夫已经失去了记忆,把一部最卑劣的未完成的小说留给了她。

剩下的,只能由她自己来写。

# 25

最新的砖块接缝表明，费利克斯·德尔皮埃尔显然把地窖分成了两部分：一边存放火腿和食材，另一边则是秘密储藏室。这就是他通过短信邀请警方赢得的"惊喜"。两名警察已经做好了最坏的打算。维克抬起手臂。

"向你致敬。"

瓦迪姆并没有理会。他握着武器，俯身到开口的高度，慢慢地爬过去，手指拂过厚厚的红地毯。一次愉快的触摸。紫外线灯噼啪作响，他的心剧烈地跳着。可当他站起身的一刹那，他却极力挣扎着没让自己当场扭头跑掉。

"该死的上帝！"

灯光下，一具布满疤痕、缝线交错的斑驳的"身体"，正以维特鲁威人的姿势面对着他们，双臂张开，悬在空中，距离地面约十厘米，仿佛一场悬浮表演。只有战胜灯光效果，才能辨认出它是被数百根极细的钓鱼线固定在一个大大的木制框架上，仿佛被困进一张巨大的蜘蛛网。一个巨人。无数几乎看不见的钩子均匀地分布于表面，刺穿肉体，使其与木框完美地贴合在一起。

既不是男人，也不是女人。维克审视着那张飘浮的脸：

一头美丽的金发，眼球占据了眼窝，眼皮半垂。

躯干并不属于同一个人，双手也不是，左脚、右腿以及这件"作品"上的任何部位都不是。这个东西，既是一切，又什么也不是。就像一种解构，一个肉体的组合，一堆由透明缝线、订书钉和螺丝相互叠加并连接的无数碎片。尽管这件未完成的模型还很粗糙，但费利克斯·德尔皮埃尔试图用多层粉底、指甲上的红漆、手指和脖颈上的珠宝美化整体：头上戴着帽子，头发里别着红色发夹（两侧都有完美的条纹），双腿上的长袜被固定在同一高度，彼此相差不超过一厘米。

瓦迪姆踉跄着走过去，维克则来到一张类似于法医研究所的钢桌前，上面堆放着各种工具和仪器——手术刀、剃须刀、软皮尺、导管、针头、药物，地上散落着空漂白剂罐、堆叠的盆、垃圾袋卷、绳子、防水布、盐包、树皮。维克重新回到"作品"前，厌恶地抚摸着它。

"你看，它的脸、手和眼睛都是真实的，但其他的……"

他刮擦着缝合线，露出一种闪闪发光的材料。

"……是人皮，经过鞣制的人皮碎片，经防腐处理后被缝在一起……我也不能确定，类似一种金属结构。瓦迪姆，我想我们已经找到后备箱女孩的脸和眼睛了。"

人皮作品散发着一股单宁和树皮的味道。瓦迪姆跪在地毯上，用手电筒对准它，露出痛苦的表情。

"我觉得……德尔皮埃尔不太尊重……这东西，紫外线光下呈现出白色的小斑点，应该是……精液的痕迹。到处都是。那里，胯部，还有地毯上。"

维克凑到"作品"旁，努力想象着可能发生的一幕。木框底部安装了脚轮，这让德尔皮埃尔可以随心所欲地移动它。四周的墙壁上挂着红色窗帘，就像一条条轻薄的连衣裙。柜子上甚至摆放着酒瓶、音响、显示屏，角落里的三脚架上有一台摄像机。其中一面墙壁上拧着一根用螺丝固定的短链子，末端连着钢箍，靠近木框的砖地上散布着钉痕和些微血迹，地面上隐约留有食物残渣的痕迹。旁边放着一个空夜壶。

"有人曾被锁在这里，当时还活着……被钢箍套住了脚踝。"

他再次回到"作品"前，俯身盯着胸前两个裹着人皮的巨大硅胶球：深深的底色表面呈现出些许蓝色、黑色或棕色的斑点。维克凑上去闻了闻。

"很香，是香水……头发上也有洗发水的味道。"

"难道是她？"

瓦迪姆站了起来，生气地瘪着嘴，两颗虎牙在紫外线灯光下闪闪发光。

"该死的！她是谁？后备箱里的女孩吗？就是这些被缝在铁人模型上的皮肤碎片？你说是'她'？"

"总得有个称呼吧。脸和手的皮肤还很新鲜，其他的似乎古老得多。"

"真是见鬼。好吧，我也不是没见过吓人的东西，但这玩意儿真是恐怖到极点了。"

瓦迪姆围着框架打转，盯着最细微处的缝合线。

"你说，有多少人被他剥了皮……为了做这个？"

这个世界上最糟糕的事情恐怕就是让一个警察彻底陷入绝望了,就像一只被枪击中的狗,临死前最后看了你一眼。

"我们一直在寻找的阿波琳……我想,已经找到了……也许是这只脚,那只手臂……一块背部皮肤……"

维克走到摆放着立体声音响和屏幕的柜子前,旁边一个显眼的角落里堆放着一摞DVD盒子,没有名字,最上面的盒子下压着一个信封。他拿起信封,封口半敞。他转向瓦迪姆。

"这是送给我们的吗?一封告别信?"

"这个垃圾还在玩,快打开……"

维克的喉咙有些发紧。他调整好手套,小心翼翼地推开信封封口,生怕里面蹿出一条蛇。但里面只有一张被撕下来的纸,上面写着:喜欢这个惊喜吗?这是我的遗产,笨蛋警察。好好享受电影吧。

# 26

与萨拉照片上的留言相反,碉堡的囚犯没有撒谎。

琳妮在互联网上找到了一张特写照片,此刻正被放大在她的电脑屏幕上:有点阿尔·帕西诺的风格,同样黝黑的脸,五官棱角分明。根据小说家在网上检索到的数据,四十六岁的格雷戈里·焦尔达诺是里昂警察局扫黄大队的中尉,专门负责打击皮条客。他的名字出现在了几个网站上,尤其是有关追踪人口贩运网络的旧新闻。他曾参与打击某些国家的卖淫网络和奴隶贸易,最近一次备受瞩目的案件可追溯至七年前——一个罗马尼亚犯罪网络的解体。从那之后,就什么都没有了。

她的手机突然响了。是科林……真不是时候。她没有接听。

琳妮继续搜索,但并没有找到 2010 年之后的任何信息,焦尔达诺的个人资料也无迹可循。他住在哪里?有妻子吗?有孩子吗?她想登录看看他是否有 Facebook 账号,但随即改变了主意。也许他的失踪早就被警方掌握了,此刻与他个人资料相关的一切搜索都会被监控。琳妮凭借对惊悚小说的研究和与警察的几次接触学到了这些技巧:必须谨慎,并满足于微不足道的数据。

哪怕是面包屑。

她摘下眼镜,靠在椅子上。在她小说的启发下,她的丈夫囚禁了一名警察,用罐头维持对方的生命,殴打并将其遗弃在碉堡等死。尽管眼皮后面有雾,她仍然努力思考着。焦尔达诺在里昂警察局工作,那里的刑侦大队掌管着让松的档案。但扫黄组和刑侦组应该是两个不同的部门,可能只是在警察局的同一座大楼里办公。朱利安曾多次去那里寻求关于案件的进展。难道他在那里遇到过焦尔达诺?曾在走廊拐角处听到了某些引起他注意的谈话?似乎不太可能。但他究竟是如何把这个大受媒体赞扬的警察绑走的呢?

无论他说什么,都是在撒谎。不,他并没有撒谎。是朱利安错了。她站起身,凝视着落地窗外,感觉头顶悬着一把达摩克利斯剑。当然,她想起了科林的话:连环杀手让松可能与萨拉的失踪无关。这太疯狂了,然而……

任何知道头发和失踪经过的人都可以给你寄邮件。科林说。

格雷戈里·焦尔达诺虽然供职于扫黄组,但他显然应该知道让松案的关键元素。警察不是经常互相讨论各自的案件吗?所以呢?这就能让他成为罪魁祸首吗?

沙丘间的黑色海浪仿佛一滩油不断逼近海岸。两个小时后,碉堡将无法进入,涨潮后的巨浪将吞噬整个堤坝,焦尔达诺将继续在地窖里戴着手铐,等待有人来救他。该怎么办?琳妮无法承受这种无助感,她似乎越来越无力。此刻她的手里正掌握着三个人的命运：自己、朱利安、焦尔达诺。三个人的未来就像一团无法解开的羊毛球，彼此纠缠。

在做出决定之前，她还有时间做最后的努力。她打印好焦尔达诺的照片，从衣柜抽屉里找出一件旧夹克，然后开车向医院驶去。

将近晚上10点半，医院的走廊上几乎空无一人。空气中回荡着机器的哔哔声、护士软底鞋踩在油毡上的咯吱声和开关气闸门的砰砰声。

在走进朱利安的病房前，她收到了科林的短信。

> 傍晚时我去了你家，没有人。我试着给你打过电话：没接听。我刚从实验室回来：他们在帽子上发现了一根头发，天生金发，但染成了黑色。明天继续检测后备箱里的血迹。希望你一切都好，记得给我回电话。科林。

新线索冲击得琳妮昏昏沉沉的，也更增加了她的疑虑。萨拉被绑架时是金发，但如果后来被染成了黑色呢？如果这根头发真的是她的呢？

她犹豫着是否马上转身给科林回个电话，好弄清楚一切，但最后还是走进了病房。朱利安正在睡觉。她悄悄地靠近床边，在他面前的椅子上坐下来。屋内的平静稍稍安抚了她的焦躁。她已经很多年没有看着他睡觉了。

她看了一眼放在床头柜上的小说，全部是她的作品。鉴于书签的位置，她的丈夫应该还没有开始看她的第二部小说《墓地之人》。这个惊悚故事的女主角同样失忆了。朱利安也许会在其中找到强烈的共鸣吧，他也遭到了袭击，失去了记忆。琳妮突然觉得在这过去的几天里，小说与现实的碰撞似乎有些过于激烈了。

她看着丈夫安详的脸，实在难以想象他绑架和折磨焦尔达诺时的残忍。他，朱利安，喜欢制作风筝的和平主义者，喜欢开着沙滩帆车在海滩上嬉戏，热爱大自然，热心捍卫野生海豹群，一个连蚂蚁都不忍心伤害的人……怎么会用这种方式发泄仇恨？但她又怎么能怀疑他的清白和他寻找女儿的决心呢？朱利安一定事先做好准备并有充分理由才会去绑架一名警察，或者他甚至认为自己已经掌握了对方有罪的证据？

但另一个不得不面对的事实是：他错了，她也错了，那顶帽子可能只是陌生人的。故事注定以糟糕的结局收场。让焦尔达诺自由，就等于封印了她一直深爱的男人的未来。继续囚禁警察吗？纸终究包不住火，总有一天囚犯会被释放。

还有一个解决方案：什么也不做，任他死在那个洞里……然后处理掉尸体……和朱利安一起获得自由……两个人开始新的生活……

她急忙赶走肮脏的念头，赶走内心那个奇怪的小声音。她只在书里杀人，是的，她的角色可以让尸体消失；但她不是杀人犯。

她轻咳了一声。朱利安猛地睁开眼睛，坐了起来。

"我做了一个噩梦，我们和海龟一起游泳，你被一只海龟的背壳钩住了，开始向下沉。你无法浮上来，手一直被卡住，渐渐沉入黑暗的海水。你向我求助，可我，我什么都做不了，我无法呼吸，我……我眼睁睁看着你死去。"

他紧紧地抱住她。琳妮身体一紧，她似乎在竭力遏制自己的排斥感。事实上，她怨恨他把她置于这种境地，利用她的小说——以某种方式把她当作人质——去伤害另一个人。

朱利安继续说道：

"太可怕了，我很担心你，但我并不真的认识你，我知道……也许我的内心深处一直认识你。"

琳妮终于屈服于男人的怀抱。

"我们和海龟一起游泳……那是很久以前的事了……很遥远，在度假，你想让我去阳光下晒太阳，因为……那段时间我总是做噩梦，那时……我的脑子出了问题。"

"为什么？发生了什么事？"

她耸耸肩。

"没什么，只是焦虑症。"

"言语治疗师一直让我辨认各种物品，他们说这会让记忆重现。当我触摸到一辆汽车模型时，我想起了一辆灰色的汽车，一辆4L。还有毛绒玩具，我看到一只棕色的短毛狗跑来跑去的。"

"是兰佐，我们的第一只宠物。"

朱利安露出一个大大的笑容。她已经很久没有见过这样的笑容了，这让她感觉更加委屈。

"记忆一定会以某种方式出现的，多亏这些东西，它们又回来了。言语治疗师很高兴。对了,你明天能带点我们的照片过来吗?他们认为这会对我的治疗有好处。"

她点点头。他抚摸着她的脸,闭上眼睛。

"真想快点和你在一起,重新认识你……没有记忆太可怕了,但也很特别。就像重生。地点、面孔、气味,都有第一次的味道。太美了。萨拉呢?她会和我们一起过圣诞节吗?"

琳妮努力挤出一个微笑,然后点点头。朱利安皱起眉头。

"怎么了?一提到女儿你们个个都很紧张,有什么我应该知道的吗?"

琳妮从口袋里掏出打印纸——焦尔达诺的照片。

"你认识这张脸吗?"

朱利安接过照片,仔细看着,然后还给她,面无表情。

"没有印象。"

"你确定吗?说实话。"

"是的,没有印象。他是谁?"

琳妮犹豫着是否继续前进。她已经用手机拍下了焦尔达诺被摧毁的照片,此刻完全可以拿给他看,让他直面自己的所作所为。但这有什么用呢?她把打印纸装进口袋。

"算了,忘记我说的吧。"

"忘记?你不觉得我已经忘记太多了吗?到底怎么了,琳妮?只要一提起萨拉,我父亲也变得很奇怪。我们的女儿到底怎么了?"

"她死了!"

话冲口而出。无法控制。琳妮激动得发抖,神经高度紧张。她想站起来,但腿上好像灌了铅。电击,就是现在,或者永远。朱利安目瞪口呆地僵在那里。

"死了?可你告诉我……"

"四年前,她被绑架了,跑步的时候,而你……在工作,我在沙滩上散步……就在别墅。一个名叫安迪·让松的连环杀手,两年前被捕,现在正在监狱里等待审判。"

朱利安似乎想说些什么,但没有说出口。琳妮想象着他大脑里正在经历的风暴。

"是他毁掉了我们的生活。他承认绑架并杀害了萨拉,但拒绝透露将她埋在了哪里。他在监狱里陆续交代了八具尸体的位置,除了我们的女儿……如今所有人都在等他开口。"

她用尽全力握住他的手。

"这些年来你一直疯狂地寻找她,朱利安,你不可能忘记的。告诉我你能想起什么,告诉我你不只是对香蕉和海龟有记忆。"

朱利安抿住嘴唇,探着头,把手按在琳妮的手上。

"对不起……"

他站起来,把她拥入怀中。琳妮崩溃了,她带着热情和爱意吻上他的嘴,很久很久,然后挣脱了怀抱。他茫然地看着她,把两根手指抵在唇边,仿佛要抓住这个吻,永远不让它离开。

"像一个告别之吻。"

"希望你能理解我……"

琳妮头也不回地走出病房,任凭他在身后尖叫着她的名字。她就这样离开了,把所有疑问都留给了他。

她在做什么?

她终于把自己锁进了车里。再也受不了了。她不可能再等上几天、几个星期,等着丈夫的记忆自己找上门,而眼见另一个男人在地窖深处死去……就连萨拉被绑架的消息也丝毫不起作用。她痛苦地深吸口气,掏出手机,搜索科林的号码。这可能会是她一生中最糟糕的决定。也许贝尔克的警察能及时止损?也许他能帮她收拾这个烂摊子?

手机突然响了。一个来电:马克西姆·佩尔,电脑专家。朱利安的电脑……她差点忘了,急忙接起电话。

"成功了吗?"

"是的,我恢复了一些数据,但电话里不太好说。你必须亲自来看看。关于你女儿的帽子,我知道谁曾经戴过它。"

# 27

马克西姆·佩尔的家在海事医院附近——电影《潜水钟与蝴蝶》的拍摄地——一栋蓝白相间的渔夫房子,位于一条光线永远穿不透的死胡同的尽头。他一直在城里的一所小学教书,琳妮也曾在那里工作了十多年。他邀请她进屋,把门反锁后带她走进书房。房间里到处堆放着书籍、电脑设备和DVD,能在这个空间里四处走动简直就是奇迹。

"来杯咖啡吗?提提神?你看起来没什么精神。"

"没事。太晚了,我只是有些累。说实话,这几天我没怎么睡过觉。"

他在朱利安的电脑前放了一把椅子,让琳妮坐下来,然后拿起一杯啤酒坐在她旁边。

"好吧……一切都被有条不紊地删除了:cookies、浏览记录、电子邮件、音频文件、照片。我感觉自己就像在一台几乎全新的电脑前。"

"一台失忆的电脑,没错,就像朱利安一样。他所有的调查都从房子里消失了。他,或者那个小偷,似乎想把他的过去彻底清除。"

"没错。但和内存一样,在格式化之前,谁都无法真正擦除硬盘驱动器上的记忆。大部分数据仍被保留在系统中的某个位置。只要不安装新的应用程序，不用千兆字节的电影让磁盘饱和，我们就有希望恢复其中一些数据。"

"你刚刚提到帽子，有什么发现吗？"

"在正式谈帽子之前，有几件事要和你说一下。"

他的手指仿佛在键盘上弹着钢琴。

"首先是社交网络。你知道朱利安成倍地创建了支持小组吗？并定期在上面发布萨拉的照片？"

"是的，我知道，我一直反对这个。他邀请那些网友转发信息、打印传单、转告周围人并通过私信和他联系，只要他们认为可以帮到他。Instagram、Twitter、Facebook……朱利安无处不在，并成功获得了数千名粉丝的关注。当然，我也是其中之一，因为……我也想知道他在做什么。人们关注着他的调查和生活，即使最近他没再发布更多消息……但朱利安不明白，那些网友的关心纯粹是出于偷窥，那些人就像在追一部悲剧，关于一个漂泊不定的父亲的肥皂剧。"

"我也这么认为。不过……你丈夫的锲而不舍和坚信别人的帮助看来是正确的。"

他点击了几下鼠标，直到出现一个无穷无尽且难以辨认名称的目录。

"我用数据恢复工具创建了一个目录。这有点技术性，就不给你解释了。简单说，我快速查看了被删除的最后几封电子邮件，不出所料，朱利安的邮箱已经不怎么活跃了，也没有增添联系人，很明显，那些邮件也都是广告或垃圾邮件。

在尝试与他的支持小组建立联系时，我意识到已经无法访问任何消息。你的丈夫在两天前关闭了一切。"

琳妮戴上眼镜。

"什么时候？"

"周二，中午12点左右。电脑上的所有数据被一次性删除。"

琳妮努力整理着思路。

"周一晚上到周二凌晨1点左右，监控公司曾打电话给朱利安，因为别墅的警报器响了。他不记得密码，并且喝醉了。你现在告诉我，在同一星期的周二中午，他关闭了社交媒体账户，清理了电脑。然后，下午6点，根据他手机上的健身APP，他出发前往堤坝步行了五公里。一个小时后，有人发现他躺在地上昏迷不醒，在距离灯塔不远的地方遭到了袭击……"

琳妮试图赶走格雷戈里·焦尔达诺血淋淋的脸和他难以直视的左脚，努力思考眼前的问题，用拳头抵住下巴。

"关闭账户，删除电脑数据，忘记密码，找其他密码代替，遇到某种紧急情况，然后再若无其事地去散步？"

"也许他在害怕某个人？"

"好吧，如果他害怕，就不会在黑暗中走来走去，还用一个该死的应用程序计算自己的步数！他应该把自己锁在家里，或者开车逃跑。去散步？我不明白，他的行为很不合逻辑。"

琳妮想到了焦尔达诺。难道朱利安计划去干掉囚禁在碉堡里的警察？但为什么要用APP呢？她又想起了自己之前冒出来的那个疑问。

"你刚才说萨拉的帽子?"

马克西姆严肃地点点头。

"是的。但这之前还有一件事。我设法恢复了朱利安的互联网浏览记录,很抱歉告诉你这些,但是……"

"请继续。"

"你的丈夫访问过一个不太寻常的网站,'黑色地牢',一个高端私人俱乐部,位于里昂第三区。"

他打开搜索网站。

"没有太多关于它的资料,但从搜集到的零散信息来看,这是一个允许极端性行为、性虐待和特殊派对存在的俱乐部。鉴于某些发现,它甚至可能走得更远,比如带挂钩的吊架之类的……"

琳妮皱皱鼻子。里昂……焦尔达诺工作的地方。朱利安为什么要访问这种网站?因为那个被囚禁的警察吗?

"还有更多信息吗?名字或者联系方式?只要能了解他在找什么?"

"没有了,抱歉。"

他默默地关掉网站。

"我知道这对你没有多大帮助,但是,好吧……我还是想让你知道。"

"很好。"

"现在我们来谈谈帽子。我成功恢复了一张已经删除的照片,而它可能就是一切的导火索,是的,非常令人不安。"

他点击了一个文件，内容在屏幕上展开：一篇报道或杂志文章的扫描图。大约占一半篇幅的页面上展示了一张彩色合影照片，二十个年轻人站在体育场四百米跑道的中央，向天空举起手臂。其中一个少女的脸被红笔圈了出来，黑发从蓝绿相间的绒球帽子下向外探着。

马克西姆放大那张脸，严肃地盯着琳妮。

"看上去很像萨拉的帽子，对吧？"

琳妮凑近屏幕，仔细盯着那张脸，希望……当然，不是萨拉，即使有些许的相似。这个女孩的年纪要小得多。文章里谈到了《电视马拉松》[1]和马孔的年轻运动员，通过一场二十四小时的长跑，将筹集到的钱捐赠给了一家名为"希望轨迹"的协会。琳妮靠在椅子上。

"绒球、颜色……萨拉的帽子是手工编织的，独一无二。没错，是她的。"

"那么，四年后，它怎么会出现在这个女孩的头上？"

马克西姆把一张彩色打印纸递给她。

"这篇文章来自马孔市的一本杂志，发表于十五天前。可能是某位在社交网络上关注你丈夫的网友偶然看到了杂志，认出那是萨拉失踪当晚戴的帽子，于是通过私信向你丈夫发送了扫描图。"

琳妮盯着那张大大的笑脸。这个女孩是谁？她似乎已经知道科林在帽子上发现的那根黑头发来自哪里了。这张照片

---

[1] 法国肌肉萎缩症协会（AFM）在法国电视台主办的慈善募捐节目。

很可能就是引发后来一系列事件的导火索：绑架焦尔达诺，朱利安遇袭……

她感觉越来越糟，被无数的疑问折磨着，就像颠簸在大海里的漂流瓶。

"还有别的吗？"

"这是一个良好的开端，不是吗？"

她把彩印纸折好，放进口袋。马克西姆拔掉电脑的电源线，看着琳妮的眼睛。

"这顶帽子可能说明不了什么。大家都知道安迪·让松是罪魁祸首，他最终会说出埋葬萨拉的地点。你需要做好心理准备，而不是抱有虚假的希望，已经四年了……"

琳妮站起身。

"如果你是我，你会怎么做？"

"哦，我吗？你知道……不过可以肯定的是，朱利安认出帽子后一定去找过那个女孩。城市名、协会名、发表日期，都是现成的，很容易就能找到她，所以……"

他递给她一张纸，上面写着：罗克珊·布拉克特，十七岁，马孔市皮莱特街8号乙。琳妮睁大了眼睛。

"这并不复杂，希望轨迹协会以'06'开头的电话就公布在网上。一个电话而已。不过经理不记得罗克珊的电话了，朱利安很可能通过市政厅或其他渠道得到了女孩的联系方式。他肯定会去的。但接下来发生了什么？我不知道。那个俱乐部，黑色地牢，如果不知道要找什么，就不可能从中得到更多。你的丈夫被袭击了，琳妮，他可能就是因为这张照片或他的调查惹上了麻烦……如果我是你,明天一早就去找警察,他们会处理的。那个女孩肯定能提供一个明确的答案,然后你会发现这些与萨拉的失踪无关。"

他微笑着把电脑递给她。

"很高兴你能来,虽然原因不太美好。我读了你最新的小说,嗯……有点黑暗,但很了不起。我一直在学校谈起它。"

"谢谢你,马克西姆,谢谢你做的一切,还有最后一件事要拜托你……"

"我在听。"

她从他手中接过那张纸。

"不要和任何人谈起这件事。无论是我的拜访,还是你的发现。你从未见过朱利安的电脑,也从未听说过罗克珊·布拉克特。这很重要。"

他眯着眼睛,沉默了几秒。

"你不会去找警察的,对吗?"

"我能相信你吗?"

"随时为你效劳。只要需要我,请不要犹豫。但你一定要小心。"

琳妮再次道谢,回到自己的车上。时光飞逝,已经临近午夜了。海平面正在上升,仿佛一条黑色的巨鳄吞噬着途经的一切。此刻,碉堡城墙的下半部分已经被海水淹没。如果现在赶过去,海岸和入口处的岩石早已沉入了水下。今天太晚了。

她盯着那张写着人名和地址的纸,默默祈祷着第二天就能得到所有问题的答案。无论如何，此刻的她必须让自己忽略一个事实：无论有罪或无辜，焦尔达诺都注定在那个地狱里度过另一个夜晚。

# 28

凌晨4点，五个男人在刑侦大队的会议室里集体观看了第一张DVD。他们围坐在桌旁，面色阴沉，对抗了整整九十分钟纯粹的精神错乱。费利克斯·德尔皮埃尔用放置在三脚架上的摄像机记录了他在地窖深处的所作所为。一锅恐怖的肉汤，人类最原始、最兽性的本能的倾倒，以"0"和"1"的序列被永恒地刻在聚碳酸酯的表面。

维克接手了一项新任务：花一天时间看完其他八部视频，并从中挑选出重要线索添入档案。大家一致认为他是最理想的观看者——一台真正的录像机。

感谢这份天赋。

尽管剥皮者已经自杀，但仍有必要追溯其险恶的作案经过，清点并确认所有受害者的身份，找到尸体，包括阿波琳的。早上，挖掘机和探测人员在德尔皮埃尔的农场周围展开了搜索，法医助理开始着手调查那件人皮作品：两个人花了一个小时才把所有鱼线和钩子从木头框架上取下来。

在连续二十多个小时的不眠不休之后，维克终于在同事的祝福声中夹着视频副本和读卡器回到了旅馆。房间里几乎没有什么活动余地，因为维克不想把随身物品和各种盒子收进储物箱：九平方米的生活空间，有五平方米堆满了杂乱的旧回忆，而且大部分毫无用处；但维克并不介意。桌上摆着国际象棋，"卡斯帕罗夫的不朽"正在进行中，痴迷驱使他无休止地一遍遍下棋，一步步探索着让松的秘密。旅馆女服务员已经受到警告，经理也对这种不寻常的卫生状况视而不见——毕竟维克是个从不找麻烦的房客，给小费也很慷慨。多亏这些小费，他才能继续住在这里，他的狗也有了住处。

清晨5点，维克打开窗户，让空气流通，然后倒在几乎碰到天花板的高架床上，把耳塞塞进耳朵，立刻睡了过去。四个小时后，他被冻醒了。他打开电暖器，一口气喝掉两杯咖啡，吞下一片从自助早餐桌上回收的果酱面包，插上DVD播放机，在电视机前坐下来。上午9点，是时候直视费利克斯·德尔皮埃尔的眼睛了。抚摸黑暗。

纸板糊的墙壁根本阻隔不了三个房间之外一对男女的做爱声。他戴上耳机。九部视频。维克已经和同事们一起观看了第一部。

第一场：费利克斯·德尔皮埃尔肩扛着一个女孩出现了。尸体像猪肉一样被放在钢桌上，头部套着一个塑料袋；接着，他调整镜头，以确保整个场景都出现在镜头里。

维克仔细打量着那具赤裸的尸体。考虑到凶手操作的轻松程度，应该还没有发生尸僵，意味着死亡时间还不到六个小时。女孩的头发呈棕栗色——其中几根从塑料袋里探出来，但看不出更多细节。尸体曾遭受过虐待：四肢上散布着瘀伤和褥疮。绑架显然不是前一天发生的。德尔皮埃尔为什么不拍摄囚禁、虐待和杀戮的镜头呢？死人比活人更能激起他的兴趣吗？

德尔皮埃尔开始奸尸，维克尽力忍住没有加快播放速度，尸体头部一直套着塑料袋。剥皮者一有机会就看向镜头，咬紧牙关，大汗淋漓。每个细节都可能非常重要。警察攥紧拳头，陷进靠垫，挣扎着看下去。他同样没有跳过凶手剥皮的过程，用剃须刀或切片机——切烤肉的那种——切割手臂、背部，鲜血渗出，然后挂起新鲜的碎片，浸水，洗净杂质。

接着，凶手走向人皮模型，那具金属骨架，没有头，没有手，躯干上的部分皮肤很可能来自第一张 DVD 的受害者。他利用刷子、抹布和化妆品让鞣制后的皮肤更显红润，缝线时也格外谨慎。凶手正试图用死亡还原生命的幻影。

最后，镜头被切断。一个半小时纯粹的暴行。人皮的鞣制工作无疑需要几天时间，德尔皮埃尔在制作手法上完成了一次堪称专业的"蒙太奇"：剪辑、镜头序列、特效，缩短时长。视频是什么时候拍摄的？没有时间显示，可能是几周、几个月或几年前。无论如何，此时人皮作品正处于初始阶段。

维克穿着衬衫走出了旅馆。他想出去透透气，体会着在零下2℃的气温里被尸体燃烧的恐怖画面加热了身体。他很懊恼，因为塑料袋，他无法看到受害者的脸。他不想忘记她们。她们是谁？什么时候被绑架的？没有任何能搜索到她们的线索，仅仅在法国，每年就有数万人以令人担忧的方式消失得无影无踪。要去哪里找呢？

他走过停在旅馆门前的一排排汽车，它们大多都属于前来开房的年轻人或是付不起高档酒店房费的偷情者。他站在二百米外的一家百货商场的面包店前，路人纷纷偷看向只穿着衬衫的他，还以为他是从精神病院逃跑或从哪里偷渡来的家伙。他买了一个三明治和一包薯条当午餐，看看几个孩子在旅馆和商店间的雪地上玩耍。他们互相扔雪球，彼此追赶，击中目标后肆无忌惮地大笑。这么小的年纪就已经暴露出人类的诸多本能：奔跑、躲避、生存。

回到房间时，他快要冻僵了。继续工作。这一次，他加快了后面几张光盘的播放速度。德尔皮埃尔抬起头部套着塑料袋的尸体，测量尺寸，在背部和胸部画线。尸体几乎完好无损，他没有破坏它们，只是在把它们卷入防水布之前刮下了皮肤碎片。"作品"越来越丰满，金属骨骼渐渐消失在皮肤下。这让维克想到了高级时装设计师。

下午1点，他机械地吞下三明治和薯条。毫无胃口。他必须继续看下去。

其中一部视频进行到一半时，他的大脑突然在一具尸体前闪了一道光，那女孩和他的女儿很像。他没有错过这个机会，十五分钟后，他出现在了超市的圣诞货架旁，开始为科拉莉寻找礼物。既然不知道买什么——一个十六岁的少女会对什么感兴趣呢？——他选择了一盒巧克力和一张礼券（可以在商店的任何柜台消费）。或许这比瓦迪姆建议的"现金"更好，或者更糟。

回到旅馆前，他接到了负责分析德尔皮埃尔手机的鉴定人员的电话，就是放在客厅桌子上的那部。

"关于'幸福之轮'的奇怪短信,德尔皮埃尔把它发送给了一个名叫华生医生的人,住在耶尔。我没有开玩笑。"

"一个虚假身份……"

"这很常见。华生医生的手机号码与 LionMobile 存在关联,该供应商仅存在于网络,它们才是真正的罪魁祸首。"

维克知道,现在很容易就能弄到一张 SIM 卡和一个号码,只需填写在线表格并提供任意信息就可以。毒贩、麻醉剂贩子、军火商甚至恐怖分子都会携带两三部以假名注册的手机,从而让他们的身份扑朔迷离。

"只要追踪到华生医生的手机,只要它一直处于活动状态,就不会有问题。但这需要时间。目前,他完全匿名。"

维克道谢后挂断了电话。这个隐藏在柯南·道尔小说角色背后的人到底是谁?为什么德尔皮埃尔要给他发短信?这也是他发给对方的唯一一条短信。一条似乎专门留给警察的短信。

对于夏洛克·福尔摩斯来说,这是一个真正的谜。

带着疑问,维克回到了地狱,把自己锁进房间,继续串联那些难以忍受的画面:尸体上的血肿、香烟烫伤,他甚至能分辨出咬痕。德尔皮埃尔全程都表现出令人震惊的冷漠、严谨和秩序性。一个猎人,维克心想。他也曾经猎杀过小动物,剥皮,做成标本。但德尔皮埃尔竟然对人类做了同样的事。

第九张,也就是最后一张 DVD 中,阿波琳出现了。活着的。

维克从椅子上跳起来，凑近屏幕，双手撑住膝盖。盲女被铁链锁在房间的后半部分，坐在垫子上，周围是红色的窗帘。她还没有被砍掉双手，半裸，边哭边乞求着，让人无法直视。维克不得不挣扎着看下去。视频无疑是在11月之后拍摄的。德尔皮埃尔走到阿波琳身边，抚摸她，给她梳头发，嘴里咕哝着听不清的话，即使把音量调到最大。他的洋娃娃，维克心想，她是他的小洋娃娃。

这段视频中的人皮作品已几近完成，包裹在皮肤下，但脸和双手仍然是聚苯乙烯。

下一个镜头，显然是一段时间之后了，阿波琳的头发变长了一些，躺在钢桌上，德尔皮埃尔正在给她"做手术"。她一动不动，瞳孔在光线下不断扩张，但与其他受害者不同，她的身体充满了生命力，没有斑点，没有瘀伤。德尔皮埃尔刚刚给她注射了一种液体，可能是吗啡。当刽子手拿起锯子切割前臂时，警察不得不关掉声音，垂下眼睛。当他再次看向屏幕时，阿波琳一动不动，似乎失去了知觉。

就在德尔皮埃尔把右手对接在"作品"的右肢上时，他突然陷入了狂怒，可能是发现了阿波琳手掌上的盲文伤口。左手也一样。他似乎非常震惊，开始来回踱步，拳头抵在下巴上。维克意识到可能这些一时无法愈合的新伤口让德尔皮埃尔十分困扰，尽管他的人皮作品无比恐怖，但每个组装元件必须完美无缺：没有烧伤，没有割伤，没有瘀伤。维克还发现所有视频都有一个共同点：德尔皮埃尔只会使用没有被暴力破坏的皮肤碎片。这也是他需要大量尸体的原因。

维克没有时间从思考中得出结论。德尔皮埃尔已经狂暴地冲向阿波琳，像是要彻底干掉她。她几乎没有动，但她还活着。当一个简短的旋律突然响起时，视频里的男人僵住了——维克认出那是大多数手机的短信铃声。刽子手随后离开现场，镜头被切断。

视频结束。全部结束。

警察长长地呼出一口气，双手按在脸上，仿佛那是一把水壶，而不是他的头。他喝下一瓶水，站在窗前，呆呆地凝视着窗外。孩子们早已不见了踪影，只留下一个雪人。他们组装并压实了材料——胡萝卜、纽扣、帽子，最终完成了自己的创造。人类也是这样被创造出来的，所有人都需要通过创造而存在。

维克闭上眼睛，仿佛回到了本周一的深夜，站在敞开的汽车后备箱前。那双手的确是阿波琳的，没有腐烂，被注满了吗啡。所以，从拍摄阿波琳在地窖里被残害到福特车被抢，只过去了如此短的时间，也许只有几个小时。在那几个小时里，德尔皮埃尔切断了一名新受害者的双手，偷走了她的蓝眼睛和脸，最后把她放进后备箱，放在阿波琳断手的旁边。

维克还是想不明白：那后备箱里的新尸体之前一直被关在哪里呢？他没有在 DVD 上看到她。在德尔皮埃尔的农场？一个没被找到的地方？还是远在千里之外？

中尉一直闭着眼睛，耳朵里塞着耳塞。与世隔绝。他想着阿波琳，想着人皮作品。从现场和 DVD 上的画面来看，盲人女孩并不是可怕的皮肤拼图的一部分。德尔皮埃尔最后杀掉她了吗？还是把她藏在了某个安全的地方？她还活着吗？

维克开始在脑海里追踪德尔皮埃尔那晚的行动轨迹：福特车被抢的当晚，他在家中的地窖里偷走了新受害者的眼睛、脸和双手，然后把新尸体和阿波琳的手包起来，装进后备箱，开车出发，沿着通往格勒诺布尔的高速公路行驶，本想去处理掉，最后却在加油站停了下来，因为需要加油。

维克猛地站起身，头狠狠地撞上了床边的栏杆。他弯下腰，咬紧牙，一个突然冒出的念头战胜了疼痛：既然德尔皮埃尔如此讲究条理，每次出行都会更换车牌，从不违反交通规则，也从不留下任何打包尸体的痕迹，那么，他为什么非要冒险停车加油呢？为什么他从前不这样做？维克想起了油泵屏上的数字：57升。他在互联网上搜索了一下，福特蒙迪欧的油箱容量是60升。这么说来，德尔皮埃尔的车几乎走到半路就会崩溃。

"因为他没想到！这次的出行根本不在计划中！"

维克不停地打着响指，在盒子间来回踱步。原来他们以为的热情或挑衅都只是"仓促"的结果。那天晚上，德尔皮埃尔只是在紧急情况下采取了行动。

警察把最后一张DVD快进到最后一幕：剥皮者发现了阿波琳手上的伤口，勃然大怒，冲向她，想干掉她，但著名的短信铃声响起。然后，就什么都没有了。

维克几乎能听到脑子里齿轮的咔嗒声。一切都豁然开朗了。

德尔皮埃尔不是孤军奋战。

# 29

从早上 6 点开始，琳妮就把车停在了马孔市皮莱特街 8 号乙的对面。三个小时的车程，一夜不眠，颈部和关节在隐隐作痛。她昏昏欲睡，只要一垂下眼皮，眼前就有闪电划过：格雷戈里·焦尔达诺紫色的眼睛和血迹斑斑的前额，尖叫着、乞求着，在后备箱里写下"她还活着"；还有朱利安不知所措的脸，那个喜欢放风筝并送她一百零一朵白玫瑰的爱人朱利安；可同样是这个朱利安，常常指责她小说中的暴力和黑暗……几乎打死他的囚犯，用肮脏的刑具压碎对方的脚骨。一旦被这种机器折磨，谁都无法再逃跑。

一阵脚步声猛地砸在车旁的人行道上，让她从昏睡中惊醒。绝不能屈服于睡眠的诱惑。她再次将目光锁定在大楼的出口，观察着可能出现在那里的居民。今天是 12 月 22 日星期五，学校放假前的最后一天。罗克珊·布拉克特，一个十七岁的高中生，她一定会出现的。

琳妮再次想起了丈夫，想起自己向他透露的关于萨拉的死，以及她如何把所有的疑问留给了他。他很快就会回到别墅的；这对她来说简直是一场灾难。他会要求她解释女儿的失踪，以及关于让松和过去四年的经历；他会在房间里发现她的行李箱，意识到他们已经不住在一起了。她要如何向他解释这一切呢？

一切都自有安排。她宁愿不去想了，而是把注意力集中在那座建筑上。几个穿着冬装的剪影走了出来，帽子、手套、围住鼻子的围巾。琳妮尽力专注于每张脸和所有面部表情。她没有太多关于罗克珊的信息，只有一篇扫描出来的文章。

第一次，她还以为自己找到了，急忙从车上跳下来，一把抓住一个长发少女的胳膊；女孩还以为她是个疯子。她重新把自己锁进车里，神经高度紧张：必须让自己冷静下来，最重要的是，不能吓到对方。她必须格外谨慎。

早上7点22分，一个瘦弱的身影匆匆走上人行道，肩上挎着一个背包，一头黑发从蓝色的帽子下探出来，蔓延到后颈和过膝大衣的领子上。实在看不清脸，但琳妮不想放过这次机会。她小心翼翼地快走了几步，超过目标，然后靠过去开口道：

"罗克珊·布拉克特？"

女孩偏过头，没有停下脚步。琳妮有些紧张：罗克珊非常漂亮，有着和女儿一样罕见的蓝眼睛，深邃，像两颗杏仁。她甚至仿佛看到了一个没有染黑头发的金发女孩。有那么一瞬间，她很好奇，这样一个少女为什么非要把头发染成黑色呢？

"你是？"

小说家凑到她身边。琳妮穿着一件黑色外套，头上戴着一顶黑帽子（遮住所有头发），围着围巾。必须尽可能地不暴露身份，并且权衡说出的每一句话。

"我在希望轨迹协会工作，我想……你知道吧？"

罗克珊放慢脚步。

"是的，怎么了？有什么问题吗？"

女孩对琳妮充满戒心。考虑到时间和地点，这也正常。

"不，不，没问题，我知道，现在还早，是我突然出现的，但是……我只有一个小问题，不会耽误你太久的。这个月初，当地的一本杂志发表了一篇文章。（琳妮从口袋里拿出打印纸递给她。）你出现在了上面，我……"

"这是什么？让我走好吗？"

女孩加快了脚步。琳妮紧紧地跟着她。

"之前有人给你看过这个吧？一个黑头发男人，四十岁左右，身高一米八？"

"是的，一个怪胎，那家伙差点和我父亲打起来。"

所以，朱利安来过。这个女孩一定可以给她想要的答案，就在此时此地。琳妮不假思索地从钱包里取出一张50欧元的钞票，放在罗克珊的手上。不太体面，但很有效。

"能再解释一下吗？"

女孩犹豫着，把钞票塞进口袋。

"不是上周末，应该是上上个周末，我在我父亲家。周六早上，我们一起购物回来。那个黑头发的人，就是你说的那个男人，正在屋外等着，看上去有些紧张。看到我们走近后，他就过来想和我说话。我父亲问他想干什么，那家伙就像你一样拿出了这篇文章，问我是从哪里拿到帽子的……那顶帽子。"

她指着打印纸,穿过一条马路。琳妮紧跟在后面。

"你是怎么回答他的?"

"没有回答。我父亲挡住了他,让我进屋,我就进去了。他们说话时嗓门很大,差点打起来。吵了一两分钟后,那家伙就离开了。"

"你再也没见过他吗?"

"没有。我根本不认识他,我父亲说他是个疯子。我们后来也没再谈起他。"

琳妮的大脑在飞速运转:朱利安不可能轻易放弃的,那不是他的性格,他一定在某个时候又回到了这里。

"你说你和你父亲一起过周末。你的父母不在一起吗?"

"他们离婚有一段时间了。我父亲住在里昂郊区的埃库里。我母亲搬到了这里,她是我的监护人。我不是经常能见到我父亲,因为……"

"……因为什么?"

罗克珊抿着嘴唇,转移了话题:

"新年时我会去他家的。但他最近可能有什么事,一个电话都没有,杳无音信。他肯定觉得只要给我钱就足够了。"

女孩把鼻子埋进围巾下面。琳妮的脑海里立刻亮起红灯。

"里昂郊区……布拉克特,这是你父亲的姓吗?"

罗克珊一脸狐疑,吸了吸鼻子。

"不,我平时用我母亲的姓。我真正的姓氏是焦尔达诺。"

# 30

琳妮简直不敢相信自己的耳朵。她把手插进口袋,以免不停地发抖。她想象着朱利安回到这里,发起攻击,对象不是罗克珊,而是格雷戈里·焦尔达诺。他最终绑架了他,无疑是在女孩回到马孔之后。罗克珊没有父亲的消息,是因为她根本不知道他已经失踪了。

接下来的事很容易就能想象到:朱利安把帽子和焦尔达诺装进后备箱,锁进碉堡,在冰冷的碉堡里折磨他、殴打他——而所有这些距离此刻已经过去了整整十天!

她试图稳住语气。

"这顶帽子……从哪里来的?"

"所以你……那顶帽子到底怎么了?当然,你也不是协会成员。你到底是谁?"

琳妮再次把手伸进钱包。这是最好的解决办法。

"拜托,罗克珊,这很重要。"

"就像电影里一样,对吧?你给我钱,我给你答案?"

"可以这么说。"

"对不起,让你失望了,关于那顶帽子,我什么都不知道,因为是我父亲捡到的,仅此而已。他把它戴在我的头上,就像这样,压在我现在这顶帽子上,看上去像块松露,我们很开心……帽子很酷,我们就留下了。我父亲很喜欢我戴着它,我记得……我上次可能把它忘在他家了。"

琳妮似乎有无数的问题要问,但必须抓住重点。她知道时间不多,罗克珊一旦拒绝开口,一切就都结束了。

"你们是什么时候发现它的?在哪里?"

"去年冬天,二月份吧,寒假的时候。我父亲带我去韦科尔徒步旅行,他喜欢大自然。"

"那……帽子……被丢在那里……很长时间了吗?很多年?很脏?被埋在树叶下?"

"哦,不,帽子上只覆盖了一点点雪。我觉得失主最多丢了两三天,不然它早就被雪埋得很深了。那里的冬天非常冷,经常下雪。"

让松 2016 年 1 月被捕,如果他真的杀了萨拉,罗克珊怎么会在将近一年之后的山上找到她女儿的帽子?如果帽子在大自然中躺了数月之久,一定早就因各种原因被磨损或破洞了。

两人来到一个公交车站。罗克珊歪头看着琳妮。

"那顶帽子,是你朋友的,对吗?"

"你……还记得发现它的确切地点吗?"

"要多确切呢?我父亲常年在那里租一套公寓,就在距离滑雪场不远的德龙省圣阿尼昂 - 昂 - 韦科尔。我们是在徒步旅行时发现帽子的,那个地方很偏僻,我也记不太清了,可能是拉沙佩勒 - 昂 - 韦科尔附近?或者是一个村子?对不起,很难更具体了。"

校车到了。车门打开。

"我得走了。"

"如果再想和你联系的话,再多谈一些……能问下你的电话号码吗?"

"对不起。你知道的,要小心陌生人。我甚至不应该和你说话。"

"还有一个问题,你的黑发……是染上去的。为什么?"

罗克珊眯起眼睛盯着她,脸上浮过一层黑色的面纱。很快,少女转过身冲上校车,琳妮最后一次在背后叫住她,用手机拍了一张照片。

"嘿!不要这样!"

罗克珊瞪着她,刚要冲下车,司机的不耐烦最终打消了她的念头。小说家痛苦地看着校车离开,她本想得到更多的答案,这条线索不能就此止步。让松被监禁期间,萨拉可能被带到了山区。也许正如科林想的,这个连环杀手根本与萨拉的失踪无关。

如果萨拉还活着呢?也许朱利安这些年来的战斗是正确的?

琳妮盯着刚刚拍下的照片。如果罗克珊说的是真的,那么格雷戈里·焦尔达诺是在徒步旅行时偶然发现帽子的。也许他在酷刑下承认了这一点,但朱利安并不想承认。焦尔达诺是里昂的警察,就在处理让松案的警察局工作,这个事实无疑加强了朱利安的信念。

不过……琳妮还是很疑惑，她依然无法完全相信焦尔达诺的清白，比如监护权、离婚，以及那个让罗克珊闭口不提的话题。但也不奇怪，琳妮只是一个陌生人；可是……

她看了看手机上的时间，然后开始在屏幕上打字。不到五分钟，她找到了警察焦尔达诺的住址：距离这里约一个小时的车程。她启动引擎，一路向南驶去：必须找到证据，以说服自己囚禁了一个无辜的人。

但在内心深处，琳妮知道，这样的出行不过是一种逃避：她只是不想回到贝尔克，不想回去面对在那里等待自己的一切。

# 31

格雷戈里·焦尔达诺的房子是一幢华丽的独立小楼,蘑菇状的茅屋顶和巨大的圆窗,坐落在一个大花园的中心。琳妮把车停在了稍远的地方,低头走上人行道,仿佛一个稍纵即逝的影子。里昂郊区正在大雪下窒息,街上的卡车不断地喷着粗盐,发出令人不快的哔哔声。这里很安静,路上几乎没什么行人。天还很黑,今天恐怕又是一个没有阳光的日子。

一个闪身,琳妮轻快地跳上过道。雪地里只有一排猫爪印。她走上四级台阶,站在大门前敲了敲(只为问心无愧),然后环顾四周。毕竟,焦尔达诺很可能有同居的女朋友。

没有回应。她戴上手套,推了推门:锁住了。她走下台阶,绕着房子转了一圈。雪在脚下吱嘎作响,像是随时要叫醒整个街区。没有碎玻璃,后面阳台的锁也完好无损。朱利安是在别处绑架的焦尔达诺吗?她最终在车库门前找到了答案:门把手大头朝下,应该是被强行破坏的。

她走进车库,关上门,用力磕掉粘在鞋上的雪。一辆车正在车库里睡觉。琳妮检查了后备箱,以防万一。什么都没有。后墙上有两扇门,一扇通往后花园,另一扇通往客厅。这样的情景曾在她的小说里出现过无数次:触犯法律的女主角偷偷潜入陌生人的房子……想到这里，她不禁打了个寒战：自己到底在找什么？萨拉的踪迹？焦尔达诺有罪的证据？一个证明"是他或不是他"的线索？

她在客厅的家具上发现了一本相册，地上散落着纸张，抽屉和壁橱门大敞四开。朱利安一定来过了，显然，他已经里里外外地搜查过了这里。

她关上百叶窗，打开一盏卤素灯，把亮度调到最暗。相册里有一张全家福：格雷戈里·焦尔达诺，旁边是他一头金发的妻子，中间是他们的女儿，同样是麦金色的长发。琳妮吃惊于照片中三张冷冰冰的面孔：没有笑容，脸绷得紧紧的，目光咄咄逼人。她翻阅着相册，焦尔达诺过去的岁月和时光仿佛近在眼前。镜头下那些日渐严肃的表情证明：这个幸福的家庭即将破裂。罗克珊说起过她父母离婚了。

琳妮继续探索，地板上有一张名片，旁边是一包香烟和一个银色 Zippo 打火机。一个出乎意料的惊喜是：格雷戈里·焦尔达诺已经不再是警察了，现正就职于里昂一家汽车经销公司。他为什么辞职？什么时候辞职的？从在网上搜索的情况看，应该是在 2010 年之后。

琳妮试着把所有元素串联在一起：离婚、换工作、萨拉……但如果它们之间没有联系呢？琳妮知道，世界万物之间总存在一些联系，即使是最荒谬的。帕梅拉所说的抄袭不也一样能找到证据吗？

她在厨房里转了一圈，然后上楼，来到焦尔达诺的卧室……未整理的床铺，凌乱的床单，枕套上残留着喷溅的血迹。她想象着朱利安突然出现在午夜,在男人的头上打了一拳。壁橱大开,所有东西都被翻了个遍,非常彻底。她翻翻那些衣服,没有发现任何奇怪之处。

她走出卧室,来到书房。这里像是刚刚遭到龙卷风的袭击,书架上的书全部躺在地板上,纸张散落一地。琳妮靠在墙上,一只手抵住额头。她清楚地知道,随着时间的推进,她的每一个举动都是在把自己变成丈夫的帮凶:闯入前警察的房子,搜查他的物品,最后囚禁了他。

琳妮的目光落在了一本书上。那个封面……她弯下腰——《墓地之人》,是她的小说。她跪在地上翻看着其他书,全部是侦探小说,包括她的。但这些并不是从她家里偷来的,那些书的扉页上应该盖着"营销样书"的印章。

她站起身,靠在桌子上。这些小说并不能说明任何问题,格雷戈里·焦尔达诺只是一个侦探小说迷,也是"埃纳尔·米拉雷"的读者之一,就像成千上万的其他人一样。

她调整呼吸,集中精神,继续查看散落一地的纸张:发票、复印件、汇票。一堆纸下埋着一根电源线,但这里并没有电脑。难道被朱利安带回别墅了?这也不是不可能的,也许后来被他处理掉了。

手机突然响了,她的心脏差点骤停。是科林。她没有接听,而是等待他留言:琳妮?你必须回电话,拜托了。关于后备箱里的血。我等你的电话。

她走到窗前,警惕地观察着街道。空无一人。她立刻给科林回了电话。

"我听到了你的留言……"

"你在哪儿？现在还不到10点，我刚刚经过你家，发现大门已经锁了。医院里也找不到你。你这两天很奇怪，连个电话都没有，也不关心调查进展。你不在乎了吗？你到底怎么了？"

"哦……我在巴黎，不得不临时赶过来，也没来得及通知任何人，对不起。我……我被指控抄袭了，我的新书。"

琳妮的解释稍显多余，但她必须表现得足够可信。

"抄袭？抄谁的？"

"一个不知名的小作家，只是想从我身上赚点钱。这种情况经常发生。我今天就赶回去。（她按住额头。）当然，我很关心调查，一直都很关心，你说后备箱里的血，它……是萨拉的吗？"

"不。血型相同，但DNA图谱不同。"

沉默。琳妮已经知道答案了。她继续说道：

"不知道是不是该松口气……有可能知道它是谁的吗？那些血？"

"不是可不可能的问题，琳妮，我们已经知道它是谁的了，并且确认了主人的身份。你现在方便吗？至少没在开车吧？"

琳妮僵住了。当然……格雷戈里·焦尔达诺曾是一名警察，他的DNA肯定早就被保存在了警察局的基因库里。就像罪犯一样，警察偶尔会把自己的DNA留在犯罪现场，最后一同被鉴定人员提取带走。DNA归档正是为了避免虚假线索的出现和引起不必要的调查。

琳妮不得不接受一个显而易见的事实：她和朱利安完蛋了。接下来，科林会来到这里，焦尔达诺的家，确认失踪，搜查房子；他将不再怀疑他们两人的罪行。她深吸一口气，以免声音发抖。

"那是谁的？"

"你的丈夫，朱利安。"

# 32

琳妮震惊得僵在房间中央。

"朱利安?这……不可能。"

"是的,的确是他的DNA,琳妮,我们百分之百确定。我们将其与在医院采集的他的血液样本进行了对比,结果完全一致。尽管看起来令人费解,但被锁在他汽车后备箱里的人的确是朱利安自己,是他用血写下了'她还活着',而且很可能就是他把那顶帽子藏在了备胎仓附近的毯子下,他认为那是你女儿的。"

琳妮瘫坐在地上,双膝抵在胸前。

"琳妮?你在听吗?"

"是的,是的……我……我在想,他……朱利安被锁在自己汽车的后备箱里……有人发现他被袭击了……躺在堤坝上,受了伤。"

"确切地说,他可能并不是在堤坝上遇袭的。我这里有一个假设,虽然听上去有些荒唐,但可能说得通,即使还不能解释一切。你记得你曾经告诉过我,朱利安很讨厌健身类的APP,并且从不使用它们吗?"

琳妮发出微弱的声音作为回应。

"那我们可以想象一下,有人把他锁进了后备箱,他拿着自以为是萨拉的帽子,在后备箱里恢复了意识,并确信你们的女儿还活着,于是他把帽子藏在备胎仓附近,以便日后被人发现,并写下了'她还活着',给我们留下信息。也许他以为自己会死,会被处决。也许这辆车正在行驶中,开往另一个城市。但他是在哪里找到那顶帽子的呢?目前尚未可知,总之车最后停在了堤坝旁的隐蔽处,离灯塔不远,这一点必不可少。最后,袭击朱利安的人打开后备箱,再次把你的丈夫打晕,拿走他的手机,沿着堤坝步行……"

"……让人相信是朱利安在沿着这条路线散步。"

"没错。接着,他再次返回,打开后备箱,在我们后来找到朱利安的地方放下他,再把他的车开回到别墅前,而不是像朱利安平常那样放进车库,最后消失在大自然中。"

琳妮的眼前出现了一只黑蝴蝶。她感觉浑身燥热,仿佛被抽干了血液。

"那个人为什么要这么做?"

"误导我们,欺骗我们,把我们带入歧途。我认为他就是该死的幕后操纵者,可能是比你想象中更能接近你的人,一个你周围的人……"

"到底是谁?"

"我会找到答案的。另外还有一件不可思议的事,听好了,我去了那家监控公司,找到了我们回别墅那晚去你家关闭警报器的技术人员。你还记得吗?朱利安曾在前一天凌晨1点左右给监控公司打过电话,他说他不记得密码了,理由是喝醉了。"

"是的。"

"我给他看了朱利安的照片。不幸的是,他无法保证他那天晚上见到的人就是你的丈夫。事实上,他不记得了。"

"你……认为是袭击者给他开的门?这就可以解释朱利安为什么不知道密码?"

"可以这么说。技术人员说这名喝醉的男子拿着大门钥匙,别墅没有闯入的痕迹,所以他自然以为他就是业主。于是他关闭了警报器,并让那个人当着他的面在维修表格上签了字。但那并不是朱利安的笔迹。拉响警报的人是个冒牌货。"

琳妮彻底糊涂了。那个闯入她家并袭击她丈夫的陌生人到底是谁?是两个月前潜入别墅偷她书的人吗?就是他删除了所有关于萨拉的文件?她又想起了朱利安的电脑,里面的内容被全部清空,有人刻意抹去了他的发现,而且不可能是格雷戈里·焦尔达诺,他在朱利安遇袭前就已经被关进了碉堡。

"你打算怎么做?"

"向上级请示,对朱利安汽车的内饰以及你的别墅进行全面彻底的搜查。如果那个人碰过方向盘,或者开过车,或者闯入过你家,他很可能会在车身和家具上留下指纹……总之,任何一个细节都有可能让我们识别他。我打算下午就带个团队过去,4点,好吗?"

琳妮看了一眼手表。

"如果可以的话,还是6点吧。我得先处理完巴黎这边的事。"

"好的。但进别墅之前,切记不要在任何地方留下指纹,尤其是门把手。我知道你回来后已经破坏了现场,但我想尽可能保留更多发现外来痕迹的机会。"

突然,街上传来砰的一声响。是车门。琳妮冲到窗边。一男一女正从一辆印着法国国旗的白色汽车上走下来。男人整理着灰色夹克,女人拉上制服拉链。一道闪光。是手枪。

警察。

# 33

"一个清洁工?"

星期五晚上,在维克的坚持下,"警界双V"回到了费利克斯·德尔皮埃尔的秘密地窖。他们不得不重新面对公路、寒冷和弯道,即使大部分车道已经清除了积雪,驾驶仍然充满危险和痛苦,尤其是在山区。一直忙于尸检的瓦迪姆并不了解维克在观看DVD之后向警队所做的汇报。此刻,他正咀嚼着今天的第二个金枪鱼蛋黄酱三明治,用手背掸掉落在夹克领子上的食物碎屑。维克盯着那些红色的窗帘。

"是的,清洁工,我是这么想的。费利克斯·德尔皮埃尔只负责处理尸体,他并没有折磨她们。某些受害者身上存在多处香烟烫伤,特别是生殖器和乳房部位。但埃尔有没有告诉过你,德尔皮埃尔从不吸烟?"

"是的,干净的肺部和牙齿,指尖也没有尼古丁的痕迹。但最好还是等等毒物检测的结果。他可能偶尔吸烟?或者买烟只是为了虐待?"

瓦迪姆茫然地盯着前一天发现"维特鲁威人"的地方。尸检,特别是针对人皮作品的尸检(如果可以称之为尸检的话),就像在欣赏一幅耶稣受难图。埃尔和两名助手成功解构了德尔皮埃尔的"艺术品",从金属骨架上分离出每一片皮肤,最后将样品送往毒物和生物检测部门。一幅令人毛骨悚然的拼图。

瓦迪姆打起精神,咬了一口三明治。像往常一样,维克并没有告诉他此次回到这里的原因。他一直保密。

"别告诉我晚上八点多回到这个洞里就是来找烟的?这里已经被搜查了个遍,不会再有什么发现了。这地方连个烟灰缸都没有。"

"不管怎么样,我想说的是,烫伤这些女孩的不是德尔皮埃尔。一部手机……这就是我们要找的东西。"

瓦迪姆转过身。

"手机?不是已经找到了吗?放在客厅的桌子中央。"

"是另一部从未出现过的手机。一部他必须另作他用的手机。证据就在最后一张DVD上。就在德尔皮埃尔打算杀掉阿波琳时,一条短信铃声响起,那并不是来自客厅桌上的手机,不是青蛙叫。而恰恰就是那条短信触发了那天晚上的一切。我们必须找到它。"

"可德尔皮埃尔一直在恭候我们到来,并打扫了房间。如果他想藏起第二部手机,一定早就扔掉了。否则他会把它放在客厅桌上的第一部手机旁边,并对我们说上几句祝福的话,就像他对DVD做的那样:玩得开心,朋友们。"

大约十分钟后,维克搓了搓手。

"去看看垃圾桶吧。"

"真是太浪漫了。开了一个小时的车就是来捡垃圾的。"

两个人走进厨房。

"所以你坚持认为有两部手机吗?"

"是的。德尔皮埃尔并没有虐待受害者。首先,他只会选择没有伤口或烧伤的身体部位,剥皮后构建他的'作品'。我在 DVD 中看到,残缺不全会让他感到不安。其次,正是他对阿波琳的行为让我意识到:他十分照顾她,并尽可能不破坏她身体。对他来说,她是性幻想对象,一个令他兴奋的女人,但他并不喜欢折磨。这不是他的风格。"

"只是奸尸和剥皮吗?真是太善良了。"

瓦迪姆用双手拂过脸颊,有气无力地说道。

"对不起。昨天我妻子问我最近在忙什么,总是深更半夜才回家,筋疲力尽,甚至没心情过圣诞节……我只能撒谎,因为这案子简直让人无法形容。我女儿和这些受害者年纪相仿,该死的,尸检时我没有一秒钟不在想象海伦会成为她们当中的任何一个。"

他把剩下的三明治机械地塞进包装纸,放在桌子上,拿起垃圾袋走进院子,把它们翻倒在地。维克开始检查大垃圾桶。他打开门廊上的灯。

"我都忘了快圣诞节了。对不起。"

"没关系,回到正题吧。"

"好的。本周一,德尔皮埃尔在砍掉阿波琳的手之后收到了一条短信。一条紧急且不可预见的短信,因为讲究条理的德尔皮埃尔忘了事先给车加油。他被临时要求去某个地方,我想可能是取回一具尸体并清理犯罪现场,也就是那个脸被剥掉的女孩的尸体。你还记得吗？后备箱里堆放着湿拖把、漂白剂罐、水桶，甚至生石灰？"

瓦迪姆点点头，把手插进垃圾袋。

"他更换了车牌，装上尸体，打扫现场，但并没有直接去处理尸体，而是绕道回家，取走了新尸体的眼睛、脸和双手。他不喜欢阿波琳的眼睛，可能介意她的斜视。至于手，由于被盲文破坏了，他必须另找替代品。不像往常，这次他没有时间拍摄，行动十分仓促。他砍掉新尸体的手，剥下脸并挖掉眼睛，然后把残缺不全的新尸体和无法使用的阿波琳的断手装上车，驶上高速公路，打算埋葬一切。接下来就是我们通过加油站摄像头看到的了。"

瓦迪姆站起身：

"没找到什么……"

"但他是如何处理阿波琳的呢？疑点依然存在。"

"她死了，维克，他砍掉了她的手，该死的。你不这么认为吗？"

"如果他杀了她，为什么那晚她没有出现在后备箱里？为什么至今都没有在农场发现她的尸体呢？"

"他后来杀了她，把她埋了。"

"如果他明知自己会被抓，为什么还要这么做？为什么让一头猪穿上阿波琳的裙子，而不是阿波琳本人？她还活着。在某个地方。我确定。"

维克也没在垃圾桶里发现什么奇怪的东西，除了一捆信封、一本高档信纸笔记本和一瓶香水。他拿起香水喷了一下：

女性香水，木香调。他又打开笔记本，确认上面的文字，但其中一页被撕掉了，封面的角落里用蓝色钢笔写着一串数字：27654。维克皱起眉头：这个数字他见过。

瓦迪姆叹了口气。

"有件事我一直不明白，既然他的地窖里藏着这些恐怖的东西，为什么还费心地通过交通工具去其他地方处理尸体呢？为什么不直接把它们埋在花园里？"

维克搜索着记忆的盒子。他在哪里见过这些该死的数字？又是在什么时候？他问瓦迪姆，后者显然无法提供任何有价值的信息。维克干脆撕下封面纸，盖上垃圾桶，懊恼于自己的记忆，回到谈话中：

"尸体是所有罪犯的弱点。你也清楚，花园必定会成为警察搜查的第一目标。况且，尸体会吸引野兽，尤其是在这种地方。更不用说那些不得不为他母亲定期来到这里的医生、护士……德尔皮埃尔知道死亡的过程，他切割肉体，知道如何让尸体消失得无影无踪。这就是他在这个故事中的角色，一种专业技能。没有尸体，就没有犯罪。"

"好吧，但你忘了人皮模型。"

"不，我没有忘。德尔皮埃尔本可以彻底处理掉那些尸体，但对于他来说，尸体往往有着最强烈的吸引力。他有恋尸癖，瓦迪姆，他是一个病人。你认为监狱能遏制这种冲动吗？在让尸体消失前，只有上帝和他知道它们在哪里，于是他为它们举办仪式，从它们每个身上偷走一点皮肤。显然，这里是他的秘密花园，也是他的软肋。他的同伙，也许就是那个自称华生医生的人，并不知道这一点。"

瓦迪姆沉默着点点头。

"是的，有道理。但怎么解释那个盲人女孩呢？"

维克耸耸肩，站了起来。

"不知道。也许他每天都会在塞诺内斯学校的建筑工地上看到她，比尸体和DVD更令他兴奋。一个失明的、脆弱的、无助的……活生生的个体……于是他慢慢入侵她的生活，从她那里偷东西，幻想她。终于，有一天，他冒险在圣热尔韦绑架了她，因为他想拥有她。他不可能只是个清洁工，一个打扫别人垃圾的人。他也想要权力，以展示自己的强大。"维克把垃圾桶推到墙边，回到屋里。瓦迪姆跟在后面。

"所以，有两个人……德尔皮埃尔和……虐待这些女孩的华生医生。"

维克似乎没有在听，只是僵在客厅中央，眼睛盯着挂在墙上的几把老式手枪。无论瓦迪姆问什么，都不会得到任何回答：他的同伴已经不在他身边了。瓦迪姆也看向那些枪，试图理解同伴在这些武器中看到了什么：德尔皮埃尔的疯狂、痴迷、嗜血？还是只有他奇怪的大脑才能解读的乐谱？当维克像疯狗一样冲向自己的车时，瓦迪姆只好跟在后面。

毫无疑问，一个新的启示即将被揭开，而他这位患有超忆症的同伴知道所有的秘密。

# 34

维克直接把车开向了警察局,路上一直无话,只有维瓦尔第的《四季》在扬声器里循环着。他把车停在停车场,打开车门,让同事在车里等着。五分钟后,他从主楼里走出来,夹克下面藏着一样东西。瓦迪姆看不太清楚。

"猜谜游戏可以停止了吧?能解释一下吗?"

"耐心点。现在去法医研究所,埃尔正在等我们。她刚完成了一份报告。"

"你知道和你一起工作很痛苦吗?"

"谢谢。"

"至少给我个提示。"

"德尔皮埃尔的老式手枪……让我想起了康坦·罗斯扔在副驾驶座上的那把枪。通过联想,我想到了那部手机。"

"好吧。然后呢?"

"不会吧?你还没有看出来吗?德尔皮埃尔的那条短信就是发给我们的!"

"我记得是发给华生医生的。"

"德尔皮埃尔就是华生医生。"

"那我就是教皇。该死的,维克,你在说什么?"

"我会告诉你的。"

瓦迪姆沉默了。他宁愿去凝视闪烁的街灯、积雪人行道上的橙色倒影和悬浮在空中的装饰物。黄色的星星和闪烁的冷杉提醒他:这将是他一生中最糟糕的圣诞假期。他想起了刚刚在农场得出的新结论:费利克斯·德尔皮埃尔可能只是一个心腹,他只负责让尸体消失,是在幻想的控制和驱使下绑架了阿波琳,并对死者做出了那些可怕的举动。

但如果他只负责打扫卫生,那杀人的又是谁呢?是谁虐待并杀死了这些可怜的女孩,然后把尸体转交给他?是什么事件引发了德尔皮埃尔那晚的恐慌和鲁莽,最后导致他的车被抢?

维克把车停在法医研究所几乎空无一人的停车场。下车时,一阵狂风几乎把两个人吹跑。埃尔已经等在接待处,为他们打开了大门。

"接下来的时间将属于你们。是的,是时候了,五分钟后,我就会去椰子树下度假,直到明年。完美的假期。"

"今晚我也正式放假了。瓦迪姆也是。"

瓦迪姆耸耸肩。

"没错,大家都会放假。只不过我们明天不会出现在椰子树下,而是继续寻觅凶犯藏身的地方。"

法医大笑了几声。在维克的要求下,三个人一起来到停尸房。霓虹灯在寂静中噼啪作响,乳白色的光直射进视网膜,把几排钢制抽屉照得闪闪发光。

"我需要德尔皮埃尔。"

法医点点头，走到其中一个抽屉前，猛地一拉，拖板从黑暗中跳了出来，仿佛一条邪恶的舌头。一个黑色尸袋赫然出现在眼前。瓦迪姆挠着头，试图解开谜语，维克已经拉开拉链，露出刽子手半撕裂的脸。

"你好，华生医生。"

说着他从口袋里掏出一个密封袋，里面是一部屏幕破碎的手机。鉴于司法程序，电池和SIM卡均已经被取出。瓦迪姆皱起眉头。

"你拿康坦的手机干什么？该死的，维克，这是证据，你无权……"

"我们是在福特车的副驾驶座下发现它的，连同现金和贝雷塔手枪。但谁说这就是他的呢？"

瓦迪姆的眼睛开始发光。

"该死的！该不会是……"

"我们的确先入为主。费利克斯·德尔皮埃尔那晚是在很仓促的情况下开车上路的，也许他正忙着同时接收和发送短信，随手把第二部手机放在旁边，下车加油时又很自然地放在了副驾驶座上。

"而我们，在事故发生后，把它、现金和贝雷塔手枪一起捡了回来，理所当然地以为它就是康坦的，于是不再关注它……

"当德尔皮埃尔用他的官方手机发送那条奇怪的短信时，他知道自己的幽灵手机落入了我们手里，因为我们有了他的车。所以，他直接给我们发送了那条短信，他知道我们最终会找到他。"

维克打开密封袋,看向沮丧的瓦迪姆。

"密封袋多的是,别担心,我不会碰 SIM 卡的。"

鉴于司法程序并以防数据被迁移和破坏,作为物证的手机 SIM 卡通常禁止在法医实验室以外的地方重新激活。维克装好电池,打开上锁的手机。

"这是最先进的设备,指纹识别……"

他一把抓住尸体的手,用力拽住大拇指,把它按在屏幕上。

手机解锁。由于屏幕已经破碎,显示的内容已无法辨认。维克满意地扫了同事一眼。

"华生医生已经向我们敞开了他的大门。这就是他打算杀死阿波琳时收到的信息,正是它触发了后来的一切以及更多的真相。"

# 35

再不尽快离开焦尔达诺的房子,她就完蛋了。

警察正沿着过道前进。他们迟早会看到房子周围的脚印,然后以和她同样的方式闯进来。

没有时间多想了。琳妮跑下楼梯,冲进客厅,溜进车库,悄悄打开后门,头也不回地冲到花园尽头,鞋底粘满了厚厚的积雪。她蹑手蹑脚地溜到两棵柏树之间,爬上篱笆,跳进另一家人的院子,气喘吁吁地爬过铁丝网、防风带、栅栏,最后终于看到了那条小路。她定了定神,若无其事地走了上去。

小路终于变成潮湿的沥青路。街道、汽车……琳妮感觉自己就像个冒着烟的旧锅炉。她解开外套,喘着粗气,释放出一团团凝结的雾。五分钟后,她终于辨认出了方向,回到自己的车上。

经过焦尔达诺家门口时,她看到那些警察还在:女人正在打电话,男人正穿过车库门。五分钟后,他们就会知道焦尔达诺失踪了,然后开始搜查房子,发现血迹,对一起令人不安的失踪案展开调查。

但愿朱利安没有留下痕迹和脚印。那样的话,除了帽子,就不会有任何东西将他们与焦尔达诺联系起来。警察可能会去讯问罗克珊，但她完全可以解释她们的见面，只是没人能理解其中的含意罢了。

恶劣的天气间接造成了严重的交通拥堵，琳妮驶上高速公路后才发现自己握住方向盘的双手一直在发抖。世界变成了一片纯白。琳妮就这样逃跑了，不假思索，从没想过自首，也不愿向警察解释一切。就在那一刻，她清楚地意识到自己早已经越界。她在保护她的婚姻。

白雪皑皑的风景渐渐让位于一望无际的黑色冻土。朱利安的父亲中午时给她打过电话：她在哪里？为什么不和她的丈夫在一起？朱利安在疯狂地找她，追问所有关于萨拉的问题。雅克在听筒里尖叫。琳妮挂断电话，耳朵里像是着了火。

下午2点，她把车停在了高速公路休息区，加油，吃了点东西，然后继续上路。开上A1公路后——天已经快黑了——她猛踩油门，终于在下午4点45分赶回了灵感别墅。长途跋涉让她的耳朵嗡嗡作响，肌肉因久坐而变得僵硬。她扔掉书房里的复印稿，把枪藏在更衣室后面高处的袋子里。这时，科林带领三名鉴定专家提前赶到了。琳妮机械地整理了一下头发，打开大门。科林抬起下巴，和她打招呼。

"出版商那边的问题解决了？"

"那不是一夜之间就能解决的。主要是律师和律师的战斗。"

科林疑惑地看着她。琳妮可以想象自己现在的样子，压力和恐惧正从身体的每个毛孔渗出。她尽量稳住语气，虽然内心迫不及待地想打发他们离开，这样她就可以去审问焦尔达诺了。

"你待在沙发上就行了，取样期间不要碰任何东西，一会儿鉴定人员会来提取你的指纹。"

"我的指纹？"

"担心会被怀疑吗？"

"不，但是……"

科林微微一笑。

"别担心，只是将你的指纹和我们在接触原件上提取的其他指纹做比对：把手、方向盘、大门，然后采用排除法。我们也会对朱利安做同样的事，但应该不会去医院打扰他的，入室盗窃案后我们已经有了他的指纹。"

"需要多长时间？"

"大约两个小时，好吗？"

科林说着脱下夹克，取下围巾，把钱包放在家具上，示意鉴定人员开始取样。琳妮看着他们将试剂和粉末涂抹得到处都是，甚至包括所有灯的开关。在科林的帮助下，取样工作进展得很快。

在鉴定人员的要求下，琳妮将手指伸进墨水，在一张纸上按下所有指节的图案。她不时地偷偷打开智能手机上的潮汐时刻表，心里默算着时间：如果晚上9点左右进入昂布勒特斯堡，她将有两个小时的时间审问焦尔达诺，下次潮汐周期将在11点之后开始。不能再拖了。

科林一边时不时地在远处瞥着她，一边一丝不苟地指挥取样工作：下令、参与，从一个房间到另一个房间……最后，他们在晚上8点前完成了工作。警察穿上夹克，让鉴定人员先出去，自己停在了门口。

"搞定了。对不起，弄得到处脏兮兮的。很遗憾，我们并不提供清洁服务，你可以把保洁费用的发票寄到内政部。"

琳妮不确定他是不是在开玩笑。

"没关系，我会处理的。"

"当然，一旦通过指纹获得闯入者的任何信息，我会立刻通知你的。你还好吧？看上去很累。"

"是的……事情有点多，书和出版社，还有，我想……可能有人进来过这里。你明白的，发生了这么多事，我有些应付不了。"

"我……需要我留下来陪你吗？我家里有一瓶上好的白葡萄酒，而且……（他看了看手表）我可以从鱼贩子那里搞两打牡蛎。商店关门了，但我和他很熟，他会给我开门的。这就是人脉。"

琳妮把门拉开了一些。

"很好，科林，但下次吧。我累了，想尽快吃点东西，早点睡觉。"

他点点头。琳妮看到了他脸上的失望。

"下一次，好的。别忘了打开警报器。"

他挥了挥手，僵在外面的台阶上，然后向那个停放着沙滩帆车的工具棚走去。琳妮面如死灰：破碎的窗玻璃。她竟然都忘了！一旦走进那里，科林必定会发现刑具设计图、粘满泥的靴子和结冰的水坑。琳妮急忙冲到他身边。

"别担心,那是我干的!我忘了朱利安把挂锁钥匙放在哪里了。"

"你很喜欢沙滩帆车吗?"

"昨天我去看了海豹群,想转移一下注意力,那里有一台双筒望远镜。"

他往窗户里面看了看。什么也看不见。

"好吧……不过在这么潮湿的地方存放望远镜……"

科林挥挥手,还是离开了。可当他意识到把钱包忘在了别墅时,他只好掉转车头。就在离开灵感别墅的十五分钟后,他再次敲响了别墅的门。但没有回应。别墅里的灯已经熄灭,琳妮停在车库前的车也不见了。

# 36

科林离开十分钟后,琳妮提着一个运动包走出了别墅。她太紧张了,倒车时差点被困在沙子里。一个多小时之后,她终于赶到了昂布勒特斯堡。泥浆在勒图凯之后抹去了所有的风景,这条路仿佛被拉长了。

大海可能在晚上 10 点 45 分左右包围碉堡,这意味着她和焦尔达诺只有一个多小时的时间。太短了。她把车停进拖船停泊场,沉入了雾色。琳妮的脚步有些沉重,她有些不愿去面对他的目光,但内心深处却又迫切地想要知道答案。

碉堡阴沉的轮廓直到最后一刻才出现在眼前,就像一头从黑暗中跳出来的虎鲸。琳妮鼓足勇气,把自己锁进怪物的肚子,下楼,来到食物储藏室。途中经过的萨拉的照片给了她继续前进的勇气。

她深吸一口气,走了进去。

昏暗的灯泡下,格雷戈里·焦尔达诺把头埋在胸前,仿佛一个脱线的木偶。他的左肩一定脱臼了,手腕发青,被释放的左手正在流血:应该是抓挠被锁链固定在头顶不到一米处的木桩周围的石头造成的。罐头盒是空的,被掀翻在一边,瓶子里只剩下了一点点水。

她走上前去，用围巾挡住鼻子，默默地把男人的左手放进手铐，然后锁上。囚犯醒了，开始呻吟、挣扎，仿佛困在笼中的野兽。

"你干什么？"

琳妮没有回答，转身拿起尿桶，去外面倒空，然后带回了在炮台上收集漏雨的容器。她从运动包里拿出一条毛巾，浸入冰水，贴在男人脸上。焦尔达诺扭过头。

"你最好听话。"

"放开我！你终于回来了？！你……打算让我在这里熬多久？"

他拒绝让她碰自己。他的咳嗽越来越严重了，胸口仿佛被撕裂一般。最后，他不得不屈服。琳妮小心翼翼地擦净干涸的血迹，从包里取出绷带和消毒水，清理他前额、眼睛和耳朵上的伤口。

"你的眼睛还肿着，但没有发烧，还是吃点药吧。我带了干净的内衣和外套来，是我丈夫的，应该适合你，你随时可以换上，然后洗漱一下。"

他挺直脊背，扭了扭脖子，这让他疼得瑟缩了一下。琳妮喂了他两汤匙止咳糖浆、咽喉喷雾剂和退烧药水，他毫不犹豫地全部吞了下去。看着他受伤发紫的左脚：几乎是右脚的两倍大，皮肤已经冻裂：琳妮也无能为力，她宁愿不去想它。她再次把手伸进运动包，拿出一包万宝路和一个银色Zippo打火机。

"你认得吗？"

男人点点头。她在他唇间塞进一支烟。点燃。他吸了一口，几乎咳出了整个肺。

"今天……几号？"

"星期五……22号……晚上10点。"

"星期五……我们在哪里？告诉我，这是哪里？"

琳妮坐在运动包上，和他面对面。朱利安甚至没有告诉他把他关在哪里，剥夺了他全部的尊严，不给他任何希望，以防止在彼此之间建立联系。她研究过刽子手和受害者之间的这种关系，甚至把它写进了《未完成的手稿》。她转动着手指间的打火机，尽量稳住语气。

"我和你女儿谈过了。罗克珊。"

焦尔达诺挥动着悬空的双手，徒劳地拉紧锁链。

"你敢碰她一根头发！"

琳妮一动不动，等他冷静下来。当她确信他可以专心听她讲话时，继续说道：

"她告诉我，去年2月，你在拉沙佩勒 - 昂 - 韦科尔附近的一条小路上发现了那顶帽子。具体是在哪里？"

他把香烟吐在地上。

"你以为你的疯丈夫没问我这个问题吗？先告诉我，这是哪里。"

"无可奉告。"

又是一阵咳嗽。囚犯把目光转向琳妮，眼睛里闪着顺从的光。

"你想让我告诉你什么？那里所有的路都一样……差不

多一年前的事了。到处都是树林和树……（他深吸一口气）听着，我知道一点你女儿的事。自从我被关在这里，你的丈夫就一遍遍地跟我讲故事。"

"可我给你看她的照片时，你说你不认识她。"

"我只是想出去！这可以理解吧？"

他对着打火机点点头。

"你给我看这个打火机……是想让我知道你去了我家……搜查了我的房子，就像你丈夫一样……你已经知道我要告诉你的一切了，对吧？你在考验我……"

每个动作都让他疼得撕心裂肺。琳妮不为所动。她必须克服慈悲心，以及大脑深处宣告这个男人无辜的微弱声音。她去过道取来萨拉的照片，放在他眼前。

"你在一个偏僻的村庄徒步旅行时，发现了我女儿的帽子。就是这顶帽子。然后，你和负责调查萨拉失踪的警察在一个大楼里工作。而所有这些有趣的巧合，让我觉得我丈夫有充分的理由把你留在这里。"

焦尔达诺的右眼浸满了泪水，琳妮不知道那是因为寒冷还是难过。他沉默着，垂下沉重的眼皮。

"就是巧合，巧合不能……让我成为罪魁祸首，你写侦探小说，你应该知道……"

"你怎么知道我写小说？"

"书，我家里的……你丈夫确信……那是我从你家、你的书架上偷的……可他错了，完全错了，那些书是我买的。这没有任何意义……我二十年的生活……就是负责把垃圾关进监狱……那些把女人和孩子当成……物品的混蛋，光听听他们的所作所为，就会让你恶心得想吐。难道被审判的人应该是我吗？"

焦尔达诺沙哑的嗓音和地窖里阵阵的寒意笼罩着琳妮。他也是朱利安记忆的囚徒，一个无知的囚徒。他突然被喉咙里的分泌物哽住了。

"你出现在这里，你……什么都不知道，你丈夫根本没跟你提过我们说过什么。为什么？他发生了什么事？"

"他被袭击了，很严重，失去了记忆。我认为这和你有关系。"

琳妮似乎看到了他右嘴角的一个动作，只有几分之一秒，像是一个冷笑。可她没有动，紧闭嘴唇。她疯了吗？还是因为睡眠不足？焦尔达诺朝锁链点点头。

"他一直把我关在这里，你还指控我袭击他？"

"也许是同谋？有人正在找你？"

"你疯了……"

"我想知道你被绑架那天到底发生了什么。"

"回答对我没有任何好处。"

"你2010年离婚，为什么？为什么换工作？是什么改变了你的生活？"

"笑话……这世界上三分之一的人都会离婚。我辞职，是因为我不能忍受糟糕的警察工作；这和你女儿有什么关系？什么？我不可以换工作吗？无论我说什么，你都会找到某种联系。你会继续走你疯丈夫的老路。那就把我打死吧。来吧。"

他猛地撞向锁链。

"来吧!"

琳妮无力地站起身,跺跺脚,伸展几乎麻木的双腿。她不能给他机会,她必须占据上风。

"我会自己找到答案的。而我所花费的时间,只能换来你继续留在这个洞里。我的丈夫很快就会找回自己,找回记忆。到了那一天,我可就帮不了你了。"

"所以你非要知道一切吗?"

"所以你总是无话可说吗?"

他不再回答。琳妮取来食物和瓶装水,扔到他脚边,然后把药放在他旁边的墙角,放开他的左手。

"我带了些工具,方便你上厕所的,但维持不了多久,药也留给你。我明天再来。或者后天。或者永远不再来了。"

"不,不!拜托!"

她转身向外走去。一个声音终于在她背后响起:

"我是一名外勤警察……每天都与皮条客和妓女打交道……"

琳妮僵在原地。

"我还和演艺圈的大牌明星打过交道,因为他们总和一些事纠缠不清:毒品、金钱、性,这无须多说……"

她转过身,回到他身边。他轻蔑地看着她,继续说道:

"你想让我告诉你什么?我几乎每天睡在破旧的旅馆里,隔壁房间就是被重新安置的妓女,或者在大酒店,一帮……律师或老板,以每晚3000欧元的价格定购女孩……我的工作就是观察、潜入，然后将他们困住。我隔一天才能回一次家，鼻子下总粘着残留的白粉。这就是离婚的原因。你满意了吗？"

"继续。你为什么辞职？"

"……2010年年中，一个我们监视了几个月的皮条客网络……由罗马尼亚的两兄弟管理……平时将非法资金投于房地产……在格勒诺布尔和尚贝里附近藏匿了十二名妓女。这些女孩稍有反抗，兄弟俩就以她们的家人相威胁。她们由两个老鸨监管，恐吓、殴打……被困在……格勒诺布尔郊区的吉普赛人营地，起初以为自己是来法国做服务员或清洁工的，最后却沦为了……性奴隶……这种生意网通常是这样运作的。"

他的目光陷入迷茫，仿佛看到了那些罪犯。琳妮一动不动，笔直地站着。

"一天晚上，我们展开了一场干预行动……在那之前，我妻子刚刚跟我摊牌说要离开我……不妨告诉你……我的精神状况不太好，当……我面前出现一个老鸨时，我……我失去了理智，我……"

他抬起头看着琳妮，目光沉重。

"你丈夫对我所做的一切……跟我对她所做的相比，根本算不上什么。如果没有同事介入，我……会杀了她。只要在互联网上搜索'彼得雷斯库兄弟案'，就会发现我说的都是真的。那是七年前的事了。我的上级隐瞒了这个错误，主要是为了保护他们自己，但……我不得不离开警察局，另找一份工作。所以你看，那个让松案，它开始时我已经退场了。它跟我无关。"

琳妮下意识地用拇指抚过萨拉的照片，以及丈夫写下的那句话。"你可以骗我。"

又是一阵长久的咳嗽。焦尔达诺最后开口道：

"我没有撒谎，你可以去报警，就会明白的。"

"让他们来抓我吗？干得漂亮。黑色地牢是什么？"

"一无所知。"他的回答开始针锋相对。

"你在这些圈子里工作，你会不知道吗？"

"我是在这些圈子里工作，但那是过去了。该死的，巧合就该让我受尽折磨吗？我只是在一个偏僻的地方发现了一顶帽子，该死的，只是一顶帽子。"

琳妮无法继续下去。"我……抱歉。"

她转过身，不顾身后的尖叫和恳求，冲上楼梯，泪流满面地穿过碉堡内院。她做了什么？

她和朱利安做了什么？

推开碉堡沉重的大门，一团水雾直喷在脸上。最后一级台阶已经消失在水下，强大的水流正在城墙脚下盘旋，从泥浆中喷涌而出。再往前，透过一团悬浮着冰冷水滴的灰雾，那条小路两侧的岩石微微露着头，承受着白色浪花的冲击。

碉堡已经变成一座孤岛。

# 37

维克一定会被队长骂得狗血淋头：作为证物的手机被他从柜子里拿了出来，密封袋也被撕坏了。威胁会如雨点般砸下来——指责、停职、换岗——但他知道，阿兰·曼扎托太需要他了，尤其是这个案子，威胁将无用武之地。反正维克已经习惯了：日后算账。

经过一系列行政上的花招，德尔皮埃尔车里的幽灵手机，也就是他们误以为是康坦的手机，此刻已经神不知鬼不觉地有了一个新的封条编号。更重要的是，在检察官和司法委员会的授权下，这部机器最终辗转到了里昂尤利法医实验室数字技术科的一位专家手里，并受命进行最高优先等级的分析检测。

平安夜前一天的凌晨，维克和瓦迪姆来到了数字专家马兰·特朗布莱的实验室。在按照原始模块创建了一张测试 SIM 卡之后，技术专家将其插入设备，打开手机。

"手机还处于上次使用时的状态。因为有指纹识别，主人认为无须设置 PIN 码，我们因此少了一个障碍。"

由于屏幕破碎导致无法分辨显示内容，专家将手机连接到电脑。在软件的帮助下，他用键盘和鼠标操控手机，电脑屏幕上出现了一个短信应用程序。瓦迪姆专注地看着。

"你说的没错,德尔皮埃尔在福特车被抢前做的最后一件事就是发短信……"

专家追踪了德尔皮埃尔(华生医生)与当时联系人的聊天记录,但只有姓名的首字母:PM。

"如果是华生医生的话,那这个一定就是莫里亚蒂教授,"维克说,"柯南·道尔小说中的大反派。"

"真正的小喜剧演员……"

屏幕上的第一条聊天记录日期为2017年12月18日,加油站抢劫案的当天。

16:02:23 PM: 紧急。登录。

16:03:12 DW: 任务?

16:03:52 PM: 清理。不要问任何问题。完成后发送"确认"。

16:04:18 DW: 一切照旧。

[……]

19:28:12 DW: 确认。拿到包裹。

19:31:23 PM: 好的,完成后确认。

[……]

22:31:02 PM: 怎么样？照片？

22:47:22 PM: 一切顺利？

23:54:30 PM: 你为什么不回答？你在干什么？！？

马兰·特朗布莱关闭了窗口。
"就这些。"

他又陆续打开其他应用程序，然后是联系人列表。令人失望的是：莫里亚蒂是他唯一的联系人。刚刚的对话也是德尔皮埃尔手机上仅存的几条短信。瓦迪姆用拇指和食指夹住一包香烟。

"德尔皮埃尔谨慎地删除了所有信息，只剩下这几条。因为手机和汽车同时被抢，所以他没来得及删除这次对话。"

"看来，这部手机只用于他和莫里亚蒂的交流。有可能恢复全部短信吗？"

"应该可以。从理论上讲，手机的内存芯片永远不会弄丢任何一个字母，即使是被扔进垃圾箱的短信。但鉴于需要找回的数据量非常庞大，我们必须先映射内存芯片容量，识别编码，然后才有可能把所有东西放回原处。简单讲，鉴于手机型号和制造商越来越强的保护意识，这可能需要至少一周的时间，而且无法保证结果。当然，从理论上讲，我们本来也能获取莫里亚蒂的手机信息，但不幸的是，在没有物理芯片的情况下，几乎不会得到什么实质内容，因为重要数据全部被保存在 SIM 卡上……"

维克指着聊天记录的第一行。

"莫里亚蒂命令德尔皮埃尔登录。一个网站吗？"

"这正是我要追踪的。"

专家双击手机上的一个按键，调出了所有正在运行的应用程序：一个短信应用程序、一个用于在线购买模具材料的互联网浏览器，以及一个洋葱标志的应用程序。

特朗布莱点击最后一个。

"德尔皮埃尔启动了 TOR。通往暗网的门户。"

维克和瓦迪姆知道那是什么。暗网，深网……一个不为普通人所知的隐藏空间，一个允许匿名上网并访问最恐怖行径的电子世界。在那里，人们可以买卖毒品、武器，组织谋杀，上传并查看恋童癖照片而不受惩罚。恐怖分子用它来互相交流、接受指令、制造炸弹。要想访问它，必须先安装 TOR，最重要的是要有访问地址，那是一串随机的数字和字母序列，只有通过知情人士和地下网络才能得到……对于维克和瓦迪姆来说，这是一次机会，德尔皮埃尔还没来得及关闭浏览器。一旦关闭，系统将瞬间抹去所有记录和输入点，每次打开都会遇到一个要求输入地址的空白框。

TOR 被定位在了一个纯黑色的页面上，地址名难以理解，中间有两个动图：左边是一把滴血的斧头，右边是一只瞳孔不断扩张收缩的眼睛。页面创建者应该是个门外汉，但访问这里的人并不关心美学。

特朗布莱拿起一张便利贴和一支笔。

"进入之前先记一下地址。"

"没必要。"

"你……确定吗?"

瓦迪姆揉着太阳穴。

"维克会记住的,就算临死那天他也能准确地说出答案。别试着理解,他就这样。"

特朗布莱惊讶地盯着维克,然后点击"跳动的眼睛",打开一个登录页面。显示要输入密码。他输入了所有可能性并点击"验证"。没有成功。

"无法访问。"

"能找到入侵系统的方法吗?"

"没有密码的话可能需要数周时间,具体取决于操作的复杂程度。虽然有测试密码的机器人,但只能逐次发送请求,等待响应后才能继续下一个。"

专家回到首页,选择了"斧头"。一条消息弹了出来——"登录成功"——系统进入一个新的页面,并提供了两个链接:"莫里亚蒂"和"华生医生"。

"太幸运了,德尔皮埃尔的会话状态仍然开放。先来哪一个?"

"华生医生。"

特朗布莱照做。屏幕上出现一个照片库。专家背靠在椅子上,仿佛被眼前的情景吓坏了:一具具被置于防水布上的尸体,头部套着塑料袋;每个镜头下都有一个挖好的坑洞。

鉴于使用了闪光灯，照片应该是在晚上拍摄的，在野外。照片库里包含尸体的正面照、背面照和侧面照，像是在刻意躲过剥皮的痕迹。显然，德尔皮埃尔不想让莫里亚蒂看到他对尸体做过什么。维克叹了口气。

"这就是我们的清洁工为莫里亚蒂教授提供的工作证明。他在埋葬尸体的坑洞旁拍下照片并发布到网上。专用手机，暗网，极简的交流。他们是隐形的，极有条理，不是业余杀手。"

"一共八具尸体。第九具在后备箱。德尔皮埃尔去了某个地方，取回尸体，准备处理掉。这就是莫里亚蒂那晚期待他完成的任务，然后让德尔皮埃尔在坟墓旁拍下尸体照片并发布到网上。"

冗长的沉默。除了照片，什么都没有。没有日期，没有身份。特朗布莱再次抓起鼠标。

"我立刻把照片保存到硬盘上，今天白天就传给你们。"

他回到前一个页面，看看两位警察，最后点击了"莫里亚蒂"。一个纯黑的背景，正中央写着三行白字：

> 清理工作在"雪绒花"小木屋进行。地点：拉沙佩勒－昂－韦科尔，塞文博山路尽头，右侧，独立建筑。

# 38

"滨海布洛涅附近涨潮后被海水包围的碉堡……原来这就是秘密……你知道这有多么讽刺吗？二十多年前，我就是在布洛涅开启了职业生涯。我知道这座碉堡，但从没来过。这是一次回归吗？不幸的是，契机并不美好……"

格雷戈里·焦尔达诺清清嗓子，往旁边吐了口唾沫。

"……你的丈夫也是这样，被大海困住过好几次，全神贯注地打我，以至于忘记了涨潮……我不明白他为什么消失几分钟后又回来了，然后比以往任何时候都更加歇斯底里……"

他苦着脸盯着自己肿胀的左脚。琳妮快被冻僵了，靠着对面的墙坐下来，双臂紧紧抱住蜷起的双腿。她静静地看着他，等待他揭开秘密。

"……在那些时刻，我很享受，相信我。"

他对着刑具点点头。

"当然，你知道他对我的脚做了什么。就像你书里写的，把我的脚塞进那台该死的机器，慢慢地转动手柄，噼啪作响……你无法忽视那种疼痛，因为它会在你体内产生共鸣，就像你的思想正在放大它。我现在仍然能听到那个声音，我会一辈子记得。我甚至不知道自己还能不能正常走路。你的丈夫是个疯子，一个真正的偏执狂。当他打我时，他不是他自己。但你不像他。"

琳妮试图让自己相信焦尔达诺有罪，相信他真的以某种方式参与了萨拉的绑架；但她越想越觉得这种囚禁毫无道理。刚刚在外面，她用智能手机快速搜索了一下：里昂警方捣毁卖淫网络的事是真实的，但官方并没有提到焦尔达诺所说的警察殴打老鸨，所以她想听听他的辩解。

"你觉得呢？他们会在公开场合传播这个故事吗？一个警察打死了一个老鸨？不，他们只会用皮条客之间的分赃不均来掩盖一切，我已经告诉过你了。"

男人盯着腿边的香烟盒。

"再来一支吧？"

琳妮摆弄着手铐钥匙，不为所动。焦尔达诺微笑着挥挥自由的左手。

"好吧，没关系。"

"那顶帽子……你从地上捡起它，不知道它从哪里来，也不管有没有弄脏，就把它戴在你女儿的头上……你不觉得这很奇怪吗？"

"拜托，不……别再提那顶帽子了。"

"罗克珊告诉我，那天是你把它戴在她头上的。"

"所以呢？那怎么了？"

琳妮陷入沉默，仿佛一只隐居在巢穴里的蜘蛛，天花板上的灯泡几乎没有照亮她。焦尔达诺试图用完好无损的右脚拉近烟盒。一个如此简单的动作，对他来说却是一种非人的折磨。

"无论我说什么，你都能找到一个借口扣在我身上……因为不管表象如何，你才是受害者……一个饱受折磨的人，对吧？"

琳妮没有回答。他继续说道：

"虽然我无法感同身受，但也能猜到失去孩子是什么感觉，你想象不到我在工作中必须面对多少这样的事。我不得不通知那些父母，最糟糕的事情已经发生在他们孩子身上。也许最难面对的是他们茫然困惑的眼神，在宣布死亡的那一刻，他们眼中的光消失了。我知道，他们的眼睛里不会再有光了。"

他用左手成功地钩住香烟盒，从里面夹出一支烟，放在唇间。但两米外的打火机仿佛一座遥不可及的大山。他突然放声大笑，然后哽咽着。

"即使不点火，它也能让我飘飘欲仙。就为这个，谢谢你。"

"不用谢。"

"是的，我必须谢谢你。你以为你很了解我，不经任何判断就先入为主地审判我。那么，我也可以审判你。也许我不应该这么说，但我真的很了解你，比你了解我更多……相信我，这与你女儿的失踪无关，它甚至可以追溯到更远、更远、更远。"

"洗耳恭听。"

"首先，给我点个火吧……拜托，我会解释一切。"

琳妮犹豫着点燃香烟。男人深吸一口，鼻孔里喷出烟雾，喉头发出满足的呻吟。

"很好。"

"我在听。"

他没有立即回应，而是陶醉在烟草的味道中。两分钟后，他开口了：

"你有一个秘密……一个可怕的秘密，甚至隐瞒了你的丈夫，因为他……和我讲过你的故事，但从没提及过这个话题。鉴于他对我的所作所为，我敢肯定，只要他知道，他一定会提的。比如……关于书的主题。"

琳妮突然感到一阵刺痛——来自潜意识里的警觉。

"我没有秘密。"

"如果……当然，像所有人一样……你也很不容易，而且不仅仅是因为……你女儿的失踪。只要看你的书就会明白，你的青春期并不平凡。"

"开玩笑。没人比我的青春期更正常了。"

"是吗？但你小说里黑暗的主题，对肮脏细节的精准描述，在……哦，我不记得是哪一本了，在你其中一本书里，你描写了强奸；就算我这个多年来一直面对这些罪恶的人，心里也难免会犯嘀咕：你可真是见多识广，只有亲身经历过的人才能写出这种东西……"

琳妮沉默着。她并不明白他的意思。

"……你躲在你的笔名和作品后面，当我七八年前第一次翻开你的书时，我想：这家伙竟然能写出这样的东西，他……

埃纳尔·米拉雷,米拉雷……这名字并不常见,不是吗?它来自哪里?"

琳妮僵住了。喉咙深处仿佛伸出一只手,五根手指紧贴着舌头,拉开她的下颌。每次灵感一来,米拉雷就会出现。她极力保持冷静。

"这并不复杂,'米拉雷'是'镜子',至于'琳妮'[1]和'埃纳尔'[2],回文而已。"

"就这样……这就是你对付那些记者的说辞吧?但对于我,它像是隐约地表达了什么。这个名字,一定有一个古老的故事,深深地印在你的记忆里。"

琳妮越来越困惑。缭绕的烟雾中,她能看到焦尔达诺的黑眼睛在闪光,就像两颗在矿井深处闪耀的钻石。她极力保持警惕,感觉自己仿佛正深陷一场越来越危险的游戏。

"有一天,在我里昂的办公室里,你的小说被放在一台与档案库相联的电脑旁。于是我好奇地搜索了一下……被我找到了,纳森·米拉雷,就是这个名字。我说的对吗?"

"你说谁?"

"你那时还是个少女。有多大年纪呢?十五?十六?你不记得了吗?"

十五六岁……琳妮的脑子里突然闪过一道光:1991年,米歇尔·伊斯特伍德的《血之轮》出版了。那本书她显然读过,但她忘了,因为潜隐记忆。又是巧合吗?琳妮有些

---

[1] Léane.

[2] Enaël.

受不了了。她冲到运动包旁，掏出枪，用拇指松开保险，瞄准。她紧抓着武器，手不停地发抖，仿佛那是一把斧头。

"你说什么？1991年？"

焦尔达诺沉默着举起左手。

"你的笔名是一种忏悔吗？一种铭记的方式？"

琳妮努力调整呼吸，喉咙深处涌出一股灼热的酸水，直接辐射到胃里。她意识到自己的食指已经扣上了扳机。她到底怎么了？

"铭记什么？"

男人抿住嘴唇，不再说话。他知道她不会杀他。难道自己眼中的脆弱已经被他看穿？琳妮回到墙角，把武器放在身边，默默地凝视着对方，仿佛他是一个博弈的对手。他到底在玩什么？是想破坏她的冷静吗？无论如何，他成功了。

她回想着他刚才的话：纳森·米拉雷？自己的第一部小说……当初选择笔名时，"米拉雷"是自然而然跳进脑海的，就像她自己的名字一样。但为什么是这种特殊的拼写？她压根儿没仔细想过。

时间一点点地流逝，睡意渐渐压上她的肩膀和腰。她有多久没好好睡过觉了？不管怎么抵抗，有那么一瞬间，她垂下了眼皮；当她再次睁开眼睛时，发现自己正像猫一样蜷缩在地上。她看了看手表：凌晨3点。

她猛地坐起来，感觉全身高烧般地酸痛，仿佛自己也成了碉堡的囚徒。空气似乎被压迫得不见了踪影。焦尔达诺正一动不动地盯着她，一言不发，神色古怪，分不清他是猎物还是猎食者。

琳妮从地上爬起来，来到外面，在冰冷的夜色中寻找卫生间。浓密灰暗的湿雾彻底隔绝了她的肉体，让她再也感受不到四肢的存在。她爬上塔顶，浓雾遮住了一切，海浪的轰鸣声似乎遥不可及。海水已经退去，彻底释放了碉堡。她猛吸几口新鲜的空气，回到了地下室。

她拿起手枪。

"你最好洗漱一下，换件衣服，我会给你解开手铐的。包里有你需要的一切。别怀疑我会不会用这玩意儿，我对这把枪了如指掌。这就是写侦探小说和认识圈里人的好处。"

她把钥匙扔到焦尔达诺的胸前，举着武器退到后面。没什么可怕的：拖着这样一只残脚，焦尔达诺根本无法扑向自己。他解开手铐，揉揉双手和手腕，如释重负。

"谢谢。"

"闭上嘴。"

琳妮试图保持强硬，可当她看到他竭力用一条腿站起来时，她的心仿佛被撕裂了。他颓然地跪倒在地上，尖叫着打滚。她真想过去帮帮他、安抚他，带他去医院。没有人应该受到这种待遇，无论有罪还是无罪。她重新打起精神：必须冷静下来，必须保持距离。

他趴在地上翻找运动包，掏出了毛巾、肥皂、浴巾以及朱利安的几件旧衣服。

"没有刮胡刀吗？"

"别废话，快点！"

他咧开嘴坏笑着，露出一口洁白整齐的牙齿。琳妮第一次在他脸上看到了绝望以外的表情。他开始变得更像一个普普通通的人。她尽量不为所动。

"你要看着我换衣服吗？"

"你可以转过身去。"

男人像蜗牛一样慢吞吞地脱下衣服。当布料擦过他肿胀的左脚，当水流咬住他破碎的皮肤，一阵阵剧痛让他的身体止不住地颤抖着。他的右肩上有一个文身，一条尾鳍尖尖的橙色小鱼。他很消瘦，但干净的衣服些许恢复了他的尊严。琳妮有些后悔了：事到如今，她该如何继续把他关在这个洞里？但她还能做些什么呢？

"你现在需要重新戴上手铐。一只手就够了。我必须听到咔嗒声。"

他照做，并且没有等她提出要求就把钥匙扔还给了她。琳妮拿来食物和水。

"下次我会带个脚夹板过来，还有治疗骨折的药，家里应该有的。我丈夫开沙滩帆车时总是受伤。不管怎么样，凭你自己，这种伤害根本不可能自愈。"

"你什么时候回来？"

琳妮觉得自己已经开始变得摇摇欲坠、任人摆布。必须马上离开。她迅速地把脏衣服塞进运动包，拉上拉链，头也不回地向出口走去。

"琳妮？"

听到他喊自己的名字，她无力地转过身。

"别忘了我也有一个女儿,像你一样。她也在寻找她的父亲。"

再多停留一秒,她会彻底投降的。琳妮迅速闪进楼梯间。这一次,当她消失时,他并没有乞求。

只是沉默。

# 39

淋浴烫伤了琳妮的脖子。焦尔达诺瘦削的身体像剃刀般划过她的视网膜。他说一切都是巧合：帽子、警察局……如果把若干独立元素串联在一起，他极有可能是嫌疑人。但她内心深处又觉得他是对的：你只看到你想看到的，焦尔达诺必须有罪，萨拉必须活着。

她的大脑混沌成一片：一个声音指责她囚禁了一个无辜的人，另一个则坚持认为焦尔达诺有罪。可到底有什么罪？四年前绑架了萨拉？杀了她？他，一个伟大的警察？

琳妮换上一套新衣服——牛仔裤、高领毛衣、休闲鞋，然后梳了梳头发，站在镜子前。那个"影子"吓了她一跳：聚光灯下突出的颧骨边缘，黑色光圈围绕着她清澈的眼睛。天气和睡眠不足已经把她消耗得像一张揉皱了的纸。

在前往医院之前，她在互联网上搜索了"纳森·米拉雷"。一无所获。那家伙到底是谁？焦尔达诺声称他在警方档案库中搜到过他。米拉雷真的存在吗？或者只是囚徒警察捏造的？琳妮想到了科林，也许他能帮忙打听一下。但不行，不能把他牵扯进来，以免引起他哪怕丝毫的怀疑。

如果是焦尔达诺制造的陷阱呢？只为了分散她的注意

力？企图操控她？就像他过去审犯人那样？他直呼她的名字，利用她的女儿软化她。他知道如何让人屈服。

她被犹豫不决折磨着，无比强烈地渴望知道真相。她翻开通讯录，找到了里尔警察局的丹尼尔·埃弗拉德中尉——她的"线人"，教她如何开枪并帮助她了解相关司法程序和调查手段以便创作。他能把"纳森·米拉雷"交给她吗？那家伙真的在档案库里吗？有犯罪记录吗？

"你为什么想知道这个？"

"是一位读者，在一次签售会上提起他很久以前见过纳森·米拉雷，二十多年了，他记得当时那个米拉雷好像牵扯进了什么案子。而我的笔名恰巧和他同名，所以我想多了解一下。"

"好吧，我看看我能做些什么。你最近还好吗？"

她和他聊了一会儿，并向他道谢，然后叹着气挂断电话——他没有错过邀请她喝一杯的机会。

一出门，她就在邮箱里找到了帕梅拉寄来的书：米歇尔·伊斯特伍德的《血之轮》。她把书拿在手里，感觉有些滑稽。她看了看封底，对故事梗概感到惊讶：的确和她的最新小说有很多共同之处。

她把书和一沓照片放在副驾驶座上，驱车前往医院。一到医院，她就直接上楼，把照片交给了一名护士，解释说这是应言语治疗师的要求带来的，为了朱利安的记忆训练。当她走进朱利安的病房时，他正在吃早餐，她直接走过去，推开餐盘支架，靠在丈夫身上，用尽全力地抱住他。

"我需要你……"

她本想就这样抱着他几个小时,靠着他睡过去。但她吻了他。一种强烈的欲望在热吻中渐渐成形,她多想告诉他:他们可能抓住了一个混蛋,一个能告诉他们女儿在哪里的前警察,萨拉也许还活着——在无尽的等待之后;但他们也可能彻头彻尾地错了,就像徒劳地重燃起希望,再被彻底宣判死刑。

朱利安默默地抱着她。她能感受到他的渴望。在身体被点燃之前,琳妮推开了他。

"不可以。不是现在,也不是这里。"

"我倒是很喜欢。(他闭上眼睛,用力地呼吸。)你的气味……我认得。"

他起身下床,蹲在她面前。

"昨天我很想你,一整天都没见到你。我父亲说出版社那边出了点小问题?"

"是的,但没关系。"

他拉着她的手。

"他们说我很快就能出院了,可能是明天。熟悉的环境更有利于康复。但前提条件是我每天都要来康复科复诊,最开始也需要有人照顾我的生活。你会在家里等我吗?"

"会的,当然。我们两个,虽然出了点问题,你知道,发生了一些事,但是……我们会重新开始的,对吗?就像……新的生活。明天就是平安夜了……"

她捏着自己的手掌。

"不管发生什么事,希望明天会是一个美好的夜晚。我们一直很重视圣诞节的。你父亲也会来。"

"太好了。我昨天和他待了一整天,听他说了……我母亲的死。他似乎还没有走出来,很忧郁,很无力,可我也帮不上他。真是让人担心。"

"所以我们不能让他一个人过平安夜。"

"我母亲为什么自杀,琳妮?我父亲几乎没跟我说过她的事。这个话题就像一个秘密,很奇怪。"

"我也从没真正了解过你的母亲。你父亲总是刻意让她远离我,远离你,好像……是的,就像你说的,一个秘密。他们之间有种说不清道不明的东西,我一直想知道他们为什么没有分开,因为……你父亲显然没有爱。每次都是他一个人来这里。我们去他们那里时,你母亲一直躺在床上,塞满了药……很难用几句话来解释这一切。"

"可你必须解释,我想重新了解过去。还有……我是说……萨拉,这四年里……我不想等记忆来决定是否把过去还给我,你必须告诉我。"

"这个……一时很难讲清楚,关于让松,朱利安,你知道吗?他是……一个怪物……"

"没错,但我必须和你共享一切,即使是痛苦。我必须知道真相,所有的真相,你听到了吗?"

琳妮犹豫着,从口袋里掏出碉堡大门的钥匙,放在丈夫手上。金属的冰冷让他瑟缩了一下。

"看着它,摸摸它,有大海和盐的味道?它对你有特殊的意义。这很重要,非常重要。试着回忆它。"

朱利安把钥匙捧在手上,闻了闻。闭上眼睛。琳妮仔细观察着他脸上的每一条细纹。

"告诉我你记得,你……看到了什么?"

"像是一座豪宅或城堡的钥匙。"

"碉堡……是一座碉堡。"

他摇摇头。

"对不起,能解释一下吗?"

"不能。没有解释。"

朱利安的目光越过琳妮的肩头。

"看来,除非我早点出院,否则我们一天都不得安宁。"

琳妮转过身,惊讶地发现科林正站在病房门口,在假装敲门。

"没有打扰到你们吧?"

她立即抢过钥匙,塞进外套口袋,尴尬地站起身。科林的目光追随着琳妮的每一个动作,但并没有看出那是一把钥匙。

"没事。"

警察走过去和朱利安握手。两个人面对面,站在那里。

"关于我的袭击,有什么进展吗?"

"这得慢慢来,目前还没有什么新消息。(他转向琳妮。)我能和你单独聊两分钟吗?"

琳妮温柔地吻了吻丈夫。

"我今天下午有点事,要去买点东西,所以……我晚上再过来,好吗?"

"好的……"

当她转过身时,科林已经来到走廊上。她和他一起坐在咖啡机旁的长椅上。他给自己倒了杯浓缩咖啡;这是他第一次没有帮她倒饮料。只是疏忽吗?还是故意的?

"我想和你谈两件事。首先,我调查了你丈夫的银行账户,发现了一件奇怪的事……"

琳妮很不喜欢他的语气,但没有说什么。

"……在他遇袭的那天早上,上午9点2分,他的提款额度达到了上限,也就是说,他那天在市中心的ATM机上取走了2000欧元。我已经看过银行的监控录像,是他……"

琳妮无言以对。等式中还有一个未知数。

"……然后,关于昨天在你家采集到的指纹……有些既不是你的,也不是朱利安的。我们不知道是谁的,也不在指纹库中,但有一点可以肯定:它们属于两个月前入室盗窃的'寄生虫',乳突纹痕迹完全一样。鉴于当时到处留下了粉末,朱利安曾经清理过别墅,所以昨天采集到的指纹必然是新的,应该与著名的袭击日有关。"

琳妮将一枚硬币塞进机器,取出饮料。科林挪了挪腿,让一个坐在轮椅上的病人通过。

"你知道我为什么叫他'寄生虫'吗?因为寄生虫寄生于宿主,以牺牲宿主为代价而生存,可以这么说,这只'寄生虫'就像狗背上的虱子一样飞进了你的家:卧室、厨房、浴室,他统统去过;车门、方向盘、室内把手,他统统碰过。

他甚至喝了你的威士忌，吃了你冰箱里的东西，翻阅了你的家庭相册。他的指纹无处不在。"

琳妮陷在长椅上，手握着杯子，脑子里想象着那个陌生人接管了她的房子：睡她的床？在她的被单上滚来滚去？搜查她的东西？像她一样一边喝酒，一边坐在落地窗前凝视大海？

"这太疯狂了。"

"是的，很疯狂，但对我们非常有利，这提醒我必须梳理一下过去，好更清楚地看到本质。"

科林说着拿出笔记本，舔了舔食指，翻开一页。

"如果把所有元素串联在一起，将更有利于我们看清整个场景。首先，'寄生虫'两个月前，即10月底第一次进入别墅，没有闯入迹象，要么他有钥匙，要么门是开着的；这也不是不可能，因为朱利安经常酗酒，不一定会记得锁门。当朱利安在楼上睡觉时，'寄生虫'出于某种未知原因偷走了你的书、肥皂……朱利安醒来后立刻以入室盗窃为由报了警，安装了警报器，换了锁……"

琳妮喝了口咖啡，发现很难喝，随手把它扔进了垃圾桶。无论如何都不能摄入咖啡因了，她打算一回家就倒在床上，睡上一整晚。

"……大约两个月后，'寄生虫'又回来了，并绑架了你的丈夫。在哪里绑的？如何绑的？目前未知，但无论如何是在别墅外进行的。他把朱利安锁进朱利安汽车的后备箱，然后开车去了某个地方，最后于同一天的深夜或周二清晨返回别墅，用可能在朱利安身上找到的钥匙打开大门……然后……"

"……像我一样，被警报器吓了一跳。"

"没错，像你一样，他不知道有警报器。于是技术人员来了，他开始胡言乱语，步履蹒跚，假装喝醉了。我后来去酒吧查过，那晚并没有人见过朱利安。所以是'寄生虫'打开了大门，先是慷慨地为自己提供了威士忌，然后假装醉酒……"

琳妮此刻才意识到科林从未停止过调查。这些事实就像原子钟一样被他精密地一一展开。

"……周二，凌晨1点，没有闯入痕迹，'寄生虫'拿着大门钥匙，假装喝醉，技术人员误以为他就是房子的主人，然后离开；随后，占领房子的'寄生虫'立刻展开搜索……无疑都和你的丈夫有关。你一定也发现了，朱利安多年来的调查结果全部消失了。我昨天采集指纹时注意到了这一点……"

琳妮点点头。果然，科林不仅采集了指纹，还趁机探查了房子。

"既然如此，你为什么不告诉我？"

"我……对不起，发生了这么多事，我没想太多。"

"但这很重要。如果你不告诉我这些细节，又怎么能指望我取得进展呢？"

他默默地盯着她，压扁手里的纸杯，把它扔进垃圾桶。琳妮感觉很不自在。

"总之,从凌晨1点到那天结束,即下午5点或6点左右,'寄生虫'一直在你家里。在此期间发生了什么,我不知道,但我知道接下来发生的事:他把朱利安丢在了堤坝附近,然后消失在大自然里……"

警察合上笔记本,把它放进口袋。

"'寄生虫'很聪明,琳妮,他给我们留下了谜题……我们必须解开它,他真正的动机是什么?为什么分步骤推进?所以,这就是目前的进展。哦,还有最后一件事。"

他从夹克口袋里掏出两张叠成四折的纸,递给琳妮。

"感谢里尔的一位老预审法官,我终于找到了约翰·巴托洛梅乌斯参与的案件清单……"

琳妮皱起眉头。

"那是谁?"

"你不记得了吗?兰斯的精神科医生,你丈夫在失忆前曾给他打过电话预约。"

"哦,是的,轮到我失忆了……"

"我没看出这份清单有什么奇怪的,似乎与我们无关。但我还是想让你看看。谁知道呢。"

"好的。"

"如果不介意的话,顺便问一下,朱利安的父亲有别墅的钥匙吗?"

琳妮再次皱起眉头。

"我……不知道,我没给过他钥匙,但也许朱利安给过。为什么这么问?"

"我在考虑所有可能性。好吧,不打扰你了,朱利安在等你。"

科林走了,但没走几步,又转过身来。

"对了,我得拿回我的钱包,昨天我把它忘在你家了。因为你说你想早点睡觉,所以我后来没去打扰你。我会去别墅拿的。你今晚在家吗?"

真是一块胶皮糖。琳妮勉强地笑着点点头。

"是的,但可能会晚一点,我得先去买些过节的东西,朱利安明天可能就出院了。"

"我知道。我和医生谈过了。"

还有什么他不知道的吗?这一次,科林彻底走了。琳妮看着他的背影,抿住嘴唇。他刚才为什么会问到雅克?他在怀疑朱利安的父亲吗?她紧张地坐回到椅子上,手里拿着那两张纸——精神科专家巴托洛梅乌斯参与的案件清单。从1998年到2017年,数百个日期、地点、企业名称……她飞快地浏览着,并没有抱什么希望。这份乱七八糟的名单应该不会提供她想要的答案。突然,她的目光锁定在了第二页的第三行:

里昂高等法院,2011年10月,焦尔达诺案审判。

# 40

力量、甜蜜和惊喜是韦科尔自然公园留给游客的印象。婀娜多姿的山丘倏忽间被折断成痛苦的山脊,壮丽的全景在狭窄的弯道上急速上升,渐渐地,岩石开始让位于松树、平原和一望无际的广阔空间。

驶出高速公路出口后,瓦迪姆轻踩油门,汽车爬上了赭石色和棕色峡谷的弯道,维克和坐在后排的两位同事——若瑟兰·芒热马坦和伊森·迪皮伊(一个光头的肌肉球)——打开车窗,脸像椰子球一样白。

曼扎托小队是中午时分拿到调查委托书的,这份文件将允许他们进入暗网上显示的地址住处进行搜索。副预审法官十分重视这一信息,它无疑直指莫里亚蒂,同时证明了德尔皮埃尔曾先后埋葬了八具尸体。

据调查,这座名为"雪绒花"的小木屋位于拉沙佩勒-昂-韦科尔的塞文博,属于一个名为亚历山大·马蒂奥利的三十九岁男子,无犯罪记录,据德龙省税务部门的登记信息显示,小木屋是他的"第二居所"。维克在互联网上找到了主人的个人资料:英俊的脸庞,胡子剃得很干净,在众多诸如"老友记"之类的网站上注册了会员,职业是登山装备推销员，经常参加各种展会集市，喜欢拍照留念；就档案而言，其目前最严重的违法犯罪记录是机动车超速驾驶。此刻，另一支队伍则正在向加普进发，那里是该男子的"第一居所"。

拉沙佩勒-昂-韦科尔坐落在高地之间。来到这里，会让你感觉仿佛置身于拉普兰省：湛蓝的天空，白得耀眼的地面，就像铺了一层厚厚的钻石地毯。

在 GPS 的引导下，警察们穿过小镇，向南进发。塞文博山路的尽头是一座小山，山脚下是一条蜿蜒的小路。他们把车开上小路，镶钉的轮胎紧贴着地面的积雪，转过最后一个弯道后，车辆直驶向小路的尽头。

再往前，就是世界上独一无二的"雪绒花"：美丽的轻原木结构房屋，带一个巨大的地下室。高端民宿，维克心想。小屋的烟囱正冒着烟，一辆路虎揽胜 SUV 停在小屋前。

四名警察一言不发地下了车，保持着高度警惕。维克环顾四周：这里就像一块从遥远的北方撕下来的矿物冰，被冰冷的美丽死死困住；方圆五百米内没有居民，只有诡异的静谧，仿佛听得到大自然的窃窃私语。

屋后，两个十几岁的孩子正围着一个雪人转圈，看到有人走近，男孩跑向小屋，嘴里叫着"爸爸"。瓦迪姆和团队成员交换了一个眼神，把手伸进敞开的夹克，随时准备行动。

亚历山大·马蒂奥利出现在大门前，裹着一件肥大的爱尔兰毛衣，下身是牛仔裤和拖鞋。跟网上的照片不太一样：他留着长发，蓄着几乎吃掉整张脸的大胡子，像个伐木工。他用手抚过儿子的头发，让男孩紧紧靠在自己身上，一脸严肃地示意女儿进屋。女孩跑进小屋后,主人刚想走下台阶,瓦迪姆率先挥舞着他的警察证。

"格勒诺布尔刑警!请把手放在我们的视线范围之内,否则后果自负。除了孩子,小屋里还有谁?"

男人惊讶地将右手放在栏杆上,左手微微抬起。

"只有我们三个,但是……警察?这是怎么回事?"

瓦迪姆拿出一张纸。

"这是法官的委托书,授权我们可以进入你的小屋。"

"进入我家?发……发生了什么事?"

芒热马坦和迪皮伊不顾主人的抗议对他进行了例行搜身。鉴于他的一再抗拒,他们最后给他戴上了手铐。

"建议你立即配合,否则我们现在就把你带走。"

走进小屋后,维克对着那两个孩子笑笑,让他们去看电视。他盯着客厅里挂满礼物的圣诞树、装饰物、节日气氛,以及亚历山大·马蒂奥利满脸的惊讶……这与他对莫里亚蒂的想象完全不符。

迪皮伊负责盯着屋主,其他三个人开始搜查房间。这是一座豪华木屋,有两间浴室、三间大卧室,配备了按摩浴缸、开放式厨房和各种休闲设备。一扇雾气蒙蒙的巨大观景窗提供了180度的高地景观。

搜查完毕后,维克在走廊上与瓦迪姆会合。

"发现什么了吗?"

"一无所获。"

维克一眼看到了客厅尽头的楼梯。他走下台阶,穿过一扇通往巨大地下室的门。地下室门口有几级木制台阶,下面是一个隔间,里面堆放着滑雪板、雪橇、绳索和冰镐。瓦迪姆冒险闯进了这个杂货铺,不小心掀翻了滑雪板,其他物品也跟着纷纷掉落下来。

"该死!"

维克让他赶快跟上,然后继续向地下室深处走去。他掀开一块防水布,扬起了一团尘土,下面是一辆尘封多年的大型雪地摩托车。他蹲下去,盯着油毡地板,用手指摩挲着。

"地板很干净。摩托车和防水布上落满了灰尘,唯独地板上没有。"

"最近清洗过地板?"

"很有可能。"

维克站起身,陷入沉思。一张堆满 DIY 材料的工作台靠墙而立,墙上钉着一排钉子,上面挂着几件工具,其中有几十根蓝色的大橡皮筋,维克抓起其中一根,递给瓦迪姆。

"和后备箱里套在受害者头部的是同一款。"

"你确定?"

"百分之百。蓝色,高弹,很宽。这里就是德尔皮埃尔处理尸体的地方。去把马蒂奥利叫过来,再拿一瓶蓝星鲁米诺。"

瓦迪姆照做。维克感觉喉咙深处涌上一股苦涩的汁液。他知道接下来会发生什么。两分钟后,瓦迪姆带着芒热马坦和马蒂奥利回来了,手里拿着一个鲁米诺喷雾瓶,这东西能让潜藏的血迹在黑暗中显形,哪怕被擦掉或清洗掉了。

维克转向芒热马坦。

"我现在关灯。看紧那家伙。"

芒热马坦紧紧地抓住马蒂奥利的手臂。维克拨动开关，手里拿着喷雾瓶，站在房间中央，开始向地板喷洒。

地面逐渐亮起耀眼的蓝光，强烈得让芒热马坦的手和马蒂奥利的脸同时变得惨白，就像灵魂出窍一样。维克向前移动了三米，再次喷洒。到处都是蓝光。

"鉴于分布得过于分散和有规则，我认为这里的地板已经被漂白剂彻底清洗过了。漂白剂中含有次氯酸钠，会与蓝星发生反应，从而干扰血液检测。"

"你在说什么？我听不懂你的话，我根本没做过这种事！"

大约三十秒后，荧光开始消退。维克重新打开灯，盯着马蒂奥利的眼睛。

"你必须解释一下。"

"解释什么？你们突然出现在我家，在我的地盘上，给我戴上手铐，用这个瓶子喷我的地下室，你……可是该死的，你们在找什么？到底发生了什么事？"

瓦迪姆一把抓住他的衣领，把他压在墙上。

"本周一晚上，我们在一辆汽车的后备箱里发现了一个可怜女孩的尸体，而她很可能就是在你这个该死的地下室里被杀的。凶手行凶之后清理了一切，没有留下任何痕迹。马蒂奥利先生，你必须说点什么，要么现在，要么是滚进牢房之后。"

马蒂奥利或许是个完美的喜剧演员，要么就是真的受到了沉重打击。当瓦迪姆放开他时，他颓然地靠在墙上，双手背在身后，跌坐在地板上。他昏昏沉沉，一分钟之后才说出第一个字——

"我……我是今天早上才回到'雪绒花'的，你们……可以问问我的孩子。我的妻子明天一早也会赶到，和我一起为平安夜做准备。明天晚上，这里将出现二十位客人。除了……和家人生活在这里之外……我还会在 LocHolidays 这种在线平台上出租这座小木屋。这座……小屋之前已经出租了一个星期，直到今天早上。"

# 41

听到马蒂奥利的话，警察们面面相觑，个个就像第一次看见裸体女人的毛头小子。瓦迪姆回到马蒂奥利的面前。

"小屋之前租给了谁？"

"记不清了，但我的笔记本电脑上应该有所有的信息，如果……"

"走吧。"

他们解下他的手铐，一齐回到楼上。点击三下鼠标之后，亚历山大·马蒂奥利进入了 LocHolidays 网站并登录了账户。在房间的另一头，两个孩子正安静地看动画片；迪皮伊在外面抽烟，把手机贴在耳朵上。小屋主人首先展示了广告照片：从地下室到一楼，大约二十张。

"所有人都能看到这些信息，'雪绒花'已经被我出租了六年，从来没出过问题。真是不敢相信。"

他点击一个链接，进入管理页面。

"你们看……从上周六到今天早上，一个名叫皮埃尔·穆兰的人租住了小屋。"

"有他的地址和电话号码吗？"

"当然没有。只有他的电子邮件。"

马蒂奥利展示了那个可疑的邮件地址：pie.moulin22@yopmail.com。"这肯定是假的。"他指着屏幕说。

"你都知道什么？他长什么样？"

"我从没见过他。"

瓦迪姆把两只拳头抵在桌子上，像一只大猩猩。

"非常好。你是说你把你的小屋租给了一个你从未见过的人，是吗？"

主人似乎很震惊，过了好久才反应过来，这让瓦迪姆更加恼火。他的耐心是有限的。

"一向都是这样啊，这是线上租赁的原则，你可以去论坛上转转。我们通常会提前把钥匙放在某个和房客商定的地方，然后在他们退租的当天早上做现场清点；但今早我回到这里时，房客已经离开了。小木屋一尘不染，洗衣机里有一张床单，洗得很干净，钥匙放在同一个地方，所以我没再查看小屋。之前，我和房客都是通过电子邮件交流的，那个男人说他要带着他的妻子和六岁的女儿一起来度假，语气很诚恳，甚至提前支付了十五天的租金。因为房费较高，我们只会与那些……"

"……足够信任的人打交道，对吧？当然，因为有钱人不会偷走你的茶匙？"

瓦迪姆疲惫不堪。他示意马蒂奥利打开皮埃尔·穆兰的个人资料：今年的新会员，没有描述或评论，只有一张过于完美的男人头像：金发，灿烂的笑容，衬衫干净整洁。显然，在这之前，他没有在这个平台租过任何房子。

"我们会进一步核查的,很可能都是假的。假电子邮件,假名字,为租房临时创建的假个人资料,毫无疑问,照片也是假的。皮埃尔·穆兰,首字母 PM,和莫里亚蒂教授一样,一个隐藏在阴影里的幽灵,谁都没见过的隐形人。"

"莫里亚蒂教授?"

"租金要如何支付呢?"

亚历山大·马蒂奥利打开另一个页面。

"西联汇款,转账 1200 欧元,我的账户。"

另一个不可能探索的途径。瓦迪姆愤怒地做了个手势。西联汇款是一种全球代理金融网络,允许在付款人和收款人之间以各种方式转移资金。也就是说,你可以带着现金走进其中任何一家网点,并将钱转入地球上任何一个完全陌生的银行账户,其间不会有人问你任何问题,比如来自俄罗斯的妓女如何养活了家乡的皮条客。

"西联汇款?你不担心吗?正常人一般不会用这种方式付款的!"

"当然不担心。这是网站允许的,也不是第一次了。我从来没有……"

"看看其他房客的信息吧。"

马蒂奥利开始搜索小屋的出租记录。他用鼠标指向三个条目:

2013 年 2 月,保罗·米夏拉克,租住五天。
2014 年 4 月,皮埃雷特·马夫罗特,租住六天。

2015年1月,帕特里夏·米埃特,租住五天。

三个PM。

莫里亚蒂曾三次租下这座小木屋。

维克困惑地盯着同事。

"这可能不是德尔皮埃尔第一次清理这个地下室了。还有其他尸体,几个月前、几年前……这里还陆续出现过其他女孩,是她们共同构成了那个丑陋的人皮模型。在莫里亚蒂的命令下,他在这里处决了她们。"

# 42

在阿兰·曼扎托的盛情邀请下，司法鉴定人员终于在这一天快结束时赶到了，并决定将搜查重点放在地下室。在穿戴好工作服、鞋套、橡皮护发帽并用红色胶带做好区域标记后，一个由三名男子组成的鉴定小组仔细检查了地下室的每一平方厘米，这里很可能就是后备箱女孩被杀的犯罪现场，也许还有其他女孩。

警察到达两个小时后，小屋主人亚历山大·马蒂奥利仍然无法接受眼前的打击。他在客厅里和芒热马坦闲聊，坐在沙发边上，双手夹在两腿间，眼神迷茫。一个女人在他家里被杀，甚至可能是几个女人，他怎么还能在一觉醒来后去迎接二十位客人？他该如何在一场甚至多场血腥屠杀的现场睡觉？又该如何继续在这里生活？

维克、瓦迪姆和曼扎托此刻站在二楼一间卧室的门口。瓦迪姆正用手机拍照。与曼扎托一同赶来的另外两名同事正忙着在一公里外的村子挨家挨户地走访，讯问当地村民是否在最近几天注意到、听到或看到过什么？

瓦迪姆提出自己的推论：

"据马蒂奥利说，小木屋在上周出租期间只有这个房间被使用过，其他房间并没有入住的痕迹。今天早上他赶到这里时，在洗衣机里发现了这个房间的床单。还是湿的，因为一直被留在滚筒里。所以房客很可能是独自一人，并不是如预订时所描述的有妻子和女儿的陪伴……"

阿兰·曼扎托嚼着口香糖，紧闭的嘴巴和下颌骨的运动不断地鼓动着太阳穴，让他看上去像个真正的恶霸。维克补充道：

"马蒂奥利从未见过保罗·米夏拉克、皮埃雷特·马夫罗特和帕特里夏·米埃特，这与柯南·道尔创造的'莫里亚蒂'十分相符：没有人知道他的相貌，也没有人能真正地描述他。每次用于租房的个人资料都是临时创建，照片也可能是从互联网上随便找来的。匿名付款。小屋总被清扫得光亮如新。"

曼扎托来到走廊上，站在180度景观大窗前。外面只有被月光切割的影子。

"我们很快就能知道上周在这里被杀害的死者身份了。鉴定人员已经拿到脸被撕掉的后备箱女尸的DNA图谱，此刻正被传入基因库，我随时都会接到电话。希望能出现一个身份。至于在德尔皮埃尔地窖里发现的人皮碎片的DNA，这些天也会有结果。"

他回到属下身边。

"好吧，看来所有阴谋都变得更加具体了。即使不知道德尔皮埃尔把尸体埋在了哪里，至少可以知道它的出发地点：本周一，租期开始两天后，这座小木屋的地下室。"

维克在观景窗前踱着步。

"我们可以试着还原一下整个场景。德尔皮埃尔,又名华生医生,准备在本周一下午4点左右结束盲女阿波琳的生命,这时某个莫里亚蒂把短信发到了他的幽灵手机上,要求他立即登录暗网。德尔皮埃尔进入隐蔽的站点,而他留在该站点的开放会话状态让我们得以进入这个系统。网站页面上出现一个地址,是莫里亚蒂留下的,也就是这座小木屋……短信里说有包裹要取,于是德尔皮埃尔急忙赶到这里。为什么如此紧急?目前未知,但一定是某个事件导致了接下来发生的一连串事件。总之,德尔皮埃尔带着他的福特车和假车牌来到了这里,进入小屋……"

维克穿过走廊,来到木屋前,站在自己的车旁。

"……很难说当时是否有人在这里等待德尔皮埃尔。但无论如何,那天他和莫里亚蒂没有交集。"

"为什么?"

"短信。晚上7点28分,德尔皮埃尔给莫里亚蒂发送了一条短信,告知他已经取到包裹……也就是后备箱里的未知女孩,她当时就在这里,在这些墙壁之间。"

维克的眼睛蒙上了一层阴影。他凝视着黑暗,想象着当时出没在附近的路人,他们或许只能看到这座豪华小木屋的正面,却不知道里面正在发生恐怖的事情。

"……德尔皮埃尔将颅骨受重创死亡的受害者装进汽车后备箱,然后清理房间,把床单塞进洗衣机,用漂白剂清洗地下室,这东西最能有效地清除生物痕迹。接着,他再次上路。理论上,他应该去处理尸体,将其掩埋,然后拍照,并将自己的工作证明发布到莫里亚蒂的暗网。但为了完成人皮作品,他绕道回家,砍掉了手,取走了脸和眼睛,并于晚上9点左右再次上路。但麻烦出现在了加油站……我们出现了……"

曼扎托沉默不语。瓦迪姆也一样。两个人只是听着。

"……莫里亚蒂曾三次租下这座小屋,均以不同身份和无法追踪到的方式。没有比这更孤立、更隐蔽的场所了,在这种地方,没人能听到尖叫。他是一个人吗?每次后备箱里都有女孩吗?那些女孩是谁?这里还发生过其他谋杀吗?目前还不好说。但是……我几乎可以肯定,莫里亚蒂一定也在其他地方复制了这种模式:虚假身份,专业网站,匿名租房……"

瓦迪姆点点头。

"……否则,莫里亚蒂也没必要预先向德尔皮埃尔指定地址,他只要说'取包裹'就行了,对吧?"

"没错。如果指定地址,就表示地址不唯一。我们在人皮作品上共发现了八名受害者的皮肤,八名受害者都曾出现在德尔皮埃尔的后备箱……所以,他们一定也在其他地方做了同样的事,在法国的任何地方。"

三个人沉默不语,陷入沉思。这些家伙都干了什么?难道在隐蔽的出租屋里折磨女孩的是莫里亚蒂?德尔皮埃尔只负责处理尸体?那是谁绑架了她们?如何绑架的?曼扎托的手机铃声把大家从思绪中拉了出来。就在他去接电话时,一名鉴定人员走了过来,要求两名中尉和他一起去地下室看看,负责起草犯罪现场报告的芒热马坦正在那里等他们。

芒热马坦指着一把放在密封袋里的锤子。

"它被挂在那边的墙上,发生了鲁米诺反应,也是这里唯一用漂白剂清洗过的工具。"

瓦迪姆突然像是把整个世界压在了自己的肩上。

"混蛋!德尔皮埃尔就是用这把该死的锤子砸向她的头的,冷酷的处决……然后再朝自己的脑袋开一枪。可我们却什么都做不了。我受够了,真的受够了,所有这一切……"

芒热马坦邀请他们继续跟他走。大家一齐走进门口木台阶下的隔间。

"我们移走了滑雪设备,然后发现了这个。屋主非常肯定这幅雕刻画既不是他的作品,也不是他妻子的,更不可能是孩子的。"

他将手电筒光束对准第三级台阶的背面——一处只有蹲下去才能看得见的区域。维克眯起眼睛。那是一幅小小的木雕画:一条小鱼,长着长长、尖尖的尾鳍。

"剑鱼。"

瓦迪姆也蹲了下来。

"那是什么?"

"剑鱼,淡水水族箱中的常客,一种经典鱼类,比如剑尾孔雀或灯鱼。除了尾鳍,这种鱼没有任何特别之处,从不咄咄逼人,结构也不复杂。"

维克用手指抚过木头的缺口。

"是刀刻的,极其小心。"

瓦迪姆用手机拍了一张照片。

"一个签名？你觉得呢？"

"台阶下隐蔽的区域……应该是吧。也许德尔皮埃尔是想在这个地方留下自己的印记，一种标记和占有领土的方式。我想，如果没有加油站事件的话，他们会继续租住这座小屋，就像什么都没有发生过。这里很雅致，也很隐蔽，没有人能看到你在里面做什么。"

曼扎托刚刚挂断电话，走下楼梯。他一边嚼着口香糖，一边慢慢走下台阶，就像电影里的慢镜头。最后，他挺起胸膛，呼出一口气，垂着肩膀，冲着蹲在地上的两个属下点点头。

"好吧，已经知道这里的受害者是谁了，基因库那边有了结果。那具被锁在后备箱里的无名女尸，现在遇到了一个大麻烦。"

# 43

琳妮是用医院的公用电话给精神科医生约翰·巴托洛梅乌斯的办公室打电话的，接电话的是他的秘书："没错，医生今天工作到下午6点，而且，不，白天的预约已经满了。"但琳妮已经无路可退：她必须立刻和这位医生谈谈。

中午12点45分左右，她风尘仆仆地赶到了兰斯。她再也受不了了，这已经不是白天、黑夜、饥饿或口渴的问题；她仅仅是尽力活着，眼睛下挂着两个沉重的黑袋子。她只是一个不惜一切想找到女儿的母亲，就像朱利安一样：四年无尽的等待。她正在接管丈夫的一切。

她把车停在医生办公室旁的一条车道上，这里没有红绿灯，也没有停车标志，允许她在紧急情况下迅速调整方向盘，神不知鬼不觉地消失在一百米外的转弯处。

她有一种直觉：自己一旦离开那个办公室，就会立刻跑起来，飞快地奔跑。

她把头发藏在帽子下，裹紧半遮脸的大衣，戴上羊毛手套，按响了位于两栋楼之间的医生办公室的门铃。根据挂在砖块上的牌匾显示，这栋装饰着不透明大窗的建筑物共由四名从业者共享，从心理学家到儿童精神科医生。哔哔声响起后，她走了进去，直奔坐在前台后面的秘书。

"我想见巴托洛梅乌斯医生。"

"下午1点到3点是午休时间，入口处有提示。医生去吃午饭了。您有预约吗？"

琳妮说了声几乎听不见的"谢谢"，转身走了出去。她站在两栋大楼前，在其中一栋的门廊下再次查看了网上找到的巴托洛梅乌斯医生的照片：五十多岁，厚瓶底眼镜，皱巴巴的一张枯木脸。一个真正的职业守密者。

还有两个小时。她回到车里，拿起米歇尔·伊斯特伍德的书，回到门廊下，靠在墙上读了起来。故事从一开始就有很多相似：与世隔绝的作家，侦探情节，短小的篇章……每读一页都会让她感到不安。当然，它与《未完成的手稿》不同，但是……

琳妮很不自在，她越读越觉得帕梅拉低估了灾难的程度，或者压根儿就没有意识到严重性。琳妮在自己的小说中隐藏了谜题，她没有告诉过任何人，特别是谜题中强调了数字2的存在，突出了回文，用来象征"镜子"和"两面"。Laval、Noyon、ABBA……而伊斯特伍德也使用了同样的技巧。或者，更确切地说，是她复制了伊斯特伍德的做法。一个词，一个念头，对他来说都是显而易见的雷同，但她的写作也是自发的，这些念头完全来自她自己的大脑灰质，她丝毫没有伤害或抄袭的意图。

抄袭……她差点吐出来。她的记忆到底怎么了？为什么要掩盖这本书？你的笔名是一种忏悔吗？一种铭记的方式？

她试图摆脱焦尔达诺的话。但她忘记了什么？琳妮想起那些自己生命岁月中反复出现的幻象——埃纳尔的手从喉咙深处抬起——想起她作品中的黑暗以及自己需要写作的真正原因。与她敷衍记者的说辞相反，这一切都是有意义的。

精神科医生终于在下午 2 点 50 分出现了，暂时将她从痛苦中解放了出来。她把自己塞进过膝的黑色大衣，头上拧着深绿色的斯泰森瓶盖[1]，把书塞进大衣口袋后，冲过去挡住了医生的去路。

"巴托洛梅乌斯医生吗？抱歉打扰了，不会耽误您太久的，请听我解释，我只是需要一些关于您作为专家参与审判的案件信息。我们能很快聊聊吗？比如在您的某个预约之后？不会很久的。"

他惊讶地看着她，从她身边绕过去，继续往前走，双手插进口袋，冷漠得像一座监狱的大门。

"抱歉，这不是我的工作方式。我不会在没有……官方要求的情况下向任何人透露此类信息。"

琳妮撩开自己的大衣侧摆。

"作为要求，这对您来说合适吗？"

医生突然停下脚步。琳妮的右手正握着一把手枪，枪口隔着大衣布料指向他。他黑色羊毛帽子下的额头开始渗出汗珠。琳妮拼命想着萨拉的照片，好给自己勇气。

"一句话或一个动作，都会让我毫不犹豫地使用这把武

---

[1] 品牌名为"斯泰森"的帽子。

器。我们悄悄进去,你先走。别乱来,否则有你好看的。"

她来到他身后。巴托洛梅乌斯服从了,用尽可能坚定的语气指示秘书不要打扰他们,然后和琳妮一齐走进他的办公室。琳妮锁上身后的门,眼睛一直盯着他。医生走到办公桌后面,双手微微抬起,掌纹清晰可见。

"听着,我……"

"我不是来伤害你的。我只需要你提供信息,然后我就离开。别再跟我说什么职业机密。"

"我……至少可以坐下来吗?"

琳妮点点头。她努力衡量着自己透过围巾说出的每一个字。必须尽量少说话,保持匿名,遇到紧要关头就装成从精神病院里跑出来的疯子。这倒很适合她。

"焦尔达诺案审判,里昂,2011年,你作为专家介入了此案。能详细说说吗?"

医生抿着嘴唇。

"不,我不……"

"医生!"

他盯着晃动的枪口。

"你想知道什么?"

琳妮把一个U盘扔到他面前。

"全部。所有案件都有备份吧?被保存在你的电脑上?把它们全部复制到这上面,然后解释。"

医生紧盯着U盘,抓住它,不情愿地照做。为确保万无一失,琳妮来到他身后盯着他。文件刚被复制完成,她就取出 U 盘，塞进自己的大衣口袋。

"完美。现在可以开始了。请尽量具体一些，省得我费力看那些文件。"

他沉默着。琳妮把枪口贴上他的后颈。

"这是最后一次。"

"……应民事当事方的要求，焦尔达诺先生的审判是秘密进行的，因为……它涉及强奸和暴力。没有媒体报道，外界也从不知道这件事。鉴于案件相当敏感，它可能会对法国警方造成巨大的伤害。"

强奸……暴力……琳妮的武器在指尖上颤抖着。焦虑开始升级，她不得不在医生左边的扶手椅上坐下来。

"格雷戈里·焦尔达诺做了什么？"

"他……还是先说说背景吧，焦尔达诺先生当时供职于警察局的人口贩卖组，这无疑是最辛苦的差事，恋童癖，强奸，奴役，虐待，这就是他们的日常……对这些警察来说……他们每天都要与最卑鄙的邪恶和最纯粹的暴力擦肩而过，从醒来到入睡，如果能睡着的话。他们不停地与极限周旋，直面恐怖，以至于很难分清善恶的界限在哪里……"

他轻轻摘下帽子，放在桌子上。一头蓬乱的头发让他看上去像个迷茫的稻草人。

"我记得那次审判，那……那种气氛，法庭上压抑紧闭的大门……格雷戈里·焦尔达诺是一名优秀的警察，办案认真，硕果累累，解决了许多大案要案。关于他被指证的第一项犯罪事实可以追溯到十年前，事实证明，焦尔达诺利用职务之便为自己谋取了巨大利益：免费通行证、堕落派对；作为交换，他对某些非法活动视而不见。在与社会底层发生交集的那些年里，他利用调查之便，为自己编织了一张巨大的人脉资源网。他熟悉每一个犯罪组织、每一条犯罪通道和每一处禁忌之地。"

医生用右手拇指和食指揉揉眼睛，眼白处有些发红。

"……审判揭示了他从2008年开始日益严重的暴力倾向及越来越野蛮的性行为，就像……一头野兽潜伏在他体内，一旦和那些里昂郊区的妓女单独在一起，野兽就突然出现了。与此同时，他却和妻子女儿过着正常人的生活，一起旅行，日常社交。当然，即使夫妻关系已经出现问题，焦尔达诺太太也完全不知道他的所作所为；他过着完美的双重生活……这也难怪，跟一个在黑色圈子里工作并沉默寡言的警察一起生活，真的太难了……"

他平静地擦拭着镜片，然后重新戴上眼镜。

"……焦尔达诺的生活在2009年彻底发生了变化，一个来自东方的卖淫网络开始在里昂和格勒诺布尔之间活动。此时正值焦尔达诺夫妇的离婚期——他的妻子再也无法忍受他的反复失踪和沉默不语，并争取到了他们女儿的监护权；这让这位父亲发了疯……他在一次干预行动中抓住了一个年轻的妓女，只有十八岁，天真、脆弱、无助……"

琳妮把武器放在膝盖上，专注地听着。

"……焦尔达诺对她实施了某些行为，也就是双方同意下的性施虐和性受虐，但结果却演变成了非自愿的羞辱、强奸和重度折磨。根据调查显示,他喜欢受虐,但更喜欢施加痛苦。这种情况持续了一年多,如果不是他在尚贝里警方打击卖淫网络的突袭行动中被堵在一家山间旅馆,一切可能还会持续得更久。"

琳妮有点想吐。焦尔达诺从没和她提起过这种恐怖的事情。他虽然被链子锁住,身体极度虚弱,却依然可以成功地误导她。

"那么……判决结果呢?"

"我们三名被授权提供专业建议的精神科医生,任务是评估焦尔达诺先生的心理状态。从被捕那天起,他就竭力表明自己处于极大的精神痛苦中,离婚和工作压垮了他,他也是一个受害者。当时他正服用抗抑郁药,这是真的,毒物检测可以证明这点。但他真的抑郁吗?我的两位同事认为是的,但我不这么认为。不过少数服从多数,一向如此……"

医生似乎一直没有放下那次失败的包袱,从表情和眼神中就能看出来。

"……另外,尽管他对那名妓女施加了性虐——健康状况和照片都足以证明这一点,但她依然包庇他,声称殴打、烟头烫伤和割伤都是其他顾客造成的。这个女孩很脆弱,很容易受到他的摆布,她害怕他,即使焦尔达诺身陷囹圄。除了尚贝里警察指出的现场犯罪行为外,其他证词均等同于不存在,焦尔达诺的同事也把他描述成了一名模范警察。鉴于所有这些因素,他只在牢里待了三年,获释后被禁止接近前妻和女儿一年,直到证明自己成为良好市民:找到安稳的生活,不再涉及法律问题……"

"你说你并不认为他抑郁，那他……怎么了？"

"都在文件里。"

"我想听你说说。"

医生一动不动，凝视着别处，然后把目光转向对话者。

"对我来说，焦尔达诺具有典型性精神病态和变态的特征。从精神病学意义上讲，也就是无限制地占有、享乐并把自己的快乐建立在别人的痛苦之上。将受害者物化、缺乏同理心、精神操纵、暴力、渴望施加痛苦，所有这些都是以极端冷酷和超强控制欲的形式出现的。他感兴趣的女孩通常具有严格统一的外貌特征，而不在这个框架内的女孩，他丝毫不感兴趣，当她们根本不存在……"

一想到自己曾经站在这个猎食者面前，琳妮就不寒而栗。

"……除了抗抑郁药，我们还在他体内发现了可卡因的痕迹。这是一种兴奋剂，但并不代表不会与他服用的其他药物发生危险的互作用。他可能是想通过一种药物中和另一种药物的影响，同时保持一种兴奋感，怎么说呢，就是保持最大的活力和性欲。鉴于我在报告中的阐述，我认为他应该在精神病院接受治疗。对于像他这样的人，监狱是解决不了任何问题的。"

"你……认为他出狱后能重新开始吗？"

巴托洛梅乌斯没有回答，但这本身就是回答。琳妮仍然震惊于焦尔达诺的谎言。没错，他殴打了一个皮条客，但并不符合他所说的行动背景。他也没有提到过审判、监狱、虐待……

难道他真的是一个被锁住的变态？一个混蛋？虽然身处劣境，但仍然有能力继续玩弄、控制和操纵别人？一个毫无同理心的精神病人？

"还有一件事，医生，黑色地牢，你知道吗？"

他严肃地点点头。

"刚刚忘了告诉你，那是焦尔达诺常去的俱乐部。根据调查显示，在控制那名妓女的同时，他还与该俱乐部的一名雇员保持着数月的虐恋关系。米斯蒂克，真名夏洛特·亨利，二十多年前，她是一位行为艺术家……"

医生的手机响了。他从容地把它调成静音。

"……稍微做些调查就会发现她所在的艺术领域……你就会更好地理解审判时的那种气氛。她被传唤到检方，目的是证明焦尔达诺在其性行为中的暴力程度。但恰恰相反，她并没有把他推向深渊。显然，她站在了他那边。"

或许，朱利安还没有走到这一步。他可能只是在焦尔达诺的随身物品中找到了"黑色地牢"，但他是否看到过米斯蒂克的名字？也许他的调查已经走到了死胡同？

"好的……最后一件事，医生，焦尔达诺感兴趣的女孩……都有什么特征？"

医生想了想，把目光投向天花板，然后看向琳妮。

"如果我没记错的话：美丽，高挑，蓝眼睛，金发。"

琳妮仿佛被当头一棒，大脑顿时一片空白。各种信息在她的头骨下混合，她已经无法继续追问下去：紧张、压力、睡眠不足……她看着那把武器，那根指向医生的枪管，她，琳妮·摩根，那只手臂和握住枪把的手已经不再属于她了。她站了起来，踉跄着后退了一步。

"你永远……不会再见到我……如果……（她闭上眼睛，努力寻找自己该说的字眼）如果你报警,我一定会回来配合的。我……请把我忘了吧。"

她继续用枪指着他，直到走出门口，把枪裹进大衣，没看秘书一眼就离开了。她没有奔跑，只是快步地走在路上，大约两百米后，她上了车，挂四挡，起步。心跳得太快、太猛了，她感觉自己仿佛一直在冲刺，直到筋疲力尽。

她和朱利安囚禁了一名男子，该男子曾因虐待并强奸一名十八岁少女而入狱。一个痴迷于性虐关系的男人，幻想着蓝眼睛的金发女郎，就像萨拉一样。她想起了罗克珊，想起了她染黑的头发。黑色，一个母亲的"诡计"，只为转移父亲变态的冲动，为了保护她的孩子。虽然以自由人的身份出狱并被允许再次见到罗克珊，但格雷戈里·焦尔达诺骨子里仍然是一个猎食者。

她又想起了那顶帽子，焦尔达诺戴在他女儿头上的萨拉的帽子；她突然想起了女孩的话：我父亲很喜欢我戴着它。她仿佛看到了萨拉，长大后的萨拉，戴着同一顶帽子，金色长发披在肩上，在雪地里转着圈；毫无疑问，她哭了，张开双臂，眼前正是焦尔达诺，那个在韦科尔的偏僻角落里袭击她的男人，眼睛深处闪着灰色的火花，嘴里叼着烟。

难道猎食者焦尔达诺曾带着他的女儿回到犯罪现场，就是为了重温他肮脏变态的幻想？难道当他看到戴着帽子的罗克珊时，心里想着的却是萨拉？

琳妮紧握着方向盘，手指深深地嵌入橡胶套。这次不可能再是巧合了。焦尔达诺一定参与其中，她对此深信不疑。他必须开口坦白一切。

通向北方的路似乎没有尽头。好几次，她发现自己竟然打起了瞌睡。她在手套箱里找到一块口香糖，放在嘴里嚼着，以免睡着。天气变了，雪花不足以被冻成冰，化成雨落在了挡风玻璃上。她必须像暴风雨中的舵手一样紧握住方向盘。

终于，她在下午6点半左右赶回了贝尔克。汽车先穿过城区，经过贝尔克海滨车站——一座仿佛漂浮于海面上的死气沉沉的孤岛，被蒙蒙细雨鞭挞着，几乎看不见人影。左侧，灯塔陷入夜色，在淡黄色的光束下阅尽所有暴力，整座小城仿佛都压在了琳妮的身上，彻底将她囚禁。

她把车停进灵感别墅的车库。此刻，她真想化作一阵风，在前往昂布勒特斯堡之前尽快吃点东西；但恶劣的天气让她有些望而却步。别墅里亮着灯。

该不会⋯⋯

她急忙走上楼梯，穿过门廊，冲进客厅。

朱利安正坐在沙发上，手里拿着一本相册。

# 44

琳妮脱下大衣,一头倒在丈夫的怀里。她紧紧地抱住他,把脸埋进他的肩窝。什么都不去想,只是静静地待着,作为一对夫妻无忧无虑地活在当下。

她用双手抚过他的头发,轻轻绕过伤口,抚摸着他的耳朵、脖子,亲吻他,深深地凝视他。他穿着一件过于肥大的旧衬衫,除了头上的瘀伤,脸还有些肿。但在她眼里,他很帅。她一直觉得他很帅,无论有没有细小的皱纹,即使是他刚刚起床,或者年轻时从不梳头的样子。自从上次见到他(那本书出版之前),他消瘦了许多。她甚至能摸到他的骨头。

"他们让你出院了?"

"是的,下午我在出院文件上签了字,那个科林一直在旁边。这家伙怎么总是在我周围晃悠,还答应医务人员送我回来。我就回来了。你去哪儿了?"

"我去了巴黎,一次令人讨厌的旅行,和出版社处理了一些事情。我本来也想去医院……"

"没关系,一切都很顺利,圣诞节之后开始复诊。不过那个警察好像把他的钱包忘在桌子上了。"朱利安说着冲家具、窗户和门把手上的黑色粉末点点头。

"科林和我说了'寄生虫'的事,还有两个月前的入室盗窃,我的遇袭……他给我看了他的笔记本,上面是他的记录,还有一张照片,一辆汽车的后备箱里刻着'她还活着'。还有帽子。真是难以理解,简直太可怕了……"

"他不应该跟你说这些的,这是我的事。对不起。"

琳妮有些生科林的气。这无疑是一种施压,强行攻击朱利安的记忆。朱利安坐下来,双手抱头。

"说对不起的人应该是我,是我忘了一切,让你不知所措。我承认,这对我来说很复杂,我也很想知道发生了什么,可能发生了什么……在我们分开后的那段时间里,我在这个房子里做了什么。对于正在发生的一切,一定有一个解释。"

琳妮在他身边坐下来,并肩抱住他。她盯着电视屏幕,注视着那段旧视频的画面,是她拍摄的朱利安在海边疯玩的情景,可能是维姆勒附近。

"我们会知道答案的,所有的真相,我们两个一起。我确定。"

"你真的认为我的大脑里保存着……真相吗?"

"希望如此,朱利安。我希望如此。"

风在瓦片下呼呼地吹着,雨打在窗户上。朱利安走到吧台前,拿起一个酒杯,晃了晃。

"我甚至不知道如何为你服务,也不知道你喜欢什么、讨厌什么。我对你一无所知。"

"我喜欢威士忌。作家不适合其他酒,比如伏特加、啤酒、杜松子、药酒。"

朱利安也为自己倒了杯威士忌。他们碰了碰杯,在玻璃的碰撞声中体会着痛和快乐。周围是深渊般的虚无,什么都没有,也没有萨拉。琳妮真想挽着丈夫的胳膊,把他带进碉堡,去和焦尔达诺对峙,让对方坦白一切;但那就意味着把朱利安当成人质,让他成为自己的敌人。面对一个被链子锁住的男人,他又能做出什么决定呢?

朱利安站起身,沿着书架踱步,最后站在落地窗前。外面一片漆黑,除了雨丝、起伏的沙丘和被风吹拂的长长的黑暗走廊,几乎看不见任何东西。

"多美啊!纯净、狂野,还有别墅……我在这里感觉好极了。很奇怪,我觉得一切都很熟悉,物品的位置,气味,是的,我敢肯定,我能真切地感觉到自己曾经住过这些房间,抚摸过这些家具,但又像是第一次来到这里。"

琳妮抿着嘴唇,没有说话。他怎么会想不起焦尔达诺呢?怎么会忘了此时此刻不过是一种缓刑?最终,他们必须释放那个囚犯,总有一天,正义会得到伸张,那一天,被关起来的人将是他们?

除非焦尔达诺有罪,除非他伤害了萨拉。

她的手机突然响了,赶跑了她所有的思绪:里尔警察局的熟人丹尼尔·埃弗拉德。她犹豫着是否要接听,但应该有很重要的事。她向朱利安示意——

"是我的编辑……"

她把自己隔离在厨房的门后,接起电话。

"你好,丹尼尔。"

"我找到了纳森·米拉雷,他的档案就在我眼前,但这可不是在电话里随便说说的事。我们应该当面谈谈……"

琳妮远远地看着丈夫。他正在翻阅书架上的书,摆弄着家具上的物品,目光迷离地看向落地窗,仿佛在努力地回忆着。她低声说道:

"能简单说一下吗?现在去里尔对我来说有些困难,太晚了,而且我丈夫刚刚出院……"

"我并不喜欢这种方式,但是……好吧,案件发生在1991年……"

琳妮拉了一把椅子坐下。焦虑正在升级。

"纳森·米拉雷,十九岁,来自加来,无业,1991年2月因强奸罪入狱,一周后发现被一张床单吊在牢房里。他自杀了。"

"在牢房……你说,强奸罪?"

"是的,受害人芭芭拉·维亚尔,时年十六岁,根据档案,和你同岁……你们是好朋友。"

琳妮的胸口像被一个弹射的足球击中,牢牢地把她钉在地板上,切断她的呼吸。芭芭拉是她初中时最好的朋友,直到高中二年级,她们还在一起,后来这位好朋友搬走了——琳妮不记得她搬去了哪里。

"……事情发生在那年2月的敦刻尔克狂欢节。那天,你们一群五个女孩一起去参加狂欢,芭芭拉在一家咖啡馆遇见了米拉雷,就是马洛乐队现场表演的那晚。派对、酒精、人群……原本应该和大家在一起的你们,和其他三个女孩走散了。你发现你身边只剩下芭芭拉，而纳森·米拉雷整晚都黏着你们。那家伙提议带你们穿过海滩和沙丘，等周围就剩你一个人时，他向你的朋友提出了进一步的要求。她拒绝了，你试图干预，就在这时，他拔出了一把刀……他限制你的行动，禁止你大声喊叫，强迫你坐在沙滩上，在你眼前强奸了芭芭拉。我这里有……你朋友当时的照片，细节就不多说了。几天后，警察抓住了那个家伙。"

琳妮仿佛一只受伤的动物重新坐回到椅子上。她什么都想不起来。没有尖叫，没有画面。

"我……我不记得，这……不，这不可能。"

"很抱歉告诉你这些，琳妮。但你的确在现场，你的身份在案卷中被记录得明确无误。你无法做证，因为你当时什么都不记得了，甚至不记得去过狂欢节，就像被迷药控制了一样。但你的血液里什么都没有，没有一滴违禁物质，甚至没有酒精，你连酒都没喝过。心理学家在评估报告中提到了'创伤性失忆症'，可能是你的大脑在这段情节上刻意制造了神秘的泡泡，以此来保护你。不幸的是，芭芭拉可没有这么幸运。你亲眼看到的事实，一直潜伏在你内心深处，但你始终无法接近它……我不是心理学家，但我认为多年后你对笔名的选择……好吧，我是说，这可能是一种从潜意识到主意识的逃离。"

琳妮徒劳地在内心深处搜寻着，画面并没有回来，痛苦却近在眼前；就像水印，在黑暗的记忆深处渐渐褪色。虽然不记得那场悲剧了，但她记得父母的沉默和忧郁的眼神——

当她问起最好的朋友为什么没有回到学校并不想再见到自己时。她也终于理解了自己为何会在聚会或拥挤的公共场所总感觉痛苦万分……就在四分之一个世纪之后，就在她生命中最糟糕的时间，真相就这样猝然地浮出水面。

朱利安出现了，疑惑地盯着她。

"先这样吧，谢谢你。"

她突然挂断电话，内心却极度渴望在悲伤中彻底爆发；但她忍住了，因为她不得不忍住，因为这无法解释。她冲向酒杯，一口气喝光了酒，然后继续另一杯。

1991年……米歇尔·伊斯特伍德的书出版了，所以她读过，只是变成了失忆泡泡的一部分，从她的意识中被抹去，就像芭芭拉被强奸——虽然无法访问，却没有被删除，只是被锁住了。

和朱利安一样，她也有一段失去的记忆，只是被隐藏的方式不一样；更重要的是，正是潜意识偷走的那段卑鄙的记忆使她成为了现在的作家。

她的成功竟源于那一夜的恐惧。

朱利安从她手中接过杯子。

"发生了什么事？"

如果什么都不做，她会彻底崩溃的。她突然充满爱意和渴望地吻了他，这让她的心怦怦直跳。他是她的丈夫，朱利安，是她的光，而她注定只能把黑暗留给自己，就像她一直做的那样。这就是她的命运，永远生活在一个假名后面，另一个她，一个不同寻常的替身，一面带有欺骗性的镜子，绝不反映真相。

芭芭拉……原谅我……

感官开始转动、传送，就像花瓣在眼皮后面爆炸，翅膀在嗡嗡作响，震颤着她的肌肉。欲望之火在燃烧，间歇性的喷泉使她眩晕，驱散了黑暗的思想，只保留重生的力量。一对夫妻的新生活就这样诞生了，尽管周围充斥着风暴、幽灵和狂风。

当他把她抱到床上时，当风在瓦片上尖叫致死，当雨在外墙上喷射下水花，她都没有停止吻他，就像是为了弥补失去的时间、几个月的禁欲和所有的眼泪。她能感受到身体的热度，以及动脉中的每一次跳动和皮肤下的神经电流。当他进入她时，引导她的不再是一段关系的复苏，而是一种本能。一切都进展得太快了，因为一种缺失，这种缺失足以影响时间的长度，让分钟数缩短，让秒数加速。

有爱情的记忆吗？朱利安失去了他的细腻、体贴和特别的爱抚。她本以为他会轻咬她的耳朵和乳房，但没有时间，没有记忆，只有一种毁灭性的来来去去，他瘦削的身体压在她的身上，他们的胸腔一齐着了火。

在头顶划过的一道道闪电中，她看到了无数张旋转的面孔：萨拉、芭芭拉、罗克珊、焦尔达诺。她拼命抓住最后一张脸，那张肿胀的肉脸，那只肿胀的右眼，不肯放手。高潮中，她想象着他正在地窖深处死去，那个混蛋快死了：饥饿，口渴，寒冷，痛苦，甚至因为痴迷于痛苦而受苦；她内心微小的声音在嗡嗡作响，直到变成愤怒的咆哮，喜悦中夹杂着奇怪的呻吟。朱利安发出一声嘶吼，嘴唇紧贴着她的肩膀，像新生儿一样颤抖着。

结束了。精疲力竭，头晕目眩。他翻了个身，黑暗中的胸膛像沙丘一样闪着琥珀色。他的脸很憔悴，充满无邪和天真。

当他再一次在不常睡的床那边睡着时，她依偎在他的身旁。酒精、药物和疲劳依然不能阻止她的清醒：她竟然也有失忆症，警察说是"创伤性失忆症"。无论她如何努力回忆，依然什么都想不起来。或许，失忆并不是最难以忍受的，因为它并不真的具备伤害性，直到真正意识到生活中的片段已经被偷走，并且可能永远不会再回来了。

这就是焦尔达诺如此重要的原因。他是朱利安失去的记忆。

她必须让他开口，她暗自下定决心。

# 45

当琳妮再次睁开眼睛时，一道明亮的光照亮整个房间，木制家具在阳光下闪着光。别墅里异常安静，甚至能听到大海在海湾里歌唱，在海鸥的叫声里汹涌翻腾。窗外，沙丘已经变了形：柔软、圆润，仿佛一片片从天而降的云。

琳妮翻了个身，盯着眼前张开的双手。2017年12月24日，中午12点10分。她睡了一觉，夹杂着惊醒和可怕的梦象：敦刻尔克的沙丘、狂欢节的面具、街上的雨伞、沉闷的低音鼓。芭芭拉……她儿时最好的朋友……这么多年过去了，她现在怎么样了？经历了如此可怕的悲剧，她会如何长大呢？琳妮憎恨自己的记忆，更埋怨她的父母。她有权知道一切。

她从床上坐起来，空气中弥漫着香料、鸡肉和橄榄油的香味。今天是星期日，也是平安夜，大多数人醒来后都会开心地忙着过节。可她早就感觉不到圣诞节、生日蛋糕和全家团圆的滋味了，一切都定格在了2014年1月的那一天，她的生活从此陷入停顿。这四年，她只是活着。

她裹着睡袍，慢慢走下楼梯。美妙的饭香让她想起了过去的快乐时光，朱利安喜欢做饭，他正把一勺油倒在锅底焦黄的肉块上。

"咖喱饭，这应该是我的特色菜之一。也不知道你会睡多久，我趁机去买了过节需要的东西。我开车找到了超市，没遇到什么麻烦，很棒吧？对了，我用了钱包里的现金，因为我忘了……我的信用卡密码，你还记得吗？"

"7220。"

他用食指揉着太阳穴。

"得赶快记下来。我还买了海鲜、鹅肝酱、葡萄酒，你喜欢这些吗？"

琳妮点点头，羞涩地笑笑。

"我还打扫了房间，那些黑色粉末，到处都是……现在没有了。我不想让房子里再有不好的气氛。"

琳妮收起笑容，记忆正在她的脑海里争先恐后。站在那里的朱利安，好像什么事都没有发生过。他走过来拥抱她，然后直视她的眼睛。

"我保证我会想起一切的，我会努力找回记忆并继续四年来一直在做的事：寻找真相。"

他给她看他打开的笔记本电脑，五天前曾被清除了全部内容，此刻他又把它拿在手上，重新安装了应用程序。电脑屏幕和打印机任务栏上显示着大量关于让松案件的文章。

"如果我们两个必须从头开始，那就从头开始吧，我不会放弃的。你会一直支持我，我们重建一切，好吗？"

她点点头，在餐桌边坐下。朱利安端上两个盘子，坐在过去一直坐的位子上。偶然？条件反射？记忆力提升？琳妮毫无胃口。咖喱饭太辣了，但看起来很好吃。是的，她一直在想着芭芭拉，想着在精神科医生那里的发现，想着焦尔达诺，她必须去见他，强迫他开口，直到吐出真相；她再也受不了了，谁都不能一直在深渊边盲目地行走，噩梦必须结束。

可她如何当着朱利安的面在一天内往返贝尔克和碉堡呢？对他撒谎吗？要如何在他不知情的情况下处理好一切呢？

门铃响了。朱利安站了起来。琳妮突然有些恍惚。

"我去吧。"

他打开门，一只手搭在门边，先是僵在那里，然后后退了几步，张大嘴巴。琳妮摇晃着站起身，仿佛一只眼镜蛇，随时准备像丈夫一样被冻僵，被催眠，被一支毒箭刺进心脏，那感觉就像期待已久并恐惧已久的时刻终于到来了。门后的人是弥赛亚和死亡的化身。

终于来了……

此时。

此刻。

她冲到门口，就像电影里的慢镜头；朱利安的脸仿佛被糨糊黏住了般充满惊恐；她第一眼看到的男人——甚至在对方出现之前，她就知道是一个男人——左鞋里灌满了沙子，手上戴着黑色手套，两指间夹着一张证件——右上角是一面法国国旗。

男人个子不高，瘦得像只竹节虫，摇摇晃晃的。在另一个世界里，他应该是那种能让孩子快乐成长的父亲，富有同情心，尽管一脸严肃，大大的黑眼圈证明他睡得也不多，况且像这样在平安夜从天而降在别人家里，他也不一定很快乐。

男人呆站了几秒，清清嗓子，就像之前在车里、在外面、在任何一个地方都努力做到的那样：只要一开口，就会吐出琳妮害怕了一千多天或数百万秒的那句话，足以引发她剧烈的心跳和肺部的刺痛。

"我是维克·阿尔特兰，这是我的同事瓦迪姆·莫雷尔，我们是格勒诺布尔警察局刑侦大队的中尉……在来拜访您之前，我们已经和贝尔克警察局的科林·贝尔切隆先生进行了沟通。我们……"

琳妮终于看到了最后跟进来的科林。他微微低着头，不敢抬起眼睛。她再也听不到接下来的话，瘫倒在朱利安的怀里。

萨拉死了。

# 46

是朱利安把三位警察带进了客厅，邀请他们坐下；琳妮正在一旁流尽所有的泪水。她始终无法相信，因为还没有任何具体说明。维克一向喜欢单刀直入：警方在本周初发现了一具年轻女性的尸体，其DNA与萨拉完全匹配，毫无疑问，那就是她。是的，她已经死了。

真理之斧轰然落下。

维克讨厌这样的局面，刑侦工作进行到这里，受害者的亲人经历了生生死死，最后又被等待和希望活生生地摧毁。通常对于这种跨区域案件来说，他们只会打电话给当地警察，由他们负责登门通知家属，毕竟通过电话宣布这种消息是不可想象的。这些父母多年来一直生活在无知、怀疑和痛苦之中，他们有权得到尊重，最重要的是，有权得到专业人士的明确说明。可当曼扎托把电话打到贝尔克警察局时，却遇到了科林·贝尔切隆，于是后者顺理成章地透露了自己调查的最新进展，这位队长才决定用第一班火车将"警界双V"送到这里。

在得知他们到来并陪同前往别墅之前，科林已经（不情愿地）准备好了所有调查记录，因为袭击案和绑架案之间的确存在着明显的联系。

维克站在客厅中央,凝视着那位丈夫,科林已经介绍过他在一次被袭后失忆了。维克一直密切关注着让松案,知道这位父亲一直在寻找自己的女儿。此刻,这位永远不可能胜利的战士已经认领了尸体,脸上布满伤痕,从此变成了一个没有行李的旅人。至于那个女人,琳妮,他很清楚,著名小说家,以笔名写作,他曾经读过她的几本书。

科林刻意与这对夫妇保持着距离,就像所有优秀的职业警察一样,默默忍受着尸体被确认的噩耗。他知道自己此刻无法把琳妮抱在怀里,以表达他的支持、分享她的痛苦。现在还不是时候,也不能在别人面前表现出过分的关心。此刻,琳妮抬起头看着他,看着他们——以同样的目光,仿佛把眼前的三个人都只当成在执行公务的警察——她红肿着眼睛,那是一双缓刑犯的眼睛。

"我想见见她。我想见我的女儿。"

维克抿了抿嘴唇。

"她被安放在格勒诺布尔的法医研究所……要知道,我必须坦诚相告:你不会认出她的。我……对不起,她的身体已经严重受损,不具备任何明显特征。我们也无法相信汽车后备箱里的萨拉和档案照片中的萨拉是同一个人,已经四年了,发型变了,脸……"

维克陷入了沉默。夫妻俩紧紧靠在一起,就像被风化成一块巨石,幻化为警察不得不面对的一堵情感之墙。维克曾经斟酌过每一个字,这样的宣判的确让人无法忍受,即使对他来说也一样。身体已经严重受损，极其精准的表达，毫无疑问，他记得法医说的每一个字。这对夫妇永远不应该看到他们女儿被剥夺了脸的赤裸的尸体，也不应该获悉尸检中的任何细节。在抓住全部罪犯，至少在最终审判之前，维克会尽量做到这一点。

琳妮努力不让自己倒下。

"能有多难呢？我……我已经想到她可能死了，但最近几天发生的事……又有了希望，就像一团脆弱的小火苗，一直在燃烧。"

她盯着他们，没有敌意，没有愤怒，只有胃里凝结着的巨大悲伤。

"请解释一下吧，告诉我们一切。"

"我们是在一辆汽车的后备箱里发现萨拉的尸体的，位于格勒诺布尔和尚贝里之间的高速公路加油站，一辆被抢的汽车。据信，死亡时间可以追溯到本周一。你有权知道罪犯相当残忍，但你的女儿没有受苦。"

维克故意留下一段必要的空白，他知道自己说出的每一句话都是一次撕裂。为了淡化真相，就像他一直努力做的那样，他必须编织巨大的谎言。科林一言不发，坐在警察左侧，甚至没有拿出他的笔记本。朱利安·摩根抱着妻子，抚摸着她的后背，看上去既悲伤又坚定——一个已经忘记但试图理解一切的男人。

"你们抓住那个怪物了吗？"

瓦迪姆回答道：

"杀害你女儿的凶手已经自杀了,就在被捕之前。"

琳妮感觉自己再次濒临崩溃,她竭力坚持着,努力听清每一个字,不让自己沉沦下去。她想见到萨拉,即使是在停尸房的抽屉里,看看她长大后的样子,她已经变成了一个年轻的女人。四年,该死的四年……

"……请原谅暂时不能透露凶手的身份,因为调查还在进行。但他是一个普通人,在任何地方都会遇到的普通人,内心却隐藏着丑陋的秘密。他住在山区,有严重的精神问题。另外,你的孩子并不是唯一的受害者,还有许多尸体等待确认。"

琳妮双手合十,抵住鼻尖。

"这不是真的……"

"我们知道,这对你来说很难,但提供犯罪细节毫无意义。答案会有的,让我们先放下包袱,最重要的是,给自己时间接受一切。"

琳妮深吸一口气,忍住啜泣。

"为什么?为什么是萨拉?他为什么这样做?"

维克终于开口了:

"目前还没有答案。我们来到这里,是因为知道这个消息对你很重要。我们,我和我的同事,只想尽快从格勒诺布尔赶过来,通知你……"

琳妮小心地点点头——一种表达感谢的方式。

"……但我们有充分的理由相信,这个人并不是孤军奋战,这起连环杀人案中还有一个自称莫里亚蒂教授的人。目前我们对他知之甚少，只知道这个人极其谨慎，精于算计，向凶手发号施令。尽管如此，本周一发生的一起意外事件足以对这个垃圾组织造成致命打击，因此串起全部线索显然是目前的首要任务。"

一丝阳光斜穿过房间，在地板上翩翩起舞。然而对于琳妮来说，此刻她的眼里只有阴天和雨雪。她的女儿死了，太阳怎么能出现呢？几个小时后，人们会大笑着互赠礼物，而她却只能面对彻底的虚无，在这个不再发光的洞里？这就是真相的代价。知道真相意味着停止慢性死亡，但它同时也会把你放在一面镜子前，直面丑陋的自己。就像芭芭拉的悲剧。

琳妮充满了疑惑。

"那……安迪·让松呢？"

维克率先答道：

"我们会与跟进让松案的团队保持联系。我们很了解他的案子……"

他不想更多地谈起自己和让松的关系，也不想透露他就是那位数头发的警察，更不想提到让松留给他的谜题。除了少数人之外，还没有人知道这些事。

"……目前很明显，让松在你女儿的案子上撒了谎，她从来不是他的受害者。就算他承认了一切，他也不可能提供埋葬她的准确位置，因为这不存在。我们需要了解他为什么撒谎并声称对这起谋杀案负责，这是一个不容忽视的事实。无论如何，尽管这两起案子看起来——我是说看起来——彼此独立，但我的同事们一直在挖掘这两个人的过去，以确定他们之间是否存在联系，我们不会错过任何线索的。"

瓦迪姆继续说道：

"让松是一个自恋狂，从一开始就喜欢吹嘘自己的'丰功伟绩'。或许他扛下你女儿的案子只是为了满足他的自负，不过同时也为他自己制造了一个新的逻辑缺陷：又是谁学着他的样子把一绺头发寄给你们的呢？"

"是谁？"

"不知道，但这显然向我们敞开了一扇重要的大门。这个人无疑非常熟悉让松的作案手法，虽然当时或许有信息泄露，但'512根头发'并不为大众所知。寄件人很可能是在某个时候能接触到内幕并决定伤害你的人。"

琳妮拼命回忆着女儿的样貌、笑容和绑架前发来的最后一张自拍照，只为了不让自己当场崩溃并承认她可能正把那个人囚禁在一个肮脏的洞里。另一名警察开口了，把她从死亡的沉默中拉了出来：

"里昂的同事会跟进的，但愿警方可以在几天内提审让松。"

又一次冗长的沉默，每个人都在以自己的方式评估着形势。维克的大脑里不停地闪过"旅行者"、谎言、国际象棋和"不朽者"。这些新的元素是否能让他解开谜题、进入那个病人的大脑呢？

琳妮的眼睛仿佛变成了两块湿漉漉的鹅卵石，一动不动，紧紧地盯着地面。朱利安低声提议是否来杯咖啡（眼神犹如一滩死水）——浓浓的黑咖啡。警察们欣然接受。

瓦迪姆啜了口咖啡说道:

"我们知道这很困难,但至少,你们可以真正开始哀悼了。"

琳妮摇摇头。

"在抓住所有凶手之前,我是不会哀悼的,直到为我的女儿报仇。"

中尉点点头,表示理解。科林仿佛已经不在他们身边了,他正努力思考着。蓦地,他突然拿出笔记本,翻了几页,猛地盯向格勒诺布尔的两位同事。

"你们说,本周一发生了一起意外事件,从而触发了后来的一切,能具体说一下吗?"

维克把咖啡杯放在碟子上,用眼角的余光扫了一眼同伴。他觉得适当释放某些线索也是可以的。

"凶手,怎么说呢……通过手机短信收到了大名鼎鼎的莫里亚蒂的命令,似乎十分紧急。正是这个命令导致了萨拉的死亡。然后,凶手用汽车运送她的尸体,在加油站加油时,汽车被抢,一番追捕之后,汽车落入警方之手,而这就是触发后来一系列调查的诱因。"

科林点点头。

"如果是这样的话,那么袭击案和绑架案之间的确存在着一个连接点。也就是说,第二天,周二,有人在堤坝附近袭击了朱利安,搜查了他的房子,抹去了所有关于萨拉失踪的调查痕迹。而在前一天,也就是周一,朱利安曾被锁进自己汽车的后备箱,目前还不清楚汽车当时所在的位置,请过来看一下……"

他把他们带到地下车库，打开汽车后备箱，指着毯子下的备胎仓。

"在这里，朱利安曾把一顶羊毛帽子藏了起来，看上去像是他女儿被绑架那天戴的，然后在那里……（科林指着金属板）他用自己的血写下了'她还活着'。最重要的是，萨拉当时的确还活着。在失踪四年之后，在所有人都以为萨拉死了的时候，他竟然知道真相。"

他把脸转向朱利安。

"如果这句话是真的，那么，你就是那个触发了一切的导火索吗？"

# 47

这个问题让在场的所有人哑口无言。维克首当其冲。朱利安·摩根真的是两起案件的导火索吗？就是他，一个没有记忆的人，触发了莫里亚蒂和华生医生的短信交流以及后来所有的一切？

朱利安踱着步，双手抱头。如果可以，他一定会毫不犹豫地扯掉自己的头发。

"我也没办法，我的记忆出了问题，我什么都想不起来。我也想帮你们，但我做不到。记忆是回来了一些，不幸的是它们并没什么用处。我想起了一只愚蠢的海龟在游泳，但不记得从哪里弄来了帽子，也不知道为什么弄断指甲写下那些字。对不起。"

维克可以想象朱利安的痛苦。他自己也是一个记忆障碍患者——记忆过剩；但也许拥有太多记忆总比没有的好。没有它们，过去就不存在；没有过去，存在本身就是彗星的尾巴。

瓦迪姆转向琳妮。

"刚才说到帽子，像是你女儿的，你能确定吗？"

琳妮立刻回答道：

"是的,虽然发现了一根不属于萨拉的黑头发,但我确信那就是她的,可能被其他人戴过。帽子是她祖母亲手织的,世界上没有第二个,我确定。"

瓦迪姆点点头,转向朱利安:

"这样的话,你看到你女儿还活着也不是不可能的。这么多年过去了,你比我们做得好,凭自己的能力找到了她。但不知什么原因,有人抓住了你,狠狠地殴打你,并把你锁进你汽车的后备箱,带你回到这里。对于袭击者来说,为什么选择如此复杂和危险的方式呢?我是说,他本可以轻易地杀掉你,让你永远消失。不,他想让你活着……无论如何,科林先生的说法并不荒唐:可能就是你点燃了导火索,触发了接下来的一切,导致我们今天来到这里。"

琳妮捂住脸,沉默着。朱利安开始踱步,低着头。

"我本来找到她了……我本来找到了我的女儿……"

瓦迪姆点点头:

"这就是思考的重要性,试图理解导致你某种行为方式的过程至关重要。如果没有去过山区的记忆,那么你是否留下了什么凭证?比如上周末高速公路休息区的收据或加油票?或者任何能证明你在上周五到本周一的某一天或某个时间里去过德龙省的材料证据?"

德龙省……焦尔达诺捡到帽子的地方。琳妮像被一记上勾拳击中。她咽了口唾沫,努力保持镇静,开口道:

"你说德龙省?具体是哪里呢?"

瓦迪姆和维克对视了一眼。他本不想说太多,但维克点了点头：释放些许线索对他们有利，以实现换取其他线索的可能。

"在韦科尔，高地的一侧。你想起了什么吗？"

"哦不，没什么印象，车里也没有什么收据。"

科林在一旁附和道：

"银行账户也没有奇怪之处，我调查过了。如果朱利安去过那里，只能用现金支付所有费用。"

琳妮不想错过这个机会，她必须了解更多，必须逼着警察继续"泄密"。

"现在关于我的丈夫和我的女儿……你们知道发生了什么，知道萨拉在韦科尔做了什么。我丈夫不顾一切地奋斗了四年，可那家伙把东西全都偷走了。有人来这里抹去了萨拉的一切，但我相信我们可以帮你们，朱利安的记忆会凭借物品和照片回到他的大脑……告诉我们吧，你们打算怎么做？也许他能想起来。我们不能像这样分成两边，你们在你们那一边，我们在我们这一边，这不是尽全力的方式。当我以为我女儿死了的时候，她竟然还活着！四年了，我们有权知道一切。"

两名警察似乎有些不快。最后，瓦迪姆抓起自己的手机。

"很好。但非常遗憾，我们无法透露更多，希望你能理解。现在只能让你们看看可能发现帽子或你女儿踪迹的地理环境，但这只是我们认为的。别再要求更多了，好吗？"

朱利安靠近手机屏幕，琳妮也凑过来紧贴着他。瓦迪姆向他们展示了几张照片——亚历山大·马蒂奥利的小屋及其周围。他用手指轻轻滑动屏幕：正面、花园、卧室、地下室。

朱利安摇摇头。"不……我什么都想不起来。对不起。"

琳妮抿着嘴唇，一言不发。这座小木屋在哪里？焦尔达诺就是在这附近发现了萨拉的帽子吗？那里真的有一条徒步小径吗？还是焦尔达诺故意接近了那个地方？他在那里见过萨拉吗？

瓦迪姆停住了，最后一张照片仿佛一把利剑刺穿了琳妮的心脏：一幅雕刻画——一条尾鳍又长又尖的小鱼。

焦尔达诺肩膀上的文身，一模一样。

另一边的朱利安更加沮丧了。

"不，我看不出什么，这个木刻是什么？"

"我们也不得而知。也许是杀害你女儿的凶手或莫里亚蒂留下来的，首字母缩写？签名？也可能毫无关系。一切都还未知。"

这一次，琳妮终于有了确凿的证据：格雷戈里·焦尔达诺果然参与其中。她必须抓住他，那个混蛋，这无疑就是朱利安绑架他的原因，逼着他吐出真相。毫无疑问，正是囚犯被迫认罪的供词，把她的丈夫带到了德龙省那个荒凉的角落。

而且，科林是对的。一切都是从这里开始的。

萨拉死了，她渴望正义，琳妮暗暗发誓，她一定要弄清楚这四年里的每时每刻都发生了什么。焦尔达诺是责任人，他必须付出代价。这些警察搞错了，他们以为是在和两个男人打交道：华生医生、莫里亚蒂……但至少还有焦尔达诺。

琳妮捂住嘴巴。

"这些照片……能发给我们吗？可能对朱利安有帮助。"

警察默许了，并通过蓝牙将瓦迪姆的手机连接到琳妮的手机。最后，大家回到客厅，当琳妮和朱利安陪两名警察来到大门口时，琳妮已经不再是她自己了。一股强烈的仇恨正在她的腹腔里燃烧，蔓延至碉堡深处。

维克递给夫妇每人一张名片：

"请给我打电话，任何理由、任何时间都可以。记忆、图像、声音，一切都可能会派上用场。（他盯着朱利安。）我们必须了解你是怎么找到你女儿的……"

"相信我，以及我们。"

"当然，我们会与科林先生保持密切联系，随时通知你们调查进展，与他合作符合大家的利益。再次，请放心，我们会尽一切努力惩罚所有责任人，所有应该付出代价的人。"

维克的诚意显而易见。当他握住琳妮的手时，他紧紧地盯着她的眼睛：

"这样的日子本不应该存在，谁都没有理由眼睁睁看着自己的孩子死去。"

他们离开了。钻进科林的汽车后，维克瘫坐在座位上，手掌按住额头，闭着眼睛，仿佛再也不想面对这世界的恐怖。

"真为他们感到难过。"

别墅里，朱利安和妻子久久地拥抱在一起。两个人站在客厅中央，就像一对被猛烈的火山岩浆石化了的恋人。琳妮靠着丈夫的肩膀，轻声说道：

"你找到了她……哦，你找到了我们的女儿，朱利安，你去过那里，独自一人。她一直活着……一直活着……"

冗长的沉默。

"……我很自责，我应该信任你的，和你在一起这么多年，但我不相信……"

她渴望再次放声痛哭，但依然能清晰地感觉到那块压在心头上的石头，那种冰冷的物质阻止了她所有的悲伤。为了直视他，她拉开丈夫。他们是两个个体，在最坏的情况下团结在一起，被孤立在沙丘中，共同承受着不幸，直到所有故事走向结束，走向世界的尽头。

"这些警察并没有抓住重点，但我不能告诉他们。"

"什么？"

"如果我告诉你我们手上有一个罪犯呢？我们有可能知道真相？"

朱利安皱起眉头。

"你在说什么？"

"是时候让你看看你的所作所为了。"

# 48

晚上7点。两颗跳动的心脏，挤在一辆汽车的车厢里。车停在一个废弃停车场的边缘，周围躺着几艘轮胎干瘪的拖船，空气里弥漫着发霉的铁锈味和大海泡沫的咸味。右边远处的堤坝上，一簇簇灯光犹如夜色中的繁星，人们纷纷来到海边庆祝平安夜，交换礼物，开怀大笑。左边，什么都没有，只有黑暗宽阔的海湾、潮湿的沙子和无序的植被。正前方，被诅咒的碉堡正被最后一次涨潮的海浪舔舐着，依偎在夜色中，仿佛一尊被冰冷城墙包围着的险恶的半身像，让躲在挡风玻璃后的琳妮和朱利安一眼就辨认出了轮廓。

朱利安把手机还给她。

"我父亲还是没接电话，他到底去哪里了？"

琳妮并没有听见他的话，她的脑子里只有萨拉：女儿已经离开了，永远不会回来了，去了很远很远的地方，此刻也许正飞翔在海面上，朝着风，自由自在，终于摆脱了暴力的凶手。四年。不可思议的黑暗，她一直被关在某个地方。可女儿到底被关在哪里？什么时候被关起来的？为什么？一切都是未知，可她无法忍受这种无知。

突然，朱利安沙哑的嗓音在黑暗中响起。

"退潮了,我们走吧。"

她一把握住他的手。

"听着,无论发生了什么,你都要和我站在一起。你必须回到原来的样子,别忘了,是你,朱利安,是你干的。我只是……给了他吃的。"

"吃的?"

"你必须坚定立场、决不妥协,一旦走进那个碉堡,我们就再也无法回头了。我能相信你吗?"

"当然能,但是……你在吓唬我吗?"

两个人下了车。当他们撞上岩石衬里的"舌头",穿过大门,沿着感染了萨拉照片的"喉咙"穿行时——寒意持续攻击着皮肤,直至刺进骨缝——琳妮仍然没有透露他们为什么来到这里。她在寻找著名的电击,试图恢复朱利安的记忆。

当她率先走进洞里时,格雷戈里·焦尔达诺正盯着入口的方向。在湿气的侵蚀下,他巨大的左脚几乎变成了黑色。琳妮极力在惊愕、残酷和复仇的冲击到来前吸引住焦尔达诺的目光,她后退一步,让朱利安进入自己打造的竞技场。

两个男人的脸同时僵住。朱利安呆站在原地,仿佛被眼前的闪电击中;焦尔达诺抬起沉重的右脚,蜷起腿,像个受惊的孩子,更加肿胀的右眼皮反射性地跳动着。琳妮拿起萨拉的照片,放在朱利安的手上,让他捧着它,感受它,从中汲取他过去的闪光和记忆的能量。

"给我力量,让我永不忘记他所做的一切。看,这是你写的,这个怪物名叫格雷戈里·焦尔达诺,是你把他关在这里的,打到他流血并开口说话。就是他,在照片上的那座小木屋附近捡到了萨拉的帽子。你把女儿的所有照片贴在这里,贴在台阶的两侧,就是为了给自己勇气。所以请想起来,朱利安,你必须想起来,别让我一个人做决定,帮帮我。"

朱利安看看照片,食指滑过女儿的脸,然后又看看犯人、食物以及他亲手制作的刑具,最后,他来到焦尔达诺身边。那只被追捕得走投无路的野兽,正一言不发地看着他们。

"我……我去过他家……在他的房子里……"

琳妮热情地点点头。

"是的,是的,你就是在那里绑架了他。你一定有你的理由,你知道他和萨拉的案子有关。一周前,她还活着,而这个……混蛋知道这一点。现在她死了,她是因为他而死的。"

朱利安张开双手,按住太阳穴,用尽全力地按着。

"我……我不知道,我不记得了。这座碉堡,这个人,我不记得……如果……如果他什么都没做呢?如果他是无辜的呢?"

琳妮冲向囚犯,扯下他的毛衣,露出右肩上的文身。

"你认识这个吗?"

朱利安点点头。

"那幅雕刻画……"

"是在我们女儿被杀的现场发现的。他并不无辜,甚至可能被牵扯得很深,警察不知道他的存在。萨拉是因为他死的,我们本可以看到她活着。"

焦尔达诺用力地推开她,面如死灰。为了防御,他发起了攻击，就像一只被困住的老鼠，一只正濒死在洞里的动物。她从口袋里掏出枪，指着他，另一只手举着手机——那张剑鱼的照片。

"我的女儿是因你而死的。给你十秒钟，解释一切。"

当焦尔达诺看到那张照片时，身体突然开始剧烈地痉挛。

"不，不，我什么都没做，我发誓……"

琳妮把枪口顶在他头上。焦尔达诺尖叫着挣扎，右手腕因手铐的拉扯而鲜血淋漓。朱利安冲向琳妮，拉住她。

"停下来！你会杀了他的！"

琳妮僵硬得像块木头。朱利安看着她的眼睛：

"你冷静一下，你不能……"

"不能什么？该死的，朱利安，振作起来，好吗？别让我后悔把你带到这里，不是我让他变成这个样子的！"

她从丈夫手中抢过照片，反复念着上面的字，就像那是一道咒语，曾蛊惑朱利安将敌人的脚骨一根根压碎。她再次走近焦尔达诺。

"我会再来一遍的，直到你开口。如果你什么都不说，我就去找你的女儿。你以为我不知道你曾因强奸和虐待柔弱少女而入狱吗？肮脏的变态，你很喜欢制造痛苦吗？"

焦尔达诺盯着朱利安。

"别让她这么做。"

琳妮一直在靠近，直到挡住焦尔达诺的视线。

"你想和刽子手成为盟友吗？就因为他失忆了？你可千万不要迷失方向……"

她蹲下来。

"你很喜欢疼痛吗？好吧，你会领教的。我发誓，我会一直陪你玩下去。反正我们都不能再回头了，无论是你还是我们，都在同一条船上。所以为了保命，你最好把你知道的都说出来。"

焦尔达诺尽可能地挺直身体，以减轻蔓延至肩膀的疼痛。

"反正，你都会……杀了我，你永远不可能……让我离开这里……受不受这些苦，我一样会死。"

他用下巴指指朱利安。

"这就是他回来的原因吗？即使他的记忆被搞砸了？你以为他会跟你一起……完成你无法独自完成的工作吗？他不会的……你必须靠你自己。"

朱利安突然猛冲过来，用尽全力压向焦尔达诺受伤的脚，直到骨头碎裂。焦尔达诺的眼神再次变得空洞，濒临昏厥。琳妮困惑地盯着丈夫。朱利安始终没有说话，就像一个机器人，眼见着对方下沉、清醒、再下沉。囚犯的头重重地垂下去，眼睛像弹珠一样滚来滚去，唇边开始涌出泡沫。

这一次几乎是琳妮想要打断他，但她忍住了。他都想起来了吗？还是本能占据了上风？朱利安猛地回过神，似乎对自己刚才的举动感到震惊。

想着萨拉，只能想着她。她本来活着。现在死了。四年的磨难。尸体被锁进后备箱，就像一块烂掉的肉。她的女儿。不，朱利安是对的：不能对这家伙留情。琳妮重新调整枪口，再次指向焦尔达诺。对她来说，对他们来说，此刻的糟糕无非就像拔掉一颗蛀牙,这是必需的一步。直到最后,在那一刻的疯狂中,情绪达到狂热的顶点。萨拉,死了。

焦尔达诺一定从她眼中的微光和颤抖的手指猜到了她的心思:她想开枪,也许会射向他的肩膀、手臂、锁骨,炸开一根骨头,引爆另一根骨头,然后是更多的骨头。但他并没有生气,反而对她笑笑,唇角的动作让琳妮不寒而栗。

"我……永远……不会……说……的……滚……"

琳妮扣动了扳机。但在那之前,身体里某个微弱的声音命令她偏移了手臂,子弹最后撞在距离目标约五十厘米的墙上。她不能,也不敢,心里的屏障过于坚固,她没有朱迪丝·摩德罗伊的力量和勇气。她颓然跪倒在焦尔达诺面前,抓住他的外套,拼命摇晃着,恳求他"说话!说话!你这个混蛋"。但她就像在摇晃一具尸体,一只软体动物。他不再反抗,听任摆布,似乎已经准备好受苦,哪怕更多的苦,反正再多痛苦也不可能超越已经承受的痛苦。

是的,他已经准备好带着他的秘密离开了。他放弃了战斗。

琳妮茫然地站起身。朱利安呆站在后面,犹豫不决。她知道他依然不记得,一切都只是本能。她的大脑一片混乱,思考着各种各样的问题:也许她不应该把他带到这里,她应该把地狱留给自己,但一切都太迟了。他已经知道了。他会知道的。他早就知道了。

她沮丧地看着朱利安,拉住他的手,头也不回地逃走了。身后的焦尔达诺则昏倒在了他的牢房里。

# 49

午夜过后,维克把车停在了人行道上。他熄灭车头灯,眼睛盯着一栋黄灰色的砖砌房子:美丽的石拱门,灯火通明,门上挂着花环。这座房子里曾有他二十年的生命岁月,包括多年的荣誉、回忆、生日、圣诞节。对于街上的人来说,这是一个完美的平安夜,雪花轻抚着肩膀、帽子、围巾、雪人,以及那些被秘密打开的车库,里面藏着身着盛装的圣诞老人(通常是家人),肩上扛着装满礼物的袋子。

他深吸一口气,下了车,手上拿着一个包裹,仿佛陌生人一样按响了门铃。岳父母的车就停在车道上。他听到了房子里的音乐声和餐具的碰撞声。他不停地按门铃,直到纳塔丽出现,后者微笑的眼睛立刻变成一条细细的直线。她转过身,确认没有被父母看见,半推着门。

"该死的,快凌晨1点了,维克,你在这里做什么?"

"我想见见科拉莉。"

她仔细打量着他,探察他是否喝了酒,或者在这样的时间是否还清醒。她的目光越过他的肩膀,一眼看见了他那辆破车。

"不可能,你没必要来的。我父母都在,如果被我父亲撞到了,那就糟了。"

维克推了推门。

"你不明白。我必须见到她,就两分钟,就在门口,然后我就走。我向你保证。"

她犹豫着,看了看包裹,然后盯着他的眼睛。是疲劳,还是哭过?她下意识地点点头。

"我试试吧。"

她关上了门。五分钟后,科拉莉出现在门口,穿着一件亮片连衣裙,头发盘在脑后,裸露着优雅的天鹅颈,活脱脱一个美少女。维克不假思索地抱住她,心想着她还能活着是多么幸运。不,他从来没有对女儿说过他爱她,即使在这种特殊的日子里。这的确太难了,甚至比宣布年轻的萨拉的死讯还要难,那种话会像铁丝网一样刮擦他的喉咙。他收紧他的拥抱,这是他表达爱的唯一方式了。

"爸爸!你……你弄疼我了!"

"哦,对不起。"

他尴尬地放开她,看着一脸困惑的女儿,用袖子揉揉眼睛。

"对不起,我不太擅长这个。"

她终于对他笑笑,伸出手。他羞涩地把礼物递给她,以前一直都是纳塔丽负责礼物和陪伴的。

"谢谢老爸,太好了,很高兴你能来。"

她吻了吻他的脸颊。维克微笑地看着她,抚摸她的脸,手指滑进她的长发。

"圣诞快乐，亲爱的。"

他没有要求更多，而是头也不回地跑向自己的车。是的，他没有太多力量和勇气要求更多，只能尽可能地忍住眼泪，把汽车开出两条街，然后痛哭起来。他不知道自己应该为仍然拥有女儿感到高兴还是难过，庆幸自己没有像摩根一家那样被剥夺了唯一的孩子，被抛弃在孤寂的大别墅里，注定此生被困在不公平的命运、遗憾和质疑中。

回到旅馆时，他确定眼泪已经干了。他腋下夹着档案袋，用一只手和罗穆亚尔德打招呼，另一只手拿着一瓶杜松子酒——在格勒诺布尔车站出口处的布伊布伊超市买的，10.6欧元，放在一个纸袋子里。

"圣诞快乐，罗穆亚尔德。"

"圣诞快乐，维克先生。"

"我的狗还好吗？"

"很好，先生。"

"谢谢你，晚安。"

"晚安，先生。"

他用最后一个微笑武装自己，随即沉入空荡荡的走廊。到处都是空荡荡的，就像停车场和隔壁房间——谁会在圣诞节睡在这种鬼地方呢？或许唯一的好处就是能让他彻底地安静下来，整个旅馆都是自己的。他锁上房间门，扬手推开堆放在桌上的乱七八糟的物品，安置好科林·贝尔切隆的调查文件副本、安迪·让松的档案、杜松子酒瓶和国际象棋盘，然后摆好棋子，准备再来一盘也许已经是第一千遍的"卡斯帕罗夫的不朽"。

他比以往任何时候都更想再次面对"旅行者"。因为这一次，他掌握了一个关键信息：让松在萨拉·摩根的案子上撒了谎。他盗用罪名，宣称自己能提供埋尸的准确地点；但这是不可能的。

"旅行者"为什么要声称杀死萨拉？如果这四年不是他在囚禁这个女孩，那又是谁呢？莫里亚蒂吗？他为什么让她活了这么久？

维克拿出一张纸，坐在脏兮兮的灰白色地毯上，写下了让松留给他的那个词：误导。然后又写下德尔皮埃尔笔记本上的那串数字，它一直留在他的记忆深处：27654。

他喝下一大口杜松子酒，打开档案袋，将白棋从e2推到e4。

对决开始了。

# 50

夜晚就像潮起潮落。有那么一刻,疼痛似乎消失了,变得如此遥远,即使在地狱边缘也几乎察觉不到。越接近清醒,潮水就越汹涌。海浪越来越大,越来越猛,直至抵达灵魂的角落被摔得粉裂,然后再无比疼痛地醒来,伤口变得比前一天更疼,就像被撒了盐。

就在圣诞节的这一天,琳妮蜷缩在床上,一动不动,手里拿着女儿的照片,脑子里不停地闪过同一个画面。她看到萨拉死了,尸体被发现在一个后备箱里,奇怪的是,她甚至看到了一辆丧车停在敦刻尔克的沙丘中间,月光倾泻在车身上,撒下五彩的纸屑。

就这样,一切都结束了。从警察宣判的那一刻起,琳妮再也见不到萨拉了,除了在一张钢桌上。她不会很快领回女儿的尸体,必须等到调查结束——如果能结束的话。她抚摸着冰冷的光面纸,抚摸着女儿的脸,用力地摩挲着,她知道,从此以后的每一天的每一个清晨,她都会重复这个动作……

朱利安出现在卧室门口。已经过了中午了。他穿着黑色牛仔裤和灰色高领羊毛衣,这是他从来都不喜欢的打扮,而且毛衣对他来说过于肥大了。他走过去,接过她手中的照片,仔细看着。

"她很漂亮……"

说着他把照片放在床头柜上,在她身边坐下,用手背抚摸她的脸颊。

"我按照你给的地址去了我父亲那里,他不在。他的车好像也没在,可能是一时兴起离开了公寓。但他为什么不接电话呢?我很担心,我想去报警,看看能不能进入他的公寓。警察局一定有人值班的,即使是圣诞节。"

琳妮点点头,没有说话。朱利安站了起来。

"我整晚都想着萨拉,想着警察的宣判,想着焦尔达诺。我们必须尽快找到解决办法,那个混蛋还在逍遥法外,我们不能为他的罪行买单。"

虽然记忆还没有恢复,但他对焦尔达诺的态度已经发生了翻天覆地的变化。朱利安自己也无法解释,但他知道这个男人伤害了他的女儿。出于本能、回忆、直觉?琳妮也说不清。他头也不回地离开房间,两分钟后,琳妮听到了四驱车启动的声音,引擎的噪声越来越远,直至完全听不见。办法只有一个,没有三十六个,琳妮知道这一点,从她踏进碉堡的那一刻就知道了。焦尔达诺从没有屈服于朱利安,他是个硬汉,擅长承受痛苦。可朱利安接下来会怎么做呢?

琳妮无法想象最坏的可能,她觉得自己并没有能力实现它。但朱利安呢?他会把愤怒之火深埋心底吗?还是已经准备好了去杀人?但除掉焦尔达诺,不就意味着可能永远不会知道真相了吗?

琳妮不想放弃，她想继续战斗，继续调查，只要自己还有一丝力气。她从床上爬起来，拿出笔记本电脑，插入U盘，那上面是焦尔达诺的精神病学报告。她戴上眼镜，快速地浏览着：变态……掠夺……操纵……顺从……这些词频繁地出现在页面上，巴托洛梅乌斯的报告极具毁灭性。精神病态特征……焦尔达诺喜欢施加痛苦，更擅长承受痛苦，疼痛只会加强他的信念。这位前警察可能永远不会开口了。

除了已知的一切，没有任何新线索。她把U盘放在一边，绝望地在互联网上搜索着"黑色地牢""米斯蒂克"。那个与焦尔达诺保持着性虐关系的女人似乎一直在黑色地牢工作，她的名字和照片出现在了俱乐部最近组织的派对新闻上：身材娇小，几乎被剃光的金发，下唇的耳洞，深蓝色的眼睛，颧骨上的伤疤，一张硬朗的方脸。只是看着她的眼神，琳妮就觉得不寒而栗。

在一个与性虐待和极端性行为有关的网站论坛上，琳妮发现了她的踪迹，但所有点击访问均遭到拒绝：仅会员阅读，会员注册请求须经管理员验证。

她决定放弃"米斯蒂克"，输入"夏洛特·亨利"——米斯蒂克的真名。这次的结果更加确凿，屏幕上出现了这个女人在20世纪90年代的照片。根据维基百科上的简短传记，夏洛特·亨利于1968年出生于比利时。琳妮本以为她很年轻，但她已经四十九岁了。关于她的私生活，网络上只字未提，只说她在1987年至1992年间一直是所谓的"人体艺术潮流"的追随者，一种通过长期极限表演来研究并推动身体和精神潜力界限的艺术，而艺术家的身体本身也成了一件艺术品。拒绝常规，拒绝约束，与禁忌调情，亨利向来热衷于亲身实践且从不半途而废。这位年轻的艺术家喜欢在越来越多的观众面前割伤自己、鞭打自己，把身体的一部分冻在冰块上，或者直接睡在钉床或玻璃碎片上。她质疑疼痛：一个人能在自己制造的痛苦中走多远？人类的极限是什么？然后，她转向观众，让那些观看自己表演的人变成一面镜子：他们又能在观察疼痛中走多远？

如果在制造疼痛中呢？

一个疯子。

亨利的尺度越来越大，她让观众亲手把足以造成伤害的工具递给她；而她则观察、分析并记录他们的行为。当他们允许她伤害自己时，他们会感到羞愧吗？还是只是默许？他们内心深处是否潜藏着一种作恶的快感？每次表演时，她的身体都要承受更多的痛苦和耻辱。为了艺术，她完全牺牲了身体。

琳妮打开一个个链接。她必须挖掘下去，不放过出现在眼前的任何细节。一篇博客文章跳了出来，作者匿名。

1992年，南斯拉夫，夏洛特·亨利进行了一场名为"第48件"的极限表演。在长达四个小时的过程里，她被四十八件工具围绕——绳索、夹子、花环，所有可能制造快乐或伤害的物品——然后把自己完全交给路人，让观众任意对她的身体做他们想做的事——而她只穿着一件长裙和一双黑色系带靴。

琳妮点击文章中的链接，打开了一段完整的表演视频。四个小时的低像素电影——可能来自三脚架上的旧摄像机。

起初，路人们半信半疑，以为亨利只是一时兴起，不敢接近她。半小时后——琳妮加速播放——开始有人试着抬起她的胳膊，转动她的身体。亨利任由摆布，这让越来越多的路人感到兴奋并渐入佳境；有些人甚至开始在她眼前打响指或对着她的脸吹气。

一个小时后，一个中年男子把一只手滑到她的长裙下，她没有躲开。还有一次，一位女士用一把放在桌上的剪刀剪断了她长裙上的一条肩带。

当第二个小时结束时，亨利已经赤身裸体，内裤被揉成一团扔在地上。有些人走开了，可能羞于看她，哪怕几秒钟；但大多数人留了下来，或出于好奇，或只为满足偷窥欲。

最后，亨利终于被花环和电缆绑住，身上种满玫瑰刺，有人甚至将枪口对准了她的太阳穴，只差扣动扳机。弹夹里真有子弹吗？亨利已经准备好在那天死去了吗？没有人知道。

在影片的末尾，一个四十多岁的男子在众多物品中抓起一个鱼形指节防卫器，琳妮突然喉咙一紧，那东西有一个长长的、弯曲的尾鳍，足以剪下整张脸。

一种特殊的"剑鱼"，用于伤害、肢解和杀戮的武器。

焦尔达诺的文身。

琳妮坚持着看下去，哪怕濒临崩溃。那个矮胖的四十多岁男子戴着眼镜和帽子，从一开始就在现场，反复靠近并抚摸艺术家，最后用那条"鱼"割开了她的双乳，画出两个完美的圆弧。亨利的嘴唇缩成一条线,泪水涌出眼眶,即使身体止不住地疯狂颤抖,她仍然坚持着。

表演结束后,身体极度虚弱、胸腹部染满鲜血的亨利艰难地穿过好奇的人群。没有人敢直视她的眼睛。当她走向那个戴眼镜的男子时,后者转过头,离开了。

视频结束。

琳妮简直无法相信眼前的一切。她从没听说过这样的表演,也从没见过这样的怪物,即使研究小说创作时也一样。这种表演鲜被媒体报道,其所谓的目的是为了证明在欲望的驱使和默许下,人类会在多大程度上屈服于变态和暴力。整整四个小时里,那些路人曾无限制地碰触亨利的性器官,让她流血。如果有更多时间呢?观众的数量会变少吗?

在这之后,琳妮再也找不到关于夏洛特·亨利的任何信息,这位艺术家像是停止了所有表演活动,或者已经缩回了黑暗中。但有一点是肯定的:这个女人不可能毫无干系。那个残害她的工具、焦尔达诺肩膀上的文身、囚禁萨拉的地下室里的雕刻画——那条该死的鱼,是一个链接。

亨利,别名米斯蒂克,现在依然在里昂的"黑色地牢"受苦,她一定知道什么。焦尔达诺不想开口吗?米斯蒂克会的。如果有必要,琳妮会用枪砸向她的头。

一阵引擎声传来。她立即关闭浏览器,合上电脑。她并不想告诉朱利安这件事,她已经在与焦尔达诺对峙的问题上犯了大错,试图强迫他找回记忆。而她本应尽最大努力保护他,而不是用这种无法忍受的暴力逼迫他。

她走下楼梯,来到客厅迎接她的丈夫。

"怎么样?"

朱利安把围巾和外套挂在衣帽架上。

"还不知道。房东打开了房间,空无一人。我父亲显然拿走了大衣和手机,然后开车离开了,但他的行李还在。警察会先确认是否与交通事故有关,如果明天还没有消息,他们会对这起令人担忧的失踪案展开调查。"

"看来命运依然无情。"

琳妮抱住他。

"会好起来的,一定会找到他的。一切都会好起来,也许他只是想离开一阵子……"

她睁大眼睛。会好起来吗?她根本不相信。

# 51

"不朽"是人类有史以来最著名的象棋对决,通常被称为"世纪棋局",堪称真正的思维逻辑艺术品,从而在人类历史上留下了永不消亡的印记。

1999年,加里·卡斯帕罗夫与保加利亚棋手托帕洛夫进行了一场"不朽"之战,被视为有史以来最美丽的对决之一。在第44步,俄罗斯人难以置信地牺牲了一个"车",之后以十五次连续吃子的组合,获得了最终胜利。

这也是安迪·让松一年半之前在里昂刑侦大队审讯室留给维克的谜题。

到底该从什么角度解开这个谜题呢?有必要关注比赛日期吗?地点?背景?步数?44?22的倍数?让松痴迷于数字2,2的倍数几乎覆盖了他卧室的所有墙壁。512——头发的数量,连续八次的"2乘以2"……要从数学角度解决这个问题吗?

还是从对决本身寻找答案?关键在哪里?有必要看看别处吗?跳出框架和棋盘,就像"误导"所暗示的那样?这个词在很大程度上是指一种错觉,是让松在那次谈话结束时特意留给维克的。

让松布置了一个棋局。一个没人能解开的谜题。

就在圣诞节这一天,维克醒来后感觉就像吞下了一块石膏。昨晚,几小口杜松子酒迅速攻占了他的大脑,半小时后,他开始下沉,醉醺醺的,筋疲力尽,几乎爬不上通向塞满螨虫的床铺的三级台阶。直到中午,他才起床。将近十小时的睡眠,仿佛一口气弥补了一个月的睡眠不足。

在商场里的中国餐馆吃过午饭后——在这个特殊的日子里,这里人满为患,人们恐怕早已忘了传统的火鸡——他回到旅馆房间,无比清醒地打开科林·贝尔切隆的调查文件。事实被记录得精准无误,没有丝毫遗漏。这位北方警察从不掉以轻心:两个月前的入室盗窃,没有闯入痕迹,几件物品被盗,包括浴室用品和琳妮·摩根的书。荒唐。

然后……一周前,某个人,无疑是已经进过别墅的"寄生虫",再次在晚上潜入摩根家,触发警报器,在技术人员面前假扮女主人的丈夫,指纹无处不在——威士忌酒瓶、冰箱、家具——但没有犯罪记录。他删除了所有关于萨拉·摩根的调查文件。同一天晚上7点,朱利安·摩根被发现躺在堤坝附近失去知觉。在被锁进自己汽车后备箱并被运送到现场之后,他显然遭到了殴打、勒喉,接着很快被人发现。最后,他被送往医院,醒来时失去了记忆。

维克把棋子推上棋盘。彼尔茨防御[1],黑方首先让白方布置好强大的"中心兵",然后从远处发起攻击。五步之后,

---

[1] 国际象棋中以王兵开局的方式,以特级大师瓦斯加·彼尔茨的名字命名。

他再次翻阅档案。北海岸的袭击案果然有其神秘之处,尤其是在朱利安汽车后备箱里发现了"她还活着",是用朱利安的血写的。最重要的是,还有一顶帽子,在一张毯子下,也就是维克眼前的这张照片。他从让松档案中取出萨拉·摩根失踪当晚的自拍照。毫无疑问,是同一顶帽子。

那是四年前的冬天,萨拉去跑步之前拍的。他悲伤地凝视着光面纸上散发着光芒的脸庞,一个本应有未来的美丽的年轻女孩。当他在德尔皮埃尔汽车后备箱深处发现她时,她被剥夺了眼睛和整张脸,头骨被击碎。经过四年地狱般的生活,最终在韦科尔的地窖里被锤杀。

维克冲过去打开窗子,差点吐出来。

必须有人为此付出代价。必须。

平复下来后,他回到房间中央——其实只有两步之遥。如果让松没有绑架萨拉,那又是谁呢?让松为什么要盗用费利克斯·德尔皮埃尔的受害者?纯粹的自恋?维克越来越怀疑这里可能隐藏着更为深刻和复杂的原因,否则,让松也不会让他来解这个谜。

维克翻阅着警队档案,找出了德尔皮埃尔人皮作品的照片,可怜的萨拉用她的脸、眼睛和双手为它做出了贡献。他把照片放在戴着帽子的"萨拉"和在后备箱深处死去的"萨拉"之间。人皮模型的其他受害者都是谁呢?她们被带到了哪里?还有阿波琳,德尔皮埃尔对她做了什么?

他再次看向人皮照片。一个细节突然引起了他的注意:如果不算阿波琳的话,德尔皮埃尔先后杀害了八个女孩。让松也一样，通过承认自己谋杀了萨拉·摩根，这位"旅行者"的绑架行动变成了九次。

比德尔皮埃尔多一个。

h6的"后"，b7的"象"。维克将两支军队派往棋盘中央，双方正进行一场激烈的智力战。这是一种对死亡的挑战，用神经元和肾上腺素做武器，超越了象棋世界的简单框架。一道闪光突然划过脑海：如果这两个杀手之间存在关联呢？如果他们能以某种方式获悉对方的行动？如果他们就像在棋盘上一样互相角逐呢？最后一绺头发到底是谁寄到摩根家的？德尔皮埃尔还是让松？

维克突然想到了莫里亚蒂，思想中的一粒沙。这第三个人又该怎样融入想象中的模式呢？有那么一瞬间，他甚至觉得让松可能就是莫里亚蒂，但不可能：实在难以想象这名囚犯会在十天前在戒备森严的监狱里拿着自己的手机给德尔皮埃尔发短信，更不可能在拉沙佩勒-昂-韦科尔租下小木屋。

维克的模式有问题，似乎不着边际，但又似乎离事实不远。两个杀手之间存在关联的想法让他感到兴奋。

维克开始专注于两个人的犯罪特征——迥然不同。除了阿波琳，德尔皮埃尔显然从不单独行动，他更像一个与莫里亚蒂捆绑合作的执行者，只负责清除和处理尸体，一个幻想死人的病人。但让松则是一个真正的独行侠，从绑架到埋葬受害者。

一个孤僻、沉默、久坐，依偎在群山的阴影中；另一个聪明、健谈、爱玩，痴迷于数字，开着房车终年在法国的大街小巷移动。

两个人都掩埋尸体。让松选择勒死或打碎头骨；而德尔皮埃尔，目前还不能确定，因为受害者的头上总是套着塑料袋……当然，萨拉·摩根是被锤子击中的，但这并不能说明德尔皮埃尔对其他人也采取了同样的方式。

维克狂热地操纵着棋子，直到抵达对决中最精彩、最出人意料、最具破坏性的高潮，那个使对决发生翻天覆地的变化并导致黑色阵营全军覆没的关键性一步：卡斯帕罗夫在d6主动牺牲了自己的白"车"。令人难忘。

他一次次地僵在这一步，从各个角度观察着棋盘。难道让松只是因为这一步极其高明，就把它当作谜题交给了他？难道答案隐藏在白"车"后面？几个小时过去了，维克的思考没有任何结果。

难道黑白棋子的路径曾经发生过交集？他们合作过？

他猛地站起身，头再次撞上床边的金属栏杆。他弯下腰，双手抱头，大声咒骂这个房间，连同自己悲惨的处境和生活。他喝了一大口杜松子酒，试图缓解疼痛——以恶治恶——然后再次翻找德尔皮埃尔的"垃圾桶"：信纸、信封、女性香水，被扔掉的垃圾……他突然想起了笔记本上的那串数字：27654。

安迪·让松的囚号。

两个杀手正在交流。

# 52

"我们必须杀了他,琳妮。"

午夜,这句话听上去格外刺耳。朱利安在黑暗中坐起来,膝盖上盖着床单。琳妮一直没有睡着,瞪着大眼睛,盯着天花板。

"我失去了记忆,但这并不影响我的行为。我绑架了他,把他吊起来,殴打他。你了解我,琳妮,告诉我……你真的认为我会在不确定的情况下做出这些行为吗?"

琳妮转过身。

"萨拉失踪前,你很温柔,坚持自己的信念。你是海豹栖息地的热心捍卫者,知道如何在非暴力的情况下对抗渔民。你讨厌暴力,但萨拉失踪后,你变了,你不再温和……对所有反对者咄咄逼人,你……的确不一样了,朱利安,整日沉沦在愤怒和酒精中。"

"所以你觉得我错了吗?愤怒……蒙蔽了我的双眼?"

"不,一定是焦尔达诺。毫无疑问。我知道你是对的。"

她感觉到丈夫温暖的手放在自己的肩上。

"那你会一直在我身边吗?你会支持我吗?"

"当然,尽我所能。"

她听到一股气流从朱利安的胸口逸出。如释重负。

"我们必须衡量一下目前的状况,如果什么都不做,接下来可能会发生什么……不能无限期地把他留在碉堡,这太冒险了。一定会有人发现的,总会有更好奇的人想方设法进入碉堡,然后发现焦尔达诺……"

琳妮只是听着。他终于有勇气说出了自己这几天来的担忧。

"……警察一定会注意到焦尔达诺的,他们会找到这里,来到我们家,敲门。一开门,科林·贝尔切隆站在门后……然后……我父亲,他依然没有任何消息……"

沉默。心不在焉。那只手已经收了回去。朱利安一动不动。十秒钟后,他继续说道:

"……明天警察会去找他,这是他们告诉我的。警察总是无处不在。焦尔达诺已经带走了我们的女儿,我拒绝让他再夺走我们的自由。他并不无辜,我们对此确信无疑。有了他的文身,就不需要我的记忆:已经有证据证明他参与其中,伤害了我们的女儿。我们还需要其他证据吗?"

"他宁愿沉默也不交代……如果他无辜,他……不应该有这样的反应。"

"没错,所以要想摆脱困境,我们别无选择。时间拖得越久,事情就越复杂。"

黑暗中,琳妮猜想他正盯着自己张开的双手。

"我觉得我准备好了。"

琳妮蜷起双腿,脑海中不断闪现着米斯蒂克、表演视频和巴托洛梅乌斯医生的报告。写《未完成的手稿》时，她曾想象过自己以女主角的身份杀死阿帕容。她的大脑经历了谋杀的每一步，确信自己能够体会杀人的感觉：先用枕头闷死对方，再用塑料布包裹尸体，然后把尸体扔到地底下、树林或下水道里。但现实不一样。她无法直视焦尔达诺的眼睛，尽管他恶贯满盈，但他仍然有血有肉。一个活生生的人。

"我……想再等等。再过几天吧，也许你的记忆会回来，也许他会开口说话。"

"你知道这不可能。即使记忆回来了，又能改变什么呢？逃避没有任何意义。"

"再等等吧，就一两天。明天我要出去一下，我必须去确认最后一件事。"

"什么事？"

"如果成功了，我会告诉你的，现在还不能确定。我无法忽视那条线索，我想先试试……然后再做决定。"

"为什么不能告诉我？我可以帮你，我……"

"只有你的记忆能帮我。"

"好吧。"

寂静笼罩着两个人，却比抚慰更能刺伤耳膜。琳妮感觉到了太阳穴处的脉搏。朱利安无疑是对的：没必要推迟决定的时刻，必须尽快做出选择。焦尔达诺不值得审判，有那么一瞬间，她似乎看到了他仍然逍遥法外，而她和丈夫被关进了监狱。拖得越久，这种情况就越可能发生。

圣诞节后的第一个凌晨，她闭着眼睛，在床上翻来覆去，无法思考,更谈不上睡觉。那些脸一直在眼皮下打转,大脑好几次差点断了线。强烈的睡意来了又走,各种画面在眼皮下跳着舞:舌头般的云朵,沙丘上扭曲的嘴巴,金属板上断裂的指甲。

又一阵热浪将她锁进了热茧,噪声击中她的耳蜗,传进耳道,经过大脑皮层的分析,被判定为异常,甚至是危险!

琳妮猛地睁开眼睛。收音机时钟显示"凌晨3点22分"。她屏住呼吸,朱利安正在身边均匀地呼吸。是梦吗?还是风?不,她的确听到外面传来了"砰"的关门声。她突然想起自己一直没有重设警报器,甚至怀疑大门可能没有锁好。

又一声。这次不是来自外面。

工具的咔嗒声。一楼。

有人进了别墅。

# 53

琳妮拼命地摇晃朱利安,然后猛地从床上跳起来,冲进更衣室,找到藏在衣服下的枪。她的丈夫醒了。

"怎么了……"

她回到床边,迅速穿上睡衣。

"嘘……房子里有人,我听到了动静。"

朱利安在黑暗中坐起来,看到了她手里的枪。琳妮把一根手指紧贴在唇前。那响动极其微弱,远处的门吱嘎作响,在狂风的呼啸声中几乎听不见。朱利安迅速穿上短裤,像猫一样敏捷。

"你的手机呢?马上报警。"

"在楼下……"

琳妮蹑手蹑脚地溜到窗边,向外张望着。路的尽头,一团黑色物体正停在沙丘上。她眯起眼睛,是一辆汽车,车厢内似乎有动静:一个人正在方向盘前等着。她应该尖叫,打开灯,威胁着报警,并把自己锁在朱利安的身边;但她手里有一把武器,最重要的是,对真相的渴望几乎让她窒息。"寄生虫"、小偷、入侵者——或三者加在一起——可能回来了。

她来到走廊上。"寄生虫"很可能以为朱利安住院后,如果别墅前没有车，房子里就不会有人。他还打算喝他们的威士忌吗？还会从冰箱里拿东西吃吗？琳妮赤着脚，幽灵般地滑上水泥台阶，枪口对准前方，下楼。朱利安随手抓起一个粉红色的大理石小雕像，跟在她的后面。

叮当……钥匙的碰撞声。琳妮心想。她看到一束细细的光线反射在客厅的窗户上，然后慢慢消失。又是一声门响。琳妮靠在墙上，转向丈夫。

"他去了地下室。"

琳妮不允许自己被恐惧击败，在听到车库门被打开的声音后，她迅速跑下台阶，冲进车库，一个身影刚要跨过门槛，她立刻用枪指着对方尖叫道：

"不许动！否则我开枪！我发誓，我会像杀一只狗一样杀了你！"

接下来的一切都发生得太快。外面刺眼的车头灯，引擎的轰鸣声，那辆匿名汽车在没有同伙的情况下逃之夭夭了。朱利安已经扑向那个石化的身影，将对方按倒在地，用拳头猛击，直到对方捂住脸，哀求他住手。

琳妮不得不从受害者身上拉起丈夫。朱利安喘着粗气，眼睛里布满血丝。

"住手！你会打死他的！"

朱利安终于撤退，双手举在空中，像牛一样喘着气。入侵者呻吟着翻了个身，最后站起来，把自己拖向墙边。琳妮用枪指着他，打开灯，关上车库门，盯着眼前的陌生人：扁平的石斑鱼脸，流着血的喇叭鼻子，最多不过二十岁——一张她从未见过的脏兮兮的脸。

朱利安再次返回战场,一把抓住"石斑鱼脸"的夹克领子,把他钉在墙上。

"是你吗?就是你打了我?把我送进了医院?你这个混蛋!你是谁?你要干什么?"

那个人睁大眼睛,盯着朱利安,又看向琳妮,好像连他自己也不明白发生了什么。

"但……不是你吗?该死的!不就是你让我把你打晕的吗?!"

# 54

琳妮像是挨了一记耳光。她没听错吧?她抓住丈夫即将再次出击的手臂,把手伸向入侵者的夹克。

"我丈夫有失忆症,就是因为你,他失去了记忆。解释一下吧,从头到尾,建议你不要撒谎。你也看到了,我们都已经无路可退。"

她解开入侵者夹克上的纽扣,找到他的钱包。根据身份证显示,他的名字是安迪·巴斯蒂安,住在距离贝尔克五十公里的阿布维尔——温暖的城市东部。她还找到了一份法院文件——巴斯蒂安似乎在吃官司——以及另一张身份证:朱利安的。她把它递给丈夫。

巴斯蒂安用食指指着朱利安。

"是他……上周二早上来到我家楼下,邋里邋遢的,像个迷路的家伙。当时我们还有几个人在场……他就问我们想不想轻轻松松地赚点钱……"

他在夹克袖子上蹭蹭鼻子。

"……他给我们看了他带的现金,然后选择了我,因为只有我有车。他要求我那天下午6点在灯塔脚下的贝尔克堤坝南端和他会面。他看上去像个流浪汉,但还是当场给了我

500欧元的定金……并且告诉我，一旦工作完成，还有1500欧元……"

琳妮简直不敢相信自己的耳朵。2000欧元，正是朱利安那天早上从ATM机里提取的金额。这家伙没有撒谎。

"……我准时出现，把车停在了一个僻静的地方，然后走到灯塔下，看到他从通往海滩的小路上走过来，一只手里拿着手机。（他抽抽鼻子。）给我一张纸巾！该死的！没看到我在流血吗？！"

琳妮从车库里找到一卷手纸扔给他。他擦擦鼻子，头向后仰着，把纸巾卷成小卷塞进鼻孔。

"……然后我们就沿着堤坝向海豹栖息地走去。天很黑，连只老鼠都没有，那种蹩脚的气氛让我很恼火。他不停地跟我唠叨他女儿的事，说她可能和我同龄什么的。他一定是喝醉了，但居然还能走直线……"

琳妮一动不动地听着。巴斯蒂安可能是丈夫失忆前最后见到的人—— 一个被困在洞底生病的幽灵，正绝望地寻找让女儿失踪的罪魁祸首。年轻人盯着朱利安的眼睛。

"……我们在一个长椅旁站住，就在那里，你让我……勒你的脖子，用力勒，直到你示意我停下来。我差点转头跑掉，但你给我看了你口袋里的一沓现金。于是我告诉自己，你不仅喝醉了，而且彻底疯了……"

他的目光又回到琳妮身上：

"我照做了，我……我走到他身后，用尽全力勒住他，至少二十秒。当我放手时，他让我再来一遍。"

朱利安摇着头，抿着嘴唇。琳妮可以读懂他眼中的痛苦，能够想象到他内心的恶魔和困扰他的一连串问题，包括那句"为什么"。

"……当我停下来时，他的眼睛几乎要从眼眶里跳出来，我……我想要钱，这就够了。但还没有结束。他又把一根事先藏在长椅后面的棒球棒拿了出来，放在我手里，他几乎说不出话，只是示意我打他那儿（他指着自己的头顶），用力猛击，直接把他打晕。KO！然后我只需把钱从他的口袋里拿出来走人。"

他取出纸巾卷，又插进一个新的。

"我成功了……我做到了。该死的。他倒下了，身体僵硬，于是我拿走了钱……还有他的身份证，那上面有这里的地址……一星期后，我和一个朋友从远处看到了这座别墅，心想一个带着 2000 欧元四处走动的家伙，可能值得……去拜访一下。然后我们就来了，就像现在这样，房子在沙丘中央，空无一人，没有灯光……我们本打算在平安夜那天来洗劫一空……但还是今天来了。真是见鬼！我把你打得那么重，还以为你会一直躺在医院里。"

琳妮相信这个故事，但朱利安惊恐的眼神似乎表明他无法接受眼前的一切。她抓住年轻人的夹克，把他推向四驱车，打开后备箱。

"我丈夫被锁在了这里……你要怎么解释？还有两个月前的入室盗窃？还有你无处不在的指纹？你之前一定还来过别墅。"

入侵者挥挥手。

"不，不，我发誓没有。我说的都是实话，这是我第一次来你家，这个……后备箱……不是我。别担心，我还背着一起没解决的盗窃案，我可不想进监狱。"

虽然听起来不可思议，但琳妮相信了他的话。这小子触犯过法律，有案底，肯定有指纹记录，如果与"寄生虫"匹配，科林一定会发现的。这个故事里还有一个比她想象中更黑暗、更复杂的结。她来到车库门前，打开门。朱利安冲到她面前。

"你要干什么？你不会……"

她点点头，示意安迪·巴斯蒂安离开。

"我有你的身份证，如果日后我以任何方式得知你做了什么不该做的事，我就向警察说出一切。忘记我们吧，就像我们忘记你一样。"

一到外面，巴斯蒂安就冲向沙丘，消失了。琳妮关上门，在车库里来回踱步，光脚踩在冰冷的地面上。她拉扯着头发，丝毫感觉不到寒冷。

"怎么回事？到底怎么回事？你为什么这么做？"

她回到温暖的客厅，给自己倒了一大杯酒，一饮而尽。

"你计划了一切，抹去了一切，你的调查，你的电脑硬盘，甚至你的记忆……你开着一个健身 APP 沿堤坝散步……然后……用你的血在后备箱里写下那些字，不是因为你被锁在里面，而是因为你想让别人相信……你似乎是在故意播下线索。"

"线索?"

"然后……藏在备胎仓附近的帽子……书柜里我小说的复印本……你渔夫装里的钥匙……"

"什么钥匙?"

"你知道我能认出帽子,当然……就像你……如果你留下必要的线索……我就可以接管一切。但为什么?你为什么要这样做?为什么非要把我置于这样的境地?"

他的回答是"不知道"。永远都是不知道。他已经不再了解自己了。

琳妮没能再给自己倒一杯酒,眼前的黑点挡住了她的视线,第一次,她以为自己失去了知觉。她必须回到床上,必须忘记,哪怕几个小时也好。她拖着身子来到浴室,打开药柜,用水吞下安眠药,把自己埋进毯子下面。

然后,一切开始变得模糊。

# 55

午后,一辆警车正向瓦朗斯中心监狱疾驰而去,仿佛一颗随时在沥青带上熔化的子弹,在水银色的天空下充盈着晶体,随时准备吐出白色的弹片。

这天早上,维克向同事们解释了自己前一天得出的推论:两个同时行动的连环杀手,彼此相识,正在交流。"旅行者"被关在戒备森严的监狱,不可能与任何人交谈,也见不到律师,必须经过烦琐的司法程序才能接受审讯。但维克确信德尔皮埃尔与他联系过,目前想到的可能是书信。那么德尔皮埃尔在信里说了什么?有没有可能通过这些信件追溯到莫里亚蒂的身份呢?

负责梳理两名杀手档案的芒热马坦取得了进展,最重要的是,他成功地找到了一份精神病学报告,来自2010年对德尔皮埃尔医学院盗尸案的法庭审判。这类专家报告通常有助于了解一个人的全部:品味、倾向、背景,从童年到成人。德尔皮埃尔和让松的职业生涯是否有过交集?也许他们多年前就认识,曾经一起工作过?又或者小时候就认识?如果两个人都喜欢玩猜谜游戏,那这无疑是能把他们捆绑在一起的重要链接。说不定可以从两个人过去的经历中窥见莫里亚蒂的真实面目,这是整个故事的关键。

瓦迪姆紧握方向盘。

"简直不敢相信……我从没听说过这种事。连环杀手以有组织的方式集体行动?看谁能搞到更多的尸体吗?该怎么向家里人解释这种事呢?"

"不用解释。"

"不用解释?好吧,你反正要离婚了,我可不想那样。这个圣诞节可真够糟糕的。你知道吗?我连喝酒的时候都在想着这个案子,脸上挂着笑,可摩根一家总在我眼前晃来晃去。一个失忆的男人,一个六神无主的女人,拥有漂亮的大房子,有钱,有名,但没了女儿……他们的女儿永远也不会回来了。还有比这更糟糕的吗?孩子死了,而且死得那么惨。"

瓦朗斯中心监狱位于7号国道附近的一片灰色水泥带上,被包围在枯死的植被和冰冷的草丛中间。瓦迪姆冲着那个由混凝土、带刺铁丝网、乏味的瞭望塔和反直升机网组成的立方体点了点头:

"都是因为那些家伙,真让人恶心。"

维克没有说话,他的大脑在不停地思考:那些被困在这里的囚犯剥夺了别人的生命、摧毁了别人的命运、拆解了别人的家庭,但政府能想到的唯一解决办法就是像牛一样将他们赶出社会,把他们困在一个最终可能会让他们变得更加暴力的地方。但还有其他办法吗?维克不知道,他和政治毫无交集,只满足于按照命令填满这些地方,把原材料放进监狱食人魔的嘴里。一个优秀的法兰西共和国小兵。

他们把车停在访客停车场,然后向第一个岗哨示意:他们已经和监狱长克劳德·内代莱克约好了。但这并没有让两个人免于任何安全检查,半小时后,他们终于走进了监狱长的办公室。内代莱克留着一头灰褐色的寸头,浓密的鬓角一直延伸到脸颊。他和两位来访者握手并示意对方坐下,一番亲切的寒暄之后,他切入正题:

"接到你们队长的电话之后,我询问了属下。要知道,自从安迪·让松被拘留以来,他一直无权寄出任何信件,收到的所有信件也会被强行拆开并仔细阅读。除了竟有人会给这种人写信之外,我们并没有注意到任何奇怪之处。"

他俯下身,打开灯。办公室里已经暗了下来。

"所以你们认为另一个连环杀手正在给他写信……你们怎么称呼他?剥皮者?"

"他也是奉命行事,已经死了。在埋尸之前,他会剥下死者的一部分皮肤。他的受害者数量与让松的完全相同,从这个角度看,这两个男人似乎很默契。"

内代莱克皱皱鼻子。

"你们在找一个男人。但让松只有女性仰慕者,没有男性寄信人。"

"剥皮者很可能伪装成了女人,以达到接近让松的目的。他可能故意在信纸上涂抹香水,并和你的囚犯非常熟识,他有他的囚号。也许这两个人事先商定了在信件中隐藏信息的方法,以防其中一个被抓住。要知道,在目前的司法阶段,在未经授权的情况下是很难与让松见面的……"

"好吧，可能需要两三天，必须按照程序来。很抱歉，我们也没有办法。"

"恐怕等不及了。他收到的那些信将是推动我们调查进展的前提，你已经向我们队长保证过不会有问题的。"

监狱长点点头，站了起来。

"这样吧，我尽量提供一份他全部信件的复印件，当然前提是他没有把它们扔掉。安迪·让松的放风时间将在十五分钟后开始，我去跟属下打个招呼，请跟我来……"

他将两个人带到行政区尽头的一台复印机旁。

"你们在这里等一下，犯人之间人多口杂，我不想让他们看到生面孔，瞒住让松对大家都有好处。必须尽快行动，我和属下只有二十分钟，也就是让松不在牢房的这段时间。除去往返，剩下大约五分钟来复印你们感兴趣的东西，之后再将所有信件放回原处。"

说完他消失在了一扇门后。瓦迪姆靠在隔板上，抱着肩膀，盯着一排排办公桌。这里看起来和所有政府部门没什么两样：没有吧台，人们在走廊上来来往往，喝着机器里的咖啡，偶尔爆发出阵阵笑声。但又有谁能想到，在这样一堵墙后面竟然会是充满暴力的温床？

几分钟后，监狱长再次出现，他满头大汗，身边跟着一名比他还高出一头的狱警。两人小跑着来到他们眼前。

"搞定了！所有信都在这儿，被捆成一沓，塞在床垫下面。没有香水味。"

"也许他只在信封上涂香水？"

"很遗憾，找不到信封了。来吧，我们只有几分钟……"

监狱长说着把信放在复印机的玻璃台上，按下按钮，机器以创纪录的速度一口气吐出了一百九十二张复印件。内代莱克收回原件并与两个人握手。

"我还得跑一趟。祝你们好运。如果有什么进展的话，欢迎随时通知我。"

两名警察道谢后拿起复印件，从另一条路穿过安全检查站，回到了车上。维克无法在车里阅读——他会晕车——还是等回到大队再说吧。

但愿可以顺利进入那两个杀手的大脑，最终揭开他们邪恶的秘密。

# 56

瓦迪姆回来时两只手里各拿着一杯咖啡。在两个节假日之间的这段空当,刑侦大队的办公室里通常空无一人。警察们正在给自己充电,非紧急案件会被暂时搁置。芒热马坦把自己锁进办公室,埋头于一堆文件中。迪皮伊和曼扎托去参加预审法官和里昂警察局召开的案情会议了,主要任务是陈述调查的最新进展。维克则乐得躲过平日的忙乱。

回到办公室时已经将近下午 6 点,他手上拿着德尔皮埃尔留在 DVD 盒上的字条复印件,也就是在地窖里找到的那个:喜欢这个惊喜吗?这是我的遗产,笨蛋警察。好好享受电影吧。

"这就是我们要在这些信中找到的笔迹。"

他一封封地看着信,然后交给同事做二次检查。瓦迪姆忍不住朗读了其中几句。

"这些女孩简直疯了,真是变态。听听这个:我知道别人是怎样评价你的,但那都是错的。当我看到你帅气的照片时,我看到的是一个精致、聪明、诚实的男人。你是人,他们没有权利那样对待你,你有重获新生的权利。这都是什么玩意儿?她们怎么会爱上这样的垃圾?真该给她们看看那些尸体照片,给她们泼泼冷水,这些歇斯底里的疯子。"

维克默默地喝着咖啡。信从他眼前一一掠过。半小时后,他开始在办公室里踱步。

"看来并不简单,我没有找到相似的笔迹。他可能一直在扮演某个角色,甚至改变了笔迹风格。"

"或者是我们搞错了?"

"不可能。再来一遍吧,差不多两百封。先按寄件人分组,然后按日期,最后淘汰最不可能的,说不定能发现奇怪的术语、下画线、粗体、大写字母什么的,必须仔细检查所有内容。"

瓦迪姆丝毫没有掩饰自己的不满。

"好吧……分我一半,但我警告你,两个小时后,我必须和玛蒂娜一起去我侄女家送礼物。"

维克已经开始了。对于这些痛苦万分的"粉丝",他感到极度失望和难以置信,他知道道德败坏的罪犯往往对女性极具吸引力。亨利·德西雷·朗德吕被砍头前曾收到了八百次求婚。挪威人布雷维克总共残杀了六十九名受害者,其中大多数是青少年,却拥有成千上万的仰慕者。人类究竟如何对抗那些无力对抗的东西?维克经常问自己这个问题,但每次都很气馁。

若瑟兰·芒热马坦夹着档案袋走进办公室时,维克刚刚看完第五封信。

"我发现了一个链接,就在让松和德尔皮埃尔之间,一个该死的链接!"

瓦迪姆像猫鼬一样伸长脖子。芒热马坦把一堆文件压在维克的办公桌上。

"这些是德尔皮埃尔 2010 年受审期间来自精神病学专家的报告副本。让我来总结一下背景：当时他正在受审，原因是他在格勒诺布尔医学院的解剖实验室盗窃尸体。他有恋尸癖。精神科医生帮我们完成了心理调查，报告内容追溯了他童年的大部分时光。其中很多信息并没有意义，但我感兴趣的时间点是 20 世纪 80 年代后期，当时他只有十二岁。德尔皮埃尔与父亲的感情相当融洽，远远超过与母亲。一个盛夏，老父亲心脏病发作，一切从那里开始发生了变化……那天，他母亲去了市场，悲剧发生时就他自己在农场，在父亲的尸体旁呆坐了几个小时。当母亲看到这一幕时，孩子已经跪倒在地，泪流满面，父亲的尸体已经开始肿胀，如果你明白我的意思……"

维克咽下最后一口冷掉的咖啡。

"……根据精神科医生的说法，这一事件对德尔皮埃尔造成了巨大创伤，同时也是其行为发生重大改变的标志。从那时起，他开始逃学——没人知道他在哪里消磨日子——也不再帮忙经营农场，人也开始变得孤僻，沉默寡言。"

芒热马坦疑惑地看着维克。

"现在，维克，请试着给我答案：你猜猜他的母亲决定把他送到哪里？"

维克耸耸肩。

"不试一下吗？好吧，一所男子寄宿学校，距离尚贝里一个小时车程。孩子们在那里遵守严苛的纪律,生活在最彻底的与世隔绝之地,这所寄宿学校……"

"……是黑岩。该死的。"

瓦迪姆举手示意。

"谁能解释一下吗?"

芒热马坦点点头,递给他一张彩印照片。照片中的黑岩寄宿学校是一道长长的冰冷石墙,石板屋顶,周围环绕着漆黑的松树林,外面立着高大的深色围栏。维克补充道:

"安迪·让松也曾就读于这所学校,时间是1986年至1988年,以'安迪·莫尔捷'的身份,那是他母亲的姓氏,这在他的档案中有明确记录。他被送入该校时只有十四岁,当时他由母亲独自抚养,父亲四年前和一个女人跑了,没有要求孩子的监护权,但会按时支付抚养费。年幼的安迪聪明过人,但由于肥胖在公立学校遭到霸凌,于是他故意让自己生病、呕吐,酗酒的母亲不知道该如何应对,干脆把他送进了黑岩。"

芒热马坦坚定地点点头。

"德尔皮埃尔在那里就读的时间是1987年至1989年底,漫长的三年,包括与让松发生重合的两年。我们不知道那里发生了什么,没有报告能说明,可能也没人真的关心。总之,德尔皮埃尔离开学校时只有十五岁。十八岁时,他找到了一份工作:在格勒诺布尔的一家太平间当学徒。之后的我们就都知道了:死亡的诱惑、屠宰场的工作、医学院的实验室、恋尸癖。总之,寄宿学校没有解决他的问题,相反……"

"……比以前更糟了。两个从那里走出来的孩子，长大后陷入各自的痴迷，几年后联手，连环绑架并杀害年轻的女性。"

维克看了看那张照片。

"这所寄宿学校还开着吗？"

"七年前就关门了，现在是一个夏令营中心，冬季关闭，有看门人常年看管。我在网上找到了这个人，他叫费利西安·雅各布，是个老头儿，从20世纪70年代开始就在那里工作，当时是勤杂工，负责园艺、清洁、修修补补……可以说，他是那个地方的记忆，可能会为我们提供更多线索……"

"你联系过他吗？"

"试过一次，用电话，但那家伙不爱说话，而且表示不喜欢用手机……于是我说我们可能会当面去问他几个问题。啊，还有一件事，很重要，大约十天前，这个看门人被袭击了。"

维克瞪大眼睛。

"怎么回事？"

"那天他巡视完后回宿舍，路上就被打晕了……醒来时发现随身携带的一串钥匙不见了。虽然没有其他东西被盗或损坏，但还是发生了一点令人不愉快的事……你还好吗？"

芒热马坦盯着维克的眼睛，满意于自己制造的震惊效果。

"雅各布住在学校大楼的侧楼，当时他报警后，警察并没有发现什么异常，除了据他所说的书架上多了四本书。"

瓦迪姆皱起眉头。

"书？什么意思？"

"不是别的书，是埃纳尔·米拉雷的四本书。"

# 57

维克的车在高耸的松树间沉得越来越深，无尽的黑暗中，那些越来越急的转弯似乎让到达那所古老的寄宿学校注定变成一场考验，一场与大自然的激战。警察独自一人在路面上胶着，收音机被调成了静音。瓦迪姆不想错过给侄女送礼物的机会，若瑟兰·芒热马坦则必须赶去车站接从布列塔尼赶来的父母。

汽车一路穿过白色的湖泊，掠过灰色的沟壑，在与最后几公里的积雪搏斗了一番之后，维克终于在晚上 10 点左右到达了目的地。学校的大门敞开着，费利西安·雅各布已被告知将有人来访。当车头灯光刺破黑暗时，他出现在了台阶上，仿佛一个忠诚守卫巢穴的食人魔。维克把头探出车窗，把双脚塞进厚厚的白色雪壳，立刻就感受到了这里刺骨的寒风。他迎向那个人，手里挥舞着警察证。

"我的同事打过电话了。"

看门人退到一边。他穿着一件旧毛衣，双手像两只棒槌，脸上爬满浓密的胡子，呼吸里散发着浓烈的酒精味。这或许是在偏僻之地忍受无尽冬夜的最佳方式，最近的村庄也要开二十分钟的车才能到。

"我们进去吧。"

他们走进大楼。走廊上已经结冰,高高的天花板让脚步声仿佛在教堂里回响。一排衣帽架上挂着几幅儿童画,应该是去年来这里参加夏令营的孩子们画的。透过窗户,维克凝视着冷杉树的巨大轮廓,猜想着后面的群山,想象着当年的孩子们在闭塞中接受教育,与家人隔绝,在课余时间建立起亲密的关系,彼此倾诉秘密、缔结盟约。让松和德尔皮埃尔是好朋友吗?

两个人在大楼西翼的一间宿舍门前停下,雅各布就住在这里。客厅的水管吱吱作响,地板上的大型铸铁散热器散发着炉子般的热量。主人倒了两杯伏特加,递给维克一杯。

"当我把四本书的事告诉警察时,他们把我当成了疯子。当然,他们根本不在乎,虽然接受了我的报警,但案子一定会被他们锁进抽屉。对他们来说,我喝醉了,自己摔倒并弄丢了钥匙,但我对我的书架了如指掌,我从没买过那几本书。"

"你看到袭击你的人了吗?"

"没有,当时是在外面,我完全蒙了。他一定是把车停在了稍远的地方,沿着中心小路步行过来的,那里的积雪已经被清扫干净,所以没留下脚印,太可惜了。"

"为什么是'他'?不会是女人吗?"

"嗯……是的,可我总觉得是个男人。"

"警察没把书带走吗?"

"怎么可能?它们就在那边,在书架底下。"

"你当时是在那里发现它们的吗?"

"不,是上面,在《夏洛克·福尔摩斯探案集》旁边。"

夏洛克·福尔摩斯……维克的胃里一紧。他几乎可以确定就是莫里亚蒂本人进入了这里,并袭击了看门人。他拿起米拉雷的小说,快速地翻阅着。在第一页,他注意到了一个大大的印章:营销样书……他手里拿着的正是从欧蒂湾别墅偷来的书。

维克很迷惑。这么说的话,莫里亚蒂就是出现在摩根夫妇别墅里的窃贼。但几周后,他从北方出发,穿过八个省来到这里,就是为了送这几本小说?为什么?他想表达什么?又是一个谜题,维克有些烦躁。他转向对话者:

"你翻过这些书吗?有没有注意到文字或书页有什么奇怪的地方?"

"是的,我没有剥夺自己这个权利,我想知道它们为什么会被带到我这里。为什么是这些书?这本身就是一个谜,配得上柯南·道尔。我一直喜欢老故事,骨灰级爱好者,但米拉雷,坦白说还不错,而且……说到书里的奇怪之处……在其中一本书的某一页上有几滴血迹,这些书的主人一定是看书时不小心受了伤。"

"哪本?给我看看!"

费利西安·雅各布走了过来,指了指《墓地之人》。

"就是这本……差不多中间的位置。"

维克翻了翻,发现第170页的一角有几处红色的血滴,很淡。一个意外收获?还是诱饵?

"麻烦给我个塑料袋。"

雅各布照做。维克小心翼翼地把书放进去,然后坐回到椅子上,一口气喝光伏特加。一团火正在他的气管里燃烧。

"我认为袭击你的人就是我要找的人,一切都和这座建筑的过去有关。"

这句话引起了雅各布的注意。他在对面坐下来,双手交叉放在膝盖上。

"你从20世纪80年代开始就在这里工作了,希望我能唤起你的回忆。确切地说,我感兴趣的年份是1986年和1988年之间,有两个孩子曾经出现在这里。一个是安迪·莫尔捷,十四岁,来自尚贝里。另一个是费利克斯·德尔皮埃尔,比他小两岁,来自老艾隆。德尔皮埃尔,莫尔捷,你对他们有印象吗?"

看门人擦擦嘴,垂下沉重的手。

"你觉得我会有什么印象呢?三十年前了,这里每年都要迎接两百多个孩子。我见过成千上万金发碧眼的小孩,你就给我两个名字,你到底想知道什么?"

维克看出来他并不打算配合,他递给他一张安迪·莫尔捷的照片(来自让松档案,进入寄宿学校前的童年照):孩子正对着镜头微笑,浮肿的脸颊布满雀斑,卷曲的眉毛让他看上去就像商店橱窗里的小丑。让松的目光从未变过,但除此之外,眼前的这个孩子与后来凶残成性、身材瘦削却肌肉发达的让松毫不搭边。

"全部。德尔皮埃尔和莫尔捷经常去哪里,他们的行为,他们在这里的生活是否愉快。他就是莫尔捷,这能让你想起什么吗?"

对方隐士般的苍老目光里闪烁着不安,他把照片还给维克。

"不,没有……"

"安迪·让松呢?有印象吗?一个最近经常被媒体讨论的名字?"

"你认为我会看电视吗?"

"安迪·莫尔捷就是安迪·让松,在过去四年里,他制造了至少八起年轻女性谋杀案。他把她们带上他的房车,强奸、杀害、掩埋她们。至于费利克斯·德尔皮埃尔,他在他的地窖里制作了一个人皮模型,用女性受害者的皮肤……"

雅各布仿佛遭到了致命一击。

"……所以我认为,雅各布先生,如果你记得这张脸,那就太好了,因为可能还有第三个人,和他们一样来自这所学校,仍然逍遥法外。就是他袭击了你,留下了这些书。在我弄清楚原因之前,我是不会离开的。"

看门人在维克的眼睛里寻找着最后一丝侥幸,但没有。他再次看看照片,皱着脸,灰白的胡须下露出一口受损的牙齿。他想再喝一杯,但被维克挡住了手臂。

"这会影响你的记忆。"

男人推开他,犹豫着。

"杀手……是的,是的,我记得那孩子……还有费利克斯·德尔皮埃尔,他们总黏在一起。德尔皮埃尔,大家都说他铁石心肠,他从不和别人说话。"

他站了起来。

"请跟我来吧。"

雅各布打开门,走下一段楼梯,拨下开关。灯光照亮一条无尽的走廊。维克听到了锅炉的巨大轰鸣声,燃烧的旧木头在噼啪作响。看门人推开一扇沉重的大门,后面露出一张黑色的大嘴,一个灯泡照亮另一段楼梯。

"就在下面。"

# 58

夜……灯柱上的光晕燃烧着里昂人行道上的冰,寒冷仿佛断头台上的刀片,割开了脸颊,冻结了眉毛。在一排排停靠的汽车的包围下,琳妮被困进了一条死胡同。她盯着那扇沉重木门上凿开的小活门,光网沿着主对角线喷涌而出,在平淡无奇的木门上投下阴影;门旁挂着一个醒目的牌子:黑色地牢。

八小时前,她从北方出发,在高速公路休息区稍作停留后,最终在晚上9点半左右把车停在索恩河畔,然后步行来到了里昂第九区这条安静的街道上。

路上,她把昨晚发生的事和"石斑鱼脸"的供词又重温了一遍。当焦尔达诺被困在碉堡时,朱利安的脑子一定出了问题:他竟然让别人殴打自己?虽然他可能发现女儿还活着,但他为什么会有如此极端的举动?他在竭力掩盖什么?琳妮没有答案,她无法忍受这种无知,但除了等着该死的记忆回到丈夫身边,她别无他法。

一个穿短大衣的男人隔着小门说了几句话,小门被打开了。琳妮又等了几分钟,再次敲门。一张脸出现在闪烁的正方形蓝光里,一张斗牛犬一般的脸,光头,上面文满花纹。

男人没有说话，只是等着，上上下下地打量她。

"我能进去吗？"

对方砰地关上小门。琳妮再次敲门。金属刮擦声。这一次，那张脸上的表情更糟了。

"你再敲一下试试，小心我好好招待你。"

"我只是想进去！我……"

没有用，琳妮正对着一堵"墙"说话。放弃和回头是绝对不可能的，但更不能强行闯入，他们会打掉她的牙。怎么办？她努力思考着，最后终于想到一个简单的解决办法：既然进不去，那就等着米斯蒂克出来好了。一个无尽的夜晚即将来临，但这是她唯一的机会。

她去码头边取车，在距离俱乐部大约十米的对面人行道上找个地方停好车。她关掉车头灯和引擎，蜷缩在大衣下，等待着。晚上 10 点 52 分，手机突然响了，是朱利安，别墅的固定电话。她接听并告诉他一切都好，虽然不知道是否会成功，但她仍然充满希望。接着，她告诉他，她今晚会睡在巴黎的公寓。

朱利安的声音在听筒里嘶嘶作响。

"你还是不想告诉我吗？"

"我会解释的，但不是现在。你父亲有消息吗？"

"没有。我真的很担心，琳妮，恐怕……真的出事了。警察已经开始展开搜索，我帮不了他们，我对他一无所知，甚至不知道他在蒙彼利埃的住址。我不记得了。我看视频，看相册，但丝毫没想起来任何东西，一切都锁在了该死的大脑里。"

"相信警察，他们会找到他的。休息一下，睡一觉吧，强迫自己也没有意义，那不是让记忆回来的方式。"

"没有你，连这里也不一样了，我……我不知道该怎么办，至少告诉我你一切都好……不要对我隐瞒任何事，千万别做蠢事。"

"我不会的。"

"快回来吧，好吗？我一直在兜圈子，快要疯了。我在看萨拉的照片，脑子里却总能想起焦尔达诺。一想到他被关在碉堡里，一想到我们随时可能被抓，我就觉得恶心……"

琳妮静静地听着，或许，她应该带走碉堡的钥匙。朱利安会一个人回到那里吗？

"……等你回来，我们就行动，好吗？我知道这很难，但没有回头路了。我不想失去你，失去我们……"

琳妮挂断了电话，听筒烫伤了她的耳朵。她看着自己张开的双手：它们一直在发抖。这双手，根本无法杀死一个人，早在偏移枪口的那一刻，她就明白了。

她不是杀人犯。

# 59

维克跟着雅各布穿过迷宫,一个个积压在架子上的大文件夹压弯了木板,空气里弥漫着旧羊皮纸和干墨水的味道。雅各布告诉他,关于那两个孩子的一切都被保存在学校的档案室里。

"都在这里了,从1922年到2010年,这里记录着寄宿学校的过去。最重要的是,这里有孩子们的一切:血统、家世、行为、结果……你说的1986年到1988年,就在那边。"

他拐了个弯,停在一排黑色格架前,四个大活页夹囊括了维克感兴趣的年份。他拿起旁边的一个纸袋子。

"这里面是当年的学校照片:建筑、老师、班级……"

雅各布坐在唯一一把还算结实的椅子上,在纸袋里翻找照片,把它们摊在桌子上。其中一张是全校教师的合影:一张张刻板严肃的面孔。他用食指指着其中一个大块头。

"他叫凯温·克宁,一名体育老师,孩子们都叫他'三K党'。他对学生很严厉,喜欢体罚……对他来说,越弱小的孩子越容易受罚……"

维克盯着那个家伙:一个穿运动服的巨人。

"……德尔皮埃尔和让松形影不离,他们住在同一间寝室……都不擅长运动，克宁不喜欢他俩。这还让我想起一件事，我常常看到其他学生都已经回更衣室了，他们两个还要在跑道上继续跑十五分钟，上气不接下气……这种情况持续了好几个月，两个孩子吃了不少苦头。体罚持续几周后渐渐停止，但克宁从不让他们闲着，只不过……他总爱下课后单独留下他们，让他们做些伸展运动，这类体罚就安静多了。"

他不再说话。维克并不想催促他，只是坐在桌边，翻阅着照片：空旷的院子，朴素的建筑，沉入山谷的中心。维克发现了几张班级合影，他决定打破沉默：

"你觉得克宁特别针对他们，是吗？"

看门人咬紧牙关。

"克宁是校长的妹夫。我的想法并不重要，我只是个维修工，之所以能在这所寄宿学校工作这么多年，也是因为……我知道如何小心行事，从不碰触那些线。"

"但你确实是这么想的。"

男人的灰色瞳孔在收缩。

"我是这么想的，是的。但如果这就是你在寻找的证据，那你恐怕什么也得不到了，那些遥远的过去已经被彻底掩埋在了地下。"

他看着自己两只巨大的手掌，仿佛那里雕刻着过去的记忆。

"好吧，我可以全都告诉你，但我这么做是因为我觉得我可以帮到你，而且……寄宿学校已经不复存在，这些故事也随之消失了，只不过……如果你还去找其他人的话，校长什么的，你……"

"……我从没见过你。"

雅各布点点头。

"那也是一个冬日，就像今天一样，1987年，学校里最糟糕的一天。气温已经降到零下20℃，甚至零下25℃，那天晚上7点左右，我在体育室的淋浴间里发现了克宁。他赤身裸体，像个孩子一样蜷缩在地上，冰冷的水流过他的身体，而且……（他皱起鼻子）他的生殖器在流血，他的……睾丸被切开了一个口。我立即带他去了医务室，因为天气的缘故，救护车三个多小时后才到。太可怕了……"

他的目光瞬间飘忽起来。

"……从那天起，他再也没有回到学校，我也没再见过他。后来，我偶然听说，他几年前因病去世了……"

"淋浴间里发生了什么？"

"校长说，克宁是在用剃须刀刮胡子时不小心割伤了自己。要知道，他完全有能力控制所有教职员工，所以没有人敢再提这件事。一周内就有人接替了克宁的工作……"

"你看到剃须刀了吗？"

"没有。但校长说有，可能我当时太惊慌了，没注意到。"

"你觉得克宁是被袭击的？"

"当然，这显而易见。但在当时那种情况下，为什么没有人受到谴责或接受调查呢？人们似乎必须快速忘记这件事，你明白吗？最重要的是，不能任由谣言传播……"

维克想象着当时的场景，想象着当时学校里的气氛。如果克宁确实是被剃刀袭击的，而且事后没有追究任何人的责任，那就意味着他也可能做过非常严重且势必理亏的事。恋童癖吗？他虐待了德尔皮埃尔或莫尔捷？警察的目光又回到教师合影上，他盯着克宁。

"你知道这不是一场意外……那你认为是谁干的呢？莫尔捷？德尔皮埃尔？还是另一个孩子？"

"我不知道。克宁是个硬汉，一个十二三岁的孩子怎么有能力对他做出这种事呢？在没人看到的情况下伤害他的身体？当然，我想到过这两个孩子，也许他们是一起行动的，给克宁设了圈套，德尔皮埃尔倒是很强壮。他们可能威胁过他，如果他追究，就把一切都抖搂出去？我仔细问过他们的同学和室友，但没问出什么。如果这两个孩子是罪犯，他们会把一切隐藏得很好。"

维克再次翻找照片，拿起其中一张，目光在上面徘徊着，然后把它递给对话者。

"所有寝室的布局都是这样的吗？"

雅各布点点头，瞳孔开始放大。

"三人一间，当然，后来也有双人间和四人间，但总的来说……"

"谁和他们住在一起？我是说莫尔捷和德尔皮埃尔。"

雅各布盯着维克食指下的一张空床。

"啊，他……我……我想想，好像是吕克什么的。（他用舌头舔舔嘴唇。）啊，我想起来了，一个谨慎稳重的孩子，擅长运动，很聪明……"

他拿起班级合影,在人脸中搜寻着,然后起身回到格架前。维克仿佛回到了三十年前……听到了孩子们的吵闹声和尺子的咔嗒声,甚至闻到了粉笔的味道。

"……嗯,是的,这孩子痴迷于国际象棋和侦探小说。我偶尔也给他带过几本,吕克什么呢……我会找到的……"

维克有些绝望。

"'夏洛克·福尔摩斯'?他读'夏洛克·福尔摩斯'吗?"

雅各布转向他。

"你怎么知道的?你……你不会认为是他袭击我的吧?在过了这么多年之后?"

维克突然感觉不到寒意,一股热浪席卷了全身。三个孩子,住在同一间寝室……其中两个被侵犯,也许被强奸,却一直保持沉默,因为他们害怕老师的威胁。但他们也许向室友吐露了心声,或者说,后者虽然没有遭到侵犯,但心里清楚一切。再或者,也许他也被侵犯过。

维克笃定:正是莫里亚蒂残害了体育老师。他拿着一把小刀或是剃须刀,走进淋浴间,可能在让松和德尔皮埃尔的同谋和协助下,下了手。

雅各布带着一本活页夹回来了,上面写着"S-Z",他的眼睛里闪着光。

"托马斯!是的,就是吕克·托马斯,我想起来了。顺便说一下,他并没有在学校待太久。悲剧发生几个月后,他就离开了寄宿学校,主动消失的,从后面的森林逃走了。我们再也没有见过他,或者说,再也没有找到过他。"

"他从哪里来?是谁把他带到寄宿学校的?"

"哦,这我不知道。是他的父母吧?不过会有答案的,都在这里。"

他在活页夹里翻找着。字母"T",只有一个:洛朗·特谢尔。他皱起眉头,前前后后地又找了一遍。

"该死的,他的档案不见了。"

雅各布冲向那些班级合影,再次从头看到尾。

"不可能……全班的照片都在,除了他的。"

维克也翻找了一遍,没发现什么。

"只有这些吗?"

雅各布点点头。他再次回到格架前,拿起两个标签分别为"A-F"和"M-R"的活页夹,放在桌子上,打开第一个,找到"D"。维克并肩站在他身旁。没有"德尔皮埃尔"。他又打开第二个。安迪·莫尔捷的灰衬衫也不在。

维克发现自己正面对着一堵墙。

"三十年后,他回到了这里,抹去了过去的一切和所有的脸。"

# 60

琳妮再也受不了了。等待似乎永无止境。车窗上挂了霜，她不停地摩擦着双腿，好让血液恢复流通。她快要被冻僵了。

米歇尔·伊斯特伍德的书就放在副驾驶座上。琳妮摆弄了几下，翻了几页，试图寻找被遗忘的过去。出版社的律师会怎么处理呢？当共同点显而易见时，他们会如何证明自己没有作弊呢？琳妮不会做那种肮脏的事：当年那晚发生在沙丘上的故事只能被埋葬在过去。芭芭拉可能早就已经在某个地方成功地重建了自己，战胜了磨难，过上了幸福的生活。只要她的伤痛得到安抚，自己的痛苦也注定不会被唤醒。

凌晨2点45分，阴影开始一点点渗出——巨大的人类剪影——有时是情侣，有时是单身女性，高跟鞋在冰冷的黑夜里咔嗒作响。他们是怎么进入地牢的？通过熟人？网络？密码？是谁在管理这个高端的俱乐部？

凌晨5点左右，街道和死胡同重新恢复了冷清。根据网站信息，地牢此时应该关门了。她看着米斯蒂克最近的照片，把注意力集中在那扇大门上。手枪沉入大衣口袋。

员工们一个个地走出来。十五分钟后，当琳妮认出那个女人时，她的脉搏开始加快。是她。在亲吻了两个布满文身的额头之后,米斯蒂克走上人行道。琳妮正准备跟上,但随即听到了警报声,一百米之外的两个车头灯快速地闪着。她急忙冲上自己的车,加入那辆红色轿车的尾流,直到过了马路才敢打开车头灯。当汽车驶上城市的街道,琳妮的焦虑开始升级。或许,那个关键时刻就要来了。

路很滑,但也让跟踪变得更加容易,米斯蒂克不可能开得太快,琳妮可以远远地跟着,以免被发现。米斯蒂克的车进入了北环路,然后是6号国道,最后沿A6高速公路行驶了大约十公里,在沙瑟莱出口转出。在到达小镇之前,街灯渐渐让位于乡村的黑暗,最后只剩下屋顶的积雪和明亮空旷的街道:一切仿佛被冻结了,死了,就像死气沉沉的雪球。琳妮紧盯着前面的红车,司机穿过小镇,拐了几个弯,最后停在一扇缓缓打开的大门前,橙色的车头灯不停地闪着。

为了不引起注意,琳妮没有停车,而是继续若无其事地往前开。透过后视镜,她看到红车驶入一条车道。她又往前开了一段距离,最后停下来,等待。

十分钟后,她翻过一堵矮墙,进入米斯蒂克家的院子。在皎洁的月光和熠熠的星空下,一座漂亮的小房子出现在眼前:粗糙的石墙,拱形的木窗,仿佛一只好奇的眼睛嵌入立面。房子里只有一道光,透过通风口不透明的玻璃窗平行射出,紧贴在地面上。清晨6点,米斯蒂克去地下室做什么?

当一只狗出现在身后时,琳妮吓得差点心脏病发作。一只紧张兮兮的猎狐犬正嗅着她的鞋和裤子,然后蹲坐在门口。琳妮掏出枪,悄悄地转动门把手。门没有锁。

# 61

琳妮把狗挡在门外,悄悄潜入房子。一条走廊,所有房间都关着门,只有其中一间从门缝处向外涌动着红光。琳妮感觉自己仿佛正走进一只怪物的大嘴。

她咬紧牙关,尽量轻轻地拉开门,生怕发出响动。一段楼梯,向左转,下楼,她不得不弯腰穿过一处石拱门,拱门那边是一间天花板很高的房间——一个"刑房":钉子、刀片、鞭子、打包钳在工作台上闪闪发光,右边是一张嵌着镣铐的桌子。当琳妮看到一块挂在鞭子、马鞭、口衔铁以及各种工具旁的剃须刀片时,她停住了脚步:刀片上刻着一个剑鱼图案,上面还残留着干涸的血迹。

她屏住呼吸,听到另一个房间里传来敲击键盘的声音。她推开一扇条状帘门,咔嗒一声:另一间"刑房"和另一些设备赫然出现在眼前——巨大的鸟笼,用螺丝固定在墙上的石棺,以及一个垂直于地面的圆柱体水池,里面蓄满了水,顶部安装着链条和滑轮系统,足以浸没一个成年人。

米斯蒂克正坐在角落里,身材消瘦,穿着皮裤和白色无袖衬衫,面前是一台笔记本电脑。她猛地转过身,瞪大眼睛。琳妮用枪指着她。

"动一根手指，我就开枪。"

"你是谁？"

琳妮解下一副手铐，在她面前晃了晃。

"戴上它。双手放在背后。"

米斯蒂克飞快地瞥了一眼屏幕，刚想合上电脑；但琳妮比她更快，猛地踢中椅子腿，米斯蒂克摔倒在地。琳妮迅速将子弹上膛并调整枪口。

"我会在这个肮脏的地窖里杀了你！我发誓，我不会犹豫的！"

琳妮濒临失控。米斯蒂克只好投降，双手放在地上，将手铐的钢圈扣在自己的手腕上。她的身体上布满了结痂、烧伤疤和褐色的坑。一个真正的战场。

琳妮看了看电脑屏幕，一个聊天窗口：这个被她劫持的女人正在和某个人聊天。可当她看到对方的名字时，她的心脏几乎跳出喉咙。

莫里亚蒂。警察提到的那个病人。毫无疑问，就是这个人囚禁了萨拉四年。

6:13:42 莫里亚蒂：好吧？他就这样出现在她的眼前。她盯着米斯蒂克，坐在椅子上。她认识屏幕上的 .onion 地址和 TOR 浏览器：暗网；以及一种名为 TorChat 的聊天软件，她之前在帮助自己完成一部小说的网络犯罪研究团队那里听说过它，相当于匿名的短信暗网，每次只要关闭窗口，所有信息即刻消失。无迹可循，无法恢复。

她扫了一眼聊天记录：

6:02:10 米斯蒂克 > 紧急。请回应。

6:10:22 莫里亚蒂 > 你想干什么？我说过别再联系我了！结束了！这是我们最后一次对话，你和我。到底什么事？

6:10:57 米斯蒂克 > 是你说如果有怪事发生就告诉你的。我觉得我被一个女人跟踪了。

6:11:25 莫里亚蒂 > 在哪里？什么时候？

6:11:42 米斯蒂克 > 十五分钟前。应该是从地牢开始的。汽车经过我家后，继续往前开走了。车牌59。北方的车。

6:12:32 莫里亚蒂 > 结束了。已经两年了。你不必担心，尽量不要给我发消息。警察很快就会找到我的尸体。这是我们最后一次对话。一切都结束了。什么都不存在。好吧？

6:12:58 米斯蒂克 > 你的尸体？怎么回事？

6:13:42 莫里亚蒂 > 好吧？

光标在琳妮眼前闪烁着,对方在等待回应。混乱的琳妮没有太多时间思考。莫里亚蒂已经等待了将近两分钟,他会起疑的。她冲向键盘。

6:15:20 米斯蒂克 > 好的。

她回复确认,咽了一口唾沫。没有回应。她继续凭直觉打字,动作要快,绝不能失去联系,必须尽一切努力:

6:16:27 米斯蒂克 > 我们还需要见面。

等待,痛苦卡在喉咙里。她等了一两分钟,莫里亚蒂依然没有回应。也许她做了一件蠢事,她不应该写那句话。于是她继续说道:

6:17:12 米斯蒂克 > 还在吗?请回应。我知道焦尔达诺的事。关于他的失踪。

空白。死寂。琳妮用拳头敲着桌子。

"该死!"她重新把枪口对准角落里的米斯蒂克,眼中燃烧着仇恨和愤怒。

"给你十秒钟,告诉我他是谁,还有焦尔达诺和莫里亚蒂的关系。我想知道你和那些混蛋都做了什么!"

米斯蒂克用鹰一般的大眼睛盯着她。

"我想知道全部,否则我保证我会开枪打死你。"

"你不会的,你没那个胆子。"

琳妮掏出手机,找到焦尔达诺被砸烂的脸,戴着手铐,双手被吊在头顶。深受震动的米斯蒂克并没有屈服,她咧了咧嘴,像毒蛇一样吐着口水。

"滚出去!"

琳妮再也受不了了,她浑身发抖,一把抓住米斯蒂克的头发,把她按倒在地,用一根棍子猛击她的头。女人嘶哑着尖叫、打滚。琳妮没有其他感觉,只是本能地完成,她需要答案。让米斯蒂克在自己狂暴的愤怒下吐出她所知道的一切,直到最后一个字。这个刽子手或许擅长挨打,擅长忍受腿部中弹的疼痛,但并不代表她可以承受溺水的濒死感。

当琳妮用垂下的金属镣铐锁住她的脚踝时,米斯蒂克的剧烈挣扎和疯狂尖叫让琳妮意识到这么做是对的。这个女人或许一向喜欢看着猎物沉入水下,并从中获得无限的快感,但今天,她只能为自己祝福了。

琳妮拉下启动滑轮系统的控制杆。囚犯被抬离地面,大头朝下,双手铐在背后。链条开始转动,直到囚犯的身体到达有机玻璃圆柱体的上方。米斯蒂克大声嘶喊,扭动着身体。当琳妮拉下足以让对方浸入水下的控制杆时,尖叫声变成了气泡,那张被放大的扭曲的脸瞬间变成了可怕的面具。

# 62

2016 年 7 月 16 日

亲爱的安迪:

　　这是我第三次鼓起勇气给你写信,希望你不要把我当成疯子。当一个人想把内心的感受写在纸上时,语言从来都不容易出现,也总找不到可以表达真实想法的句子。

　　我知道你有多痛苦,对于那个囚禁你的冰冷的世界,我做了一些调查。可怕的牢房,黑暗的走廊,严苛的规定,那必定是惨无人道的事。要知道,我会一直在你身边支持你,陪伴你,希望这几句鼓励的话能让你的心飞出牢笼,去做梦,想着我,为什么不呢?我已经在等你了,我会一直等着你。

　　百鸟飞翔,找不到永恒的避难所。在索洛涅的河流和清新的泉水旁,朱鹮在干燥的海岸上找不到美味丰富的食物。吞下一只蜻蜓吧,还不算晚,鸟儿,你看!

对不起，我感觉手中的笔也像鸟儿一样飞走了，而且……就让我写一点点废话吧，你一定已经在之前的信中注意到了这一点。我在课堂上也常常这样，他们说我懒散、精神不集中，整日就像在月球上漫游。可在月球上尽情想象是一件坏事吗？不管怎样，我与你同在，安迪，我，我的心和所有一切。监狱的铁栏阻止不了你像鸟儿一样飞翔，我要给你带来阳光。

我知道你喜欢独创和惊喜，尤其是数字，这是那些抹黑你的媒体们说的。所以，就像上次一样，下次也一样，我会在这里用数字描述自己。希望你不会感到无聊。

"4"，坚固的象征，我像你一样坚强，像你一样知道如何面对考验，我会战胜那些让你远离我的人。"5"，就像感官，我最喜欢的是触觉。"2"，就像情侣，"2"是一切的基础，我想这是你最喜欢的数字。我也喜欢"0"，如你所知，它是最完美的数字，可以吸收一切。"9"，"3"的倍数，是妊娠的量度。当然，你知道我单身多年，没有孩子。你也是，我没说错吧？

另一组数字会让你更加了解我吗？

还是"5"，就像这5个对我来说很重要的词：生活、战斗、冒险、改变、自由。"3"比"5"或"9"更具选择性，但它同时也限制了选择；如果必须精确选择的话，那就是你，然后是我，然后是我们。我将以"4"结束，这个完美的正方形，严谨，就像你。我喜欢严谨、控制欲强且从不心存侥幸的人。你显然是其中之一。

这次就到这里吧，可惜我不是一个健谈者，无论是口头还是书面，希望你不要怪我。这太残忍了，我甚至不知道你能否收到我的信，但我会继续写下去。我能指望有一天收到你的回信吗？你愿意吗？冒昧希望如此。我知道有很多人在给你写信，我只是其中一个仰慕者，但我希望能在你的心中占据一个特殊的位置。

无比仰慕你的<br>忠诚的艾琳·A.

周三一早，当瓦迪姆走进办公室时，维克正从一堆信中抬起头。他的夜晚很短。在通过电话告诉曼扎托自己的最新发现并向同事发送短信后，他只在旅馆房间里睡了几个小时，算是给自己充了电。之后，他一大早去了法医实验室，把从寄宿学校带回的书留在了那里：经过曼扎托的努力，书页血迹的 DNA 检测被排在了绝对优先级。尚鲁斯事件结束了，实验室的技术人员终于有了更多时间，同时还要完成对人皮模型的 DNA 检测。

瓦迪姆脱下大衣，过来和同事握手。

"所以，我们终于要知道莫里亚蒂是谁了……"

维克已经向他详细解释了经过。黑岩寄宿学校，体育老师对德尔皮埃尔和让松的骚扰，据称的恋童癖行为和随后在淋浴间受到的伤害，以及一段时间后两个人的室友吕克·托马斯的主动失踪。

"这个吕克·托马斯，为什么要在三十年后回来偷走寄宿学校的档案？"

"也许他知道我们终有一天会查到这些档案，他想模糊线索。他很害怕让松开口吗？他极力隐藏自己的脸，就是为了不给我们留下任何可能吗？"

"还有琳妮·摩根的书？他为什么把它们带到学校？"

"不知道。但有一点是肯定的：北方绑架案、瓦朗斯监狱深处，以及这里发生的一切，都是同一个毛线球上的线。莫里亚蒂不再是百分之百的匿名者，吕克·托马斯一定存在于某个地方。无论是通过生物技术还是政府调查，我们会找到他的，若瑟兰和伊森对此跃跃欲试。"

维克挥挥手。

"来吧，看看这个，我刚刚发现了一些东西。"

瓦迪姆走过去，盯着维克手里的一封信，标题是一个日期和"亲爱的安迪"，署名是"艾琳·A."。

"艾琳·A.。艾琳·艾德勒。柯南·道尔的角色之一。"

维克把那叠信递给同事。

"帮忙找一下艾琳的其他信吧？"

瓦迪姆点点头，在他身边坐下。维克又把那封信读了几遍，皱着眉头。正文中间那段几乎难以理解的文字到底是什么意思？还有那些数字？这封信似乎既平常又古怪。维克想象着费利克斯·德尔皮埃尔在他的地窖里，在他的人皮作品前绞尽脑汁，把自己伪装成一个女人，甚至改变了笔迹，写下这封信。

"这里还有一封。艾琳·A.。"

瓦迪姆把信递给他。维克仔细看着，对结构的高度重复感到惊讶：两三段概括性的话，一段晦涩难懂的文字（这次是关于树木和海洋的），然后是两段数字故事，最后再以一段充满感情的文字结束。当瓦迪姆又递过一封艾琳·A.的信时，同样是这种结构。

维克把这些信并排放在一起，专注于那些神秘的段落。他知道答案就在那里，就在眼前。他想象着让松打开这些散发着香味的信，在警卫的鼻子底下破译了德尔皮埃尔想说的秘密。他能猜到让松的那种享受和兴奋。

百鸟飞翔，找不到永恒的避难所。他集中精神盯着这些文字。又或者，在另一封信中：这面红色的旗帜被折叠得如此整齐，既不细密，也不紧绷，丰富的面料。同样晦涩难懂，同样的字数，甚至……

突然，这些字就像跳了起来，仿佛机场跑道上的指示灯在他的脑海中一一亮起。

"我知道了！"

瓦迪姆抬起头看着同事。

"知道什么？"

维克没有回答,甚至没有听到他的话。他拿起一张纸和一支笔,开始在某些字母下画线。

百鸟飞翔,找不到永恒的避难所。在索洛涅的河流和清新的泉水旁,朱鹮在干燥的海岸上找不到美味丰富的食物。吞下一只蜻蜓吧,还不算晚,鸟儿,你看!

"德尔皮埃尔的每封信里都有一个特殊段落。就在这部分,作者开始传达他的信息,这是一切的关键,只要把这个段落中每个词的首字母连在一起就可以了。"

瓦迪姆凑过去,弯下腰看着。

"C-o-r-p-s e-n-t-e-r-r-é p-r-è-s d-e S-a-i-n-t B-e-r-n-a-r-d, P-a-u-l-i-n-e P-e-r-l-o-t."

他盯着维克。

"该死的!这是什么?"

维克过了几秒钟才回答。

"卡斯帕罗夫的不朽……我想我明白了。"

维克迅速写下一连串数字。

"看,如果我们把同一封信中出现的数字放在一起,从第一段就会得到4522093,第二段是553594。如果加上几个小数点,那就是45.22.09.3和5.53.59.4。结合刚才的信息,答案就是一个坐标,尸体埋葬地点的GPS坐标。所以,德尔皮埃尔在这封信里向让松传递的信息就是:波利娜·佩洛特的尸体埋在圣伯纳德附近，东经45.22.09.3，北纬5.53.59.4。这也正是同事们挖出尸体的地方，瓦迪姆。"

瓦迪姆哑口无言，眼睛盯着其他信件。

"等等，我不明白，你是说……"

"我是说安迪·让松只是向我们复述了这些信上的内容，他交代的所有谋杀。八次。"

冗长的沉默。维克整理了一下头发，同样震惊于自己的发现。

"两年来，让松交给警察的尸体都是德尔皮埃尔的，让松牺牲了他自己，瓦迪姆，就像'卡斯帕罗夫的不朽'中的白'车'。这位'旅行者'，被我们视为最残忍的连环杀手之一，可能没有杀死过任何人。"

"你是说……过去这两年里，让松把所有调查人员耍得团团转，这个制造八卦比摇滚明星还多的垃圾只是想让我们相信他杀了人？而我们也一直都没看出来他的所谓受害者其实都是德尔皮埃尔的受害者？"

维克坚定地点点头。

"这就是误导。通过把注意力和光芒吸引到自己身上，'旅行者'成功阻止了我们看向别处。我们不再寻找受害者，只是等着让松把尸体交给我们。这也是萨拉·摩根即将出现的方式，德尔皮埃尔打算像对其他人一样埋葬她，几周后，让松就会向我们透露尸体的位置，并为谋杀负责。"

"这太疯狂了。"

"但这并不代表让松是无辜的，远非如此。我们有无可辩驳的证据证明，他确实绑架了这些女孩，但也许他的角色仅仅止步于此，就像德尔皮埃尔仅仅止步于'清理尸体'。而他们的不同之处就在于一个在链条的开头，另一个在链条的末尾。"

"所以，我们是在和一个各自独立但组织严密的犯罪团伙打交道：让松、德尔皮埃尔，以及处于核心地位的著名的莫里亚蒂，又名吕克·托马斯。"

"我想是的。三个室友……三十年后重组团队，绑架、囚禁、虐待并杀害可怜的女孩，每个人只负责自己的任务。让松被抓住了，作为连环绑架案的始作俑者，他无论如何都有被关进监狱的风险，于是他扛下所有谋杀，这也是他继续游戏的方式。他们都在玩，这些混蛋……"

瓦迪姆一时无法接受这一发现可能带来的影响。一个不是连环杀手的连环杀手……警察的溃败，所有人被耍得团团转……让松和德尔皮埃尔，两个被童年苦难彻底摧毁的孩子，一生从未成功地重建自己……或许，他们在莫里亚蒂身上看到了救世主？

"我还有一个愚蠢的问题：如果让松的角色仅限于绑架，那他为什么非要在几个月后寄出一绺头发？"

"存在感。因为这能赋予他一种重要性，一种身份。有了这些头发，有了这种作案手法，他变成了'旅行者'，被所有警察追捕。他创造了一个传奇，他自己的传奇。在某种程度上，就像德尔皮埃尔，通过绑架阿波琳和制作人皮模型而存在，他也想存在，只是以一种更加隐蔽的方式。他们都需要独立存在,而不只是别人的跟班……"

维克翻阅着同事挑选出来的信件。

"我们只需检查这些信,并确保……"

当他偶然看到其中一封信上的日期时,他僵住了。这封信比让松收到的其他信都要长,日期是七天前,上周三。

加油站事件后的第二天。

德尔皮埃尔知道自己会被困住,知道警察很快就会找上门,于是他向让松发送了最后的信息。维克再次拿起笔,疯狂地写下所有首字母,而最终出现在他眼前的谜底仿佛让他坠入了谷底。

难以置信。

他猛地抓起那张纸,从椅子上跳起来,冲向门口。

"我需要帮助!"

# 63

"我从没见过他的脸!我不知道他是谁,我发誓!"

米斯蒂克的额头青筋暴起,脸距离水面只有十厘米。水流过她的眼睛、脖子和乳房,好几次她都以为自己快要淹死了。看着那具在痛苦中挣扎的肉体,琳妮有些受不了了。可就在她打算离开时,因犯的嘴巴终于松动了。

"……我第一次见到莫里亚蒂是在2013年,一天晚上,他来地牢找我,戴着一个长喙的威尼斯面具……"

她剧烈地咳嗽着,向外吐着水,眼睛几乎要从眼眶里跳出来。

"……经常都是这样……男人戴着面具,或者化妆,目的是隐匿身份。地牢是……高端俱乐部,只有合作才能加入。它之所以出名,正是因为它……为客户提供极其严格的保密服务。没有名字,没有档案,没有照片,那些……经常光顾的人富有且谨慎。律师、商人,他们过着双面生活:一面光明正大,与家人朋友其乐融融;另一面则隐藏在黑暗中。"

她咧着嘴,以阻止血液流向大脑,脸涨得通红。

"……莫里亚蒂知道我的过去,知道我对痛苦的偏好,但他并不想发生肉体关系,只想观察……这就是他所做的,待在角落里,看着别的男人行动。但地牢始终是一个受规则约束的机构,必须有流血和极端行为,比如刀割,否则可能会因此声誉受损,但莫里亚蒂只想旁观,他知道我会为那些付钱的人提供更多可能,于是他的观察在这里继续进行,在我的私人地牢……"

邪恶的生意、酷刑、物化女性……琳妮可以想象那些折磨、尖叫和伤痕累累的肉体。一个执行酷刑的刽子手,一个蒙面的观察者……莫里亚蒂为什么拒绝肉体关系?琳妮仿佛正在一个毫无禁忌的宇宙边缘进化,一个足以让正常人异化的疯狂空间。

"……莫里亚蒂知道,在这里,我能带来最极端的男人,那些付得起钱的男人。经过几个月的观察,我们建立起了真正的信任关系。我们两个。"

她吸了吸鼻子,也许是在哭,花掉的黑色浓妆让她看上去像个病态的小丑。她指着地窖的一角:

"那边的墙上有个洞,通向另一个房间,在客户不知情的情况下,他就在那后面观察……然后有一天,他告诉我他不会再来了,却给了我一笔生意,操作简单,但可以让我赚很多钱。他跟我提起了暗网,并在我的电脑上安装了些东西。我们平时通过 TorChat 交流……有一次,他给了我一个电子邮箱地址,一长串的数字和字母,并详细解释了我的职责:把邮箱地址发给那些最极端的客户,那些……被我带进地窖的男人,那些……没有界限的男人。他只想要最有钱的,但最重要的是,他想要最坏的。"

琳妮一动不动地听着,握紧拳头。

"……你知道没有界限的男人是什么样吗?他们不再将你视为女人,而只是满足他们幻想的工具。疯子,恶魔,他们是莫里亚蒂一直在等待的野兽。所以我要做的就是向这些人提供邮箱地址,为了安全起见,莫里亚蒂会定期更换地址,我也必须转告他们:通过暗网向这个地址发送消息会获得一种'终极体验',承诺匿名且绝对安全。"

"什么体验?"

"我不知道。"

琳妮开始拉动控制杆。当米斯蒂克上翻的眼睛出现在有机玻璃后面时,她刻意扭过头。囚犯的身体渐渐像触电般高高拱起,大约十五秒后,她把她拉了起来。

"他从来没有告诉过我!但……我……我怀疑……是非法的……肯定和极端越界有关,因为莫里亚蒂尽可能地保守秘密……而你,你跟我说的谋杀……很可能……就是那个'终极体验'……甚至可能走得更远。没有界限当然会导致死亡。这东西可不仅仅出现在电影里,它们真实存在……根据我多年的经历,那些观众,如果没有约束,我确信所有男人都会走到最后,强奸我、折磨我、杀死我,这只是时间问题。我能看到那一刻潜伏在他们每个人内心深处的野兽……打破约束,野兽就会挣脱。他们是莫里亚蒂一直在寻找的野兽。"

琳妮紧紧握住控制杆。莫里亚蒂会为那些付钱的男人提供杀人的可能吗?她的胸口仿佛挨了一拳,越来越猛烈的狂风摧毁着她体内的一切。

米斯蒂克的身体像钟摆一样摇晃着。

"……我……我把邮箱地址发给……那些男人,后来在信箱里发现了一个装着现金的信封。然后就突然停止了。2016年2月,我收到了最后一封信,上面写着:结束了,除紧急情况,不再联系。"

2016年2月,安迪·让松被捕的一个月之后。琳妮不愿把这视为巧合,让松进了监狱,链条上的一个环节被打破了?

"多少人?你把邮箱地址发给过多少个这样的怪物?"

米斯蒂克犹豫着。但当她看到琳妮开始拉动控制杆时,她立刻脱口道:

"二十……也许更多,我也不知道,更不知道那些人有没有用过……"

"焦尔达诺也是其中一个?"

她点点头。琳妮感觉胃里像火炉般滚烫。

"说说他吧,你们的相识和关系。"

"焦尔达诺是著名的夜行警察……受人尊重,但大多数人都怕他。一只真正的疯狗……他……偶尔去地牢,总是很晚,只是为了消磨一夜,他有他的入口。几次见面后,我们最终到了这里。他很变态,真的很变态……可能也是最坏的,竟然把自己最喜欢的工具文在肩膀上……"

"剑鱼。"

"是的。每次他拿着那东西出现在我眼前时,我都会想起那个戴眼镜的小个子,二十五年前不知从哪里冒出来的家伙,拿着这玩意儿割了我的两个乳房。焦尔达诺也是这样的水准。前一刻甜蜜，下一刻恶魔。他的脑子在入狱前就有问题，后来他被卷入一宗人口贩卖案，警察开始调查他，并追踪到了地牢。他们知道他偶尔会去那里，和我有过越界行为……我被传唤到法庭做证，可我尽量淡化了事实，也从未提起我们在这个地窖里的关系。"

"为什么？"

"因为……这里才是我真正的生意。地牢只是一个门面，一种钓鱼的手段，你觉得呢？焦尔达诺出狱后回来找我，监狱生活并没有让他获得平静。相反，他更加饥渴，更加危险。他……掐住我的喉咙，用力，再用力。他用那把剑鱼刺我，可下一秒又把我抱在怀里，哭得像个孩子。监狱的禁闭无疑拧开了他脑袋里的螺丝，我想只要我同意，他最终会杀了我……"

琳妮开始责怪自己在那个戴着手铐的碉堡恶棍面前如此心软。他根本不在乎她。

"……我是在焦尔达诺入狱后遇到莫里亚蒂的，所以我后来跟焦尔达诺说起了暗网，并给了他邮箱地址。因为遗产，他有很多钱，各方面都符合莫里亚蒂的期望。从那之后，我再也没有见过他。这个地址……就像一扇通往另一个世界的大门，你明白吗？那些穿过它的人，从此会在我的生命里消失，进入另一个维度，就像我们刚刚说的终极体验。"

对于琳妮来说，米斯蒂克所说的每一个字都是深深的伤害。和其他不幸的受害者一样，萨拉只是这些病人的游乐场。没有界限的肉体游戏。她感觉自己快要崩溃了，瘫坐在角落里，任由自己死去。但一股强烈的愤怒又在瞬间反弹，她又活了过来。

"这些人……我想知道他们是谁，告诉我这些混蛋的名字。"

米斯蒂克吐出一口水。

"你认为他们会给我留下名片吗？他们只是面具、面孔、身体，只是施虐者。这些人已经为我的沉默支付了高昂费用，你明白吗？他们可以深入我的内心，但我不认识他们中的任何一个。已经三四年了，一切都消失在了黑暗里……即使找到他们，又能怎么样呢？几年之后的他们又会说什么？没有人会说话的。在这种环境下，沉默就是黄金法则。他们可以在法庭上叱咤风云，也可以常年流连于高端俱乐部。他们负担得起一切，包括我们的痛苦。他们有能力消耗我们，你和我一样，都只是物品而已……"

琳妮再也受不了了。她应该立刻让警察介入，调查地牢并追踪米斯蒂克的客户；但她却有把柄在他们手里。一切都结束了吗？带着疑问立刻离开？她所有的调查、努力和希望，统统都走到尽头了吗？

她咬紧牙关，握紧手里的控制杆。

"你知道吗？正是你的坐视不管，才导致了那些年轻女孩的死亡，一切都是因为你，如果……"

琳妮沉默了，闭上眼睛。米斯蒂克不是受害者，而是杀人链条上的一环：故意隐瞒真相，内心却清楚一切后果。琳妮想起了萨拉，想起女儿的笑容和最后一张自拍照，她很高兴自己能从女儿那里获得一点点勇气,能让自己活下去。

米斯蒂克却不能再活下去。

她把手放在控制杆上,开始向米斯蒂克的肺部充气。囚犯高声尖叫。琳妮再次推动控制杆,松开链条,米斯蒂克砰地掉落在圆柱体旁的地板上。琳妮像拖死狗一样把她拖进鸟笼,锁上挂锁,最后把钥匙扔进水里。

"但愿我没事,否则对你来说会更糟。"

琳妮转过身,突然僵在了电脑前,屏幕上出现了一行新字:

6:31:52 莫里亚蒂 > 后天见面,晚上 10 点。埃特勒塔,
    空心针。

# 64

黑色的松树无边无际地升起,这是一支真正的暗影大军,沉默而阴险地锚定在雪地上。灰色缄默的地壳扼杀了所有的生命、活力和希望。没有动物,没有树叶的沙沙声,只有雪块,偶尔在这里或那里的树枝上跌落,摔得粉碎。森林不断地用同一种声音发出痛苦的呻吟,仿佛被一只木偶般的大手扭动着躯干,承受着百般的折磨。

维克已经开启了智能手机上的GPS,他气喘吁吁地穿过迷宫,三天没刮的胡子粘连着半透明的水晶。大雪吞噬着他,一再把他撞倒——和同事们一样,他没有穿雪地靴。远处,一道黑色的锯齿状窗帘像腭骨一样张开着:贝勒多讷山的群峰此刻更显得专横跋扈。在他身后,瓦迪姆、曼扎托、两名救护人员和一名提着沉重急救箱的医生,正奋力地在雪地里前进。寒冷渗入他们的喉咙深处,冻结了氧气,灼伤了肺部。在大家忧心忡忡的目光中,手电筒的光划破黑夜,露出鬼鬼祟祟的洞口、危险的岩石和坚硬得像木头般的雪堆。世界快要被冻僵了。

曼扎托率先打破沉默。

"还有多远?"

"大约……五百米。"

警队的车正停在一公里外的省道边缘。虽然目的地距离格勒诺布尔仅一个小时的路程,但最后只有一条古老的徒步小径能通向那里,无法驾车抵达。斜坡刮擦着大腿,树根仿佛巨大的蜘蛛紧贴着冰冻的土地。维克的裤子和鞋子已经湿透了,双脚冻成了冰,但他似乎充满无限的力量。阿波琳是一名战士,虽然双目失明,但却拥有着旺盛的生命力。尽管德尔皮埃尔下了最后通牒,可她依然可能还活着。维克祈祷她活着。

燃烧的肌肉传来阵阵刺痛,维克却依然记得自己在剥皮者的最后一封信里破译出的每一个字。那封信传达了一个可怕的信息:

> 他们迟早会抓住我的,几天之内。可他们什么都不知道,正如承诺的那样,我会带走我们的秘密。莫里亚蒂永远消失了。毫无疑问,这是为了实现他一直夸夸其谈的高明的圈套。在所有人的眼中,这是最美丽的消失。他是一个真正的魔术师,抓住最后一次机会大放光彩。阿波琳·里纳。小盲女。只属于我的骄傲。上锁的废弃小屋,靠近拉费里耶尔的大瓦卢瓦尔河,北纬 45.17.32.7,东经 6.06.50.8。她还能再活个五六天,一星期之后再告诉警察,就让她死在他们的怀里吧。再见了,老伙计。

五六天……从前一天或前一天的前一天算起吗？维克拼尽全力跨过障碍物，紧紧抓住树枝。他必须救她，让她活着，为了自己，为了同事，为了他的女儿：在一个连一丝希望都可能会破灭的世界里，人要如何活下去？如果阿波琳死了，一切都将陷入黑暗，没有回头的可能。维克将再也无法忍受这个世界。

他们终于来到一处平坦的空地，花岗岩大熔炉的中央，与黑色山脉接近得令人窒息。在手电筒的光束下，一座黑色的小屋浮现在星空下，屋顶仿佛微微倾斜的石嘴，看起来像来自另一个时代的建筑。四周一尘不染，洁白的雪地上没有一个脚印。男人们气喘吁吁地靠近，外套下大汗淋漓。小屋的所有出口都已被钉板封死，在这样一个古老的避难所里，等待阿波琳的注定是无数个漫长的黑夜。

男人们扑向封住大门的钉板，在三个人的共同努力下，钉子终于被撬开，门框开始发出吱嘎声。一旦有了足够的空间，维克率先挤了进去，手里拿着手枪和手电筒。一股混合着防腐剂味的血腥味扑面而来。他迅速环顾这间破旧的石屋，地板上散落着瓷砖、木板、玻璃碎片。手电筒的光束最后冻结在了房间右角地板上的一个床垫上。

当光照亮一具裹着厚毯子的肉体时，维克的心猛地一沉。落在灰色羊毛上的残臂被厚厚的绷带包裹着，末端已经发黑，泛着红黄色——一种因处理不当导致伤口化脓的典型特征。旁边的墙上挂着两个半透明的小塑料袋，通过导管与残臂相连。袋子是空的。

维克不假思索地扑向一动不动的阿波琳。她脸色惨白，面颊严重凹陷，粉红色的嘴唇仿佛被冻住一般，双眼迷失在虚无中，呆滞的瞳孔上蒙着一层半透明的纱。众人的出现并没有引起她的任何反应。维克轻轻摇晃着她，嘴里喊着："阿波琳！阿波琳！"当医生命令他让出空间时，他后退了一步。曼扎托一直站在后面，胸口在凝结的云雾中起伏着，脸上流露出愤怒和无奈。德尔皮埃尔曾给阿波琳喂过食，甚至用装满药物的塑料袋缓解疼痛，用温暖的厚毯子裹住身体，以免她过快地死去；而所有这一切都只是为了更加伤害他们——伤害警察，仿佛他们承受的伤害还不够多似的。

医生专注地盯着阿波琳。他脱下带衬里的手套，在颈动脉上寻找脉搏。没有。他咬紧牙关：也许阿波琳只是太虚弱了？瞳孔反射测试是不可能的。于是他从包里拿出听诊器，掀开毯子，露出阿波琳裸露的胸部，将耳挂尖端放进自己的耳朵，把听诊头紧贴在脆弱的躯干上靠近心脏的那侧。

一道火花从他眼中掠过。

"还有心跳。"

# 65

空心针……莫里斯·勒布朗的小说……《未完成的手稿》的终结之地,直面埃特勒塔的崖顶;莫里亚蒂竟然在那里安排了两天后的见面。显而易见,这是一场直接面向琳妮发起的约会,但他又是怎么知道的呢?

他是她的读者之一,对她的小说了如指掌。他想让她明白这一点。琳妮面对的究竟是什么怪物?

贝尔克灯塔的光束开始扫过海岸,汽车穿过黑色的雨帘,在雨水的锤击中沉入灰色沙丘之间的柏油路。越接近灵感别墅,她胃里的那个结就越大。她想起了被锁进碉堡的焦尔达诺,已经三天没有见到他了,她竟然开始希望他已经死了。

远处,别墅一楼的灯还亮着。门前没有四驱车,一定在车库里。突然,琳妮看到一个身影从别墅里走出来,手里拿着点亮的手电筒,身上穿着黄色渔夫装、靴子、雨披,头上戴着兜帽。琳妮立即关掉车头灯和引擎。

影子停了下来——尽管有风,他一定看到或听到了什么——注视着柏油路的方向。是朱利安吗?琳妮无法确定。影子开始朝工具棚跑去,然后消失在门后。琳妮想起了那把挂锁——应该只能通过破洞的窗户才能爬进去。怎么办?朱利安受伤了吗？他在对付"寄生虫"吗？她犹豫着下了车，冲向棚子，风吹拂着她的头发。黑暗中，她透过碎玻璃向棚屋里面看着。

那个人正在翻找工具。她终于看清了他的侧脸，猛地推开门。对方吓了一跳，转过身。

"你在干什么？"琳妮问道。

水珠顺着朱利安的脸颊往下淌着。他慢慢放下兜帽，颧骨在阴影的雕刻下仿佛箭头般锋利。雨水锤打着墙壁和屋顶，水花从破碎的玻璃涌入，溅在旋转的风筝上。

他看着她，然后转身继续寻找。

"你晚点回来就好了。"

琳妮抓住他的手臂。

"为什么？"

他转过身，手里握着铁锹柄。

"我们走吧。"

此刻的朱利安就像一个准备去杀人的恐怖电影的男主角。琳妮震惊地向后退着。

"别告诉我……"

"跟我走吧。"

他重新戴上兜帽，冒雨冲向车库。在这个狂风暴雨的夜晚，他注视着沙丘和灯塔，以确保没有其他车辆驶来，然后拉起车库门，在琳妮进去后立刻关上。四驱车正静静地等在原地，湿漉漉的，轮胎浸在大水坑里。朱利安拨下开关，霓虹灯噼啪作响。琳妮就像从一场噩梦中醒来，再走进另一场噩梦，然后再次醒来，却从未在现实中找到自己。每一秒都比前一秒更糟糕。

她的丈夫猛地打开后备箱。

一股死亡气息扑面而来。焦尔达诺正瞪着他们，嘴巴歪在一边，眼珠几乎要从眼眶里跳出来。他的身体被卷进一张防水布，扭曲着塞进狭窄的空间，干涸的血迹沾满他的头发、太阳穴和额头。琳妮用手捂住脸。

"你干了什么？"

朱利安把铁锹推入后备箱。

"我再也受不了了，以为他会开口，于是我回到碉堡，想让他坦白，想让他吐出真相……"

他用指尖转过尸体的头颅，露出粘在后脑勺上的黑发。

"……他已经死了，琳妮，手臂被吊着，下巴垂到胸口。我想他可能是自己把头用力撞向后面的墙壁，反复几次，直到整个后脑都碎了……"

琳妮的身体止不住地颤抖。她的眼前出现了一个可怕的幻象：朱利安正抓住焦尔达诺的头发，用砖块砸向他的后脑勺。

"……所以我把尸体装进了车，带回了这里。我需要一把铁锹。工具棚上了锁，我就把那把挂锁打破了。"

琳妮沉默着。他们两个人，就这样站在车库里，后备箱里躺着一具尸体。朱利安是不是在骗她？是他杀死焦尔达诺的吧？真的只是发现一具毫无生气的尸体吗？但这又能改变什么呢？他们不是本来就想杀了他吗？朱利安脱下雨披，卷成一个球，塞进塑料袋，然后对裤子和靴子做了同样的事。

"我在医院读过你的小说。要想不留痕迹，必须一步步来，这是你写的。我会先处理掉这些衣服，然后用漂白剂清洗后备箱，清除血迹。"

重新穿好鞋子后，他把包裹塞进后备箱。当他关上后备箱的门时，琳妮吓了一跳。

"别怕，不会有风险的。二十公里外就是滨海蒙特勒伊的森林和池塘，气温适宜，地面潮湿，没有结冰，这会让工作更加容易。我必须把他埋得很深，如果不行的话，就直接扔进池塘，不会有人发现的。"

他回到妻子面前，抓住她的肩膀，漆黑的瞳孔后闪烁着疯狂。琳妮感觉自己仿佛正面对一个足以掌控所有情绪的杀手，在这种情况下，他怎么还能如此冷静？

"一切都会解决的，你听到了吗？"

她没有反应。他摇晃着她。

"你听到了吗？我不会让任何人……"

话还没有说完，汽车引擎声骤然响起，而且越来越清晰。紧接着，车头灯的白色眩光开始在车库门下滑动。琳妮屏住呼吸。是谁来了？车门声。朱利安用手指抵住嘴唇，透过车库门和墙壁之间的缝隙向外看着。

"该死，是科林。"

科林正把车停在车库前，他一定也看到了车库里的灯光。朱利安咬紧牙关。

"他总是在不该出现的时候出现。"

朱利安的目光尽可能追随着车库外的人。科林正朝工具棚走去，棚门在大风中疯狂地摇摆着。

"这……"

警察消失在了里面，几秒钟之后又走了出来，从地上捡起一样东西，仔细看着。

"挂锁，有贼吗……"

科林把锁挂回原处，挡住门。朱利安一直扭头看着，琳妮盯着他脖颈上突出的静脉血管。警察已经走上门前的台阶。一声门铃响让琳妮打了个激灵。

"没必要理他。"朱利安说。

琳妮紧张地整理了一下头发。

"他肯定看到灯光了，还有坏掉的挂锁，如果……不理他，情况会变得更糟。他会认为发生了严重的事情，会要求增援，我们必须给他开门。"

朱利安快速地思考着。

"好吧。那就尽量少说话。"

琳妮再次确认丈夫的衣服上没有血迹，然后飞奔上楼。

# 66

阿波琳可以活着。

这是外科医生在女孩入院八小时后在手术室门口宣布的结果。维克用尽全力表示感谢，并嘱咐医生在受害者可能接受讯问的时候通知他。

他把自己锁在医院的马桶上，按摩着太阳穴。太累了，他已经厌倦了多年来无休止的奔跑和徒劳的挣扎。费利克斯·德尔皮埃尔输了，但也留下了一个伤心欲绝、生命破碎的年轻女孩，她将再也找不回以前的生活。

他往脸上泼着冷水，盯着镜子里的自己。或许，他们很快就会抓住莫里亚蒂，但那又怎样呢？更多的案件依然在发生，甚至比这更糟？一个青少年杀手？一个随时在人群中引爆自己的疯子？

沧海一粟，他想。也许吧，但如果放弃，世界就会变得更好吗？他深吸一口气，走出医院，在停车场与瓦迪姆会合。他的同事已经发动引擎，随时准备上路。

"怎么样？"

"她没事，如果忽略掉失明和截肢……"

瓦迪姆陷入了沉默，茫然地盯着压在这座城市上空的白色山峰。在他看来,那些山越来越险峻和可怕。有多少像德尔皮埃尔一样的病人藏在那里?那里又囚禁了多少像阿波琳一样年轻的女孩?他感觉自己也快要崩溃了。

"如果她能活下来,真是要感谢你。"

"也许她留在那里会更好。"

维克有些后悔自己说出的话,叹了口气。可阿波琳的未来究竟会是什么样呢?

"我在小屋里看到她沉入黑暗和冰冷……她会一直留在我的脑海里,瓦迪姆,包括其他所有受害者。记忆永远都会像第一眼看到时那样清晰,我永远无法把它从我的记忆中抹去。你不能想象这有多么痛苦。"

是的,瓦迪姆知道同事的大脑里正燃烧着地狱,可他无能为力。甚至就连他也在反复咀嚼,在重温那些画面,即使时间最终会模糊它们;但他不会忘记。

转向灯,省道,车子正面向紧贴着悬崖的巴士底堡驶去,然后又瞬间把它留在后视镜里。瓦迪姆率先打破沉默,开始讨论正题。

"好吧,两件事。德尔皮埃尔人皮模型的 DNA 已经鉴定完毕,九份不同的样本,分别对应被让松绑架的九名受害者,进而科学地证实了我们在这两人之间发现的一切……"

维克沉默着。瓦迪姆叹了口气。

"但别高兴得太早,等待我们的将是堆积如山的文件。'吕克·托马斯'这个名字非常常见,鉴于目前出现得过于频繁,我们需要知道他精确的出生日期,以便访问某些数据。

我还筛查了通缉犯档案库：没有结果。吕克·托马斯的失踪可以追溯到三十年前，当时还没有电子档案，但纸质文件一定躺在某个地方。管理这部分事务的是宪兵总队，迪皮伊现在正在那里，追踪档案的工作应该不会太复杂。"

"这是我们以为的。"

"没错，好吧，但真正的好消息来自芒热马坦。他刚刚从尚贝里打电话给我，说他找到了黑岩寄宿学校的前校长。那家伙已经八十多岁了，最后选择在养老院度过晚年生活。简而言之，他的身体状态还不错。但当谈起体育老师的故事时，他只证实了剃刀伤害，对其他事却选择三缄其口，这件案子已经丢失在了过去，他的妹夫死了，他也离他不远了。"

"芒热马坦提到安迪·让松了吗？还有德尔皮埃尔？"

"是的，但收效甚微。那些支离破碎的记忆，如果你明白我的意思……他只依稀记得吕克·托马斯，鉴于那孩子的主动失踪和再没被找到的事实。他还记得吕克来自瓦龙镇，所以我打电话给那里的民事登记处。这也许是我们唯一的幸运之处，只有一个托马斯家族与之匹配，也只有一个联系人登记在册：玛丽-波勒·托马斯。他的母亲。我们已经提前通知了她此次拜访，不知道为什么，她并不是特别配合……"

"她的儿子已经失踪了三十年，我们却带着一大堆坏消息出现了。拜托别再制造创伤了，好吗？我已经厌倦了破坏别人的生活。"

半小时后，两名警察抵达瓦龙镇。维克整理了一下制服，敲响了一间小屋的门。小屋位于一处可以俯瞰群山的宜人住宅区的中心。一个女人出现在门后：一双像猫一般的眼睛，深绿色的虹膜，嵌在一张布满皱纹的脸上；眼神中依然保留着些许青春的痕迹，但其他身体器官已毫无生命的活力；灰白色的卷发漫不经心地落在肩膀上，牙齿已经掉光了。瓦迪姆伸出手，简单介绍了自己和同事，并表明了来访的原因。

"我们是来跟你谈谈你的儿子的……"

女人的脸上流露出不解和惊讶。

"吕克？"

"我们可以进去吗？"

她点点头。屋里弥漫着一股老狗的味道，书籍和报纸散落在各处，有的堆积在角落里，有的挤在凹陷的架子上。她邀请他们坐在满是狗毛的沙发上，自己也僵硬地坐下来。

"我们正在寻找你的儿子，托马斯夫人。我们认为，他可能卷入了一起相当严重的案件。"

玛丽-波勒·托马斯震惊地缩了一下身子。

"吕克？……相当严重的案件？什么案件？"

"很遗憾，目前无法告诉你更多。这的确是个坏消息，但我们需要你的帮助。首先，我们需要你儿子的出生日期，用于档案搜索。你还必须描述一下他的相貌，提供几张他上学时的照片，因为目前没有人知道他长什么样子。唯一可能的途径是黑岩寄宿学校，但他的档案消失了，据信是吕克在两周前拿走的，包括他所有的照片，并袭击了学校的门卫……"

"天哪！"

玛丽-波勒的眼睛湿润了，她立刻用纸巾擦了擦。

"你们……是不会在这里找到吕克的照片的。他讨厌拍照,在学校拍照时也总低着头。每次看到自己的照片,他都会偷走或撕碎它们。不过,他是一个漂亮的孩子,只是……"

她没有说完接下来的话。维克和瓦迪姆交换了一下眼神。

"总有他小时候的照片吧。我们都喜欢在小时候拍照。"

她摇摇头。

"我和我丈夫不能生孩子,吕克……不是我们的亲生儿子,是通过儿童福利机构收养的。"

她在句子中穿插着长长的停顿。维克和瓦迪姆没有催促她,只是让她按照自己的节奏讲述着。

"当时,我们住在巴黎的第十区。他来到我们家时只有五岁。吕克是一个被遗弃的孩子,据福利机构说,他出生时的最初几天非常糟糕,竟然有人对一个婴儿做出那种可怕的事……"

她起身向厨房走去。

"我需要一杯咖啡,你们呢?"

警察欣然接受。她带着三个装满咖啡的杯子回来了,维克向她表示感谢。

"最初几天发生了什么?"

她的脸上流露出痛苦的表情。

"吕克刚出生时是在一个垃圾桶里被发现的,就在圣德尼工厂附近,距离高铁轨道不远。你们需要的官方出生日期是 1973 年 5 月 4 日,好吧,反正这是政府提供的。那天一大早,一个路过的流浪汉发现了被裹在垃圾袋里的婴儿,全身发青，脐带还连在肚脐上，身上沾满干涸的血迹。当医生把婴儿抱起来施救时，他们禁不住连呼奇迹，这个可能死了一千次的小生命竟然还活着，而且很健康。没有人知道是谁把他扔在那里的。"

维克喝了一口咖啡。出生时被抛弃，没有根，被收养：看来莫里亚蒂的童年并不幸运。

"吕克知道自己出生时的情况吗？"

她垂下眼睛。

"我们刚搬到这里时，他七岁，我丈夫在水处理部门工作。吕克知道自己是被收养的，但……他并不知道具体情况。一天深夜，我和我丈夫偶然看到了一篇关于怀孕排斥症的报道。尽管令人难以置信，但据报道说，那些身材没有发胖的孕妇竟能逃脱所有B超检查，甚至是配偶的眼睛。我和我丈夫确信，吕克应该是怀孕排斥症的结果。他出生时很小，脐带被剪得很乱，血迹也没有擦掉……被扔在垃圾桶里……一些排斥怀孕的母亲会认为她们生下来的只能是废物……"

她用手背抚过杯子，仿佛那是孩子的脸颊。

"太可怕了，怀孕排斥，你们知道吗？在某些情况下，母亲的子宫不会像正常妊娠那样向前生长，而是向上伸展。婴儿会沿着脊柱生长并直立发育，似乎是不想引起注意，以躲避随时抛弃他的母亲。你能想象孩子还没出生就受到这般伤害吗？医生说人类对胎儿期没有记忆，但一个因排斥出生的孩子……我坚信他内心深处一定始终存在某种被拒绝感，这种感觉会一直折磨着他……"

她抬起浅色的眼睛,看着警察。

"就在我和我丈夫讨论这件事时,很不幸,吕克不声不响地下了楼,听到了一切,他……当时只有十二岁。我为此责怪了自己一辈子……吕克本来就很孤僻,独来独往的,但他非常聪明和有天赋,喜欢看书,尤其是侦探小说,一个星期能读两三本,常把自己锁在房间里。一个十二岁的孩子,你能明白吗?那些犯罪故事让他着迷。他是一个好学生,只是……不太合群,总被人排挤。他不知道自己从哪里来,父母是谁,为什么抛弃他,所有这些都让他感到不安。在青春期之前的那段时间里,他渐渐变得难以管教:易怒,叛逆。加上他无意中听到我们的谈话,情况就变得更糟了。他的成绩开始下滑,人也更加孤僻,甚至开始做一些奇怪的事。"

"什么事?"

"伤害自己,打自己,拒绝照镜子。很快,他看我们的眼神也变了,好像我们都讨厌他似的。就是在那个时候,他开始故意销毁自己的照片。所有照片,无一例外。他甚至开始化妆,戴着可怕的面具,仿佛有什么黑暗的东西占据了他的内心。我们再也无法管束他。有一次,他凭空失踪了三天,最后还是警察把他带回来的:他一直躲在树林里。他再也不想和我们住在一起。他已经不适合和我们一起生活了,我……我想带他去看心理医生,但我丈夫不同意。后来有人建议我们把他送到黑岩寄宿学校,那里声誉很好,擅长解决棘手的青少年问题。于是在他十四岁那年,我们把他送到了那里。出人意料的是,这个办法似乎很奏效,他并没有不适应,每天都能正常上课。但几个月后,他逃跑了,警察找了他很久。这一次,再也没有人找到过他。加上没有照片,情况就更加复杂了。"

维克皱起眉头。

"黑岩的档案里也没有吗?学校不是经常拍照吗?"

"吕克把一切都带走了,包括他的档案。他显然偷偷溜进了档案室,计划好了一切,做得干净彻底。他甚至还带走了一袋衣服,衣柜里有几件衣服不见了。他想永远消失。"

两名警察不约而同地想起了看门人的遇袭。三十年后,托马斯回来了,彻底抹去了所有可能与他有关的痕迹。没有档案,没有让松和德尔皮埃尔,没有联结,除了记忆。加上摩根家的入室盗窃、数据被删除;莫里亚蒂进行了一次彻底的大清洗。可尽管如此,维克还是不明白:他为什么非要从小说家那里带走一本有血迹的书呢?他希望自己被找到吗?希望被抓住?

"他的离开摧毁了我和我丈夫的关系。两年后,我们离婚了。"

"他从不写信给你吗?有过他还活着的迹象吗?"

"从来没有。"

瓦迪姆起身去接电话。玛丽-波勒·托马斯放下杯子,盯着维克。

"他发生了什么事?他做错了什么?告诉我,他是我的儿子。求你了。"

"无可奉告,真的很抱歉。但你要记住,现在这个男人已经和你抚养的那个孩子完全无关了。这不是你的错,三十年过去了。"

她抿着嘴唇。维克起身递给她一张名片。

"有事请随时给我打电话,如果我们找到了你的儿子……当然,我们会通知你的。"

维克出门时心想:或许对于她来说,永远不知道莫里亚蒂的下落反而会更好。但他是她的儿子,她有权知道。

哪怕他是世界上最糟糕的怪物。

# 67

琳妮最后瞥了一眼丈夫，朱利安点头示意。于是她整理了一下衣服和头发，打开大门。科林浑身湿透地出现在眼前，面无表情。她犹豫了一下，最后闪到一边。

"快进来吧。"

科林上前一步，在地毯上蹭了蹭脚。朱利安也迎了过来，一头短发，丝毫看不出淋过雨，只是毛衣袖子上有点湿漉漉的。警察看着两个人，一脸严肃，琳妮以前也见过这种表情。

"别告诉我雅克出事了。"

科林抿着嘴唇。琳妮用手捂住脸，抱住朱利安。她的丈夫也抱住她，她能感觉到他温暖的呼吸吹在自己的脖子上。

"对不起，今天下午，一名渔民在格罗夫利耶附近的欧蒂湾发现了他的尸体，海水退潮后被搁浅在海岸上，在两艘小船之间。"

琳妮有些站不稳。朱利安把她带到沙发上，让她靠在自己身上。

"太可怕了……这太可怕了。"

朱利安抚摸着她的后背，仿佛她才是失去父亲的那个人。科林走了过来，在他们对面坐下，夹克上还滴着水。他默默地看着他们。

"我可能来得不是时候,很抱歉。"

琳妮的脑子里一片混乱。暴力的画面,可怕的噪声,她似乎看到一具白色的尸体在海浪中翻滚,被水流推到沙滩上;焦尔达诺和他死鱼般的眼睛沉入后备箱的深处;科林仿佛正坐在一具尸体上。

"我们会着手启动司法程序……"

"司法程序?你认为……他是被谋杀的吗?"

"通常情况下,这只是一个常规程序。别忘了,你遇到了袭击,你的家里有入室盗窃和'寄生虫'的痕迹。我们不能放过任何细节。"

"到底是怎么回事?"

"你父亲的车被发现停在欧蒂湾潮汐水道的附近,他应该是打算在退潮后从那里沿着海湾散步。我们在副驾驶座上发现了一个喝空了四分之三的伏特加酒瓶。法医当场凭经验断定——当然之后的尸检应该也可以证实这一点——死因是溺水,鉴于某些特征非常典型,尤其是眼睛上的瘀点。至于死亡时间,可能要追溯到几天前……"

他故意停下来,让对面的两个人慢慢接受这些信息。琳妮抬起头,看着她的丈夫。他很平静,没有眼泪,只有些许的悲伤。

科林清清嗓子,盯着琳妮。

"雅各布·摩根熟悉那条潮汐水道吗?"

她愣了一下才做出回应。

"是的,每次回来他都会去那里,沿着海湾散步,观察几个小时的候鸟。"

她把头转向朱利安。

"你父亲一直很孤独。"

朱利安握住她的手。科林继续说道:

"那里可是海岸最危险的地方之一,涨潮时,潮水会以疯狂的速度上涨,包围粗心的散步者,尤其是在这个季节,危险系数非常大……他难道不知道吗?"

琳妮点点头,用手捂住脸。这简直比一场噩梦还要糟糕,但可怕的死亡声明至少可以掩盖刚刚的慌乱。

"是的,当然知道,我们每次都会反复告诉他。"

她陷入沉默,一时不知道该说什么。科林正在做笔记。

"车钥匙仍然插在点火开关上,车门没有上锁。也许他喝得太多了,忘记了关门。他走进海湾,丝毫没有意识到危险,也没有惊讶于涨潮的海水。即使最优秀的游泳高手也无法在那里久留,海浪太大了。"

他舔舔嘴唇,继续说道:

"或者还有另一种解释。"

"他知道他不会回来了……"

科林点点头,盯着朱利安。

"他经常去医院陪你……你说过你父亲身体不好,刚刚经历了妻子的自杀。也许你的被袭和失忆让他的情况变得更糟?也许他觉得自己永远都这么孤独?"

"我……我不知道。"

"你的记忆力没有任何改善吗?有什么能帮到我的吗?一段记忆,或者任何与你父亲有关的细节?就在前几天?一切都很重要。"

朱利安摇摇头。

"抱歉。"

科林翻着笔记本,仔细确认着上面的文字。

"还有几个小问题。我知道这很难,但是……我宁愿现在问问你。"

"是的,当然,继续。"

"你对我的同事说,自从我那天把你送回到这里,也就是23日,周六,你出院那天,你就再也没有你父亲的任何消息,对吧?"

"是的,他那天早上来看过我。"

"他当时怎么样?"

朱利安耸耸肩。

"我……不知道,正常吧?我没注意到有什么奇怪的。"

"那是你最后一次见到他吗?"

"是的。回到这里之后,我用座机给他打了个电话,告诉他我回家了。他的手机转到了语音信箱,我留了言。"

"还记得确切时间吗?"

"不知道,大概下午4点?为什么?这很重要吗?"

科林记了下来。

"这会更有助于我们精确他的死亡日期和时间。他的手机放在衣服口袋里,当然,由于进水,设备已无法使用,但我们的专家可以创造奇迹,或许能查到通话记录。如果你的电话号码不在里面,那就意味着手机当时已经进水。无论如何,我们会联系运营商的。"

科林啪地合上笔记本,站了起来,向朱利安和琳妮伸出手。

"很抱歉,已经过去几天了,现在才带来这个可怕的消息。"

"我什么时候才能见到我父亲?"

"两天内吧,必须先做完所有检测。当然,我们会随时通知你相关进展的。"

他们陪他来到门口。科林停在门前,转向琳妮。

"那个棚屋有什么问题吗?我看到地上有一把坏掉的挂锁。"

"哦,没什么。是朱利安忘记把钥匙藏在哪里了,所以……没办法,只能强行打开。"

他充满同情地看了他们一眼,然后离开了。朱利安长长地松了一口气,双手按在额头上。

"这太疯狂了……太疯狂了……"

他走到琳妮身边,把她抱在怀里。

"我父亲死了,你哭了,可你不知道我有多难过。刚才警察宣布死讯时,我真的很难受,是的,失去父亲是很可怕,但对我来说,他就像个陌生人。我觉得自己很恶心。"

琳妮已经震惊得说不出话。他收紧自己的拥抱。

"我周围的人一个个死去,我的母亲,我的父亲,我的女儿……过去的岁月只有痛苦,我觉得我并不想记住它们。这有什么意义呢?我为什么非要努力找回让我不开心的回忆呢?为什么非要记得萨拉死后的一切?而我再也见不到她了?"

他把她从身边拉开,盯着她的眼睛。

"我不想再回忆了。我不会再去医院复诊的。"

琳妮不知道自己在想什么。也许他是对的,把那些记忆永远锁起来不是更好吗?为什么要一次次地受苦?

朱利安用手背抚摸着她的脸颊。

"我们必须坚强起来。焦尔达诺已经除掉了,接下来就是为我父亲举办一场盛大的葬礼,然后我们重建一切。我们从零开始。"

# 68

为了找到1973年5月4日出生在巴黎的吕克·托马斯，曼扎托小队的四名成员撒下了天罗地网。一个被人从垃圾桶里捞出来差点死掉的婴儿，一个为了给室友报仇残害体育老师的十四岁孩子，就这样凭空失踪，没了任何活着的迹象。

警察本可以找到堆积如山的档案文件，这要归功于如今几乎让罪犯无所遁形的雷达扫描系统。总有一份行政文件能将一个人与一个地方、一个城市、一个组织联系起来：通缉人员档案、犯罪记录、驾驶执照、车辆登记文件、航班记录、手机运营商、互联网账号、电话……你没有手机吗？总有一辆汽车吧，所以有驾照吗？没有？那总有银行账户吧，所以一定会在国家税务部门的数据库里留下记录，诸如此类。

但你不是莫里亚蒂，也不是吕克·托马斯。三十年前，也就是1988年6月3日，他最后一次出现在黑岩寄宿学校，从此，没有地址，没有电脑记录，没有脸，从地球上彻底消失。

维克已经在办公桌前坐了几个小时，脑袋里塞满了各种数据。他正在重读德尔皮埃尔写给让松的最后一封信。毫无疑问，这是为了实现他一直夸夸其谈的高明的圈套。在所有人的眼中，这是最美丽的消失。他是一个真正的魔术师。这些话究竟是什么意思？

暴躁的瓦迪姆正在不停地打电话，此刻，他再次愤怒地挂断电话。

"见鬼！什么都没有！彻底消失了！"

伊森·迪皮伊腋下夹着文件夹，大步走进了办公室。

"吕克·托马斯失踪案看起来要搞点大动静了，处理此案的大多数警察都已经退休，但总还能挖掘到一些有趣的事情的。"

他递给瓦迪姆一份复印件。维克绕过办公桌，踱到他们身边。

"这是当时唯一的一张素描肖像画，来自他养父母的描述。不过看起来什么都不像，好吧，但总比什么都没有强。"

维克仔细看着那张脸：来自数据库的鼻子、额头和脸颊的混合体，五官模糊，眼距过大，嘴巴像颗杏仁。唯一可以确定的是：吕克·托马斯的头发是棕色的，有一双黑色的眼睛。至少，在当时。

"当时的负责人西蒙·索雷尔警官从未真正放弃过这个案子。要知道，这可是困扰他一生的悬案。退休之前，他每年都会把法国的各行政部门拜访个遍，只为寻找那孩子的踪迹。但一无所获。2002年，在失踪十四年后，他带着一个法医鉴定小组回到玛丽-波勒·托马斯的家，拿走了那孩子的衣服，并在实验室里将它们剪成碎片，试图寻找DNA。这可花了一大笔钱，但他们果然发现了生物痕迹。"

维克放下素描画。

"你是说我们有莫里亚蒂的DNA？"

"是的，已经在基因库里躺了很久了，从未被匹配过。"

这个结论让维克有些兴奋。这么说的话，失踪的吕克·托马斯从未触犯过法律，从逃跑的那天起，他就一直躲藏。

"总的来说，这就是目前所掌握的一切。我和索雷尔通了电话，他起初认为那孩子已经死了，但当我跟他说我们正在追捕他时，他震惊得说不出话来。可怜的家伙。"

"可以理解。"

"复印件就留给你们了，我这里还有一份。"

迪皮伊打了个招呼就走了。维克坐回到座位上，陷入沉思。

"1988年……请想象一下，如果是你的话，一心抱着不被人发现的念头逃离黑岩，没有留下照片，只带了一小袋衣服，可能还有食物。接下来，你会做什么？"

瓦迪姆起身走到窗边，靠在散热器上，双手背在身后。

"如果不想被追上的话，我会乘坐第一班公共汽车或火车，尽可能远离附近地区。1988年，当时还没有闭路监控，没有互联网，没有手机。只要融入数百公里外的某个大城市的人群，就不会被发现，尤其还没有照片。"

"然后呢？怎么生存呢？"

瓦迪姆耸耸肩：

"没法生存。一个十四五岁的孩子，游荡在一个不属于自己的城市街道上，迟早会被警察、医院或社会福利机构带走的。一旦把真实身份透露给任何一个政府机构,索雷尔和他的团队就会找到他。"

"那怎样才能不暴露身份呢?"

"如果是我的话,我会装聋作哑,或者假装受伤,意识不清,没有证件。只要我不说,鬼才知道我是谁!"

维克坚定地点点头:

"或者假装不记得……失忆了,表现得就像一个不知道自己是谁或来自哪里的人,面对所有问题,他只需回答'我不知道'……"

"朱利安·摩根的方式。"

"没错。如果这样的话,很可能在过了一段时间之后,某个青少年法官就会给你一个全新的身份:新的档案,新的婚姻状况,新的出生日期。你会被安置在一个新的寄养家庭,在那里长大,就像那是你真正的家一样。在那里,你会重建一个身份,粉碎记忆深处的旧身份。这就是吕克·托马斯为自己创造新生活并完全从警方眼前消失的方式。"

维克愤怒地摇晃着手里的笔。

"太疯狂了。莫里亚蒂近在咫尺,每次刚一有点进展,他就从指缝中溜走。我们确切地知道他是谁,他的年龄,他在哪里长大,甚至知道他的基因密码,但就是没有他的脸、他的身份。"

他看了看手表,拿起外套,和同事打了个招呼,向门外走去。瓦迪姆一脸惊讶:

"你要走吗?"

"不管你怎么想，我也有我自己的生活……"

半小时后，维克走进了阿波琳的病房，一名护士在他身后轻轻关上门。女孩睡着了，身上插满管子，连接着各种瓶子，左前臂缠着白色绷带。她的父亲正守在床边，弯着腰，坐在椅子上。见到有人来，他默默地站起身。维克伸出手。

"里纳先生……我就是找到她的警察，她怎么样了？"

这位父亲没有和他握手。

"还能怎么样？两个月了……她和一个砍掉她双手的疯子待了两个月，你还问我她怎么样？"

他的脸绷得更紧了。

"你知道吗？昨天我打电话给你在阿讷西警察局的同事，那个负责这件案子的家伙，他……他正在休假。休假！你知道吗？"

维克静静地盯着病床上的阿波琳。

"当你们像平常一样大笑、旅行、看电影时，她却被一个最可怕的精神病人囚禁着。我能理解，任何事都不能阻止你们好好生活，我也不怪你。"

"听着，我……"

"她死了。在她心里，她已经死了。她在夜里尖叫着醒来，不明白为什么再也感觉不到自己的手了。她无法忍受任何人靠近或触碰她，我们甚至不知道她能否听到我们说话！"

他几乎歇斯底里，用毛衣袖子擦着眼泪。

"她的母亲已经在床上躺了几个星期，比僵尸还要糟糕，嘴里塞满了抗焦虑药。我们两个都活不下去了。我的女儿要如何长大？你告诉我，她的未来会是什么样子？"

维克看着阿波琳。他真想走过去抚摸她的额头、她的头发，但他可以理解这位父亲，非常理解。

"要知道，我们已经尽了全力……"

"是的，我知道。但是请离开这里，不要再来了。"

维克低下头，转过身。当他走到门口时，一个声音在背后响起。

"你有女儿吗？"

维克转过身。

"她叫科拉莉，和阿波琳差不多大。"

男人咬紧牙关。

"那总有一天，当事情发生在你身上时，你就能理解那是什么感觉了。你在这里表现出你虚假的同情，可你根本无法理解别人的痛苦。"

维克茫然地走下楼梯。阿波琳的父亲是对的，人要如何理解自己从来没有经历过的事情呢？他突然很想见到科拉莉，他受够了，但她至少还活着。一个人要如何理解失去一切的人的痛苦呢？

他不想回到破烂的旅馆房间，也不想在街上像幽灵一样游荡。还是回去工作吧？也许这是最好的选择。可刚一出门，他一眼看到了"妇产科"的挂牌，于是想都没想就走了进去。自从科拉莉出生后，他就再也没有踏足过这种地方。他站在监护室的玻璃窗后面，默默地注视着保温箱里的新生儿，一双双粉嫩的小手。他渴望爱抚生命，渴望看到他们的笑脸，渴望听到他们的哭声。

他能在这里看到幸福的夫妻、惊慌失措的父亲、细心的母亲。产房无疑是地球上最美丽的地方之一，是通往幸福家园的美妙之旅。他闭上眼睛，坐在椅子上，回忆着女儿出生时的每一秒：他穿着蓝色的防护衣，紧张得要死，纳塔丽含泪的眼睛和颤抖的手，产科医生的玳瑁色眼镜，助产士脸上的雀斑，嘀嗒作响的时针——他甚至能精确地复制当时所有的细节。

天哪，他是多么幸福啊！幸福就在那里，在他的脑海里。

他就这样呆呆地站了十分钟，在产房的走廊上，脸上带着笑容；直到手机响起，瞬间把他从过去撕裂，扯回这个一切都在爆炸的世界。

是曼扎托。

"两件事，维克。首先，书页血液 DNA 的检测结果刚刚出来了，与基因库中某个已经存在的记录相匹配，也就是说，它百分之百地证实了 20 世纪 80 年代的吕克·托马斯确实就是我们正在寻找的莫里亚蒂……是婴儿哭吗？"

维克在走廊上快走了几步。

"哦，是我身后那位女士，我在面包店。第二件事呢？"

"一个好消息：这样的话，我们就有理由提审让松了，但必须在司法警察中央局进行。如果转移到里昂警察局的话，还需要一周时间，包括所有文书工作和安全措施。所以尽管审讯时间会被压缩，但我们可以立即展开行动。"

维克停在楼梯间上，一只手扶着栏杆。

"让松知道审讯的原因吗?"

"不,但他一定会怀疑与德尔皮埃尔有关。他对我们掌握的一切还一无所知,包括德尔皮埃尔的情况,以及后者可能向我们揭示的线索。这是一场猫捉老鼠的游戏。我们可以尝试在审讯开始时就误导他,让他占上风,让他以为自己可以完全掌控一切。他可能会说到阿波琳的事,并声称知道囚禁地点。就在那里,我们开始大反转。我们将有三个小时的时间让他吐出关于莫里亚蒂的一切,不能再多了。"

沉默。维克走下楼梯。

"维克?"

"我在听。"

"里昂警队的同事们一致同意明天由你和瓦迪姆负责审讯。你对这个案子了如指掌,和那个精神病人有特殊的关系,必须承认,到目前为止,你一直做得很好。如果他必须开口,也只会向你开口。"

维克感到一阵寒意。

"谢谢。"

"千万不要节外生枝。至于瓦迪姆,他知道如何在正确的时机火上浇油,以打击让松的士气。明天早上7点,我们和里昂警队开个碰头会。10点钟,你将直面让松,目标只有一个:摧毁他,把他逼到极限,最终让他向我们揭示莫里亚蒂的神秘身份。"

# 69

地狱。在距离贝尔克三十五公里处的一家 DIY 商店的停车场,雨点狂砸着挡风玻璃。商店招牌的霓虹灯光迸发着红蓝色的星星。琳妮把自己埋进四驱车的副驾驶座,凝视着车窗外堆叠交织的灰色阴影,仿佛一幅蒙克的画。当朱利安打开后门把购买的园艺设备扔到车上时,她吓了一跳。这些东西只是为了掩盖他购买的三袋生石灰,全部现金支付。随后,他浑身湿透地钻进驾驶室,打开点火开关。

一路上,两个人没有任何交流。白线在车轮下滚滚而过,逐渐把他们带离文明。各种灯光不停地闪着:GPS、车头灯、尾灯、转向灯,他们必须克服对任何一次交通事故和安全检查的恐惧、躲过任何一种可能导致被关进牢房的小麻烦,直到周围的森林开始收紧。

朱利安拐上一条泥泞的小路,然后继续行驶了两公里。打包的尸体在后备箱里摇晃着,每次颠簸后都重重地撞向车壁——可怕的噪声。琳妮摇下车窗吐了起来,朱利安用一只手按住她的肩膀。

"快结束了……"

他在寻找植被最茂密和最人迹罕至的地方。五分钟后,他把车停在了一条小路上,车头灯照亮夜色、剥落的树干和光秃秃的树枝。远处,池塘的水面正闪着光。

"我会拿着手电筒,只要我一开始挖土,你就关掉车头灯,然后等一段时间。"

说完,朱利安下了车。琳妮看着他在树林间拖动那捆蓝色的防水布,四处窥探,然后跪在地上,可能是在寻找靠近池塘的最佳位置:一片没有太多树根或石块的地方。凛冽的寒风中,他换上黄色渔夫装,戴上兜帽,套上靴子,取来生石灰,然后示意关灯。琳妮随即把一切扔进了黑暗,只能依稀分辨出放在地上的手电筒和丈夫开始用铁锹疯狂铲土的身影。她闭上眼睛,试图躲开眼前的景象,但眼皮下只有尖叫的尸体——被水包围的雅克·摩根从未离开过她的脑海,她仿佛看到他沉入海浪,嘴巴张得大大的。他为什么会如此绝望?是什么让他如此从容地结束了自己的生命?

深夜 11 点。磨难似乎无休无止。朱利安满身是泥,脸因痛苦和疲惫而扭曲着。雨水让工作变得更加复杂。她看着他,感觉自己正一点点地沉入黑暗,就像被埋入泥土,被自己小说中的噩梦吞噬,周围都是死去的人,一张张痛苦的面孔病态地虚张声势。人要如何在彻底的黑暗中苟活?要如何摆脱那些黑暗?她想起了莫里亚蒂,那个摧毁了一切的人,她很快就会在埃特勒塔看到他的脸,就像一部血腥小说的结尾,只能以悲剧收场。对她来说,对他来说……这就是故事的结局。

手机在口袋里振动了一下。一条短信。

晚上好,琳妮,我是贝尔克医院的格热斯科维亚克医生。请原谅这么晚打扰你,我今天和言语治疗师聊了很多,他告诉我朱利安昨天和今天都没有来复诊。经过今天的讨论,我仔细研究了他的病历。关于他的记忆,有些事一直困扰着我。我想直接和你谈谈,而不是通过电话。请你明天一个人来趟医院好吗?请不要告诉朱利安。

当她的丈夫打开后备箱,塞进铁锹、空袋子和防水布时,琳妮尖叫了起来。她的精神已经处于崩溃的边缘。她迅速删除了短信。朱利安脱下沾满泥浆的衣服,卷进包里,瘫坐在座位上,双手和额头沾满了鲜血,身体像个旧锅炉般冒着烟。

"总算结束了……我埋得很深。"

他深吸一口气,重新打起精神。

"好的……雨水会冲刷掉一切,几个小时后,地面不会有任何迹象表明被翻动过,也不会有人轻易来这里。我们把铁锹、防水布和袋子扔进垃圾堆,然后回家把车从里到外清扫干净,等明天退潮后,我就回碉堡清理现场。"

他捧住她的脸。手指像死尸一样冰冷。

"大功告成。焦尔达诺已经不复存在了,就让那个混蛋在十八层地狱里受苦吧。"

"告诉我,你去碉堡时他已经死了,你没有杀他。"

"是我杀的,琳妮,从我把他锁进碉堡的那一刻起。你明白的。"

琳妮的身体止不住地颤抖。他从口袋里拿出一张照片,放在她手上。墨渍流过萨拉的脸,但那些字迹仍然在:给我力量,让我永不忘记他所做的一切。

"我是失去了记忆,但我的未来充满了希望。我们所做的一切都是为了我们的女儿,你要牢记这一点。我们两个必须团结在一起,好吗?直到最后。"

她点点头。

"直到最后……"

他再次出发。

"我没有杀他。"

一路上,他一有机会就抚摸她的脸。

关于朱利安的记忆,医生要告诉她什么呢?

# 70

维克深吸一口气,推开门,瓦迪姆跟在后面。自 2016 年 6 月 19 日以来,他就再没与"旅行者"见过面。房间里配备了摄像头和可见麦克风,两名护送囚犯的守卫一直站在角落里,此刻已经出去了。

安迪·让松戴着手铐,双手放在身前,手铐上有一根铁链连接着桌上的钢圈。他比上一次更瘦了,五官棱角分明,颧骨像切割过的燧石,紧粘着骨头的皮肤惨白得像牢门上的铁条。他文了身,一颗颗小星星串在脖子上,仿佛一条墨水项链。他一脸不屑地盯着维克。

"你的脸色不太好。怎么了?是什么让你如此费神?你最近在忙什么?大案子吗?"

维克在他对面的椅子上坐下来,将一个小牛皮纸袋放在手边,这个动作引起了让松的注意——两秒钟而已。维克集中精神,尽量用一种强硬的语气说道:

"您确定不让您的律师在场吗?您将……"

"啧……啧……要那东西干什么?你可以用'你'来称呼我,要知道,我们彼此很熟了。"

穿着橙色囚服的"旅行者"悠闲地靠在椅背上,虽然戴着手铐,但锁链的长度给了他一定的自由。他扭扭脖子,缓慢地环顾四周。瓦迪姆抱着肩膀,靠在旁边的墙上。

"1999年卡斯帕罗夫与托帕洛夫的对决?有什么进展吗?我能想象到你整日守在棋盘前,努力寻找着进入我大脑的钥匙。到头来,你还是一无所获。"

他打了个响指。

"你太肤浅了,不知道如何透过那些看似复杂的方程式看到本质。答案从一开始就在你的眼皮底下,你只需要伸出手解救自己。"

"我来这里不是谈我们俩的事的。你知道你为什么被暂时带出牢房吗?"

两个人互相试探着。让松双手合十,手指紧贴在一起。

"你想让我知道吗?我被锁在四面墙之间,与外界没有任何联系。"

他瞥了一眼右边的摄像头。

"他们在那里吗?屏幕后面?一个温暖的地方?他们能看到我们吗?能听到我们说话吗?"

"谁?"

"你很清楚……萨拉·摩根的父母。你认为是时候解脱了吗?把我召唤到这里就万事大吉了?指望我好心地告诉你埋尸地点吗?"

"但愿如此。没错,或许这能减轻你的负罪感。"

他用舌头舔过嘴唇。

"不幸的是,恐怕还要再等上一段时间了,但我不会让你白跑一趟的。"

维克任由他胡言乱语，像蛇一样和猎物玩耍。一切都一如既往——施加的酷刑、女孩的尖叫、将受害者锁进房车，以及埋葬她们的方式。让松喜欢喋喋不休，这会让他进入一个充满谎言和幻想的世界。维克也乐得享受，因为这只会让他即将揭露的真相带来更加震撼的效果。

"……但今天的菜单上没有善良的小萨拉。菜单必须由我来决定，而不是你，只能由我来决定我要说什么。今天的主题，好吧，是阿波琳·里纳。"

瓦迪姆假装被"旅行者"的网缠住了。

"你说谁？"

"很吃惊吗？小老鼠？阿波琳，小盲女？一个似乎你们还不知道的人。"

他陶醉在他们惊讶的表情中。

"既然时间很充足，我想来杯咖啡。"

瓦迪姆把拳头抵在桌子上。

"混蛋！这里不是小酒馆。"

让松露出残忍的微笑。

"如果我不寄出那绺头发，对你们来说就更复杂了，对吧？突然间，一切都扑朔迷离，想知道我在说什么吗？阿波琳，阿波琳……迷人的年轻女孩，你们是不会知道的。"

他再次离题，一脸得意地讲述着根本不存在的记忆。他追踪着摩根一家，眼睛盯着摄像头，用食指指着自己的脖子。

"九颗小星星。九个受害者。你的女儿萨拉占据了一个特别的位置，就在这儿，喉结下面，这是我最喜欢的地方。我的技术可是一流的。"

瓦迪姆沸腾了。他和维克交换了一个眼神：够了，让松已经进入高潮，自负感膨胀到了顶点，是时候进攻了。

"但我认为你可能不得不清理掉它们了，我是说你的星星。况且，你会在哪里度过余生还很难讲。试试剃须刀片吧？你会找人帮你的，但小心别被割开了喉咙。"

维克打开那个牛皮纸袋——极其缓慢地——把一张照片推到"旅行者"眼前。一座小石屋。让松皱起眉头。

"这是什么？"

"你不认识吗？拉费里耶尔靠近大瓦卢瓦尔河的废弃小屋？也就是因禁阿波琳·里纳的地方，对吧？"

当维克继续推出另一张照片时，瓦迪姆开始慢慢地在让松周围绕圈。照片中的阿波琳躺在病床上，维克特意遮住了下半部分，以免露出手腕上的绷带。

"……我们刚刚发现她还活着，此刻正在医院接受治疗。再过一段时间，她就会和爱她的人一起过上正常的生活。"

绑匪的脸开始极度扭曲，手指在照片上方抽搐着。他把照片揉成一团，朝维克的脸扔过去。

"好吧！你们这群傻瓜！别再想知道萨拉·摩根的消息！（他盯着摄像头。）你们永远不会知道我对她做了什么！该死的！"

维克起身凑近让松，把脸悬在桌子上方。

"但我们已经知道了，让松，我们什么都知道。你不是把不朽的谜题交给我来解决吗？d6上牺牲的白'车'……误导……你负责把注意力吸引到自己身上，用牺牲自己换取小伙伴们的自由？多么伟大的友谊啊！"

让松紧紧地盯着他，脖子上的血管在膨胀。他迷路了。维克感觉到了。维克指着摄像头。

"那后面只有警察。萨拉·摩根的父母根本不在这里，因为他们已经知道自己的女儿发生了什么，在四年无尽的等待之后。过程很复杂，但我不会向你隐瞒的，至少他们终于可以哀悼了。"

瓦迪姆从左边靠近。

"你根本没杀过这些女孩，任何一个。你只负责绑架，你只是个跟班的，只满足于向我们透露你的朋友德尔皮埃尔埋尸的地点。"

瓦迪姆冲维克点点头。维克把信件副本推到桌子中央，脸距离囚犯只有几厘米。

"没错，我们已经知道德尔皮埃尔是通过粉丝信件向你传递信息，你只是向我们复述尸体的GPS坐标而已。你一直在耍我们，但一切都结束了。"

让松握紧放在桌上的拳头，像水牛一样喘着粗气。瓦迪姆决定不给他喘息的机会。

"我们抓到了你，也抓到了德尔皮埃尔，我们只需要第三个人，那个向你们发号施令的人。莫里亚蒂。你会告诉我们他是谁的。"

绑匪遭到致命一击。维克站了起来。

"我已经解开了你的谜题,接受了你的挑战,我理应知道他的身份。告诉我,然后结束一切。"

罪犯的脸上流露出仇恨和愤怒。

"你们这些家伙都只是在瞎子摸象。"

瓦迪姆绕过桌子,翻找着文件。最后,他把吕克·托马斯儿时的肖像素描画压在桌子上。

"吕克·托马斯,也就是你的朋友莫里亚蒂,听起来熟悉吗?你们三个人,在黑岩寄宿学校时住在同一个房间,那些让人记忆深刻的体育课……凯温·克宁侵犯了你们,德尔皮埃尔和你。谁是第一个?你吗?毫无疑问,你一向喜欢出风头。"

"闭上你的嘴,混蛋!"

"你想让我们把这些都甩给媒体吗?安迪·让松的真实故事,那个烂屁股的小胖子?一个从没杀过人的冒牌连环杀手?一个童年时被体育老师侵犯的性奴隶?"

让松猛地站起身,想扑向他,却被锁链钩住了。瓦迪姆一动不动,盯着囚犯的眼睛。

"告诉我们真相,否则我向你保证,我们会把一切扔给媒体,让你的狱友知道你的过去,把你的生活毁到你无法想象的地步。莫里亚蒂是谁?他长什么样?住在哪里?你把你绑架的女孩带到了哪里?是谁在虐待她们、折磨她们?你?还是莫里亚蒂?还是其他人?奉劝你把一切都说清楚,一个名字,给我们一个名字。我们已经接受了你的挑战,该死的!这是你欠我们的。"

安迪·让松靠在椅背上,双臂伸直放在桌上。

"接受了我的挑战?你们根本什么都不知道,问题的关键还没有找到,真是太遗憾了。"

让松恢复了高傲的神情,脸上的坏笑让人恨不得冲上去扇他一巴掌。维克极力保持冷静。

"我们错过了什么?你之前说的方程式是什么意思?"

罪犯沉默着,坐在那里一动不动,任由瓦迪姆踢他、摇他、吼他半个多小时也依然无济于事。两名警察明白了,一切都结束了,"旅行者"选择了沉默。

当他们准备走出审讯室时,让松的声音在身后响起:

"你以为是你们在挑战莫里亚蒂吗?其实是他在挑战你们。"

然后,他垂下头,陷入沉默。这一次,是永远的沉默。

# 71

朱利安说，焦尔达诺已经不复存在了；但他从没像现在这样频繁地出现在琳妮的脑海。她想起了他在碉堡里度过的地狱般的日子，想起了他血红色的后脑勺，想起了再也见不到父亲的罗克珊，想起了浑身是泥的丈夫的忙碌身影。警察会一直寻找焦尔达诺的，也许有一天，他的名字会出现在莫里亚蒂的案件里。也许六个月、一年或五年后，她和朱利安会受到审判。头顶悬着一把达摩克利斯之剑，他们又该如何重新生活呢？

她把车停在了医院的停车场，天空灰蒙蒙的，仿佛永恒的夜。太阳有多少天没出现了？她顺着风小跑，来到医院的接待处，格热斯科维亚克医生正在办公室里等她。她爬上楼梯，感觉胃里打着一个结。

医生伸出手关上门，请她坐下，自己坐在办公桌对面，仔细打量着她。又一个不眠之夜，琳妮的脸上写满了磨难。铁锹的声音还在她的脑海里回荡。

"正如我在留言中说的，我想和你谈谈朱利安。他没有来复诊，你知道为什么吗？"

"可能是因为……他父亲，他父亲的尸体被人发现在格罗夫利耶附近，可能是涨潮时意识不清，冒险走进了大海。"

格热斯科维亚克医生抿着嘴唇。

"很抱歉。这是什么时候发生的事？"

"确切时间还不清楚。尸体是昨天发现的，但自从平安夜之后，就一直没有他父亲的消息。"

医生把朱利安的病历推到一旁。

"也许我们应该重新安排会面，而且……"

"没事，请继续吧。"

他用拳头抵住下巴。

"那么，朱利安如何看待他父亲的死呢？"

她耸耸肩。

"就像失忆症患者一样。"

医生清了清嗓子。

"那么在此之前……就是悲剧发生之前，你丈夫回家后有什么表现呢？他找回以前的记忆了吗？哪怕是片段？是否有过自主唤起记忆的行为发生呢？"

琳妮试图忽略昨晚的影像，专注于眼前简单的问题。

"还算顺利。他在房子里很自在，没过多久就想起了某些物品的位置。有些小事的记忆也回来了，其他的还没有，比如他一直睡在不常睡的床那边，但他会做我喜欢的饭菜，或者打扫房子，他以前一直这样。他还能在贝尔克市区开车了，甚至恢复了坐扶手椅的习惯，把电脑放在膝盖上，继续他的调查……"

"关于你女儿的？"

琳妮点点头。

"他又开始了,他的痴迷一向很顽固。"

"关于你的呢?"

"还好……"

他知道琳妮不想深入这个话题,便没有再坚持。

"关于他的同事和工作呢?"

"他还没有提起过。要知道,遇袭之前,朱利安,怎么说呢……几乎已经崩溃了,我不确定他在工作中或与同事相处是否顺利。你在留言中说有些事情在困扰你,发生了什么事?"

医生把手摊放在病历袋上。

"要知道,一个人记忆的恢复可以是突然的,也可以是渐进的,以片段的形式出现,看起来明亮、详细或非常模糊。某些场景会在醒来、看到照片或触摸物体时以闪光的形式出现。请注意,最后两种方法对朱利安来说似乎特别有效。"

他打开病历袋,把一沓照片推到琳妮面前。

"这些都是你带过来的,现在可以把它们拿回去了。多亏这些照片,他才能回忆起过去的某些场景:地点、情景、气味,他每天都有显著的进步。你能看看这些照片吗?"

琳妮不明白这样做的意义,但还是照做了。她一张张翻阅着照片,每个场景都让她心痛。幸福生活的片段,那些不断涌来的记忆,他们曾经那么年轻,那么快乐。琳妮突然瑟缩了一下,目光停留在一张夹在两张度假照片之间的相纸上:一辆旧阿尔法·罗密欧汽车,停在一条街道上,背景是比萨斜塔。

"有什么问题吗?"

"这张照片……我好像没什么印象。"

"你确定?"

"是的……我们去过意大利,但没去过比萨斜塔,也从来没有过这种车,这……很奇怪。"

"但这张照片仍然引起了朱利安的反应,他对它的记忆非常明确。虽然不记得具体时间,但他确信和你一起去过那里,还谈到了炎热、噪声,甚至说你爬上了塔顶。"

琳妮摇摇头。

"我……不知道,我……我不记得了。"

医生取回那张长方形的光面纸。

"很正常,这张照片并不属于你,它只是我们用于测试的几张照片之一。"

琳妮迷路了。

"什么意思?"

"记忆是极其复杂的,琳妮,它有时极具欺骗性,会制造虚假的自己;它讨厌空白,并在必要时自行填补空缺。我们把这张照片夹在两张真实的照片之间,目的是想知道朱利安是否在处理'虚假记忆',或者只是为了取悦我们并证明自己进步迅速而故意撒谎;或者说,他是否处于某种模拟的过程……"

琳妮靠在椅子上,感觉最坏的情况即将到来。

"……近十天来,我们一直在评估他的记忆。这是一个脆弱、多变且极具可塑性的领域，记忆只属于病人，辨别真假并非易事，一切只是为了验证失忆的深度。我们针对他进行了一系列深入测试，包括某些必答问题，以及一系列必须执行的手势和足以引起其他记忆的动作，目的是检验他答案的一致性……比如，在测试中，我们通常会引导他用多种方式来回答同一个问题，然后再像警察那样对答案做交叉比对。也就是说，我们以某种方式提出一个与记忆相关的问题，然后让他用另一种方式来回答……"

他从病历袋里抽出几张纸。

"朱利安在几乎所有测试中都表现出了超常反应，这让他的失忆症有些过于完美了，如果不介意的话，可以说是有些过于夸张了。我只给你看其中一个识别测试的例子，也就是必须在两种可能性之间选择正确答案……"

他把结果推到琳妮面前。

"……一般来讲，一个失忆症患者的答对率为50%，而朱利安的正确答案只有不到15%。"

琳妮快速地看了一眼测试结果：各种必须记住并混合在一起的词语……各种回忆练习……她把它们推了回去。

"这是什么意思？"

"也就是说，他经常选择错误的答案。或许，他是在强迫自己失忆。"

"你是在告诉我……他在假装失忆吗？"

格热斯科维亚克的回答平静且谨慎：

"通常来讲，这些结果是没有患上失忆症却想让别人相信他患上失忆症的典型特征。"

琳妮的脸上像是挨了一拳。

"这……不可能。"

"请注意,我并不是说这是事实,这只是一个假设……合理假设。虽然扫描结果没有显示任何器质性损伤,但不幸的是,就目前阶段而言,我们还不可能有任何确定性的结果。记忆工作不是一门精确科学,有时某些患者会乐于加重自己的失忆,以获得身体、法律或经济上的利益。如果我没记错的话,朱利安应该对假装没有兴趣,他并不存在涉及金钱或法律上的麻烦。"

"他没有假装,当他听到他父亲去世时,他……他没有任何感觉。好吧,只有一种暂时性的悲伤,他崇拜他的父亲。你的测试并不可靠。"

医生没有试图反驳她。

"也有这个可能。但我想让你知道,一旦……朱利安料理好他父亲的后事,我们将重启复诊,看看接下来会发生什么。你要确保他来赴约,这很重要,并避免和他提起我们的这次会面,以免影响下一次评估。你能做到吗?"

"我尽力。"

他起身送她到门口。

"如果这世界上还有人能分辨出真假,那只能是你了,琳妮。你和他一起生活了很长时间,请尝试测试他的记忆,以发现不一致之处。只有你才能判断他记忆的真实性,包括他的失忆。"

他握了握她的手。回到车上后，琳妮呆坐在座位上陷入了沉思。当然，朱利安在家里很自在，并且恢复了某些记忆和小习惯；他怎么可能是在假装呢？假装不记得她，不记得女儿，不记得焦尔达诺？为什么？她想起他醒来后第一眼看到她时并没有认出她，她还记得他听到他父亲溺死时的反应。他爱雅克，如果他是假装失忆，怎么能做到让自己显得如此冷酷无情呢？当警察宣布萨拉的死讯时，他怎么可能忍住不放声痛哭呢？

她开始带着质疑串联起一切。她回想起朱利安在碉堡压碎焦尔达诺的脚，他为什么会突然出现如此不协调的暴力反应？他回忆起了什么吗？当她想起"石斑鱼脸"的爆料时，她的胸口猛地一震：朱利安曾经付钱让他用棒球棒打自己的头，可朱利安如何能笃定这一定会导致失忆呢？这根本是无法预测的。

疑团越来越大。

如果是她的丈夫策划了袭击，一切都只是为了假装失忆呢？

# 72

维克和瓦迪姆默默地爬上楼梯，走进让松的家。房子里似乎结了冰，地板吱嘎作响，栏杆和家具上落满灰尘，给人一种被遗弃的感觉。瓦迪姆一直在生闷气，他不明白自己为什么要来这里。

两名警察走进"旅行者"的卧室，一个疯子的房间。一张张挂毯上写满数学公式，彼此堆叠、交织、纠缠，就像一条条令人难以理解的长长的墨水带。让松把所有家具和墙壁都涂成了白色，这样他就可以在上面写字、画黑天鹅、下棋、画编号方块，将他头脑中难以消化的痴迷散布在房间的每一个角落，包括天花板。数字2无处不在，以总和、倍数、平方和方程的形式无限地向下延展。瓦迪姆转过身，似乎迷路了。

"能解释一下吗？该死的！我真是不明白！那些比我们更了解这里的人已经分析了一切，而且已经对让松是否在这里隐藏了受害者信息做出了判断，这里已经没什么可找的了，我们到底来做什么？"

维克走近那些螺旋式的墨水带，上面写满了让松留下的非凡数字，小数点后的成百上千位：圆周率，"2"的平方根，黄金比例……他蹲下去，然后站起来，仔细地观察着。

"让松说过，答案从一开始就在我们眼皮底下……只是我们不知道如何透过那些看似复杂的方程式看到本质。那么，这个房间里有什么？"

"方程式……那可不简单，我看不懂。"

维克用手抚摸着那些数字经文，仔细盯着挂毯。突然，他抓住其中一条的边缘，拉了一下。瓦迪姆皱起眉头。

"你在干什么？该死的，维克，我们不能……"

"帮帮忙。"

瓦迪姆只能照做。最后，他竟然从中找到了一种似乎可以撕碎让松的粗暴的快感。他一边尖叫，一边拉扯手中的宽布条，幸福地咆哮着。

"感觉不错……混蛋……去死吧！"

瓦迪姆一个人在角落里折腾着，可不幸的是，挂毯背后什么都没有，只有混凝土和墙皮。维克停止了冗长乏味的拉扯，用手抚摸着挂毯，似乎在努力寻找一个凹陷或凸起。

他的不懈努力终于得到了回报。半小时后，在挂在床后约一米高的一张挂毯上，他发现了几个字：44步——卡斯帕罗夫的不朽。这张挂毯拉扯起来有些卡顿，后面的墙壁敲上去也有空响。他扯住挂毯，用力一拉，混凝土墙面上露出了一个约十厘米深的小洞。瓦迪姆跑了过来。

维克把手探进去，掏出一个透明的塑料袋，里面是几把钥匙。在同事的注视下，他把它们一一摊在床上，皱起眉头。没有序列号，相同的颜色，不同的形状。瓦迪姆盯着它们。

"九把。你觉得这是那些受害者家的钥匙吗?"

"很有可能……"

"他怎么弄到的?"

维克继续在小洞里摸索,手指触碰到了一个光滑的塑化表面。

一个U盘。

# 73

下午4点左右,刑侦大队,五个男人正神经紧张、面色阴沉地围坐在办公室。让松是故意留下挂毯和U盘线索的吗?还是因为蔑视、仇恨和自我膨胀而导致他犯了一个错误?

当着曼扎托和瓦迪姆的面,维克把U盘副本插入自己的电脑,内容立即显示了出来。一个目录列表,以人名命名:阿芒迪娜、朱斯蒂娜、法比耶娜、萨拉……一共九个,就像九把钥匙,依次排列在屏幕上。

维克叹了口气,按揉着太阳穴。

"目录是九名失踪者的名字,九个被让松绑架的年轻女孩,几个月后,德尔皮埃尔埋葬了她们。"

维克点击名为"萨拉"的文件夹,屏幕上出现了一组组照片。拍摄地应该是一座小房子或一套公寓,每张照片里都有萨拉·摩根,有时是特写镜头,有时是广角镜头,出现在不同的房间里。金发,碧眼,青春,穿着轻薄——夏装、泳衣,或者淋浴时的赤身裸体,维克猜想她当时应该不超过十七岁,这些照片无疑是在她失踪之前拍摄的。瓦迪姆指着屏幕下方。

"还有视频。"

视频图标就在照片的正下方,维克点击其中一个。几秒钟后，一只跳动的眼睛出现了。

"这是暗网上的眼睛，单击后会提示输入密码。"

眼睛消失了，背景音乐响起。萨拉赤身裸体地躺在床上，抚摸着自己。一具完美的肉体。长时间自慰的画面让男人们很不舒服，但瓦迪姆仍然专注地看着。

"是从上方拍摄的，画面固定……应该是一个隐藏的摄像头。"

维克继续播放其他视频：萨拉在淋浴间或客厅，但从没看过摄像头。无论是视频还是照片，全部是在她毫不知情的情况下被拍摄的。

"可能是嵌入式微型摄像头，隐藏在某个物体后面，现在随便什么人都能买到比钉子大不了多少的高清摄像机。"

维克观察着视频里的家具和房间的布局，萨拉并不是在家里，不是贝尔克的别墅。这里还不错，装饰精美，温馨舒适，但从未出现过窗外的镜头，一个外景就足以暴露视频的地理位置：城市、乡村、山区？

"看到了吗？"瓦迪姆说道，"暴露的镜头、慵懒的音乐、精心的剪辑，所以……凶手的目的是突显年轻女孩的美丽，让一切尽可能地令人兴奋。"

维克陷入了沉思：是谁制作了这些视频？莫里亚蒂？让松？德尔皮埃尔？目的是什么？他想到了拉沙佩勒-昂-韦科尔的豪华小木屋，其中几个女孩曾被带到那里：山景，按摩浴缸，香槟……是谁在利用出租屋和受害者？有可能涉及其他人吗？还存在哪些联系？维克有些懊恼，他感觉这个案子的关键并不在他的掌握之中。

曼扎托把拳头抵在桌子上。

"换一个文件夹。"

维克点击另一个名字:波利娜。波利娜·佩洛特,第五个被绑架的女孩。内容大同小异:受害者在不知情的情况下被拍下私密照片或视频,令人兴奋的背景音乐,拍摄地点跟萨拉的一样。

下一个文件夹。朱斯蒂娜,清新、坦率的笑容,焕发着青春的活力。在不同情况下被拍摄,但总在同一个地方。有时穿衣服,有时裸体。和萨拉一样,也是个金发碧眼的女孩。

警察又分别查看了其他照片和视频。维克最后把食指压在屏幕上。

"总在同一个地方,九个彼此毫无关联、互不相识的女孩,在不知情的情况下在同一个地点被偷拍,无处不在的微型摄像头。我们也没有三十六计……"

"一个出租屋?"

"我想是的,配备了隐藏摄像头的出租屋。"

维克拿起手机,拨通了一个号码。三声铃响后,对方接起电话。

"琳妮·摩根吗?……我是维克·阿尔特兰,格勒诺布尔的警察,希望没有打扰到你……"

他听到听筒里传来风声和鸟儿的尖叫,琳妮·摩根可能在海边。

"……我需要一些信息,可能要麻烦你帮忙回忆一下。在萨拉失踪之前,你或你的女儿是否住过或租住过一套公寓或小房子?一个夏天,有红色转角沙发、步入式淋浴间、五颜六色的古董家具。如果不介意的话,我可以发一些照片给你,然后……"

"我不太了解家具,不过……是的,我们曾在阿讷西租过一套公寓,就几天,那是我们三个人最后一次一起度假。"

维克打开扬声器。

"能提供一下具体信息吗?地址?房主的名字?"

"有什么发现吗?"

"或许,但在告诉你更多之前,我想先核实一下。"

"我们当时是通过一个在线网站预订的房间,好像是LocHolidays……"

警察们交换了一个眼神。

"……我们应该在上面订过两三次房。我有一个账号,不知道有没有失效,必须登录才行,可是……好吧,我……我现在不在家。我把我的用户名和密码给你吧,你自己试试看,我相信你。"

琳妮提供了信息,维克向她道谢并挂断电话,然后冲向自己的电脑。他用琳妮的账号密码登录了这个一再出现的可疑网站。

"还有效。"

他点击"预订"标签。

"公寓在这里……"

他指着阿讷西湖附近的一个地址,然后点击查看详细信息。广告页面已经被撤除，但描述照片仍然可见：红色的沙发，五颜六色的家具……这正是摩根一家租住的公寓，六个月后，萨拉被绑架了。

"这无疑就是莫里亚蒂选择受害者的方式。他有一套可以用于出租的房子，就像撒下一张网，偷拍他感兴趣的猎物。他可以轻而易举地拥有他所需要的信息：住址、照片……甚至可以趁他们不在时进入他们的家，复印文件，复制钥匙……就像问候'你好'一样简单。然后，莫里亚蒂再把一切交给让松，让他在几个月后实施绑架。他们必须耐心等待一段时间，以防警察在他们之间建立联系。"

"告诉我那个混蛋的名字。"

维克点击一个链接。一张照片出现了，与"皮埃尔·穆兰"假身份下的照片十分相似：金发男子，灿烂的笑容，干净的衬衫。大致符合。瓦迪姆异常兴奋。

"就算照片是假的，那也是他。就是他。"

照片下方的地址坐标已被站点证明是真实的。作为房东，莫里亚蒂将不得不提供真实的身份文件和银行证明。

这一次，不再是PM，不再是莫里亚蒂，不再是华生医生。隐藏在假名背后的是更多的可能。

那个正被警方追踪的隐形人、幕后策划者、死亡链条的中心环节——过去的吕克·托马斯，现在被称为大卫·乔兰。

# 74

琳妮面朝大海,独自一人站在深爱的海湾里。她穿着厚厚的大衣,凝视着海平面。远处海岸上的黄嘴海鸥和鹬正绕过泡沫搜寻被困在水坑里的小虾小鱼,它们来来去去,喙在最轻微的运动中精准地叼住猎物;一旦完成华丽的芭蕾舞,就连忙躲起来,以逃避猎食它们的天敌。就这样,一次次,周而复始,永恒的生存斗争。

她的目光扫向左侧,向南两百公里之外,埃特勒塔及其巨大的悬崖正等着她明晚的到来。右侧,向北一个小时的车程,朱利安可能刚刚到达昂布勒特斯堡:他需要打扫并清空焦尔达诺咽下最后一口气的地方,仿佛三滴漂白剂就足以抹去他们行为的残忍和冷酷。

琳妮的喉咙有些发紧,她无法忘记医生的话,可作为妻子,她宁愿相信丈夫不是在假装。下午时,她测试过他。朱利安一向不能忍受敞着盖的垃圾桶,总会返身把盖子盖好,可这一次,他没有反应。自从回家后,他一直睡错床上的位置,也从没被她随意唤起的任何绰号和地名所干扰。当她给他看他小时候坐在他父母膝盖上的照片时,他的眼睛里没有丝毫的火花。

但她总能一再地回想起那场几乎让他丧命的袭击、他精心策划的一切，以及那些虚假模糊的线索。怀疑一步步地蚕食着她，她的大脑一片混沌，已经无法清醒地思考任何问题。

手机突然响了，是格勒诺布尔的警察。她回答了对方的问题，并提供了自己 LocHolidays 的账户和密码，然后挂断电话。罪犯似乎还在前进，也许这些刑警最终会挖掘出真相？

她的脸快要冻僵了。她转向灵感别墅：灯光、轮廓、大窗，看上去就像一艘停在沙浪上的远洋客轮。那里也是最糟糕的惊悚片剧场——任何一个愿意讲述琳妮最近几周经历的人都能写出今年最好的故事。

但这个故事仍然需要结束。一个结局。琳妮不知道它将如何在埃特勒塔的悬崖上收场。在《未完成的手稿》中，她的女主角朱迪丝·摩德罗伊被推入了虚无。

黑暗中出现一个人影，极度倦怠地侵占着这片无边无际的海湾，正朝她走来。外表、步态、帽子下探出的红发以及那件米其林人般的大夹克……是科林。琳妮擦干冰凉的泪水，迎向他。警察把手深深地插进夹克口袋。

"我按过门铃，然后看到你，一个人……"

琳妮注意到了他肩上的电脑包。

"朱利安想一个人静静，所以开着车去兜风了。他父亲去世后，他很难过，一时应付不了那些必要的程序，很难面对已经发生的一切，希望你能设身处地为他想想。"

"我当然明白……的确很复杂，即使对你来说也一样。你知道他什么时候回来吗？"

"不知道,我联系不上他。你不是一直没有把他的手机还给他吗?"

"本来想还给他的,是的。那个……关于雅克的死,我有了一些新进展……"

两个人向别墅走去。琳妮抱紧双臂,突然有种不祥的预感。科林似乎很不安。

"……法医证实了死因是溺水,毒物检测报告显示他体内的酒精含量严重超标,每 100 毫升血液中含至少 300 毫克酒精。很明显,以这样的比率,他连站稳都很困难,最重要的是,他已经意识不到海湾的危险了。"

"太可怕了……"

他们默默地继续走了一百米。

"我不应该出现在这里的,琳妮,我不应该告诉你这一切,因为司法程序还在进行,但……"

他给了她一个充满悲伤和无奈的眼神。

"……我们了解彼此,我相信你……如果有什么我应该知道的,你会告诉我的,是吗?"

"当然,可是……发生了什么事?"

科林没有马上回答。他到底发现了什么?琳妮感觉脖子上的套索正在收紧。

"我必须告诉你的是,今天早上,警察局里来了一个人,来自马翁堡的鸟类学家贝朗热·阿尔古,就职于马昆特雷自然公园。这个名字你有印象吗?"

"好像……是的。"

"他告诉我,他和朱利安很熟,主要是因为野生海豹群,阿尔古多年来一直致力于研究海豹的数量及其在欧蒂湾的活动轨迹。前段时间,他们两个还共同为保卫海豹栖息地站出来抗议渔民。"

"我记得,是的。"

"阿尔古对潮汐特别感兴趣,一直热衷于了解潮汐对生活在栖息地的海豹有多大影响。于是他把观察地点选在格罗夫利耶潮汐水道的尽头,对他来说,当潮汐还没有到达贝尔克角的顶端时,那里是观察栖息地最好的前哨之一。他白天用双筒望远镜观察并拍照,可一旦黑暗降临,也就是现在,下午5点左右,他特意安装了一个广角红外摄像机。为了完美躲过经过那里的徒步者的视线,他把它架在了高处,就在与海湾北部接壤的松树林里,你知道那里吗?"

琳妮点点头。此刻的科林就像一只正忙着结网的蜘蛛。他们来到沙丘脚下。

"……阿尔古昨天很晚才看到12月23日周六晚上的录像,他也给我看了,琳妮……他给我看了摄像机拍下的视频。"

"别告诉我……你们看到了雅克的溺水?"

科林冲灵感别墅点点头:"还有一件令人非常不安的事,我们先回去暖和一下吧。"

# 75

根据对驾照档案库的搜索，大卫·乔兰的家位于维埃纳郊区，距离格勒诺布尔约一百公里。登记信息显示他于1973年6月12日出生于庞坦，比"吕克·托马斯"的官方出生日期大约晚了一个月。来自伊泽尔省税务部门的申请材料证实，他已经为位于驾照地址的房产缴纳了2016年的税款，所以他应该一直住在那里。

将近晚上10点，四辆警车在37号省道上全速行驶。瓦迪姆正驾驶着其中一辆，副驾驶座上的维克则若有所思地凝视着路面。行动之前，他曾不惜一切地想要锁定大卫·乔兰的脸，就像他追捕的不是这个男人，而是他的五官。乔兰既没有护照，也没有带照片的身份证，而要想检索到与其身份相关的照片，必须与签发相关文件的行政部门取得联系。维克随即打通了维埃纳警察局的电话，那里是颁发该地区1997年驾驶执照和身份证的官方机构。但对方告诉他，档案在大约两年前被一场大火焚毁了，调查结论是人为纵火。

莫里亚蒂再次抹去了自己的脸。

维克并不像同事们那样兴奋和自信，他的内心似乎一直被某种细小的情绪困扰着，但他不知道那是什么。在过去的几小时里,一切都进展得太快了:对让松的审讯,隐藏在方程式背后的U盘和钥匙,莫里亚蒂的身份;好像一切都突然被解锁了。他注视着夜空中害羞的星星,为飘下的雪花镀了一层星光。山丘被风驰电掣的汽车追赶着。维克转向瓦迪姆,后者的右眼正闪着炽热的火花,下巴向前撅着。

房子以主人的形象出现了:几乎从世界上被抹去,隐藏在城市的高处,下面流淌着罗讷河,被茂密的森林紧紧地包裹着。要想到达那里,必须走一段土路,然后步行穿过森林。汽车刚停在河上游,男人们就下了车,身材魁梧的走在前面。四周静悄悄的,静得吓人,前方终于出现一座两层楼的石屋:老式建筑,中等面积,大门紧闭,四周是高高的砖墙。所有的百叶窗都关着,似乎没有灯光,一辆灰色轿车和一辆白色面包车停在屋前。维克感觉被汗水蒸发后结晶的盐渍灼伤了嘴唇。一切就要结束了吗?

大门被毫不费力地打开了。走进院子后,男人们格外小心翼翼:所有人都还记得逮捕德尔皮埃尔时的惨败。很快,众人在专业手势的指示下分散开来,一部分负责出口,另一小部分负责屋门。二十秒钟后,他们冲了进去,高举手电筒,肩膀上扛着枪。

这次没有枪声。一楼,二楼,确认没有任何危险。房子里似乎空无一人。有人打开了灯。干预大队队长站在客厅里,面色阴沉,示意曼扎托及其属下靠近。维克迈开脚步,似乎越来越能强烈地感受到正扑面而来的死亡气息。

一具男尸,上身穿着一件T恤,下身是条牛仔裤,身体趴卧于壁炉旁,头和手臂深深扎进炉膛,部分躯体已发生肿胀,肘部和颈部被严重烧伤,头发像细弹簧一样缩在头骨上。在旁边的地板上,躺着一个威士忌酒瓶和几颗从药盒里跳出来的药丸。安眠药。

曼扎托立刻下令禁止任何人靠近并打电话。而对于维克来说,他只有一个愿望:那就是扑向尸体,把它翻过来,亲眼看看那张被烧焦冒烟并再次被抹去的脸。不可能,那不可能是莫里亚蒂,他死了?自杀了?带着答案永远离开了?

绝不可能。

维克来到大门口。房子里没有任何破坏和可疑之处,门是从里面被反锁的。一个声音突然在头顶响起:

"你们过来一下。"

芒热马坦正在楼上叫他们。大家来到二楼,发现走廊上有两间卧室,其中一间安装了防盗门,气窗上有格栅,屋内的床被焊接在地板上,电视被嵌入墙内,无法触碰。一个单人牢房?维克想到了萨拉·摩根:那个最早被绑架却最后一个被杀害的女孩。难道她一直被关在这里,而不是德尔皮埃尔的地窖?她被关了四年吗?可如果其他人都是被绑架后不久就被杀害了,为什么她会有这种特殊待遇呢?

维克戴上乳胶手套,走进房间,打开衣柜。女装被叠得整整齐齐——连衣裙,内衣……一件运动夹克,他一眼就认出来是萨拉失踪那天穿的,莫里亚蒂一直没有扔掉它。

他走进隔壁房间,这里没有安装防盗门,很可能是房主的卧室,非常干净,床上一尘不染,西装和领带整齐地挂在衣帽架上，散发着麝香味。墙上挂着一幅格勒兹的仿画——《拿玫瑰花的少女》。

瓦迪姆正在走廊尽头的书房里埋头于堆积如山的文件和证书。维克走了进来。

"他可能在房地产业工作。出租、出售房屋，一个独立中介。"

维克靠在墙上，叹了口气，瓦迪姆用眼角的余光扫着同事。

"你在想什么？"

"不知道。我感觉这里像个博物馆……你还记得让松的最后一句话吗？你以为是你们在挑战莫里亚蒂吗？其实是他在挑战你们。德尔皮埃尔也在信中提到过'在所有人的眼中，这是最美丽的消失'。这里有问题。我真的无法想象我们的罪犯会这样死去，头插进壁炉里。"

"如果这都不算最美丽的消失，那又是什么呢？我们可能永远不会知道他长什么样了，那个混蛋已经死了，维克。是的，他已经死了。"

维克听不下去了，转身回到客厅。曼扎托正向准备撤离的干预大队敬礼，然后走到属下面前。

"鉴定人员正赶过来。"

他指着那具尸体。

"我立刻打电话给法官，要求进行最优先级的DNA检测。明天，我们将确认它就是莫里亚蒂。"

维克盯着一片狼藉的现场，陷入了沉默。药物、酒瓶、炉膛里的尸体：这里似乎到处都是显而易见的决定性线索。但这似乎太讽刺了，也太简单了，莫里亚蒂的消失不是应该更华丽、更富有光彩、更充满智慧吗？

还是自己彻头彻尾地错了？

# 76

科林和琳妮走进别墅。警察拉下夹克拉链,从包里拿出笔记本电脑。

"我并不想强迫你看这段视频,但是……你迟早都会看到的,琳妮,和现在看没什么区别。"

他试探着她,观察着她,跟踪她的每一个反应。琳妮想等朱利安回来吗?她会拒绝看视频吗?她在他身边坐下来。

"开始吧。"

科林点击一个文件。黑色的背景,绿色的阴影,琳妮认出那是海湾的一部分,长方形的沙舌,欧蒂湾的锯齿,长满盐角草和辣根菜的绿洲。画面很模糊,屏幕下方显示的时间是"12月23日17时02分"。科林加快播放速度,从"17时04分"开始恢复正常。他指着屏幕。

"看这里……"

琳妮注意着画面的变化:在海湾底部很远的地方出现两个光点,然后一点点地消失了。是车头灯。科林再次加速。

"这应该是朱利安父亲的车,可能刚刚到达潮汐水道沿线的公路边,把车停在小停车场……当然,这是我猜的,因为我们是在那里找到了他的车。不幸的是,由于植被、天气和距离等因素，我们看不清车上的动静，之后半小时内也没有发生任何事情。也许他喝醉了，躲在车里？接下来……"

"17时32分"——琳妮想象着海湾里的黑暗，贝尔克灯塔有规律的脉搏。突然，一个狼狈的身影从植被中冒出来，伏着薄薄的水面，在大沙洲上跌跌撞撞地前进。雨下得更大了，看不清那张脸，琳妮只能猜测那是雅克，他越来越近，他的光头……他的雨衣……他像流浪汉一样在黑暗中徘徊，在镜头下走向大海，沉入海湾。周围的海水不断地上升，悄然无息地包围了雅克，就像一只狼蛛包围了它的猎物。

"真是太可怕了，你到底在找什么，科林？"

"两分钟……就两分钟……等雨停了，你会看到的。"

琳妮的焦虑开始升级。雅克再次出现，浑身湿透地跌坐在沙子里，身体在大自然的地狱中轻微地起伏着。琳妮确定：他在哭，像个孩子一样哭着，沙子从他的手指间滑落。雨终于停了，科林指着屏幕右下角，同时用眼角的余光扫着琳妮。

"你看到了什么？"

植被中，另一个身影……

"天哪！"

科林定格了画面，揉着下巴上的红胡子茬儿，陷入沉思。

"我也很震惊，竟然有人在一旁眼睁睁地看着他死去。因为下雨，我们起初看不到那个人影，但他很可能从一开始就在那里，躲在停车场附近的灌木丛中。剩下的就不用看了，这个陌生人一直待到了'17时55分'，也就是雅克彻底被大海卷走的时候，一直没有呼救。"

琳妮把脸埋在双手里。科林把一张照片推给她。

"很抱歉让你难过。这是我们从视频中截取的照片,尽可能放大了图像,优化了设置,但我们的眼力应该不会比你更好……"

琳妮看着那张照片。

"……分不清男女,好像有个兜帽,应该是渔夫装的雨披。这种装束下很难分辨出体态特征,哪怕是最粗略的。"

琳妮感觉自己仿佛正走在山间的一条钢丝绳上,两边就是万丈深渊。警察清了清嗓子,试探着说道:

"很抱歉在这个时候问你这种事,但是……这没有让你想到什么吗?我们的专家认为,这件渔夫装是浅色的,可能是黄色,也可能是灰色,有点像……"

他指着书架旁边相框里的朱利安的照片。琳妮似乎已经看到了深渊的底部,她即将崩溃,而且再也无法醒来。

"我……我不知道,这太荒唐了。你想让我回答你什么?(她把照片拿在手上。)这里每个人都有这种衣服,可能是任何一个人,你不会还在……好吧,我的意思是,你还在怀疑朱利安吗?就像你过去四年所做的那样?"

"你了解我,琳妮……我只想知道真相。一个父亲死了,痛哭着自杀,有人眼睁睁地看着他死去,而我跑来质疑他的儿子,你觉得我就会好过吗?可我刚刚去海湾找你之前,冒昧地去查看了那个工具棚,我没有找到照片中的衣服,你知道朱利安穿着它去做什么了吗?"

"不不不,我怎么会知道?我不住在这里了,朱利安有失忆症。这一切有什么意义吗？"

科林拿出笔记本，舔舔食指，翻了几页。

"那就让我们回到23日那天，我在朱利安出院后把他送回到这里，当时是下午3点……顺便说一句，我趁机拿回了我的钱包，你还记得吗？我前一天忘在这里的……"

琳妮默默地点点头。

"……我们检查了雅克的通话记录，确切地说是下午3点22分，朱利安曾给他的父亲打过电话，通话时间不到五分钟。正如他所说的，他一定是告知他已经出院了，这是一致的。"

他把手指压在电脑屏幕上。

"一个半小时之后，他的父亲来到海边，停车，把自己灌醉，然后淹死，所以他为什么这么做呢？为什么偏偏在儿子出院后立即跑去自杀？在我看来，这很不合逻辑。他每天都去医院看望朱利安，如果我是他，我可能会先来你家看看儿子回家后的情况，而不是直接跑去淹死自己。为什么非要等到朱利安出院后才行动呢？"

"雅克的精神状况不太好。"

"是的，是的，我知道，朱利安已经重复很多次了，考虑到在他公寓里发现的药丸和毒物检测结果，他显然正在接受抑郁症治疗。但是……那天晚上，他一定是受到了某种沉重的打击才会跑去自杀，至少表面上是这样的。我需要弄清这一切，你明白的，这个故事里还有许多疑点，也许你能帮我填补一下从朱利安回到这里到视频中车头灯出现之间的空白？如果我没记错的话，朱利安那天回来时，你并不在家，你还记得你是什么时候回来的吗？"

琳妮起身给自己倒了杯威士忌，只为拖延时间。科林意外地拒绝了她递给他的杯子。23日，23日，她在做什么？哦，她在那里：兰斯，用一把枪威胁一位精神病学专家并得到了焦尔达诺的资料。她记得自己当时对朱利安撒了谎，于是她重复了谎言。

"我去了巴黎，还是出版社那边的问题……我确定是下午4点左右到家的，最多4点半。我记得我当时看到朱利安坐在沙发上后非常惊讶，从那一刻起，我们再也没有离开过彼此。"

"你确定？"

"当然。"

科林抿着嘴唇，开始在笔记本上写字，然后啪地合上笔记本。他紧紧地盯着她，灰蒙蒙的眼眸里没有一丝光，脸色铁青得就像一个突然得知妻子就要离开自己的男人。

"好吧。"

他起身收起笔记本电脑，没再说一个字，甚至没再看她一眼。就在那一刻，琳妮明白了：他知道她在骗他，她从来没去过出版社。他当时肯定打过电话，然后刚刚又在他那个该死的笔记本上用红笔写着：琳妮到底去哪儿了？她一直说去了出版社，她为什么要撒谎？她一口吞下威士忌，必须尽快调整情绪，以免陷入死一般的沉默。他为什么一个人带着视频来？为什么只面对她，而避开朱利安？他想给她一个倾诉的机会吗？他开始怀疑她了吗？

她陪他来到门口。他转向她。

"请保留好那张照片。我明天会来问朱利安几个问题，如果他想给我打电话，或者你，请不要犹豫。这个故事里始终有我无法理解的东西，一个无法填补的漏洞，但你知道，我就像潮汐，只要给我一点时间，漏洞迟早会被补上的。再见，琳妮。"

科林转过身，把鼻子埋进衣领，跑向他的车。琳妮关上门，靠在门上长长地出了一口气，然后走过去抓起那张照片，脑子里想着那个潜伏的身影。

她冲进地下车库，在自己汽车的手套箱里找到那张从兰斯到距离贝尔克十公里的高速公路出口的收费单：23日下午6点48分，溺水后大约一个小时。从理论上讲，朱利安是有时间沿着海滩走回来的，如果走得快，从潮汐水道尽头出发，半小时就可以回到别墅。因为涨潮的关系，他应该会上桥，然后沿着绕过树林的小路，回到更南边的沙滩上。

但这能说明什么呢？雅克溺水前曾和朱利安在一起？在车里吗？还有别人吗？

琳妮坐在壁炉前的扶手椅上，用毯子盖住自己，寒意从未离开过她的身体。落地窗俯瞰着外面的黑暗，别墅仿佛正悬浮在一个冰块上。

雅克的精神很脆弱，难道是朱利安怂恿他沉入了大海？但一个人怎么能轻易就被逼死呢？威胁？语言？雅克在视频中哭了。言语的确会造成伤害，但一个失忆症患者又能说出什么刺激性的话，最终把一个人逼向自杀呢？

除非，正如医生所说的，朱利安没有失忆，或者已经恢复了记忆。

两个小时后，琳妮听到了汽车的引擎声，她吓了一跳。门打开时，她更是屏住呼吸。朱利安从背后抱住她，嘴唇贴着她的脖子。

"大功告成。"

他的话，他的气味……琳妮止不住地颤抖着。他走到她面前，看着那瓶酒，然后是紧锁的行李箱，立在一旁。

"这是什么意思？你要离开吗？"

琳妮鼓足勇气，从毯子下拿出照片。

"你能解释一下吗？"

朱利安看着那张照片。

"这是什么？"

"你不知道吗？"

"当然。解释一下。"

"你父亲溺死的那天晚上，一台摄像机恰巧隐藏在潮汐水道另一边的树林里。你知道贝朗热·阿尔古吗？"

"那是谁？"

"一个你很熟悉的人，鸟类学家，和你一样对海豹栖息地感兴趣。科林来过了，他给我看了一段视频，也就是你在照片中看到的这个身影，眼睁睁地看着你父亲被海水包围并溺死。"

朱利安坐在椅子上。

"真是难以置信。"

琳妮沉默着，把双膝抵在胸前。眼前的丈夫让她感到害怕，充满暴力的画面不断地涌来：朱利安压碎焦尔达诺的脚骨……殴打"石斑鱼脸"……警察被砸碎的后脑勺……仅凭一个失忆症就能解释所有这些过激反应吗？这不是她认识的朱利安，他在被袭击之前就已经变得如此暴力了吗？

一个低沉的声音把她从思绪中拉了回来。

"……这跟我有什么关系？"

"你出院后，为什么给你父亲打电话，而不是我？"

"为什么？因为我想给你一个惊喜！我告诉我父亲一切都很好，我们期待他第二天，也就是平安夜回家来。我留在家里，拿着我的测试分数等着你，我不想用一个电话破坏效果。"

他站起身，双手抱头，额头上的血管因激动而向外突着。

"该死的，琳妮！你在怀疑我吗？我为什么要做这种事？你有没有想过，那个身影可能就是抢劫我们的该死的'寄生虫'？"

他走到落地窗前，打开窗子，看着外面的夜色。风冲进了房间。

"谁能保证他现在就没有看着我们呢？他不是想摧毁我们吗？"

他站在那里，凝视着浩瀚的大海，一动不动。然后，他回到妻子身边，想要拥抱她。但她躲开了。一道屏障。

"对不起，我不能。你身上有些东西跟以前不一样了，我不知道那是什么，也不知道在你策划袭击并把我们两个扔进地狱之前,这种变化是否已经发生了。但无论如何,你已经不是我认识的那个人了。"

她穿上大衣,拿起行李箱。

"我想回巴黎住几天,只想好好想一想。"

她悲伤地盯着他。他垂下手臂,弓着背。

"所以你想在暴风雨中抛弃我吗?把我一个人留在这里,留下我和我破碎的记忆?我们两个应该永远在一起,你难道已经忘了吗?"

"我没有忘。但我时时刻刻能听到那些该死的铁锹声,一闭上眼睛就能看到焦尔达诺肿胀的脸。我明天晚上真的有事,但愿这次旅行能给我带来最后的答案。无论这场磨难如何结束,对我来说,现在没有什么比这更重要的了。"

# 77

尸检结束了，瓦迪姆和埃尔已经离开了停尸房。29日星期五，下午，维克独自站在警方在维埃纳郊区房子里发现的尸体前，双手插进夹克口袋。灯光下，尸体的下半部分呈现出蓝白色，就像被清水冲洗过一样；上半部分则仿佛一片火地岛，泛着黑红色，像月球的浮雕。

法医的鉴定结果与在犯罪现场时的判断一致。当埃尔打开他的胃时，只说了一句"有股威士忌的味道"。几颗安眠药还没有完全消化。尸体没有被移动过，除了因跌入壁炉造成的损伤外，没有其他伤痕。毒物检测结果应该可以证实法医深思熟虑后的事实：由于摄入致命酒精和安眠药混合物而导致的失足跌落。

所以，维克永远也看不到这个人的脸了。大卫·乔兰为什么直到最后一口气还要坚持抹去自己的五官？他到底出于什么目的？维克一直想着被他从别墅搬到寄宿学校的琳妮·摩根的小说，以及对她丈夫的殴打和一系列难以捉摸的贝尔克之谜。如果莫里亚蒂真的死了，那么这些永远无法被解开的谜团也就都跟着他一起下地狱了。

维克关掉灯，把尸体扔进了黑暗。他站在那里一动不动，仿佛寄希望于黑暗能给他解释，但死神并没有决定开口。死一般的寂静让他心烦意乱，他走出停尸房。格勒诺布尔的空气里似乎永远飘浮着一种粉末，让人痒痒的，细碎得仿佛吸入了冰冷的灰尘。他厌倦了冬天、山脉和这里的一切，他还在这里做什么？科拉莉……是她，也只有她，足以把他拴在这个他生活了一辈子的地方。

他回到警队，沉入椅子，等待着DNA结果。这一次，当同事们返回乔兰家进一步取证时，他决定留在这里，只是等待。他需要决定性的证据，证明壁炉里的男人就是莫里亚蒂，又名大卫·乔兰，又名吕克·托马斯，又名"来自别处的孩子"，被一个不知名的母亲遗弃在垃圾桶，就像一个俄罗斯套娃。生于垃圾，死于灰烬。

维克叹了口气。即使头目死了，后续工作也要完成：填补调查中的漏洞，理解晦涩难懂的疑点，找到除黑岩三人组之外其他可能参与的人，为所有父母以及所有生命几近被粉碎的亲人提供答案。维克不知道自己是否能找到足以搅动虚空的力量，总之，这就是这个故事的全部。

消息终于在下午6点左右传来，曼扎托拿着两份文件走进办公室，一脸得意。"是他，维克，从壁炉尸体上提取的DNA，与三十年前的吕克·托马斯的DNA完全匹配。"

维克盯着从基因库传来的结果：基因配对相同，计算机已经确认了它与吕克·托马斯的对应关系，该图谱自2002年以来一直被完好地保存在基因库。维克不得不承认，这一次，这个没有脸、没有根、没有父母的男人真的完蛋了。

他把文件还给领导，迷失在沉思中，甚至听不到耳边传来的指令。后来……办公室里再次剩下他一个人，他揉揉眼睛，疲倦得像根被过度磨损的绳子。他已经想到了接下来会发生的事：有必要向吕克·托马斯的养母做出解释；与摩根夫妇和其他所有父母交谈，让他们面对残酷的现实。阿波琳父亲的声音依旧在脑海里回响：你在这里表现出你虚假的同情，可你根本无法理解别人的痛苦。不，他可以理解，他甚至可以直面每一个受害者。

怪物一直存在，也永远存在，不管有没有他，不管他做了什么，他们都会继续吞噬生命。

维克穿上外套，走出警察局，茫然地向那片脏兮兮的商业区走去，他已经在那里生活了两个多月。可悲。还能找到更好的词来定义他的人生吗？

他靠在旅馆大堂的咖啡机前，等着罗穆亚尔德下班，然后一起去看他的狗。他深爱那只小动物，没人能从他身边把它偷走，可他大部分时间都会忘记它的存在。

可卡犬从窝里探出头，伸出舌头使劲地舔他，浑身浓密漂亮的毛发：左半身是黑的，右半身是白的，两只眼睛周围的毛色却完全颠倒。维克一把抱住它，在雪地里打着滚，脸上淌满了泪水。看着眼前这面足以映照自己暗淡人生的镜子，他终于放声大喊出了它的名字——

"妈妈 M！"[1]

---

[1] 此处是凯莱布·特拉斯克曼原稿的结尾。如序言所述，此后内容是由他的儿子续写的。

# 78

琳妮正朝着最后的"约会"迈进。

幽静的汽车车厢里,没有收音机,没有手机。她静静地独自前行,独自面对自己的良心、怀疑、愤怒和恐惧。是的,她很害怕。谁又能不怕跟那个吸自己血的臭名昭著的怪物正面交锋呢?谁又能无所畏惧地前往《未完成的手稿》悲惨的收场之地呢?为什么那些制造风暴的角色总能逍遥法外?这是没有道理的。如果她的书总以糟糕的结局收场,那也是因为生活就是一个婊子,十足的婊子。

她记得两年前,当她的小说还只是脑海里的种子时,她就曾探索过这条路。她,一个畅销书作家,扮演着吓唬读者的角色,却在真实生活中亲身经历了比最邪恶的情节更扭曲、更痛苦的惊悚和恐怖。今晚,她正亲手书写自己故事的结尾,而这一次,她不会把它写在纸上。

很快,她就感受到了大自然的力量吹灭了文明的最后一支蜡烛。此刻迎接她的是最彻底的黑暗和悬崖巨大的阴影,天空被预示着暴风雨的云层弄得浑浊不堪。她的存在只是沥青带上两条黄色的生命轨迹。也许莫里亚蒂永远不会来的,也许这次孤独的旅行只会加剧她的痛苦,但她只能一路走下去。

埃特勒塔，这座她深爱的小镇，拥有着被巨大石灰岩保护的鹅卵石海滩、迷人的渔夫房子和白天里无限延伸的风景；此刻却正向她伸出令人不安的手臂。在这个12月的冬夜，风撕裂了她的脸颊，冻裂了她的嘴唇，埃特勒塔就像一块从地狱深处撕扯下来的黑色巨岩，让她充满了恐惧和不安。

琳妮提前两个小时把车停在了小镇上，用以保留从空心针迅速返回的可能。谨慎比以往任何时候都更加重要。她把手滑到座位下面，盲目地摸索着，先是手电筒，然后是西格绍尔手枪粗糙的枪托：这是焦尔达诺的武器，在朱利安的床头柜里发现的，此刻正躺在她湿漉漉的手掌深处，枪身上嵌着一名警察的编号，而他的尸体却正在森林的腹地里慢慢地瓦解。

琳妮竖起衣领，拉低帽子，尽可能隐蔽地下车，仿佛中国皮影戏里的剪影，潜入阴森庄严的背景。这里曾有多少人彼此相爱并死去，无数画家和小说家曾争先恐后地捕捉着这幅诺曼底风景画中的每一抹灰、蓝和红。

她朝南跑下去，刻意避开山脊的楼梯，直接从小镇高处冒险进入一片绿地，仿佛一只被追捕的猎物，警惕灵活地沿着高尔夫球场下降。天黑得看不见一米以外的世界，风把一切吹向了悬崖，她警惕地等待着。莫里亚蒂是不是已经在那里了？正潜伏在某个地方？她短暂地点亮手电筒，尽可能地与植被融为一体，一点点靠近那座通往空心针的人行天桥。她的身体时刻准备着冲刺，仿佛被最后一丝力量驱使，脆弱却也随时都可以赴死。

为了一个名副其实的结局,雨当然是必要的,而且很快就来了。成群结队的"钉子"像造船厂的夯锤在雪花石膏海岸上打着孔。琳妮再次变成了胎儿,猫下腰,把头埋进身体的散热器,用双臂环住小腿。湿气和阴冷先舔过她的脖子,然后是背部、腹部,最后侵袭她的骨头。她抵抗了半个小时,浑身颤抖,嘴唇像泳池底一样蓝,最后,她不得不躲进那个避难所——人行天桥另一边的空洞。白天时,从这个"童话屋"的黑色大嘴望出去,对面就是著名的空心针。她迅速脱下外套和手套,冲着冻僵的双手哈气,不停地揉着肩膀,好让那里的血液恢复流通。她终于避开了雨,但狂风却像雾角般冲进空洞,鞭挞着,哀号着,让她尝到了世界末日的滋味。

沿着山脊向北,她瞥见了一抹脉动。一道白色的光圈似乎正在汹涌的大海上摇曳,它越来越大,越来越大。

莫里亚蒂来了。

琳妮抓起武器,将子弹上膛,靠在空洞左侧的墙壁上,瘦弱的身体像碎片般剧烈地颤抖着。终于,他出现了。在地球的尽头,在历史的尽头。是的,在历史的尽头,没有返回的希望,没有逃跑的可能。要么是她,要么是他;要么现在,要么永远。

一群筑巢的海鸟正在身后的岩石上嘶鸣,可能是海鸥或燕鸥。当光锥开始吞噬洞穴,她屏住了呼吸,脚步声开始在吱嘎作响的木板上回响。慢慢地,影子蔓延至空洞底部,爬上石头,仿佛要活过来,在最后的死亡之舞中将琳妮彻底湮没。

然后，那张脸出现了。当她看到他时，琳妮的最后一丝力量仿佛也被抽光了。

"朱利安……"

她的声音几乎淹没在了雨里。男人轻轻地从她手中接过枪，他知道她不会开枪的。

"你的丈夫已经死了，琳妮，他的头被插进了壁炉里。我们两个长得很像，甚至连你都分辨不出来。我的名字是大卫·乔兰，我是他的孪生哥哥。"

# 79

琳妮仿佛被一阵吹过空心针的龙卷风卷走了。她的大脑混沌成一片,就像瞬间短路的电路板。有那么一刻,她告诉自己朱利安不可能死,因为他就在眼前。可下一秒,洞口处的男人却是一个陌生人,戴着面具,粗略地模仿着丈夫的脸,一个陌生的嗓音疯狂地敲打着她的太阳穴:

"双胞胎拥有完全相同的DNA,但指纹不同。'寄生虫'一直都在你的家里,那就是我。红头发警察在家具和门把手上采集到的指纹都是我的,他到处寻找它们的主人,而我就在他的面前……"

琳妮瘫坐在地上,否则她会彻底崩溃。时间似乎在流逝——她仿佛被吸进一个黑洞,此刻已不复存在——直到最后,她终于挣扎着回到现实:朱利安死了,一个长得很像他的男人取代了他的位置。

那个声音,还在嗡嗡作响:

"……据说,双胞胎的命运总是交织在一起的,无论他们做什么,无论他们走到哪里。你有没有听说过那种匪夷所思的故事,兄弟姐妹最终在分离几十年后找到彼此,哪怕相隔千万里?四年前,命运让我和朱利安相遇了,巧合的是,你们在阿讷西租住的公寓是我的。请想象一下，当我在房间的隐藏摄像头里看到自己的脸时，我是多么惊讶……"

琳妮抬起头。手电筒的光束将男人的脸切成两半，一半陷入了黑暗。

"……我们是一对双胞胎，我有一个孪生弟弟。雅克知道这一点，我正是用这把枪指着他，在海边的汽车里告诉了他我是谁。没过多久，他就开始喝酒，一口气吐出我的故事，以及我出生几小时后的真相。我知道我是怀孕排斥症的结果——很不幸，这来自我在寄养家庭的一次无意的偷听——但我并不知道细节……"

琳妮感觉自己像是坠入了深渊，周围的一切都消失了：湿漉漉的岩石，左侧的人行天桥，莫里亚蒂的脸——朱利安近乎镜子的复制品。

"……他告诉我，其实我那放荡的母亲很希望怀孕。他们想要一个孩子，并且努力了很多年，但始终都没成功。终于有一天，我母亲偶然去看医生，得知自己怀孕了，胚胎已经六个月大，体重不到一千克。然而此时她的精神状态已经非常糟糕，她并不想承认自己有孩子，后来也没去妇产科复诊，并向所有人隐瞒了怀孕。四十多年前，她把我像狗一样生在房间的地板上，然后独自一人跑到两公里外的垃圾场，把我扔掉，把我丢进一个垃圾桶的深处……"

琳妮极力忍耐着。这个男人取代了朱利安，进入她的房子，触摸她的东西，殖民她的生活，睡在她的床上，强奸了她，甚至杀了萨拉。

"……几个小时后,我的父亲回到家,发现她正躺在厨房里,肚子疼得厉害,两腿之间流着血。她的磨难并没有结束,这是最疯狂的部分,原来还有一个孩子!一个孪生弟弟,一个该死的双胞胎,躲在温暖的子宫里,仿佛已经察觉到了即将来临的幸福生活!"

他用手掌猛拍着额头,像个疯子。

"比你的小说还精彩吧!该死的!我父亲立即开车送她去了医院。她就在车里生下了这个杂种,并尖叫着说不要他,必须把他扔进垃圾桶,就像另一个孩子。我父亲后来本可以去找我的,哪怕试一试呢?哪怕看看我是否还活着?但他没有,他宁愿说服他放荡的妻子永远不要提起那次弃婴事故,他们不得不假装我不存在。我出生时没有名字,没有日期,没有身份,在一堆垃圾里。"

他举起胳膊,凑近她。

"闻闻,闻一下!垃圾味儿已经渗进了我的皮肤。而我的弟弟——允许我这样称呼他吗?——他却拥有一个家。也许他的母亲从来不爱他,但他的父亲爱他。当我告诉雅克我是谁,以及对他心爱的小儿子做了什么时,他没过多久就把自己淹死了。"

琳妮哭不出来,眼泪似乎被堵在了眼眶里。她大口大口地呼吸,试图恢复平静。男人在她对面坐下来,靠在墙上。

"你有权知道这些,琳妮,这是我欠你的。所有的失踪,所有被绑架的女孩……都是……计划好的。当然,我就是你书里的人渣。也许我应该死在垃圾桶里,也许我母亲是出于某种神圣的理由把我扔了,但我活了下来,琳妮,我坚持活着。"

琳妮只能感受到痛苦,跟萨拉失踪时一样的痛苦。她竟然向一个只有朱利安外表的男人敞开了心扉,吐露了心声;而他只是一个隐藏在面具下、隐藏在失忆症壁垒后的陌生人。一切都在瞬间回到她的脑海:不同的嗓音、干瘦的身体、短发以及突如其来的暴力,她怎么会被骗得如此彻底?

"……起初,我在阿讷西的公寓里安装摄像头,只是为了分享这些家庭的亲密关系,分享他们的欢声笑语,看着他们相爱……每逢假期,我都会另租一间房,就在不远处的小旅馆。当他们出去散步时,我就去收集存储卡,晚上在房间里看视频……"

他放下手电筒。风在琳妮的头发上翩翩起舞。渐渐地,她似乎恢复了理智,恢复了力量。但痛苦依然会回来,就像往复的潮汐。

"……我经常去俱乐部,去喝酒,我生活在黑夜,在所有越界行为中过度燃烧自己的生命……随着时间的推移,我渐渐建立了自己的人脉,得以让我进入黑色地牢。我想看到那些女人在痛苦中尖叫,在绳索和蜡烛的伤害下嘶喊。"

他的手指像鹰爪一样瑟缩了一下。

"……也就是在那段时间,我有了让松的消息,他是我在寄宿学校的室友,当时正在失业和里昂郊区建筑工地的零工之间挣扎。他也一直和第三个人,也就是德尔皮埃尔,保持着联系……"

他晃动着眼前的武器,唇角划出一道难看的皱纹。

"多年来,德尔皮埃尔从未从寄宿岁月中恢复……他喜欢尸体,触犯过法律。他和让松的青春已经被彻底摧毁,这两个家伙注定一生都背负着过去的伤痛,跟我很像,只是原因不同。"

琳妮听到的每一个字,都像一把手术刀。

"……我们开始定期见面,喝酒……谈天说地……三人组已经重建,就像过去一样,就像那个著名的晚上,他们让我帮忙去修理那个体育老师。"

"你疯了,不只疯了,失控了……"

"恰恰相反,我非常清醒。多亏了米斯蒂克,让我看到了男人能走多远,能在面具后面变成多么凶猛的野兽,能够放手越界伤害女人到什么程度……我希望他们伤害她们,琳妮,越疯狂越好,我想看着他们这样做。于是我在暗网上建立站点,用米斯蒂克作为收割机。对于那些想要尝试终极体验的人来说,一切都很简单:承诺拥有某个女孩几天,完全属于自己,完全匿名,不受限制,只要他们愿意,哪怕死亡……他们会为我毁灭生命。"

琳妮感到胃里一阵痉挛,但她已经没什么可吐的了。

"……我定期在暗网上发布女孩的照片和视频——我只要那些纯洁的、年轻的、尚未被玷污的。无论谁想要她们,都必须给我尽可能多的钱。很简单,就像拍卖一样。格格不入的'佳士得':我可以告诉你,那些人在门口挤得水泄不通。"

琳妮猛地扑向他。但他比她更快，粗暴地把她推到一边，她重重地倒在地上。他用枪托猛砸她的右太阳穴，割开了她的肉，她尖叫起来。

"你现在就想死吗？不想知道接下来发生了什么吗？"

他重新站起来，喘着气，将手电筒的光束对准她的脸。

"滚到那边的角落去！"

琳妮只能服从，后面只有石壁上凿出的洞。无处可逃。

"我在维埃纳附近买了一所旧房子，并用在网络上赚来的钱重新装修。大卫·乔兰当然不是出身名门，但他却拥有意想不到的资源。然后，我生命中的高潮来了：你们出现在了阿讷西……"

琳妮隐匿在洞穴的角落里，他逼着她重新坐下。

"……四年前，我第一次来到你的别墅，用复制的钥匙打开大门。我亲眼目睹了弟弟完美、幸福、成功、美好的生活。这些是我无法忍受的，它们不应该存在。几个月后，我让让松绑架了萨拉。我本打算对她进行第四次拍卖，我向你保证，她的身价会翻倍，她在公寓里的自慰视频可是精选集……"

琳妮不得不克服他言语施加的痛苦，找到拯救自己的办法。因为一旦死了，她将永远无法让他付出代价，他不应该逃脱惩罚。

"我的故事很恶心，对吧？但你不觉得这是一个完美的结局吗？不过等一下，还没有结束。我最后决定把萨拉留在我身边，把她锁进我的房子——我想每时每刻都记住我从我父亲、我弟弟以及间接从我放荡的母亲那里抢走了什么。我承认,你的女儿每天都不得不面对自己的亲叔叔,一个和她父亲拥有同一张脸的叔叔,这并不容易。"

"她是无辜的!"

"这不恰恰更有趣吗?不过,我想告诉你,焦尔达诺并没有碰过她,但他也不完全无辜,远非如此。他付过一次钱,是第五个,波利娜·佩洛特,是他把她带到了生命的尽头。"

乔兰蹲在琳妮面前,擦掉她脸上的泪水。

"别碰我!"

他猛地把她压在墙上,一只手掐住她的喉咙。

"……关于那顶该死的帽子,我还是和你说说吧。焦尔达诺开口了,就在我把他的头骨砸向墙壁之前,就像这样……"

他轻轻地把她的头撞在石墙上,然后停下来,看着她。

"……就在他强奸、烧伤并用一把刀刺穿她肚子的一个多星期之后,他想到了自己的女儿。那个疯子常常带着他的孩子回到韦科尔,回到他以家族遗产为生的地方,重温他的幻想。戴这顶帽子的是波利娜,不是你的女儿。毫无疑问,它之前一直躺在让松的房车里,是让松把它戴在了波利娜的头上,以为那帽子是她的。尽管如此,焦尔达诺还是设法找回了帽子,并把它带走了,以做……纪念,就像奖杯。"

"他应该在碉堡里认出你的,为什么他什么都没说?"

"因为他从来没有见过我的脸,所有交易都是通过暗网完成的——匿名,流动,这是生意的关键。"

他暂时把注意力转向那块岩石,鸟儿还在尖叫。

"……从阿讷西事件开始,我就为自己设定了再次改头换面的目标：我要取代你的丈夫，杀了他，然后假装失忆坐在你的身边。毕竟，他活了两个人的人生，不是吗？我有权得到属于我的蛋糕。"

一只寄生虫，没有身份，没有根，生活在迷失的世界里，注定伤害和毁灭，却拥有疯狂的高智商。他完美地滑进了朱利安的皮肤，甚至骗过了琳妮。

"……让松被捕时，我几乎就要行动了，但时机还不成熟。让松从未搞砸过，相反，他把警察耍得团团转。但随着他的被捕，我和德尔皮埃尔停止了一切，这太冒险了。我必须继续完善新的人生计划。两个月前，我再次来'拜访'你们，因为我需要朱利安的DNA，毕竟我需要确定我们是否真的拥有相同的基因图谱，而且永远不为人知。我把材料寄给了一家私人实验室，他们向我证实了这一点。我还趁机带走了你的小说，因为我想了解你……如果没有袭击和失忆症，取代双胞胎弟弟几乎是不可能的。失忆症太方便了，我小时候就用过，但问题是我比朱利安瘦得多，嗓音也略微沙哑，脸上几处皱纹的位置也不同……但其余的，我们完全一样。"

琳妮摇着头，她要是没有离开朱利安就好了。她对丈夫生命的最后几个月一无所知，她和他保持着距离，而乔兰正是利用了这一点。他允许自己的头被球棒击中，因为他知道这可以让他留下来，只是冒一点险而已。

"所以你杀了她……杀了我的女儿。"

"别无选择。我在拉沙佩勒-昂-韦科尔租了一座小木屋，继续和萨拉在那里度过了两天，细节就不必多说了……我把她锁在那里，然后给德尔皮埃尔发了一条紧急信息，让他完成他的工作；而我则乘火车前往贝尔克。是时候彻底清除过去并用新外套包装自己了：朱利安·摩根的……"

琳妮不得不集结所有的力量，不是为了逃跑，而是杀死他。他绝不能离开悬崖，开着她的车，回到她的家。

"……一到火车站，我就步行了差不多六公里赶到了别墅。那天晚上，朱利安出去了——他必须去折磨焦尔达诺。真是讽刺。我看到了他的车头灯，等他下车，然后从后面打晕他，绑住他的手脚，把他锁进他汽车的后备箱。接下来，我开着他的车前往维埃纳。当然，我并不知道他把在焦尔达诺家里找到的萨拉的帽子藏进了夹克，还设法把它塞进了备胎仓，甚至在金属板上留下了那条该死的信息……"

他摇着头。

"……当我打开后备箱时，你真该看看他见到我后惊讶的表情，真是令人难忘的时刻……该怎么向你形容呢？"

"你这个垃圾！你就该死在那个垃圾桶里！"

他沉默了很久。树木沙沙作响，他不停地关掉、打开手电筒，每次那一秒钟的黑暗都让琳妮想冲过去尝试某种可能。但当他再次开口时，她又完全清醒了。

"……我强迫他吞下药……并向他解释了一切，就像我对你说的一样。他哭得像个孩子。当他失去知觉之后，我交换了我们的身份证、手机和钥匙。我成了朱利安·摩根。最后，我把他扔进了火里，让他失去了脸，失去了指纹……大卫·乔兰死了。"

琳妮试图在脑海里颠倒着一切：朱利安·摩根死了，大卫·乔兰活着。他毁了自己的家人，此刻只需最后一枪，就可以将摩根一家彻底从地球上抹去。

"……凌晨1点，当我回到灵感别墅时，惊讶地发现警报响了。于是我在当晚安排了袭击，并在此之前小心翼翼地删除了你亲爱的丈夫的所有调查记录。他真的很厉害，你知道吗？他竟然找到了焦尔达诺，接下来就是米斯蒂克，然后把一个该死的烂摊子扔给我。能做到这些，真的需要极大的智慧和勇气，你的丈夫很棒。"

他把一张张照片扔到她脸上——那些狗、香蕉园、海龟。

"计划本应该天衣无缝，琳妮，它完美无缺，即使遇到了一些麻烦。我只需偷偷看一眼照片，就足以让你相信我对那只丑得像虱子一样的狗有记忆，还有那些假期。你无法想象，我的失忆并不难伪装，因为我本来就对你的生活一无所知……最难的反而是我要阻止自己当场勒死我的父亲，但我还是忍住了，我知道这会让结局变得无比珍贵。看到他窒息真是太美好了！"

他脱下外套扔给她。"穿上吧。"

是时候了。琳妮没有动。他走过来，把枪管插进她的肩窝，用力转动枪口，直到她尖叫起来。

"来吧，别逼我作恶。时间到了，你懂的。这就是你来这里的目的，对吧？和你的女主角拥有相同的命运并让故事正确地结尾，你终于完成了你的生命之书。"

她只能顺从。离开这里，接近虚空，或许外面的机会比在这里多。

"警察现在很可能已经发现了我的尸体,有了我播下的线索,他们一定会再次回到我家,确认大卫·乔兰、莫里亚蒂和吕克·托马斯都已经正式死亡,他们的调查很快就会结束的。"

他滑到她身后,拔出枪。琳妮直挺挺地站着。是生是死,都不重要。与他不一样,她已经没有什么可以失去的了。

"如果你能一直给我两个人共渡难关的希望,我今天也就不会来这里了。但是……该死的,当你给我看海湾的照片时,你已经让我别无选择,我眼睁睁地看着你昨晚带着行李箱离开。最近几天,你已经开始严重地怀疑我。你太脆弱了,最终会彻底崩溃,然后把一切交给那个能为你不惜一切的红头发。真是太遗憾了。"

"你想怎么做?一枪打爆我的头吗?"

"用我亲手埋葬的警察的枪吗?这太冒险了。不,你会愚蠢地自杀,选择自己最后一部小说结尾的死亡之地,因为你再也无法忍受周围发生的一切:萨拉的死,我父亲的死,我的失忆……警察会在收费站的摄像头里看到你独自一人来到这里,他们会毫不怀疑你的死因。我将继续扮演我的角色,接管你的别墅和其他的一切。我将为自己建立新的生活,那个曾经拒绝我、本该属于我的生活。"

他把她推上人行天桥,狂风和雨水再次冲淡了琳妮的眼泪。黑暗中,她能感觉到脚下木板间茂盛的植被,植被下面是大海的怒火。汹涌的海浪不断地翻滚、吞没,澎湃的水流和她的身体嬉戏着,最终变成一曲华尔兹,裹挟着她,将她像聚苯乙烯颗粒一样砸向岩石。她告诉自己,故事不能就这样结束,毫无疑问,她会死,是的,但他也不能继续活着,欺骗所有人,用暴力篡夺别人的生命。

她停下脚步,转过身。

"所以,为了确保你的计划奏效,你不能向我开枪。"

接着,她纵身一跃,扑到他身上,指甲像爪子一样抠住他脸上的肉。这突如其来的一击让武器里的子弹喷向天空,然后是武器本身,一条钢铁抛物线消失在了虚无中。筑巢于墙上的鸟儿尖叫着冲向云层。两个身影冲到栏杆旁,周围的一切都在嚎叫,空洞里的风、树林、天空和澎湃的大海共同目击了两个快速而致命的舞者跳起狂暴的芭蕾,就像一部无声电影。而当一个人倾身,另一个人翻身,一个人或另一个人重新获得优势,一切又重新开始。一场史诗般的战斗,力量、勇气、疲惫,甚至本能,就像狮子对抗豹子,这种本能会成倍地繁殖出生存的欲望,为了生存而生存。直到最后,两名战士中的一个被掀过了护栏,沿着令人眩晕的植被斜坡滚落,被喷入了虚空——只留下一条白色的痕迹,像流星一样隐秘。

鸟儿又出现了,幸存者在天桥上停住,双手放在栏杆上,头在肩膀间剧烈地颤抖着,胸膛过度地起伏,抬起又落下。

然后,幸存者走下天桥,向陆地方向前进,最后在一条路上蒸发了。

死一般的沉默,最终屈服于永恒的黑暗。

谁是幸存者?
答案就隐藏在某句话里,
就在本书的封面上。
找一找吧。
当然,这是一个法语音译名,
但并不复杂,
你一定能猜到的。
祝解谜愉快。


另,故事才刚刚开始。
手稿的真正结局究竟在哪里?
请继续阅读
弗兰克·蒂利耶的《两度》,
解锁更大的真相。

## 好·奇

《恶果》
《超立体城市迷宫:走出这本迷宫书》
《关于日本的一切》
《伍尔夫漫步21世纪曼哈顿》
《草间弥生:执念、爱情和艺术》
《爱德华·霍普:寂寥的画者》
《自私的人类:人类如何避免自我毁灭》
《30岁那天,我长出了一条尾巴》
《人造肉:即将改变人类饮食和全球经济的新产业》
《下馆子:一部餐馆全球史》
《回忆苏珊·桑塔格》
《未完成的手稿》
《两度》
《致命地图:席卷全球的重大传染病及流行病》
……

下一本,更精彩!

## 图书在版编目(CIP)数据

未完成的手稿 /(法) 弗兰克·蒂利耶著;萨姆斯译.-- 北京:北京联合出版公司,2022.10
ISBN 978-7-5596-6422-8

Ⅰ.①未… Ⅱ.①弗… ②萨… Ⅲ.①推理小说—法国—现代 Ⅳ.① I565.45

中国版本图书馆 CIP 数据核字 (2022) 第 140885 号

---

Published originally under the title "*Le Manuscrit inachevé*"
© 2018 by Fleuve Editions, département d'Univers Poche, Paris
Published by arrangement with Livre Chine Agency
Simplified Chinese translation copyright © 2022 by Beijing Curiosity Culture & Technology Co. Ltd.
ALL RIGHTS RESERVED.

北京市版权局著作权合同登记号:01-2022-4841 号

### 未完成的手稿

作　　者 | [法] 弗兰克·蒂利耶
译　　者 | 萨姆斯
出 品 人 | 赵红仕
选题策划 | 好·奇
策 划 人 | 华小小　耿 丹
责任编辑 | 夏应鹏
封面装帧 | @ 吾然设计工作室
内页制作 | 华 大
投稿信箱 | curiosityculture18@163.com

---

北京联合出版公司出版
(北京市西城区德外大街83号楼9层100088)
北京联合天畅文化传播公司发行
天津丰富彩艺印刷有限公司印刷　新华书店经销
字数 300 千字　787 毫米 × 1092 毫米　1/32　15 印张
2022 年 10 月第 1 版　2024 年 5 月第 5 次印刷
ISBN 978-7-5596-6422-8
定价:68.00 元

---

**版权所有,侵权必究**
未经许可,不得以任何方式复制或抄袭本书部分或全部内容
本书若有质量问题,请与本公司图书销售中心联系调换。电话:(010)64258472-800